编委会

学术顾问：林　非　孙绍振
总 主 编：王兆胜　陈剑晖
编　　委（按姓氏笔画排序）：

丁晓原　王　晖　王兆胜　刘　浏
刘　勇　刘秀芝　刘晓明　李遇春
杨　琼　宋剑华　陈剑晖　周海波
赵宪章　钟凌翊　郭守运　郭冰茹
唐永亮　黄红丽　黄雪敏

"百部好书"扶持项目

"十三五"国家重点图书出版规划项目

丛书总主编

王兆胜

陈剑晖

中国现当代作家的跨文体写作

宋剑华 等著

文体与跨文体研究丛书

广东高等教育出版社
Guangdong Higher Education Press

·广州·

图书在版编目（CIP）数据

中国现当代作家的跨文体写作/宋剑华等著．—广州：广东高等教育出版社，2019.3

（文体与跨文体研究丛书/王兆胜，陈剑晖主编）

ISBN 978-7-5361-6393-5

Ⅰ．①中… Ⅱ．①宋… Ⅲ．①中国文学－现代文学－文学研究②中国文学－当代文学－文学研究 Ⅳ．①I 206.6

中国版本图书馆 CIP 数据核字（2018）第 008390 号

书　　名	中国现当代作家的跨文体写作 ZHONGGUO XIANDANGDAI ZUOJIA DE KUAWENTI XIEZUO
出版发行	广东高等教育出版社 地址：广州市天河区林和西横路　电话：(020) 87554153 http://www.gdgjs.com.cn
印　　刷	佛山市浩文彩色印刷有限公司
开　　本	787 毫米×1 092 毫米　16 开
印　　张	24
字　　数	332 千
版　　次	2019 年 3 月第 1 版　2019 年 3 月第 1 次印刷
定　　价	52.00 元

如发现印装质量问题，请直接与印刷厂联系调换。

总　序 ◇◆

　　中国是一个"文体论大国"。在古代，文体和文体论蔚为大观。但自"五四"新文学以降，在西方文艺理论的强势冲击下，现当代文学研究者和作家的文体意识越来越淡薄，而关于文体研究方面的丛书更为少见。20世纪90年代中期，童庆炳先生曾主编一套"文体学丛书"，在云南人民出版社出版，受到季羡林、王蒙等著名学者和作家的高度评价，在学界产生了良好影响，但不知什么原因，这套丛书只出版了5本就终止了，以后国内一直未见到相关丛书出版。直到2011年，北京大学出版社又重新关注文体问题，并推出"中国古代文体学研究丛书"，这是文体研究成果作为丛书形式的又一次集中展示，也是文体研究的深化。但这套丛书只限于中国古代文体研究，没有涉及现当代文体和跨文体写作。因此，我们认为出版一套贯通我国古代、现代、当代和跨文体写作，既具开放意识与现代视野，又有时代感与当代性的文体研究丛书，有助于促进我国的文体研究和增强当代作家的文体意识，提升中国当代作家和文学研究者的文化自信。

　　本丛书纵论古今文体传统，钩沉千年文脉，攫取前贤英华，哺养现代精神。丛书不仅有新的创意和设计，有较大的学术价值，而且，丛书还呼应了弘扬传统文化，恢复文化自信这一主题。具体来说，本丛书有几方面的价值：

1. 立足于传统与现代，历史与现实，东方与西方，通过对中国传统文体资源的挖掘，将其同当代文化建设，同民族的复兴、文化的自信，以及整个中华民族国民素质、精神文明的提高联系起来。比如，《中国现代小说文体的发生》一书认为，中国小说文体有着本土化的天然特点，但这个特点过去我们重视不够，研究也不系统不深入。因此，本册以回归还原中国小说文体和文体观念的本体论为出发点，对中国古代小说如志怪三体、《世说新语》与"世说"体、唐人传奇之"奇"体、宋元话本到《聊斋志异》的"讲唱"体、明清章回小说的"文白"叙事体，进行了"谱系学"的爬梳考释。在文体类型研究的基础上，再对中国现代小说文体整体形态，文体类型的起源、发展演变进行全面、系统的探讨。该册虽以考释中国小说文体的本土化语境为旨归，尽可能还原中国小说的独特谱系，但又注重与西方文体谱系进行比较，力图使中国小说的文体既拥有自主性和独立性，又具系统化和学理化。此外，把小说文体研究作为本土文体学研究的重要内容，还肩负着传统文化回归、恢复文化自信的使命。

2. 文体是文学最为直观的表现，也是作家心智的外化形式。因此，文学观念的变迁往往表现为文体的变迁，文学革命离不开文体的变革。但在过去，我们过于强调文学作品的"工具性"，过于注重作品的内容和社会功能，忽视了文体和文体探索的重要性，对我国古代丰富的文体资源也挖掘总结得很不够，这在很大程度上阻碍了中国当代文学的发展。本丛书将起到某种纠偏的作用，弥补以往在文体问题上认识和研究的不足。

3. 跨文体或多文体写作，是当前文学创作的一个趋势，但过去的文体研究在这一点上认识不足。以往的文体研究要么止步于古代，要么仅仅局限于某一类文体。本丛书中的《新媒体时代的文体美学》《本真与转换：当代影视文体论》《跨文体：从虚构到非虚构》《中国语境中的科幻文学类型演变》等分册，既贯通我国古代、现代、当代的文体，又关注到跨文体问题，这就拓展了文体研究的空间。

一套有学术价值和现实意义的丛书，应有自己的特色。本丛书的特色主要体现在：

1. 开拓性与前沿性。文体学研究不是新问题，丛书也不是对以往研究的重复，而是以新的视角，构建了新框架，注进了新的理念和创见。这样，丛书便不仅立足于传统文化，而且有着鲜明的开拓性与前沿性。

2. 强调中国文体传统的现代转换。研究文体和挖掘我国传统文体资源，应有现代性的视野，体现出时代性并服务于当前。如《中国文体传统的现代转换》，一方面主动向西方文学借鉴有效的异域文体经验，另一方面又或显或隐地传承中国古代文学的本土文体资源，在古今中西立体维度中进行传统文体的现代转换。这个专题正是在对中国文体传统的现代转换的宏观思考基础上，以中国现当代小说和现当代旧体诗词对传统文体进行现代转换为观察点，由此展开对中国现当代的新文学和旧体文学创作的整体考察。丛书中的其他专题，对现当代各种文体观念和文体形式发展演变的考察爬梳，以及对跨文体文学现象的研究，都体现了这一学术理念。

3. 宏观梳理与文本细读并重。丛书中的各册既注重对各种文体发展演变的宏观考察，更强调对文本的细致解读，并在个案解读中发现文体的新价值。如《现代散文文体观念与文体演变》这一本，既有对古代文体的演变与特征考察，以及文体研究的观念与方法问题、文体研究的现代转型等问题的思考，又有对叙述学与散文叙述、散文意象、语言等的具体细致的分析。同时还兼顾到创新性、学理性和可读性的统一，尽量做到雅俗共赏。《中国现当代作家的跨文体写作》也是如此。著者既有宏观论证也有个案剖析，个案剖析力求破解名家名作的文体转换肌理，宏观论述力求落实到文体转换的历史经验和内部机制。

没有传统的文化必然失根；而没有文化自信的民族必然陷入茫然，不能正确找到自己前行的方向。本丛书试图寻求文化自信的传统依据，通过对最具中华民族特色的"文体"的梳理阐释，夯实当代思想文化建设的坚实地基，推动中国当代文学的发展。感谢评审专家和有关部门的充分肯定，将这套丛书列为"'十三五'国家重点图书出版物规划项目"和"百部好书"扶持项目。希望丛书的出版，对于深化现当代文学研究、提升文化自信有积极意义。

王兆胜　陈剑晖
2018 年 9 月 5 日

序　言

　　1999年,《大家》《莽原》等杂志,提出了一个"跨文体写作"的新奇口号,并连续推出了一批"跨文体写作"的文学范本。至于什么叫作"跨文体写作",《大家》的主编李巍认为:就是"让人写小说时也能吸取散文的随意结构,诗歌的诗性语言,评论的理性思辨;同样让人写散文时也不回避吸纳小说的结构方式。我们希望,在文体的表述方式上能以一种文体为主体,旁及其他文体的优长,陌生一切,破坏一切,混沌一切"①。对于这一口号,许多批评家都倍感质疑,他们说所谓的"跨文体写作",并不是一种作家群体的文学自觉,而是文学期刊为了自身的生存利益,所做的"一次绝望的挣扎,挣扎的结果究竟如何,期刊主编们其实心中无数"②。在我个人看来,把"跨文体写作"视为新近才有的文学现象,当然是一种缺乏文学史常识的幼稚表现;但是将其仅仅视为一种杂志的自救行为,也是对20世纪中国文学审美追求的全盘否定。百年中国新文学之"新"的文体

---

①　李巍. 凸凹:文学的怪物[J]. 文学自由谈,1999(2).
②　赵勇. 反思"跨文体"[J]. 文艺争鸣,2005(1).

特征，就是彻底打破古典文学的教条规范，以绝对自由和开放的书写方式，去彰显其现代性的文学形态。所以，如果我们忽略了自五四以来，"跨文体写作"就是中国现代作家的人文理想，那么我们也就无从谈起新文学的现代性了。

众所周知，鲁迅先生既是中国新文学的开拓者，也是"跨文体写作"的实践者；在中国文学继往开来、推陈出新之际，他以敢为天下先的大无畏精神，奠定了中国新文学灵活自如的文体意识。凡是稍有点文学常识的人都知道，鲁迅本人的"跨文体写作"，对于中国新文学而言，具有明显的指导性意义。比如他的小说《药》，完全打破了中国古典小说的叙事规范，以戏剧创作手法去分割故事情节，场景转换就像四幕话剧一样，让人物悉数登场、尽情表演。革命者夏瑜的悲剧，不是由作者叙述的，而是在人物对白中显现的。这种用戏剧手法去写小说，与古典小说和西方小说都不尽相同，说穿了就是一种由鲁迅所独创的小说文体。《故事新编》更是一部"跨文体写作"的经典范例，鲁迅自己说《故事新编》中"游戏之作居多"①，而唐弢先生则说它是"故事的新编，新编的故事"②。迄今为止，学界关于《故事新编》的文体属性，仍旧存在着很大的争议。如果我们按照严格意义上的小说标准，显然是很难去对其进行识别与归类的，因为《故事新编》既没有完整的故事情节，也没有个性鲜明的人物形象，充其量就是一种戏说历史的有趣"游戏"。但我们又不可否认，鲁迅之所以要写《故事新编》，其本身就是不想被文学的条条框框所束缚，而是另辟蹊径去探索现代小说创作的一种新形式，这种探索精神恰恰又是新文学之"新"的核心要义。郭沫若也是中国新文学的创始人之一，他是以"诗"和"史剧"创作而蜚声文坛的，所以"诗"中有"剧"，"剧"中有"诗"，便构成了

---

① 鲁迅. 致杨霁云 [M] //鲁迅. 鲁迅全集：第十四卷. 北京：人民文学出版社，2005：41.
② 唐弢. 故事的新编，新编的故事——谈《故事新编》[M] //孟广来，韩日新.《故事新编》研究资料. 济南：山东文艺出版社，1984：258.

他掌控文体的独特品格。《女神》中的《凤凰涅槃》，就是以"诗"写"剧"，作者用"序曲""凤歌""凰歌""凤凰同歌""群鸟歌""凤凰更生歌"等六个章节，生动展现了凤凰涅槃的悲壮场面。而他的史剧创作，则又是以"诗"去写"剧"，无论是《屈原》还是《棠棣之花》，都不是以叙事为主而是以情绪为主。郭沫若在他的史剧当中，大段大段地穿插着抒情诗句，倘若剔除了这些撼人心弦的优美诗句，也就失去了他史剧创作的艺术魅力。在郭沫若那里，文体不是单一性的而是兼容性的，我们无法去区分"诗"与"剧"的严格界限。郁达夫和废名的小说创作，其文体风格更是颇具争议性。郁达夫的小说，散文化倾向非常突出，大多不重视情节，大量削弱故事的矛盾与冲突，将真实的生活素材（尤其是其自身的经历与情感）纳入小说创作中，并通过情感来统一景物与人物的心理活动，从而使其小说呈现出浓厚的"自叙传"色彩。正是因为如此，20世纪二三十年代，他的许多小说作品，都会被别人误收进散文集里。废名的小说，更像是小品文的结集，无数生活趣事连缀起来，便构成了一部《竹林的故事》。废名将现代小说文体加以冲淡和解构，形成他自己别具一格的小说风格，基本上都没有完整的故事情节，多是一些生活片段的随性写意，尽管批评界一直都对其文体的属性倍感纠结，可是却获得了广大读者的由衷喜爱。

五四新文学作家这种我行我素的文体意识，造就了中国现代文学风格的开放性与多样性。即便是到了20世纪三四十年代，所谓"文体"依然没有对文学创作构成羁绊。思想的解放辅以文体的自由，使新文学呈现出了无比强大的生命活力，作家们都随心所欲、决不从众，但经典佳作却频频而出。萧红、沈从文、汪曾祺等人，都曾是"跨文体写作"且成果丰硕的佼佼者，他们对于中国新文学的巨大贡献，也是有目共睹、不可抹杀的。关于萧红，赞美者称其是"以自己女性的目光一次次透视历史，之后，终于同鲁迅站在同一地平线上，达到了同一种对历史、对文明、对国民灵魂的过去、现在、未来的大彻悟"①。与之相辅相成的是，作品文本所呈现出的"夺人心魄的美——那种如风土画、如诗如谣的叙事风格"，更是足以使其成为"经典"而不容置疑。② 质疑者则认为，"在文学创作上，萧红始终是没有真正成熟的——《呼兰河传》比起《生死场》成熟得多，但仍然有着明显的稚拙"。在他们看来，"《呼兰河传》是有缺憾的。这种缺憾无非是体现为文体上的不确定性，故《呼兰河传》仍给人以'略图'和草稿的感觉"③。其实他们争论的焦点，主要还是围绕着《呼兰河传》究竟属不属于小说。因为《呼兰河传》很像一篇"大散文"，每一章节都是一个独立场景或人物描写，故事情节淡化与抒情气味浓厚，连接起来就是一幅黑土地的民俗画卷。然而迄今为止，它仍拥有大量的读者粉丝，却并没有人将其当作散文去加以看待；如果按照市场决定产品这一定律去加以衡量，那么《呼兰河传》究竟算不算是小说的争议问题，也就变得毫无意义了。沈从文更是一个自由率性的文学作家，他从不相信什么小说理论，"至于理论或指南作法一类书，我认为并无多大用处。这些书我就看不懂。我不明白写这些书的人，在那里说些什么话。若照他们说出来的方法来写小说，许多作者一年中恐怕不容易写两个像样短篇了"④。他还说"许多人印象里意识里的短篇小说，和我写到的说起的，可能是两样不同的东西……世界上专家或权威，在另外一时对于短篇小说规定的'定义''原则''作法'，和文学批评家所提出的主张说明，到此都暂时失去了意义"⑤。《边城》那种结

---

① 孟悦，戴锦华. 萧红：大智勇者的探寻 [M]//章海宁. 萧红印象研究. 哈尔滨：黑龙江大学出版社，2011：20.
② 孟悦，戴锦华. 浮出历史地表：现代妇女文学研究 [M]. 北京：中国人民大学出版社，2004：190-191.
③ 王彬彬. 关于萧红的评价问题 [J]. 中国现代文学研究丛刊，2011（8）.
④ 沈从文. 给一个读者 [M]//沈从文. 沈从文全集：第17卷. 太原：北岳文艺出版社，2002：227.
⑤ 沈从文. 短篇小说 [M]//沈从文. 沈从文全集：第16卷. 太原：北岳文艺出版社，2002：492.

构松散、自然流畅的叙事风格，的确在中国现代文坛掀起了一场文体革命。不可否认，正是由于沈从文没有去遵循什么小说写作的理论规范，他才会成为20世纪中国文学的伟大作家。汪曾祺受废名、沈从文等人的深刻影响，他的小说创作也是特立独行，按他自己的话说，"我的一些小说不大像小说，或者根本就不是小说。有些只是人物素描。我不善于讲故事。我也不喜欢太像小说的小说，即故事性很强的小说。故事性太强了，我觉得就不大真实。我的初期的小说，只是相当客观地记录对一些人的印象，对我所未见的，不了解的，不去以意为之作过多的补充"，"我的小说的另一个特点是：散。这倒是有意为之。我不喜欢布局严谨的小说，主张信马由缰，为文无法"。① 有学者已经注意到，汪曾祺现象并不是一个孤立的文学现象，而是"从鲁迅的《故乡》《社戏》，废名的《竹林的故事》，沈从文的《边城》，萧红的《呼兰河传》，师陀的《果园城记》等等作品延续下来的'现代抒情小说'的线索"，只不过"《受戒》《异秉》的发表，犹如地泉之涌出，使鲁迅开辟的现代小说的多种源流之一脉，得以赓续"。② 这充分说明了一个问题：自五四以来的新文学创作，根本就没有一个严格的文体规范性；作家自己对于文体的自由选择，以及他们对于生命的深切感悟，反倒成就了中国新文学的经典化。

  进入新时期以后，"跨文体写作"也一直是当代中国文学的艺术追求。许多新锐作家都师承由鲁迅所开创的文学传统，且在文体实践方面表现得更为先锋，像韩少功、张炜、曹文轩、韩东等人，都是这一方面的代表性人物。韩少功是新时期最具有叛逆性的一个作家，无论学界是否认同他在文体实践方面所做出的种种努力，他的名字必将被写入文学史而当之无愧。毋庸置疑，韩少功受米兰·昆德拉的影响较深，他的小说从《马桥词典》

---

  ① 汪曾祺.《汪曾祺短篇小说选》自序［M］//汪曾祺.汪曾祺短篇小说选.北京：北京出版社，1982.
  ② 黄子平.汪曾祺的意义［M］//黄子平.幸存者的文学.台北：远流出版事业股份有限公司，1991：93，110.

到《暗示》，叙事与议论相结合、词条与释义相并举，你说它是小说可它却充满着"议论"，你说它是议论文可它又在"讲故事"，完全打破了传统小说以人物、情节、时间为中心的结构模式。韩少功从不隐瞒自己试图打破传统小说模式的真实想法，只是"我对怎么打破这种模式想过很多，所以这次作了一点尝试，我不知道用什么方法来总结我这种模式，但至少它不完全是哪种叙事的平面的推进，如果说我以前的哪种推进是横坐标的话，那么我现在想找到一个纵坐标，这个纵坐标与从前的那种横坐标，有不同的维度"①。韩少功之所以敢去挑战传统，是因为在他本人看来，"没有一本优秀的小说或诗歌，是循规蹈矩写出来的。真正的文学家总是人类思维成果和感觉定势的挑战者"②。挑战传统使韩少功获得了空前的创作自由，同时也形成了一种"韩氏"风格的小说文体，其主要特征正如他自己所言的那样，充分去"享受了写作的自由，从传统的刻板形式中解放了出来，从'人物加情节'的欧洲小说模式里解放了出来，几乎是想怎么写就怎么写"③。韩东的诗歌创作，是新时期文学"跨文体写作"的又一范例。韩东对于传统诗歌的那些累赘性语言颇为反感，他认为"'诗到语言为止'在分析中对诗人没有多大的帮助。问题在于在这个文化垃圾堆积如山的环境里我们必须有清除的信念"④。他突出强调让诗歌回到生活语言，实际上就是要求诗歌回到诗歌本身，回到真实的对生命的探寻。故他的诗歌创作，不是追求抽象神秘化，而是追求生活质朴化，这就使得他的诗歌，散文叙事化风格尤为明显。读韩东的诗，总感觉他像是在喃喃自语，语言没有经过太多雕琢，消解了诗歌的深厚意蕴。如果我们将其诗句串联起来，就是一种第一人称的散文叙事。另外，曹文轩的诗化小说，也别有一番风韵，作

---

① 韩少功，李少君. 词语与世界：关于《马桥词典》的谈话及其他 [J]. 小说选刊，1996（7）.

② 韩少功. 冷战后：文学写作新的处境 [J]. 当代作家评论，2003（3）.

③ 张均，韩少功. 用语言挑战语言：韩少功访谈录 [J]. 小说评论，2004（6）.

④ 韩东，朱文. 古闸笔谈 [J]. 作家，1994（3）.

者以儿童视角去感观生活，使作品文本从里到外都透着诗意与灵性。曹文轩小说的语言秉承了废名、沈从文一脉，将写实与写意兼容一处，在将小说语言的基本要素落实的基础上，把外物的本质用画的形式传达出来，形成一种诗化的叙事语言，这与作家的精神达到高度融合，画的写意形式在语言的表现上是语言的模糊性。张炜的小说同样也具有强烈的诗化特征和抒情特色，尤以《九月寓言》为代表，文本打破了小说传统结构，把流动的情绪和想象作为叙事的主要手段。小说分为七个大部分，但是这七个部分之间没有明显的逻辑关系存在，而是以一种开放式的结构随意添加讲述与当地相关的故事。张炜《九月寓言》的诗化表现是，叙事是以抒情为主的叙事，塑造人物方面致力于塑造诗性的人物形象，并造就了田园牧歌、"融入野地"的诗化意境。其他如莫言、史铁生、王小波、王安忆等人20世纪90年代的小说创作，都呈现出了他们对"跨文体写作"的巨大热情。

综上所述，"跨文体写作"并不是一种新的文学现象，它是20世纪中国作家现代意识的情感表达。我们只有全面了解百年中国文学的文体实践，才能从根本上去认识中国文学现代性的价值与意义。也许有一个重要问题，学术界应该去深刻地反省了：文学研究必须以文学创作为主，而文学创作又是以文学作家为主，这就直接决定了文学的主体是作家而不是批评家；如果批评家一定要从理论上去指手画脚、横加干涉，那么他们首先就应该去实践他们的理论教条，否则这些所谓的理论毫无实际意义。换言之，一部20世纪中国文学史，不是由批评家们创造出来的，而是由作家们创造出来的；如果批评不能与创作形成有效的对话关系，只是在那里凭空想象、闭门造车，那么所谓的文学批评，也就失去了它与文学的缘分了。

宋剑华
2018年春写于暨南大学明湖苑

目录
CONTENTS

第一章　鲁迅的跨文体创作——以《故事新编》为例　...1
　一、"故事"的选择：作为修辞的历史叙事　...1
　二、"新编"的策略：小说诸要素的组建及其效果　...16
　三、"新"与"故"之间：《故事新编》的审美趣味　...27

第二章　郭沫若的跨文体创作——以诗性戏剧为例　...43
　一、诗人与诗教　...44
　二、诗情与诗性　...57
　三、诗艺与诗美　...69
　四、结语　...79

第三章　郁达夫的跨文体创作　...82
　一、"真实"的越界：郁达夫小说向散文的渗透　...82
　二、"浪漫"的糅杂：郁达夫小说与诗歌的互渗　...97
　三、"包容"性：郁达夫小说对其他文体的跨越　...110
　四、结语　...117

第四章　废名的跨文体创作　...119
　一、废名的诗文思想及其跨文体创作　...119
　二、废名跨文体创作的原因探源　...130
　三、废名跨文体创作的文学意义　...139

目录

第五章　萧红的跨文体创作　...147
　　一、萧红小说跨文体创作的文体表现　...149
　　二、萧红小说跨文体创作的文化语境　...168
　　三、结语　...179

第六章　沈从文的跨文体创作　...181
　　一、沈从文的文体观　...181
　　二、沈从文小说的诗化　...194
　　三、沈从文小说的散文化　...205
　　四、沈从文小说的戏剧化　...214
　　五、沈从文多种文体综合写作　...221

第七章　汪曾祺的跨文体创作　...231
　　一、上海时期：无根的困境　...232
　　二、从高邮到昆明：汪曾祺的文化基因　...242
　　三、1949—1979年：30年的沉淀与探索　...258
　　四、结语　...272

第八章　韩少功的跨文体创作　...274
　　一、何谓"小说"：韩少功跨文体创作之渊源　...275
　　二、文体之变：韩少功小说的文本演绎　...281
　　三、文学之根：韩少功跨文体小说的文化意义　...295
　　四、结语　...303

第九章　韩东的跨文体创作　...304
　　一、韩东诗歌对传统诗歌的超越　...304
　　二、韩东小说对传统小说的超越　...312
　　三、韩东跨文体创作的文学意义　...320

第十章　20世纪90年代长篇小说的跨文体研究　...326
　　一、20世纪90年代长篇小说在"体裁"方面的跨越　...327
　　二、20世纪90年代长篇小说在"语体"方面的跨越　...343
　　三、20世纪90年代长篇小说探索变化中的未来希望　...353

后　记　...364

第一章

鲁迅的跨文体创作——以《故事新编》为例

一、"故事"的选择：作为修辞的历史叙事

在《呐喊》和《彷徨》中，鲁迅给我们展现的都是近现代中国形形色色的生活，不论是人物还是事件，都取材于身边现实生活的"一手资料"；而《故事新编》则不同，虽然考据者们纷纷指出各种细节的现实来处，但无法否认的是，它已从前期的现实题材的"直录"变为"历史"事件的"重写"。

中国历来是一个重视历史的国家，据说"中国'历史作家'的层出不穷、连续不断，实在是任何民族所比不上的"①。近代以来，朴学日兴，而浙东犹盛，"浙东之学，言性命者必究于史"②。从小就在这样的氛围下长大的鲁迅，对历史的关注也贯其一生：从六岁起便熟读《鉴略》，并且直到去

---

① 黑格尔. 历史哲学 [M]. 王造时，译. 上海：上海书店出版社，2006：110.
② 章学诚. 文史通义校注 [M]. 叶瑛，校注. 北京：中华书局，1985：523.

1

世前后，所购置的《四部丛书》正续编、《二十五史》还不断送到①。在创作上，他的"历史"情结亦是有意无意地闪现：在他的杂文中，无数次地引史为证、古今对比；在他的小说中，让学动物学的魏连殳当起了历史教员（《孤独者》），让高尔础写一篇《论中华国民皆有整理国史之义务》，《阿Q正传》的得名就是来自对传记体历史书的戏仿，《狂人日记》中"吃人"二字也是从"历史"的字缝里看出的。

鲁迅对历史的态度是复杂的，他曾直言"历史上都写着中国的灵魂，指示着将来的命运"，但又说"涂饰太厚，废话太多，所以很不容易察出底细来"。② 其实，历史书的编撰是一种权力话语的建构，它担负着建立族群世界观和价值观的功能，如福柯所说"历史，就是权力的话语，义务的话语，通过它，权力使人服从；它还是光辉的话语，通过它，权力蛊惑人，使人恐惧和固化"③，因而"人民在欺骗和压制之下，失了力量，哑了声音，至多也不过有几句民谣。'天下有道，则庶人不议。'就是秦始皇隋炀帝，他会自承无道么？百姓就只好永远箝口结舌，相率被杀，被奴。这情形一直继续下来，谁也忘记了开口，但也许不能开口。即以前清末年而论，大事件不可谓不多了……然而我们没有一部像样的历史的著作，更不必说文学作品了"④。

清朝文字狱、《钦定四库全书》的编撰落实了鲁迅对官方历史话语的不信任感。钦定后的《四库全书》"全毁，抽毁，剜去之类也且不说，最阴险的是删改了古书的内容"，使后来者"永不会觉得我们中国的作者里面，也

---

① 许广平. 研究鲁迅文学遗产的几个问题 [M]//许广平. 十年携手共艰危：许广平忆鲁迅. 石家庄：河北教育出版社，2000：127.
② 鲁迅. 忽然想到：四 [M]//鲁迅. 鲁迅全集：第三卷. 北京：人民文学出版社，2005：17.
③ 福柯. 必须保卫社会 [M]. 钱翰，译. 上海：上海人民出版社，1999：62.
④ 鲁迅. 田军作《八月的乡村》序 [M]//鲁迅. 鲁迅全集：第六卷. 北京：人民文学出版社，2005：295-296.

曾经有过很有些骨气的人"①。传统史书也早就褪去了神圣的光环，而成了需要重估的对象。对既存的历史话语的审视，潜台词是对整个社会价值体系的重估。对一切价值的重估就是来自对旧的历史传统的怀疑、新的历史标准的再造，两者互为表里，共同汇入了五四思潮的洪流之中。充满歌功颂德的历史掩盖不住"想做奴隶而不得的时代"和"暂时坐稳了奴隶的时代"的循环，掩盖不了作为历史的少数——个体的、有思想的"人"被吞噬的惨剧。鲁迅读史书，得到的不是"四千余年古国古"的荣耀，而是"读史，就愈可以觉悟中国改革之不可缓了"②的焦虑。

"笔只拿在或一类人的手里，写出来的东西总不免于蹊跷"③，不同的声音就显得尤为珍贵，鲁迅将其了解历史真面目的希望，转向了野史轶闻，毕竟它们使历史话语的"复数形式"成为可能。"野史和杂说自然也免不了有讹传，挟恩怨，但看往事却可以较分明，因为它究竟不像正史那样地装腔作势"④，野史杂记作为个人创作的历史，它们的记录更加真实实在，笔意更加自由个性，口吻更加平易近人，可以说，与其说是鲁迅对芜杂参差的野史杂记的偏爱，不如说是鲁迅对历史之"真"的偏爱，对历史的现世关怀的偏爱以及在历史洪流中的"人的个性"的偏爱。这构成《故事新编》的精神底色。在《故事新编》中，鲁迅对历史话语的审视思考依然在继续，并且显示出更加集中、更加深化的态势。

在小说中，他已不是杂文式的直接揭露，明指要害，而是通过铺陈推演，将历史话语的形成过程呈现了出来，抖落出历史书写的奥秘。在《补

---

① 鲁迅. 病后杂谈之余 [M] //鲁迅. 鲁迅全集：第六卷. 北京：人民文学出版社，2005：186.
② 鲁迅. 这个和那个 [M] //鲁迅. 鲁迅全集：第三卷. 北京：人民文学出版社，2005：149.
③ 鲁迅.《俄罗斯的童话》小引 [M] //鲁迅. 鲁迅全集：第十卷. 北京：人民文学出版社，2005：442.
④ 鲁迅. 这个和那个 [M] //鲁迅. 鲁迅全集：第三卷. 北京：人民文学出版社，2005：148.

天》中,共工氏为了和颛顼争帝位而撞不周山,折断天柱后,都来找女娲告状。共工一方说:"呜呼,天降丧。"那一个便凄凉可怜地说,"颛顼不道,抗我后,我后躬行天讨,战于郊,天不祐德,我师反走,……""我师反走,我后爰以厥首触不周之山,折天柱,绝地维,我后亦殂落。呜呼,是实惟……"颛顼一方则说:"人心不古,康回实有豕心,觊天位,我后躬行天讨,战于郊,天实祐德,我师攻战无敌,殛康回于不周之山。"这是在中国史书上经常出现的语句,不论一场战争是输是赢,都会叙述过程、总结原因。《故事新编》与史书不同的是,通常情况下,历史都是由胜利者事后书写的(如果我们看到战败的记录,那也是胜利者先前的、暂时的战败),战争两方的声音不会同时出现,规定历史方向的角度只有一种,但是鲁迅给我们看的却是同一历史事件的不同阐释。我们看到双方争论的焦点胶着在对战争的正义性、权力的合法性——"德"的争夺上:两方都是在"躬行天讨"而指责对方的"不道""有豕心",至于结果,败者则埋怨"天不祐德",胜者则炫耀"天实祐德"。双方都想占据历史的正当性,成为历史命运("天")的选民,没有人去反省战争带来的灾难,也没有人愿意补救战争带来的破坏(甚至还在后来女娲补天的过程中去伤害她),战争的双方乐此不疲地玩着文字游戏,掩盖他们对权力的贪欲,混乱着人们的视听,"够了够了,又是这一套"(女娲)。共工方和颛顼方的这次对话史书上不曾有过记载,但是这些对话的内容在史书中,大概鲁迅是经常见到的,他有意将这两套形式不同、本质一样的话语并列呈现、当面对质,无疑是一种不动声色的嘲讽。

在《采薇》中,不但历史事件的价值是模糊的,就连历史本身也是不能确定的。武王伐纣用的是"恭行天罚"的名义,一副顺历史潮流而动的腔调,但面对叔齐"老子死了不葬,倒来动兵,说得上'孝'吗?臣子想要杀主子,说得上'仁'吗?"的责问,无法解决逻辑悖论,不得不用武力将他们赶走。与此同时,战争过程本身的扑朔迷离更加撼动了历史一贯标榜的真实性——"有的说,周师到了牧野,和纣王的兵大战,杀得他们尸横遍野,血流成河,连木棍也浮起来,仿佛水上的草梗一样;有的却道纣王的兵虽然有七十万,其实并没有战,一望见姜太公带着大军前来,便回转身,反替武王开路了","血流漂杵"说来自《尚书·武成》,"殷兵反戈"说则来自《史记·周本纪》,同为正史,却有诸多矛盾。但小说中的民众们,似乎早就习惯了这套虚伪和空洞的话语。"顺天应时"的历史朝向只是一个强权者的"名分"。叔齐的反诘如同指出了"皇帝的新衣",倒使得"路旁的民众,驾前的武将,都吓呆了",不但如此,连强盗头子"华山大王小穷奇"也学会了"遵先王遗教",要"恭行天搜"了。而对"略有不同"的"战争过程",也没人愿意考证,只有"鹿台的宝贝"和"巨桥的白米"证明战争的结果,只有"皇帝的头""女人的脚"做奇趣的谈资,大家安心地吃着"太平饭"了。历史上的"先王遗教",不是作为一种内在的行为准则而存在,而是作为一种外在的名号和可被利用的工具而存在,而历史是否真为"历史"也已不重要,逝去之事的真与伪,休要干涉现世的太平无事。因而民众们都自觉地做起了"做戏的虚无党"①,不会真的去计较孰是孰非,更不会产生灵魂上的道德感。但是,鲁迅笔下的这两兄弟却无意间掉入了这"名号"和"工具"的怪圈,按照这历史"传统"逻辑行事,成了历史话语的牺牲品②。

在《出关》中,鲁迅表现得更是深入。在这篇小说中,研究"六经"已经"很长久了""够熟透了"的孔子,却不被主子们采用,很是懊恼,请教于老子。老子这样说:"六经这玩艺儿,只是先王的陈迹呀。那里是弄出迹来的东西呢?你的话,可是和迹一样的。迹是鞋子踏成的,但迹难道就是鞋子吗?"听了这番话,"孔子好像受了当头一棒,亡魂失魄的坐着",果

---

① 鲁迅. 马上支日记 [M] //鲁迅. 鲁迅全集:第三卷. 北京:人民文学出版社,2005:346.
② 在鲁迅的笔下,伯夷、叔齐并非简单、迂腐,他们的死也并非简单的"殉道",他们的"悲剧"在后文中将更加详细地讨论。

然三个月后，孔子便"想通了一点"，老子知道孔子以后将会得势，且不见容于他，于是出关。孔子拜见老子这个情节来自《庄子·胠箧》，庄周对当时历史政治话语的虚伪，常常是刻薄而一语中的的，所谓"窃钩者诛，窃国者诸侯，诸侯之门而仁义存焉"①。这里鲁迅赞同了庄周的判断，在老子口中，"六经"是"鞋"，而不是"迹"，不是先王真实的言行历史，假如真的去推行，那当然是要碰钉子的。老子本意是要指明这套话语的不真实性，但对于专营功利的孔子来说这恰是一条出路，先王遗教就不是需要践行的信仰，而是可以利用的工具。

这里，鲁迅悄然揭开了历史书写的神秘面纱，揭示了这套话语精心掩饰的秘密。历史的叙述作为一种"修辞"的一面豁然展现在我们眼前：作为"叙事性散文话语形式中的一种言辞结构"，历史作品有着"不可避免的诗学本质"：通过选取一定数量的材料，运用某种理论概念，再用特定的叙述结构组合，历史作品不断地从逝去的"事件"中抽象出"事实"，并用来判断事件，以告诉读者"实际发生了什么"，同时说服我们去相信"事实"的"真实的意义"（而不去考虑"意义的真实"）。历史话语作为一种"修辞"，不但生产着"事实"而且生产着"意义"②。

虽然鲁迅对历史有着浓厚的兴趣，虽然在对古籍校勘的成绩中，鲁迅也表现出了其深厚的文献收集整理的功底，但他并非（也无意于）做一个历史学者。与其说他关注历史事件本身的真伪，不如说他更关注历史背后的民族灵魂；与其让他长坐书斋、"翻着古书，四周无生人气，心里空空洞洞"③，不如让他荡开文学的想象，在历史中选取具"事件性"的片段，表达他对人间世相的别样思考。因此作为一种文体的《故事新编》，对历史题

---

① 陈鼓应. 庄子今注今译［M］. 北京：中华书局，1983：256.
② 怀特. 元史学：十九世纪欧洲的历史想象［M］. 陈新，译. 南京：译林出版社，2004：1-3.
③ 鲁迅.《故事新编》序言［M］//鲁迅. 鲁迅全集：第二卷. 北京：人民文学出版社，2005：354.

材的选择，有其独特的精神内涵。既然"历史话语"是一种修辞方式，那么就意味着我们可以而且有必要抹掉历史话语的神圣光环，去成为历史的叙述者和历史价值的赋予者，在现有的"事件"中生产出新的"事实"和"意义"，在新的"历史话语"中实现对旧有价值的重估和对新生价值的彰显，这便是《故事新编》文体精神最核心的出发点。

鲁迅对传统历史话语累积了诸多不信任，一方面表现在《故事新编》中透露出的，对几千年来历史书写范式的质疑与解构；而一方面又注定了《故事新编》不会是一副中规中矩的"历史小说"（"教授小说"）的模样——"对于古人，不及对于今人的诚敬，所以仍不免有油滑之处。过了十三年，依然并无长进"①。而《故事新编》作为小说体裁，又天然地赋予了这"油滑"以合法性，不必为"历史"所牵制，从而更自由、便捷地体现了鲁迅的创作个性与独特思考。

鲁迅说《故事新编》是"神话、传说和史实的演义"②，依据我们现代人的理性观念，很难接受那些神话和传说是"历史"。但是，书写这"存疑的历史"却正是《故事新编》的一种文体特征。"神话、传说和史实"，如果以"编年史"学家的眼光看来，说它们是"历史"，肯定是"不可靠"的。就神话传说而言，神迹神力的不可验证性已经决定了它们首先就被排除在了"理性"和"实用"之外。"孔子出，以修身齐家治国平天下等实用为教，不欲言鬼神，太古荒唐之说，俱为儒者所不道"③；而诸子逸事等"史实"，虽然各种文献有所记载，但年代已久远，多成了孤证，且多寓言托物以言志，分不清真假，如《庄子》者，"著书十万言，大抵寓言，人物

---

① 鲁迅.《故事新编》序言［M］//鲁迅.鲁迅全集：第二卷.北京：人民文学出版社，2005：354.
② 鲁迅.一生太平凡 鲁迅自述［M］.哈尔滨：北方文艺出版社，2016：152.
③ 鲁迅.中国小说史略·神话与传说［M］//鲁迅.鲁迅全集：第九卷.北京：人民文学出版社，2005：24.

土地，皆空言无事实"①，似乎不可察，也无须察。这样一来，它们虽然口耳相传了数千年，但终究是姑妄听之的东西。当我们反思为什么一开始将《故事新编》定义为"历史题材小说"而为人们所默许时，会发现《故事新编》所具有的历史维度，首先是指的小说集本身的创作基础：鲁迅写作《故事新编》是在历史文献中取材，而不是如同《呐喊》《彷徨》那样对新近生活的写实与创造，因而对"先在的"文本具有依附性和重写性，而更重要的是，神话传说、诸子逸事虽荒诞失考，但作为一种口耳相传的文化经验，早已经汇入了我们的民族记忆，而且起着比官家正史更为广泛更为深刻的作用，成了一个民族"思想史""文化史"的一部分，故而也是历史话语的重要组成。

神话和传说作为历史文本，它们一方面包含了历史的作用，另一方面还具有某种"超越"的特性。在鲁迅看来，"昔者初民，见天地万物，变异不常，其诸现象，又出于人力所能之上，则自造众说以解释之：凡所解释，今谓之神话"②。而"迨神话演进，则为中枢者渐近于人性，凡所叙述，今谓之传说"③，"由此再演进，则正事归为史；逸事即变成小说"④。可见神话、传说一方面肩负着原始初民"解释"世界的作用，成为历史的滥觞；另一方面又是民族思想史上的"活化石"，"不特为宗教之萌芽，美术所由起，且实为文章之渊源"⑤。在这种语境下，神话和传说是作为一个民族的原始形态的宗教、哲学和美学文本而存在的，它们体现的是一个民族的思维和文化起源。而《故事新编》中的史实，则多是以儒、道、墨、法等先

---

① 鲁迅. 汉文学史纲要 [M] //鲁迅. 鲁迅全集：第九卷. 北京：人民文学出版社，2005：374.
②⑤ 鲁迅. 中国小说史略·神话与传说 [M] //鲁迅. 鲁迅全集：第九卷. 北京：人民文学出版社，2005：19.
③ 鲁迅. 中国小说史略·神话与传说 [M] //鲁迅. 鲁迅全集：第九卷. 北京：人民文学出版社，2005：20.
④ 鲁迅. 中国小说的历史变迁 [M] //鲁迅. 鲁迅全集：第九卷. 北京：人民文学出版社，2005：312.

秦诸子为选择对象,作为中国思想特有的文化符码的代表,他们生存在"道术将为天下裂"①的春秋战国,其时以政治上的战乱和思想上的多元著称,而据说此时世界正处在所谓的"轴心时代","正是在那个年代,才形成我们与之共同生活的这个'人'。……非凡的事件都集中发生在这个时期","这个时代产生了我们至今仍在其中思想的基本范畴,创造了人们至今仍赖以生活的世界宗教"②,鲁迅将视线投向那个时代,无疑体现了一个知识分子重返原初时期的民族记忆,表现了他对那个时代看法的文化诉求。

同时,如果我们回归当时的社会历史语境,这种对神话时代和诸子时代的重新发掘,也是近代思潮的一个重要部分。冯友兰将中国哲学分为"子学时代"和"经学时代",董仲舒"独尊儒术"之时,便是这两个时代分野之始③。汉代之后便是儒家经学独占思想界主流话语的时期,对诸子百家之学的研究遭到边缘化。而至清末,由于乾嘉学派考据之学的推动和知识分子对宋明理学的反拨,出现了诸子学的复兴,"光绪以来,学人尤喜治周秦诸子"④。到了19世纪末20世纪初,西方学术思想、商业军事大规模入侵,造成了中国思想界的危机,早先对宇宙人间的解释遭到了挑战。在新的时代心理背景下,诸子之学得到复兴,重新又回到中国思想界,成为知识分子热议的话题。⑤鲁迅对这段曾经被边缘化的"历史"给以充分关注和这个大环境也紧密相关,不仅他的《中国小说史略》《汉文学史纲要》等对神话、诸子多有涉及,而且章太炎的学术论文《诸子学略说》也直接影

---

① 陈鼓应. 庄子今注今译:下[M]. 北京:中华书局,1959:856.
② 雅斯贝尔斯. 智慧之路[M]. 柯锦华,范进,译. 北京:中国国际广播出版社,1988:68-70.
③ 冯友兰. 中国哲学史:上[M]. 上海:华东师范大学出版社,2000.
④ 张之洞. 劝学篇[M]. 上海:上海书店出版社,2002:18.
⑤ 对这一过程的论述可详见:葛兆光. 中国思想史:第二卷[M]. 上海:复旦大学出版社,2009:494-511.

响到了《出关》的创作①。因而《故事新编》以神话诸子为重写对象，是鲁迅个人的选择，也有时代风气的影响。

《故事新编》的写作历程虽然漫长，而且最后几篇的创作因发表、出版等因素的影响稍显仓促，但我们仍看到小说集在人物的选择和事件的安排上有其内在的逻辑和用意，编入集子的时候，目录顺序不是按发表时间排列，而将原本写作时间靠后的《理水》（1935年）《采薇》（1935年）放到了《奔月》（1926年）和《铸剑》（1926年）之间，因此8篇小说在事件发生的时间上构成了"神话时代"（《补天》）—"英雄时代"（从《奔月》到《铸剑》）—"诸子时代"（《出关》《非攻》《起死》）的序列，在其嬗变和传承中，作者发掘集体记忆，审视民族心理的创作意图和指向性不时显现。

"神话时代"的《补天》讲述的是一个关于"发生"的事件。那时的鲁迅是"很认真的"，"取了弗罗特说，来解释创造——人和文学的——的缘起"②。在《补天》中，人被解释成"偶然"的产物——"非常圆满而精力洋溢"的女娲用来排遣"无聊"而无意中揉捏出来的作品。若在弗洛伊德看来，女娲的"懊恼""无聊"便是"力比多"得不到释放的表现，而作为作品（艺术品）、通过一种"游戏"的行为被造出的"人"，是性欲望张扬的结果，同时"性"在精神分析学派更有形而上的意味，它象征了生的欲望，是生命力的表现，是人之为"人"最本质的力量。"人"诞生于性，却在进入"文明"社会之后，使"性"带上了伦理色彩，成了禁忌。女娲的作品们都"包了身子"，且指责人的创造者"裸裎淫佚，失德蔑礼败度，禽兽行"。个人的原始的"生命的欲望"与社会的后天的"文明的压抑"产生巨大的冲突碰撞。同时，《补天》中进入"文明社会"的人，不但

---

① 鲁迅.《出关》的"关"[M]//鲁迅. 鲁迅全集：第六卷. 北京：人民文学出版社，2005：539.

② 鲁迅.《故事新编》序言[M]//鲁迅. 鲁迅全集：第二卷. 北京：人民文学出版社，2005：353.

没能继续"创造",还因物欲的贪婪而相互杀戮、肆意破坏,这就成了"补天"的缘起,女娲衰竭的先声。鲁迅说《补天》作意于描写"性的发动和创造,以至衰亡"①,也即是写个人性的原始生命力、创造力的天然的发生、展现,而又在世俗世界的压抑、破坏下丧失的过程。"性"的压抑正是文明的开始。鲁迅以女娲传说作为《故事新编》的开篇,意味着文明批判的开始。

在"神"的时代消失了之后,鲁迅开始描写"半神"和"奇人",开始了"英雄"的时代。"迨神话演进,则为中枢者渐近于人性,凡所叙述,今谓之传说。传说之所道,或为神性之人,或为古英雄,其奇才异能神勇为凡人所不及,而由于天授,或有天相者"②。《奔月》《理水》《采薇》《铸剑》的主人公:后羿,大禹,伯夷、叔齐,眉间尺、宴之敖者,在源文本的语境中分别是神勇、实才、忠义和侠义等美德的化身。先民在塑造他们时,下意识地将他们平面化、符号化,而他们所代表的这些美德具有先验的正确性。鲁迅一方面从思想的高度,用一种崇高的笔调,肯定他们支撑起了一个民族的精神世界,他们执着于信念,敢于实践,敢于抗争,敢于殉道;另一方面又从现世的角度,表现出他们生存的艰难:神勇者遭遇遗弃和背叛;实才者遭遇"证伪",最后被同化;忠义者最终生命、名誉两失;侠义者终于与暴戾者同葬,歆享着顺民们的忠愤泪水。这些"英雄"在世间或者见弃,或者妥协,或者死去。鲁迅并非要否定这些上古就流传下来的美德在伦理上的正义性,而是重新思考它们在现实中的可能性。当人们认为只要拥有美德,就足以为当世之英雄、为后世所颂扬时,我们却不曾想过传说中的"英雄"们将如何挣扎于尘世,先驱者又如何才能得到理解。作家指出了问题,但并不需要给出答案。

---

① 鲁迅. 我怎么做起小说来 [M] //鲁迅. 鲁迅全集:第四卷. 北京:人民文学出版社,2005:527.

② 鲁迅. 中国小说史略 [M] //鲁迅. 鲁迅全集:第九卷. 北京:人民文学出版社,2005:20.

"英雄时代"的人们有着单纯的价值标准,这也符合天下共主的社会结构(三皇五帝时期)的要求。而进入群王并起、问鼎逐鹿的七雄五霸时期,君王不再是不可冒犯、不可代替的,以弑君为主题的《铸剑》,宣告了《故事新编》中英雄时代的结束。当单一的价值伦理再也无法统治人们的心灵时,充满半神色彩的"英雄"的地位也将被从事理性思考的人取代,人格的重要性取代了神格,学说思想成了治国利器,以思想并立为特征的诸子时代到来。老子、孔子、墨子、庄子成了鲁迅的新编对象。面对这些中国思想的源头,鲁迅依旧把他们放归世相,按照他们的逻辑行事,却显现出他们思想中内在的悖论:老子尚柔,认为可以以弱胜强、以柔胜刚,但是依旧绕不过孔子的强势而出关,以言语为思想的"陈迹",却逃不过关尹喜的强令,留下玄之又玄的五千言;墨子的确深得鲁迅喜爱,但是终于"治于神者,众人不知其功"①,而且隐约还预示着门徒中最终"真老实的逐渐死完,止留下取巧的侠"(如曹公子等);宣扬"方生方死"的"相对论"的庄子,更是要动用世俗力量来解决其哲学的后果。在这些两难之境中,高妙的哲学深思总要在现实中碰壁。诸子百家各自创造出了解释世界、重整秩序的不同范式,自信地在各诸侯之间纵横游说,而后世将之言论奉为经典,汇入对民族历史的解释与指导之中,确信其真理性和有效性;近代的革命志士亦兴奋于可以重启一个新的宇宙解释方式,来抗衡官定的和外来的思想。鲁迅却通过种种文学想象的演绎,对诸子时代的思想家们发出冷静的拷问:当天马行空的神思遇到衣食住行的现实,知识者们又如何实现他们理论上的"理想国"?

虽然《故事新编》中的故事、人物我们都已经耳熟能详,而且所依据的原始文本我们也有迹可循,但是似乎不见前人提出过鲁迅那样的问题,而这其实并非是前人无意识的忽略,而是在于鲁迅提出的是现时代才有的

---

① 吴毓江. 墨子校注 [M]. 孙启治,点校. 北京:中华书局,1993:765.

疑问，也就是说这些问题本身具有某种"现代性"。如果我们按照文本的主要内容去打量小说的题目，会发现叙述重点大多发生偏移，故事中的人物，也与我们通过口耳相传得知的形象大异其趣。在《补天》中，真正描写女娲如何补天的篇幅，大概只占到全文的五分之一，更多的篇幅留给了女娲的创造和其创造物的破坏；在《奔月》中，嫦娥奔月只被一笔带过，其他的则在记录后羿的烦劳人生；在《理水》中，大禹如何治水的过程，更是被帮闲们如何不治水的过程所替代；在《采薇》中，讲的不是伯夷叔齐如何采薇，而是如何欲采之而不可得；《铸剑》亦将铸剑过程的种种神秘灵异，转化为虚幻的口头传说，着重讲的却是这神奇的剑，如何将铸造者和拥有者一个一个杀掉；《出关》讲的是老子不得不出关，又不得容易出关的两难；《非攻》倒是小说集中最"忠实"于源文本的，但是结尾笔锋一转，让墨子"鼻子塞了十多天"，却也是作者有意为之；《起死》里，庄子如何让人"起死"只是一刹那的事，而"起死"之后如何"生"却敷衍了四分之三的篇幅。当我们将《故事新编》讲述的这些情节打散、分类，并以将小说中的"主要人物"加"结局"的形式做一种"偏正式"的组合，我们会发现，这八篇小说可以归纳成若干类。再以一种纵向的眼光，将这些类型放到鲁迅的创作史中进行比对就会发现，《故事新编》中选择的题材在鲁迅之前的创作中早有显现，在鲁迅的创作中具有相当的连贯性和一致性，而正是这些题材（问题）的选择（提出），使得原有文本中被我们忽视的角落得以照亮。

1. "先驱者的死后"

《故事新编》中，有三篇小说主人公的结局是死去，且无一例外地全部写到了"死后"的状况：《补天》中女娲精疲力竭而死，死后，禁军在最膏腴的肚皮上扎寨，打出了"女娲氏之肠"的大纛；《采薇》里伯夷、叔齐不食周粟而死，死后成了阿金姐们的谈资，而两人的死也因此成了"贪心贪嘴"的报应；而在《铸剑》中，眉间尺、宴之敖者与王同尽，死后，漫长的"大出丧"便开始上演。在鲁迅的文学世界里,"死"是一个频繁出现的意象,但小说中主人公的死也往往并非宣告故事的结束,总有一些围绕"死后"所发生的事困扰着"主人公"和读者,如众人对孔乙己的死、祥林嫂的死及其死后种种议论都成为鲁迅所热衷的题材。死对于当时的鲁迅来说,已不是新鲜事,"忍看朋辈成新鬼"的事常常在发生,但他是不畏死的。他借墨子的嘴说"死并不坏,也很难,但要死得于民有利",但是,"死"是否有价值只有在"死后"才能知道,若有"几个朋友祝我安乐,几个仇敌祝我灭亡",这死仍是一件快意的事,死是曾经活过的证明,为某种信念而死是赋予生命以价值的在一种方式,不论朋友或是仇敌都是能理解这种价值的人,这样的死是一种与命运抗争的战士的死,但"影一般死掉了,连仇敌也不使知道,不肯赠给他们一点惠而不费的欢欣"① 就只能是一种深刻的悲哀。更可怕的是,战士战死了,却被"苍蝇们"嘬着缺点和伤痕,"营营地叫着,以为得意,以为比死了的战士更英雄"自以为不朽②,这更是对命运的嘲讽。"假使一个人的死亡,只是运动神经的废灭,而知觉还在,那就比全死了更可怕"③,鲁迅对"死后"的描写,揭示了这种可怕,用读者的直觉去移情战士们的悲哀,他们死的价值或抹平在无聊之中,或湮没在庸俗功利之内,见不到半点崇高。

2. "拯救者的冷遇"

《奔月》《理水》《非攻》中都描绘出了一个曾经或正在拯救世界的前驱者,而鲁迅在张扬他们的生命意志和人间关怀的同时,亦不免给他们设下遭遇冷落的境况。后羿射九日、杀封豕长蛇以拯救苍生的壮举只被安排进了他的回忆中,风光不再的他,只落得被嫦娥遗弃的下场;被大禹所拯

---

① 鲁迅. 死后 [M] // 鲁迅. 鲁迅全集:第二卷. 北京:人民文学出版社,2005:217-218.
② 鲁迅. 战士和苍蝇 [M] // 鲁迅. 鲁迅全集:第三卷. 北京:人民文学出版社,2005:40.
③ 鲁迅. 死后 [M] // 鲁迅. 鲁迅全集:第二卷. 北京:人民文学出版社,2005:214.

救的"学者们",极力证明了大禹的不存在,新编的故事笼罩在荒诞之中;《非攻》保留了源文本中"子墨子归,过宋,天雨,庇其闾中,守闾者不内也"的情节,这颇具反讽的结尾,连古人都发出"治于神者,众人不知其功,争于明者,众人知之"①的无奈。如果说前者的种种荒诞都是鲁迅的故意"油滑",那么这就是鲁迅的回应,历史本身就是充满荒诞。拯救者被被救者冷落遗忘,他们获得的荣誉与他们的功绩和伟力形成反差。类似这样的题材在《药》《狂人日记》《阿Q正传》上都有涉及,而在《故事新编》中写得更为直接正面。

3. "知识者的逃遁"

在《出关》和《起死》中,道家的两位代表人物老子和庄子最后都选择了逃奔,他们作为新的世界解释体系的开创者,在鲁迅笔下似乎变得没那么自信了。面对现实的世界,谈玄务虚的老子自认为敌不过功利务实的孔子,"达性命之源"的庄子回答不了精赤条条的汉子的"生存"问题,他们都精通于哲学的形而上问题,却在要直面人生时选择了逃遁,老子出关,庄子奔窜,对他们这一行为的描写表现出的,是喜于抽象玄思的知识者面对具体生活的慌张和无力。而即使是逃,也不得不臣服于世俗的规则来逃,逃得狼狈不堪,老子为出关不得不听命于关尹喜留下五千言,庄子为脱身不得不吹响警笛唤来巡士,此时的他们"用尽哲学的脑筋,只是一个没有办法"(《出关》)。而关于逃避性的出走,鲁迅说:"实在只有两条路:不是堕落,就是回来"②,于是我们看到庄子将要去见楚王,而老子呢,据关尹喜推断:"肚子饿起来,我看是后来还要回到我们这里来的"。而关于"知识者的逃遁",也不是《故事新编》的首创了:面对社会的"恶",方玄绰逃了(《端午节》);面对祥林嫂问"地狱有无","我"逃了(《祝

---

① 吴毓江. 墨子校注 [M]. 孙启治,点校. 北京:中华书局,1993:765.
② 鲁迅. 娜拉走后怎样 [M] //鲁迅. 鲁迅全集:第一卷. 北京:人民文学出版社,2005:166.

福》);面对狗的驳接,"我"逃了(《狗的驳接》);面对魏连殳的"童心无邪说","我"依旧还是逃(《孤独者》)。大凡遇到现实人生的碰撞,曾经对改造世界充满热望的知识者们,首先选择的就是"逃"。

从"先驱者的死后",到"拯救者的冷遇",再到"知识者的逃遁",鲁迅向我们展示了他长期郁积于心的对"死的价值""生的意义"和"逃的可能"的多重议题的叩问。《故事新编》虽然是写古人,但是,正如柯林武德所说"每个新的一代都必须以其自己的方式重写历史;每一位新的历史学家不满足对老的问题做出新的回答,就必须修改这些问题本身"[1],面对已有的"故事",重写时,鲁迅向古人提出了"现代"的问题。古代先民亦曾有过对生命的困惑,对人世间不平等的感慨,但是在文学创作和哲学沉思上都有一种类似于宗教情感的"诗性正义":笔墨在英雄的死处戛然而止,救世者的功绩终究得到彰显,知识者的地位在将来可得到追授,一切现实的惨淡都有补偿,结局的大团圆总是"匪夷所思"的轻易。面对着这"瞒"和"骗"的"神话",鲁迅用一种现代人的眼光,一种非历史的文体,回到历史问题本身,用生活的逻辑代替神话的逻辑,假如历史上的人(神)们真的充当了先驱者、拯救者和知识者的角色,那就必须准备去面对死后被人利用,生前遭人冷落,生活无处可逃的结果。不错,这只是一种"可能性",但是是一种现实的可能性(而不是一种神话的可能性),一种"对于陷入尘世陷阱的人生的探索"[2],是我们无法回避的,这是鲁迅在轮番经历了"复古神话""启蒙神话"和"革命神话"之后,回归实在人生的追问,是《故事新编》在其文体题材选择上的落脚点和生命力。

二、"新编"的策略:小说诸要素的组建及其效果

在小说的叙事策略上,鲁迅对源文本的内容、人物以及结构都做了创

---

[1] 柯林武德. 历史的观念 [M]. 何兆武, 张文杰, 译. 北京: 商务印书馆, 1997: 345.
[2] 昆德拉. 小说的艺术 [M]. 董强, 译. 上海: 上海译文出版社, 2004: 34.

造性的"新编"。

《故事新编》所使用的"历史题材"有很大一部分并不能算是叙事作品，而只是福斯特所说的"故事"，即"对依时序安排的一系列事件的叙述"①。"新编"很大程度上，是将"故事"转换成"情节"，即将事件按"因果律"进行安置，将事件放入了价值链条。"新编"的方式主要包括拼接、改编和增益三种。

1. 拼接

《故事新编》在事件选取上具有"多源"性，每个文本都是从若干个不同的文本中截取出来并拼接在一起的，有的来自不同时期的不同书目（《补天》），有的则来自同一书目的不同篇章（《奔月》），还有的故事主体来自某一个文本，而细节则来自多个文本（《铸剑》）。鲁迅将目标人物和他认为有价值的事件搜集起来，按他的"因果律"整合到一个文本中，组成了一个情节链。例如，在《补天》源文本中，造人、天阙和补缺这三个主要事件并没有绝对的因果性，"天阙"的原因是"初不足"，人并不为之负责，但《补天》却形成了"创造—破坏—补救"的逻辑顺序，女娲和人分别承担起创造者和破坏者的角色。同样的，在《奔月》中，精于射术成了后羿射光了所有猎物、被嫦娥抛弃的直接原因，表达出对婚姻生活的现实物质性的强调；在《采薇》中，伯夷的"遵命让位"成了叔齐卫道的逻辑起点，窥见崇高道德背后的无奈感和历史的偶然性；在《出关》中，孔子问老而孔胜老败导致了老子出走，构建了一次儒道交锋，表达了对两者的双重否定。看似不相关的片段的拼接，让历史事件的发生被赋予了某种内在的"原因"，这种虚拟的原因又是作者价值判断的负载，作者借着这些解释行为展现了自己对这些事件的理解，亦对民族性的源流有更具体、更丰富的挖掘。

---

① 福斯特. 小说面面观［M］. 冯涛，译. 北京：人民文学出版社，2009：24.

2. 改编

鲁迅在对原文的演绎过程中并非完全忠实于源文本，为了达到一定的效果，作者改变了故事原有的面目或人物原有的气质。《故事新编》中的人和事显得既熟悉又陌生。例如《起死》，小说源自《庄子》，鲁迅评价《庄子》"著书十余万言，大抵寓言，人物土地，皆空言无事实"①。能下这样评价的人会知道《庄子》一书需要从"隐喻"和"象征"的角度来理解它，而不能将其"坐实"。然而，在《起死》中，"齐生死"只是"上流的文章"，在现实中去实验却是到处碰壁，庄子从玄思的云端硬着陆到了现实的大地，只能说是鲁迅充满反讽意味的"有意误读"。此外，《补天》中人类的始祖（如女娲之肠）从古籍中的崇高无比变得獐头鼠目，《采薇》中对物质上"吃"的描写强调到超过精神伦理上的"义"，这些有意为之的言语行为突破了读者的原有的期待视野，在不改变整个故事格局的前提下，引发了读者新的思考，赋予了源文本新的意义。

3. 增益

《故事新编》中增加了不少源文本中所没有的人物和事件，这是小说集最具想象力的地方。如《补天》里古衣冠的小丈夫，《奔月》里的误射黑母鸡事件，《理水》里"文化山"上的争论，《采薇》里小穷奇的"替天行搜"、首阳山居民的议论，《铸剑》的"大出丧"，《出关》里的巡士和《起死》里的账房先生等，这都是鲁迅的"无中生有"的想象和创造，是他虚构能力的体现。拼接和改编终究有迹可循，虚构的事件体现的却是更具主体性的构思和"假设"。小说中"通过行动，人走出日常生活的重复性世界，在这一重复性世界中，人人相似；通过行动，人与他人区分开来，成为个体"②，鲁迅的作品中，叙事者很少直接出现，对某个人物进行品评，

---

① 鲁迅. 汉文学史纲要［M］//鲁迅. 鲁迅全集：第九卷. 北京：人民文学出版社，2005：375.

② 昆德拉. 小说的艺术［M］. 董强，译. 上海：上海译文出版社，2004：30.

往往是通过人物面对不同情境时的行为、言论、心理进行展现。在鲁迅设置的情境中,小说人物通过自己的行为,表现自己的个性和本质。后羿误射了有主的家禽,还认不出是一只母鸡,被老太太训斥一顿之后,才道出不耕不织、身边无钱的窘状,甚至连名声都被逢蒙掠去。此时,后羿忠厚老实的性情和政治经济上的弱势地位也展露出来。"那顶着长方板的却偏站在女娲的两腿之间向上看"的"古衣冠的小丈夫"就是鲁迅"用一种裸体带有肉欲的形象来故意挑拨打击道貌岸然之士"[1],以女娲的自然健美榨出他们文明衣冠下的猥琐卑微来。面对文化山学者的光怪陆离的表现,大禹做出了自己的决断。伯夷叔齐面对"生命"和"价值",选择了后者。《故事新编》中几乎每篇都设置了新的人物和新的情境,使主人公得以自我选择,体现自己的本质,同时也增加了小说的社会现实性。

不论是拼接、改编还是增益,它们都有一个内在的共同点,那就是都在刻意表现个人在历史生活中的主体性,《故事新编》是一部"人的历史"。人是一个多面的整体,拼接过程就是还原人的自足性。人的行为有外在的偶然性和内在的必然性,改编就是显示出不同的人面对现实人生的内外矛盾或统一。人的本质体现在他的行为之中,鲁迅不断地设置新的情境,考验着他笔下的人物,在不停地选择中,实现着人物对自身的想象与塑造。

有学者指出,鲁迅的很多小说具有一种"场景"文体特征,这种文体"追求一个目的、一个意图,把若干互为因果的事件,按照目的,构成一个整体,从而形成动作的单纯、简要和一致(即基本思想一致),并把兴趣集中在人物身上的戏剧化的风格特点"[2]。这种"场景"文体因凭借对事件立体叙述而达到能够对事件进行客观呈现的艺术效果,从而增加了主题的深刻性和复杂性。在《故事新编》中,这种"场景"文体及其戏剧化表现得十分明显,它通过人物的设置实现:小说中不同类型人物的功能(及其所

---

[1] 李欧梵. 铁屋中的呐喊 [M]. 尹慧珉,译. 石家庄:河北教育出版社,2000:199.
[2] 汪晖. 反抗绝望 [M]. 石家庄:河北教育出版社,2000:246.

使用的语言）将作者设想的主题意蕴表达了出来。

根据人物在文本中的表现和功能，我们把《故事新编》中的人物分为"行为型"和"背景型"两类。"行为型人物"是小说聚焦的中心，他们身上凝聚了某种思想，并通过行为来体现。在文本中他们如同"旅客"一般游历于各个场景之间，对周围的情境做出判断并给以行为反应。"背景型人物"体现的是社会环境的力量，在各个场景中是静态的、群体性的，他们个性模糊，分不清地域和朝代。这两种人物的交锋推动着情节的发展，并将人物形象和思想主题"场景"化地表现出来。

例如《采薇》，在《故事新编》中是一篇较为复杂的文本，作者对文本中的两位中心人物态度并不明朗，同时这两个人彼此之间的关系也设计得很微妙，而用"行为型人物"和"背景型人物"的两分法进行分析，从他们各自的行为，对外界的反应，以及外界对他们的评价，我们可以进行更为清晰的考察。伯夷叔齐两兄弟是动作行为发出的主体，他们意图用他们认为正确的"忠孝"来介入生活、干预现实，即使采薇而食，也是为了生存。可当别人问起缘由时，伯夷还是说出了他们的谦让事迹和"不食周粟"的决心，依然想彰显他们清高的一面。但作为社会意见的"背景型人物"却对他们这象征性的行为表现出了极大的不认同，因为他们的存在是对社会群体的嘲讽。社会道德标榜忠孝，人们都以遵守忠孝为荣，然而改朝换代之后，需要转变历史话语、承认新的政权的合法性，也即是要更换忠孝的对象，然而更换忠孝的对象又是不忠孝的，这个社会就会陷入两难悖论，所以社会就会集体不"认真"地对待忠孝道德，因而他们越是忠孝于前朝，越是显得社会整体的虚伪。两兄弟之死是因为他们承认"普天之下，莫非王土"的政体，却不承认周政权的合法性，但是这个社会已经认同这个政权，周室已经在结果上成为王室。不食周粟本是一个极具象征性的行为，被社会群体"坐实"了并推向极端，坚守自我、付出行动的个人就不得不成为牺牲品。另外，这两个行动者的步调不一，也来自他们不同的信念。

伯夷早年的让位出走并不是出于纯然的忠孝，他的父亲孤竹君早已有意传位给老三的，他的逃走了是"遵父命""省得麻烦"，是一种仪式性的忠孝，而叔齐的逃走动机则更纯粹，所以他们之间也是一个被动，一个主动。

"行为型人物"通过自己的行为表现他们的性格，验证他们的思想，同时又通过"背景型人物"显示了行动者在社会舆论中的形象以及行动者的行动目的与行动结果之间的差距。"背景型人物"不只来自古籍，还来自鲁迅的人生阅历，这些人物"由于它是以古人面貌出现的，与故事整体保有一定联系。我们可以设想古代也有这种在精神和性格上类似我们在现实生活中所习见的人物；同时它又可以在某些言行细节中脱离作品所规定的时代环境，使我们可以鲜明地感到它的现实性，使它与作品的主要人物和主要线索保持一定的距离，从而除对现实生活产生讽刺和批判作用以外，还可以使人们易于对历史人物和事件产生理解和作出评价"①，由于他们的存在，使代表华夏民族思想形象的"行为型人物"不得不面对新的问题，做出新的选择，予以新的评价，所以《故事新编》由于这两类人物的存在被赋予了强烈的现实指向性。

《故事新编》叙述语言的主体是白话，但是其中也穿插着文言和外来语等多种语言样态，使我们在阅读《故事新编》时对其文本语言有一种"驳杂"感。语言从其起源上来说是人类进行交流的工具，但在人类分工日益精细化、等级化之后，懂得并使用某种话语成为一种身份的象征，体现了权力的在场，"语言—知识—权力"成为密不可分的整体。这在历史上也不乏先例，在中世纪的法兰克，高卢贵族就曾经依靠"使拉丁语成为国家的正式语言、知识语言和法律语言"迫使使用另一种语系的日耳曼贵族丧失了权力。某种语言的使用在一定的语境下成了显示其身份，所拥有的权力，以及促使其权力的实现的力量。② 在《故事新编》中，鲁迅便是通过这些不

---

① 王瑶. 王瑶全集：第六卷 [M]. 石家庄：河北教育出版社，2000：357.
② 福柯. 必须保卫社会 [M]. 钱翰，译. 上海：上海人民出版社，1999：145.

同话语的设置，制造了各种力量的对抗，"行为型人物"和"背景型人物"的冲突绝大多数也是话语间的冲突，也体现着鲁迅的批评指向。

例如，白话与文言的交锋体现的是对官方语体的质疑：在《补天》中，女娲使用的是白话，她的作品——人，最开始时只会咿呀学语，天真地哭和笑，然而没过多久共工和颛顼争先恐后地到女娲面前告状时，便开始使用来自《国语》《史记》一类历史书佶屈聱牙的文言语体，以显示一种历史术语的力量，表明自己语言内容的真实可靠性，力图站在历史的正义立场上指责对方，暗示他们自己所言的是一个历史史实。在《采薇》中武王伐纣，贴出告示用的也是《尚书》中的《泰誓》和《牧誓》，主要内容是宣称其行动是"恭行天罚"，用的也是文言（历史）语体以暗示其真实性和强制性，然而叔齐的大白话"老子死了不葬，倒来动兵，说得上'孝'吗？臣子想要杀主子，说得上'仁'吗？……"却是以最简单的常识性话语撕开了这权力话语严肃庄重的虚伪面孔，指出了其内在的逻辑悖论。所以他们得到的不是权势集团的解释，而是"听得一片哗啷声响，有好几把大刀从他们的头上砍下来"——这种语体背后存在着暴力支持。

又如，白话和外语[①]的杂处则显示了鲁迅对文化"帮闲"的嘲讽：在《故事新编》中最让人感到别扭的很可能是《理水》中文化山上的学者的"古貌林！""好杜有图！""古鲁几哩……""O. K！"这是鲁迅小说中对"帮闲"群像的一次集中体现，且这些"帮闲"具有中国传统帮闲所不具有的"诚于中而形于外"的"西崽相"[②]：他们去过外国，或者是接触过外国文化，懂得一些西方术语，却用这些术语包装出"先进科学"的面孔，寄生和服务于权力，成为既得利益集团中的一分子，如那位研究《神农本草》的学者谈及灾民吃榆叶海苔充饥时："榆叶里面是含有维他命 W 的；海苔里

[①] 要说明的是，我们这里的外来语不但包含文字上的外语，同时也包含一些外来词汇。
[②] 鲁迅. "题未定"草（一至三）[M]//鲁迅. 鲁迅全集：第六卷. 北京：人民文学出版社，2005：366.

有碘质，可医瘰疬病，两样都极合于卫生。"谈及饮污水解渴时"他们要多少有多少，一万代也喝不完。可惜含一点黄土，饮用之前，应该蒸馏一下的。敌人指导过许多次了，然而他们冥顽不灵，绝对的不肯照办，于是弄出数不清的病人来……"，他用"科学"的手段论证了灾难和处理灾难的责任不在官员而在于百姓自己，帮助官员推脱了应负的罪责，"大员们都十分用心的听着"，果不其然，大员们也向禹进言"第一要紧的是赶快派一批大木筏去，把学者接上高原来"。

鲁迅在谈及《故事新编》的创作过程时，说中途看到了某位正人君子的"含泪哀求""这可怜的阴险使我感到滑稽，当再写小说时，就无论如何，止不住有一个古衣冠的小丈夫，在女娲的两腿之间出现了。这就是从认真陷入了油滑的开端"，这些油滑之处"不但不必有，且将结构的宏大毁坏了"①。这表明，《故事新编》计划过一个"宏大"的主题结构，而在创作过程中，作者的笔触开始偏离，文本世界陷入"油滑"之中，对宏大结构进行"毁坏"，构成了文本特有的"建构/消解"的结构模式。

先是进行宏大正面的建构。"建构"的主要任务是提升小说格调，设立一个崇高的形象和氛围，这是一个对源文本的正面意义进行追加的过程。鲁迅在刻画人物和描述事件时，把它们放入了时间之流中，人物的成长和事件的发展是不断上涌堆积的，读者的心理势能被逐渐积蓄起来。如，眉间尺从开始时的首鼠两端，到中间的冲动莽撞，直至最后的坚强果敢，在源文本中难以找寻，鲁迅正是将其的成熟一步一步地表现出来，完成了这个人物的建构史。又如，女娲醒来时情绪低落无聊而体格绵软慵懒，而造人时则生命力迅猛爆发；后羿虽然人到中年，和逢蒙的一战却展现他当年的雄武；似乞丐一般不受待见的墨子，最后击溃公输般、说服楚王；被"证伪"的大禹，凭着一番实干荡平洪波。与这种"建构"伴随着的，是强

---

① 鲁迅. 我怎么做起小说来［M］//鲁迅. 鲁迅全集：第四卷. 北京：人民文学出版社，2005：527.

烈的抒情性。我们且看这段《补天》中的文字："……伊站立起来，倚在一座较为光滑的高山上，仰面一看，满天是鱼鳞样的白云，下面则是黑压压的浓绿。伊自己也不知道怎样，……，信手一拉，拔起一株从山上长到天边的紫藤，一房一房的刚开着大不可言的紫花，伊一挥，那藤便横搭在地面上，遍地散满了半紫半白的花瓣。伊接着一摆手，紫藤便在泥和水里一翻身，同时也溅出拌着水的泥土来……"这段女娲挥藤造人的场面写得流畅华丽，富含动感，造物者动作连贯，姿态优美，分不清她是在游戏、工作还是舞蹈，而作者写景时用字色彩浓淡交织、鲜明纯粹，音节之间也兼顾韵律，极富音乐性，富有抒情意味，将女娲充盈的生命力用这种诗化的语言表现出来，自然的力和美强烈地吸引着读者，一个充满活力的创造者被塑造到人们面前。在《铸剑》中眉间尺的母亲形容当时宝剑铸好时，作者笔下的老妇人发出了华丽的咏叹的"当最末次开炉的那一日，是怎样地骇人的景象呵！哗拉拉地腾上一道白气的时候，地面也觉得动摇。那白气到天半便变成白云，罩住了这处所，渐渐现出绯红颜色，映得一切都如桃花。我家的漆黑的炉子里，是躺着通红的两把剑。你父亲用井华水慢慢地滴下去，那剑嘶嘶地吼着，慢慢转成青色了。这样地七日七夜，就看不见了剑，仔细看时，却还在炉底里，纯青的，透明的，正像两条冰"，这段话以一个感叹句起始，多处用叠音词形容，穿插以用明喻、暗喻，用对比强烈的颜色描绘各种景象，鲁迅不惜笔墨、如此细腻繁缛的描写背后，是对壮士情愫的一唱三叹。

再是进行反讽颠覆的消解。陷入油滑之后，小说中通过种种建构方式营造出的崇高与伟岸，陡然下沉，仿佛从高山之巅坠入悬崖，让人颇感意外和疑惑。王瑶先生说"所谓'油滑'，即指它具有类似戏剧中丑角那样的插科打诨的性质，也即具有喜剧性"①，"古今交融"的确像"油滑"的形

---

① 王瑶. 王瑶全集：第六卷 [M]. 石家庄：河北教育出版社，2000：355.

式上的表现，但是油滑的效果在于插科打诨，戏剧中的"插科打诨"，表现为丑角用不对等的言行来应对主角，使严肃的主题变得滑稽起来，从而拉平精神的高度，甚至将这高度的精神降格为粗浅和世俗的情调。总的来说，在《故事新编》中，鲁迅用了一种油滑的方式，消解了自己在文本中建构起的精神坐标，形成前后的相互颠覆的现象。在《故事新编》中我们稍加对比，便可看到女娲的健美本然状态遭遇道学伪善者的攻击，合理的道德必须建立在健康的人性之上，然而当被文明异化之后的人们却相信人性必须削足适履以适应道德时，人性的神圣就被消解了；杀封豕长蛇的英雄，虽圣武遗风犹存，但终日不得不为食物奔波，同时还被其效力过的民众误会，被曾经的徒弟反戈，被心爱的妻子抛弃，英雄的神话被消解了；虽克服种种困难，无视种种浮夸的说辞，大禹成功治水，但是在结尾处不免被同化的命运，安排他认同了浮夸的世俗，实干家的形象开始被蚕食；伯夷叔齐两兄弟守了一辈子"忠孝"，最后成了谈资，且背上了不忠孝的罪名时，忠孝之士的形象被消解了；杀王的人和王一同受到祭拜，享受顺民的祭拜，复仇的意义被消解了；为民请命的墨子最后被搜去了行李，自己也被拒而不纳，所谓历史的公正性被消解了。而自负以柔胜刚、以弱胜强的老子出走黄沙，留下的五千言还不免被奚落，能呼唤神力、通达人生的庄子最后只能叫来警察从唤醒的汉子手中逃脱，已经出离了滑稽，离讽刺更近了。文本不断的自我消解，使这部小说集笼罩在荒诞的气氛中，让读者茫然于作者想要表达的文本气质和精神指向。

德国浪漫派重要理论家 F. 施莱德尔认为，《李尔王》中存在着一种所谓的"悲剧反讽"，即"对于世界本质上即为矛盾、唯有爱恨交织的态度方可把握其矛盾整体事实的认可"。美国文艺理论家 D. C. 米克则将之概括为一种"宇宙反讽"或"哲理反讽"，是一种世界观上的反讽，[1] 称"这是一

---

[1] 米克. 论反讽[M]. 周发祥, 译. 北京：昆仑出版社, 1992：28.

种完全自觉的艺术家所运用的反讽,他的艺术乃是他所处的反讽地位的反讽式表现",而在具体的文本中,这种反讽体现在"为了写出优秀的作品,他必然既是创造性的又是批判性的、既是主观的又是客观的、既是热情洋溢的又是讲求实际的、既是诉诸感情的又是诉诸理智的、既是受下意识的灵感所激发的又是清醒自觉的艺术家",那么,这样一来"真正的艺术家只有一种选择的可能,那就是站在他的作品之外,同时将他对自己的反讽地位的这种觉识体现在作品之中"①。而在《故事新编》中,这种"建构"的同时又进行"消解"的结构模式,体现的实际上是鲁迅式的"哲学反讽"。每当《故事新编》中的主人公们正在进行着有"意义"的事情时,鲁迅偏偏把镜头对准那些"无意义"的围观者,让这些意义不但得不到承认,而且他们的事迹及其价值也在街头巷尾的窃窃私语中变形和磨灭,如同上帝之手不肯给予主人公们以更好的命运。

但是,"'消解'不是勾销或者消除。消除意味着整个地推倒完事,置诸脑后,消解则意味着重新组建"②,如果我们说建构来自鲁迅对人的力量的激赏和期望,那么,消解则是对现实人生的清醒洞察。这对于像鲁迅这样不相信圆满和完美、只相信不断革命的战士,这种"消解"行为及其反讽效果,是给现实人生的廉价的乐观泼一盆冷水,在他的逻辑中,是再符合不过了。鲁迅相信"普遍,永久,完全,这三件宝贝,自然是了不得的,不过也是作家的棺材钉,会将他钉死"③,假如一个作家单纯而真诚地相信每一个故事都要有一个"大团圆"④ 的结局,把自己封闭在一个玫瑰色的梦幻中,他将无法深入现实人生,他将永远徘徊在生活的边缘。人间需要英雄和战士,但是,人间不只有英雄和战士,还有街头巷尾的流言、落井下

---

① 米克. 论反讽 [M]. 周发祥, 译. 北京: 昆仑出版社, 1992: 30.
② 王乾坤. 鲁迅的生命哲学 [M]. 北京: 人民文学出版社, 1999: 35.
③ 鲁迅. 答《戏》周刊编者信 [M] //鲁迅. 鲁迅全集: 第六卷. 北京: 人民文学出版社, 2005: 151.
④ 将《阿Q正传》的最后一章命名为"大团圆"则是这种反讽的明确显现。

石的奚落。这些用来"消解"的文字，是对终极关怀的反讽，表面上颇有迟暮的悲观之气，给历史中的英雄和圣人们一个荒诞的世界，然而这在内核上却是表现出《故事新编》中这种"反讽世界观"的矛盾心态：一个作家要表现对历史人物和事件的褒贬取舍，那么必须要展现其主观中爱得深切的那些精神象征，但是，世界多样、复杂的现实性却是不能回避与掩饰的，钦定的历史书中没有"古衣冠的小丈夫""干瘪的少年"，也不可能有"文化山学者""阿金姐"，但是他们却是一种"常识性"的存在。他们的确"消解"了主人公们身上的"神性"的光环，鲁迅的"反讽"也是指向文本的"建构"自身。他企图把生活的全貌展现在我们面前，告诉我们历史中的"大人物"和"小人物"总是平行地存在的。

另外，消解之处和建构之处在叙述的节奏上也做了留意的安排。《故事新编》赋予了小说的建构部分高强度的叙事密度，以突出情节的突变、冲突，使之充满戏剧性，拔高读者的情绪，而在消解部分则为了对意义的稀释，多是通过过细描绘场面、记录街头巷尾闲谈、聚焦日常生活场景来实现。因此，小说的建构部分往往快意峻急，消解部分常常枝蔓黏重，崇高感急剧建立之后又缓慢地展示出对崇高的怀疑与侵蚀，构成了一种荒诞感。而这种先扬后抑、悲喜交加、从容不迫的"审丑"姿态，给人带来的不适感，正是寄予鲁迅式的国民性反思之处。

三、"新"与"故"之间：《故事新编》的审美趣味

《故事新编》的文体在审美层面上体现出的是一种交融、驳杂的特征，吸引着我们进一步发掘和探讨。

《故事新编》中存在着一种"准民间"或是"拟民间"的话语，一方面以底层、民间的姿态嘲讽着官方、正统的表达；另一方面又表现出一个来自民间而又反思民间的"五四"一代知识分子对"民间"的冷静观察。

1. 用凡俗化的想象，表现圣贤回归大地后的百态

在《故事新编》中，神话英雄人物身上的神秘光环被抹去了，取而代

之的是大量日常生活细节的描摹,最为典型的,是对各类"吃"的描写。在小说中到处都能找到吃的踪迹,对圣贤们而言,"吃"是如此重要,以至于要为了"吃"到处奔波:《补天》的"乌鸦肉炸酱面",《非攻》中冒着热气的窝窝头,《出关》里《道德经》旁的盐、大豆和饽饽,《起死》里汉子嚷嚷的白糖南枣,《理水》里的文化山宴席,而《采薇》甚至就是讲一个关于"吃"的故事。以"吃"的视角出发,《故事新编》似乎沉浸在"吃—食物"的海洋里。人活着要吃食物,这是不言自明的道理,但也因为如此,这些事情"过于"普通琐碎,不具有某种崇高感或典型性而通常不被史家纳入记载范围,但是在《故事新编》中却得到了这样不厌其烦的、重复细致的描写。当我们困惑于作者为何要将古代小说"还原"到这一步来写时,鲁迅却告诉我们"这也是生活":"战士的日常生活,是并不全部可歌可泣的,然而又无不和可歌可泣之部相关联,这才是实际上的战士",将日常的细节看作是"生活的渣滓"、"删夷枝叶的人,决定得不到花果"①。《故事新编》中写的虽不一定都够得上"战士"的名号,但他们都是历史书中的圣贤。人们羡慕着后羿的神武、墨子的侠义、伯叔的清高、老子的洒脱、汉子的起死,但是这或许只是他们世界的一方面,他们并非能够不食烟火而独立于人间。

鲁迅以一种"民间"视角将这些"凡俗"的细节写出来,是以他一贯的"人间本位"的审美视角,来观照神话或历史中的人物及其生活,表现出的是一种知识分子走出象牙塔、回归生活本身后的忠实态度,点醒知识分子建构的虚幻迷梦:形而上的沉思固然重要,但不能不看清脚下的路。鲁迅从不耻于谈钱(梦是好的;否则,钱是要紧的),不耻于谈经济(在目下的社会里,经济权就见得最要紧了),他是从生活本身出发,倡导一种"韧性的反抗"。同时,面对着这"沉重的肉身",鲁迅在肯定了物质对生存

---

① 鲁迅."这也是生活"[M]//鲁迅.鲁迅全集:第六卷.北京:人民文学出版社,2005:624-626.

的意义时，也高扬了人高于一般动物的超物质性一面，对"凡俗化"想象既有肯定的笔调，又有超越的意味，所以后羿吃完晚餐、休息好之后还要上天追月，所以对文化山的汤饼会尽是讽刺之笔。《故事新编》"凡俗化"描写的背后，展现出的是圣贤回归大地之后，在"物质世界"与"精神世界"之间抗争与妥协的人间百态。这也是"准民间"不同于完全肯定感官与物质的"民间"的地方。

2. 用喜剧性的冲突，对比民间的"笑"与圣人的"窘"

富含喜剧性的表达，一直是鲁迅小说的重要审美特征，我们在鲁迅的很多作品中都不难发现各种诙谐滑稽的形象和情节，而在《故事新编》中，这种喜剧色彩则更是几乎在每一篇中出现：古衣冠的"比芥子还小的眼泪"（《补天》）；老太太对后羿的责骂（《奔月》）；禹太太咒骂"杀千刀"的大禹一心要做官，最后会像他老子一样"做到充军，还掉在池子里变成大王八"（《理水》）；眉间尺压坏了干瘪少年"贵重的丹田"，要为那少年活不到八十岁而抵命（《铸剑》）；账房抱怨老子没有讲他自己的爱情故事（《出关》）；庄子的"彼亦一是非，此亦一是非"被一句"放你妈的屁！"顶了回来（《起死》）。神人在世俗的纠缠中"窘"态频出。喜剧的目的是要达到一种诙谐的效果，让人发笑，一旦发笑，事件的严肃性和人们之间的等级性就会被消减，鲁迅喜剧性的描述将历史文本中的古人跟我们的地位放到了同一水平线上——"平等的人彼此之间才会笑"[1]，这样人们"从对神圣的事物、对专横的禁令，对过去、对权力的恐惧心理中解放出来"[2]，鲁迅构建了一些可笑的场景、一些滑稽的形象，打破了"历史"的刻板印象，赋予了历史中各个角落中的各种人物自由展现自己的机会。

---

[1] 赫尔岑. 赫尔岑论艺术 [M] //巴赫金. 巴赫金全集：第六卷. 钱中文，译. 石家庄：河北教育出版社，2009：105.

[2] 巴赫金. 巴赫金全集：第六卷 [M]. 钱中文，等译. 石家庄：河北教育出版社，2009：106.

但这嘲讽的指向又是双重的：笑者往往也是可笑者，小说的主人公多是中国历史上精心塑造的圣哲和英雄，他们拥有一种形上的超越的情怀，对世界保存一种应然的眼光，他们是一个文化符号，代表一种思想主张，这是一个民族所不可或缺的，民间对功利的过度追求，可能阻断整个民族思维的深化。《故事新编》陷入了这种思维困境之中，世界是"这个样子"，离开人间谈玄说妙就只能在现实中碰壁；但人又应该有超越物质的一面，对世界"应该是怎样"（应然）抱有一念理想，对那些对生命有某种形而上追求的人，保持一种同情和敬畏，毕竟他们认真思考过世界，真正思考过人生。历史与现实的、形上和形下的、精英与民众的矛盾在《故事新编》中表现了出来。

刘半农对鲁迅的文学创作曾给以"托尼学说，魏晋文章"的评价，据说"当时的朋友都认为这副对联很恰当，鲁迅先生自己也不加反对"①，而我们纵观近代中国中鲁迅的一生言行，与魏晋动荡环境下的名人雅士们的清流风度颇有契合，而其文学关怀、创作旨归相比于十九世纪世界文学、哲学巨擘托尔斯泰和尼采更是多有粘连，这些跨地域、跨时代的文化因子奇妙地混合在了鲁迅身上，而它们核心因素的交集就是鲁迅常提及的"诚"与"爱"②。

3. 师心以使气，激扬个体意志

在评价魏晋文学的精神风格时，鲁迅曾引刘勰话："嵇康师心以遣论，阮籍使气以命诗。"认为这"师心"和"使气"，是魏末晋初的文章特色，

---

① 孙伏园. 鲁迅先生逝世五周年杂感二则 [M] //鲁迅. 鲁迅先生二三事. 石家庄：河北教育出版社，2000：75.

② 许寿裳. 回忆鲁迅 [M] //许寿裳. 挚友的怀念. 石家庄：河北教育出版社，2000：110.

"正始名士和竹林名士的精神灭后,敢于师心使气的作家也没有了"①。而师心使气则建立在魏晋时期知识分子"个体意识"的觉醒之上:个人开始认真对待自己的个性体验,思考自己存在的意义,形成自己的行事风格,表现出对生命的忠诚与热爱。

巧合的是,在这一点上,托尼学说的"人道主义"和"个性主义"与魏晋风度在内在精神气韵上有着惊人的相似,嵇康阮籍的"师心使气"则是这种个体意识在文学审美上的外在表现:从心所向,驱使文气,以"心"为师,这是对个人的自由意志的肯定、诚实认真地面对自我,敢于"使气"是对"意志自律"的践行,赋予生命以热爱,在魏晋这个"文的觉醒的时代",显现的就是人的尊严的张扬。《故事新编》中充满了这样独异的个人,他们似乎单纯地为着一种信念而存在,最激昂的算是宴之敖者。宴之敖者解释为眉间尺复仇的理由时说"仗义,同情,那些东西,先前曾经干净过,现在却都成了放鬼债的资本。我的心里全没有你所谓的那些。我只不过要给你报仇!","这事全由你。你信我,我便去;你不信,我便住。"他还说:"我的魂灵上是有这么多的,人我所加的伤,我已经憎恶了我自己!"在中国传统的道德语境中,我们很难理解这复仇的动机,只有把它放到鲁迅自身的逻辑世界中,我们才能理解其中灌注的"诚"与"爱"的精神内涵:"仗义,同情"本是人间爱的一种,来自人本身的道德自律和主体选择,不以回报为目的,若以自己付出"仗义"和"同情"于弱者,而给自己戴上"义士"的桂冠,期望回报,那便不是"自由"的"爱",而是"他由"的"恩"。黑色人的"恨"是"爱"的范畴的一种,而不是为了"恩"的布施,纯粹地向"恶"去复仇,没有其他目的,是对自身意志的肯定。同时,复仇是对世间一切恶的,而这恶中也包括自己,对此时已意识到"恶"的黑色人来说,已无法容忍世间和自身的"恶",单纯地"为复仇而复仇"已

---

① 鲁迅. 魏晋风度及文章与药及酒之关系[M]//鲁迅. 鲁迅全集:第三卷. 北京:人民文学出版社,2005:537.

成为其高扬其生命意志、实践其自我价值的唯一途径，这是他对其信念的恪守，对生命的"诚"。然而，黑色人可以坚守这种"爱"与"诚"，而理解和信任这"爱"与"诚"则需要眉间尺的决断——"这事全由你。你信我，我便去；你不信，我便住。"黑色人无法给眉间尺任何担保，只凭眉间尺的一个"信"字，这是生命与生命之间的契约。鲁迅"师心使气"的一面就表现在这里，让一个陌路人没有任何"实际"理由，仅凭对生命的诚爱赴死，让另一个人没有担保地将自己的命运交给一个他"信"的人。同样的，还有把治水当作人生的一项事业的大禹，把"兼爱非攻"作为人生终极目的的墨子，以及把忠孝"迷信得认真，有魄力"的首阳山两兄弟——他们"迷信，是不足为法的，但那认真，是可以取法，值得佩服的"①。相比起"两朝良民"小丙君，他们的昏和傻亦不失为一种"诚"和"爱"。

4. 澄怀而味象，冷眼浩歌狂热

鲁迅在谈及《世说新语》时称其为"记言则玄远冷俊，记行则高简瑰奇"②，而在谈及鲁迅的创作风格时，则有人说"第一个，冷静，第二个，还是冷静，第三个，还是冷静"③。的确有时候，我们甚至感到鲁迅的冷静达到了"冷酷"的程度：他总是细致地揭示出生活的悲凉和空虚，用一种冷静的姿态和盘托出。南北朝时期画论家宗炳的"圣人含道暎物，贤者澄怀味象"，说的是魏晋画家作画时，有一种将其主观思维选择冷静客观地再现的风格，"例如画家的画人物，也是静观默察，烂熟于心，然后凝神结想，一挥而就"④，而将其用来概括《故事新编》中的叙事美学也未尝不

---

① 鲁迅.《如此广东》读后感[M]//鲁迅. 鲁迅全集：第五卷. 北京：人民文学出版社，2005：461.
② 鲁迅. 中国小说史略[M]//鲁迅. 鲁迅全集：第九卷. 北京：人民文学出版社，2005：63.
③ 张定璜. 鲁迅先生：下[J]. 现代评论，1925，1(8).
④ 鲁迅.《出关》的"关"[M]//鲁迅. 鲁迅全集：第六卷. 北京：人民文学出版社，2005：538.

可。在《故事新编》中不乏个人的豪言壮语，亦不乏群体的狂欢，但是我们感受到的不是对这些场景表面上的热闹与喧嚣的认同，小说文本的字里行间飘荡着一种与小说的主题氛围不甚和谐的"冷静"，而这种冷静在《故事新编》中具体则体现在语言的从容和表达的曲折上。所谓语言上的从容，是指在叙述时语气平缓，语调闲适，节奏疏落，仿佛"作者有种绰绰然有馀裕的能力驾驭他的笔"①。如《铸剑》中武士大臣们从鼎中捞头的情景，作者不紧不慢地一一陈列着从厨房中拿来的器具，错落有致地从鼎中的声音、动作、颜色和神情等多种角度来"鉴赏"这打捞的过程，文句长短结合，节奏起伏时而舒缓，时而紧张。这段文字如同散文一样疏疏落落、举重若轻，在文本形式上表现出一种雍雅徐缓的"从容之美"，但这"从容"的散文体式记叙的却是"捞头"这样一个颇为恐怖的事件，轻快的言语背后渗透着深沉的气息。而表达的曲折，在于《故事新编》很少在小说中对人物事件进行直接评价，明确清晰地表露自己的观点，而是通过灵活地使用叙述技巧，将自己的思想和批评间接地表达出来，经过这样一番转换和沉淀之后，文本形成一种含蓄、有"距离感"的表现形式。

有时，叙事者以全知视角进行叙述，有些议论就潜藏在对一些事件补充的解释中，而这些补充和解释像是在陈述一些客观事实，而且在陈述语气上表现得一副看似若无其事、顺便提及的样子。如在《补天》的结尾处："禁军终于杀到了，因为他们等候着望不见火光和烟尘的时候……他们就在死尸的肚皮上扎了寨，因为这一处最膏腴"，在现象上，就是禁军杀到，在女娲肚皮上扎寨，叙事者偏偏冷不丁说了两个"因为"，而这解释其实起到了评价作用：第一处的一个"等候"，勾画出了这群人的外强中干和投机心理；第二处的"最膏腴"则显示出他们的无耻和贪婪。这两处画外音，作者以一副补充、解释的形式对他们的行为进行评论，隐蔽而客观的样子，

---

① 李长之. 李长之批评文集 [M]. 珠海：珠海出版社，1998：55.

让人读来会心一笑。有时，叙述者表现为一个旁观者，以一双"好奇"的眼睛打量周围的一切，其实在描绘细节时，褒贬已包含其中，如《铸剑》中群臣和妃子们观赏王和眉间尺在鼎中相互咬食的描写。他们内心中既有恐惧，又有悲哀，但是又有"秘密的大欢喜"。叙事者冷静的叙述将这些人内心中的怯懦、奴性和嗜血展现出来。还有的时候，叙事者作为小说中的某一方用限制性视角进行叙述，而这叙述中带有明显的倾向性，让人不由得怀疑这视角的价值取向。如《理水》的结尾处，"商家首先起了大恐慌。但幸而禹爷自从回京以后，态度也改变一点了……不多久，商人们就又说禹爷的行为真该学，皋爷的新法令也很不错；终于太平到连百兽都会跳舞，凤凰也飞来凑热闹了。"称大禹为"禹爷"，就说明视角已经不是平视而是趋附式的仰视，"幸而"则是对"大恐慌"的转折，"真该学""很不错"虽是转述，但已经和前文协调了起来，最后那"连百兽都会跳舞，凤凰也飞来凑热闹了"越是用陈述语气，越发让人怀疑其可靠性了。作者此时塑造了一个不可靠的叙述者：这个叙述者越是褒扬的，读者越是觉得需要批判；这个叙述者越是肯定的，读者越是觉得虚假。读者已经感到了大禹被同化的担忧和隐痛，但作者的声音始终没出现。

对于此时已经经历过呐喊和彷徨的鲁迅，从容的语言、曲折的表达更符合他的风格，他要展示的是"生活的全貌""于浩歌狂热之际中寒；于天上看见深渊"。当我们陶醉在过去的辉煌和未来的希望之中时，鲁迅总会冷冷地叫我们看好脚下正在走的路。这种冷眼看世界的审美艺术风格一贯地出现在鲁迅小说的创作中，而《故事新编》犹盛。回到我们最开始的"一拳打在棉花上"的疑问中来，我们的这种憋闷，来自对这个英雄衰落背弃事件从容不迫、含蓄轻松的讲述：我们期待的是鲁迅用热烈的语言、明确的表达告诉我们羿的成功甚至是灭亡，让我们彻底的欢喜或者悲痛，然而鲁迅依旧冷冷地告诉我门"这也是生活"。"那倒不忙。我实在饿极了，还是赶快去做一盘辣子鸡，烙五斤饼来，给我吃了好睡觉。明天再去找那道士要一服仙药,吃了追上去罢。女庚,你去吩咐王升,叫他量四升白豆喂马!"鲁迅笔下的羿没有我们的失落沮丧,他比我们更冷静从容,他已经计划好了行动的程序,蓄势待发,不急不躁,他不需要一场"大毁灭"去宣泄自己的愤懑,也不需要自欺欺人去迎合那浅薄的乐观,他发起的是一场韧性的战斗。"大时代"中"诚"与"爱"的激扬者对现实的复杂人生需要做出充分的预见和考量,敢于直面人世间的险恶和荒谬。鲁迅"含道暎物""澄怀味象"的冷眼背后是更加长远的打算和更加坚韧的战斗,这是一个"清醒的现实主义者"在审美趣味上能够从容、曲折的精神源头。

鲁迅在给别人的信中说《故事新编》是"游戏之作居多"①,"内容颇有些油滑,并不佳"②,但又在创作之时的1925年12月,我们还在见他说"我在写的时候没有虔敬的心么?答曰:有罢。即使没有这种冠冕堂皇的心,也决不故意耍些油腔滑调。被挤着,还能嬉皮笑脸,游戏三昧么?倘能,那简直是神仙了"③。我们在阅读《故事新编》之时,也同样感受到了这种矛盾与张力。在文体层面的语言和叙述上,《故事新编》的从容与滑稽体现出的是一种"超然"姿态,但是其精神层面的批判和建构上又表明了鲁迅对人生社会的"介入"心理。有学者用"不游而游"来概括王国维文学观④,"游"意味着文学表现的超越性,"不游"代表着作家在创作时的严肃的精神旨归,我们也不妨用"不游而游"来概括《故事新编》的创作实践。

---

① 鲁迅.致杨霁云[M]//鲁迅.鲁迅全集:第十四卷.北京:人民文学出版社,2005:41.
② 鲁迅.致王冶秋[M]//鲁迅.鲁迅全集:第十四卷.北京:人民文学出版社,2005:10.
③ 鲁迅.并非闲话:三[M]//鲁迅.鲁迅全集:第十四卷.北京:人民文学出版社,2005:159.
④ 来瑞.王国维"不游而游"的文学观[J].湖北经济学院学报(人文社会科学版),2008(8).

5. 将历史文学化，展开对"自由"的想象

《故事新编》是以一种独立的小说体例类型而存在。① 唐弢先生却敏锐地指出"这是一个革命作家对于传统观念的伟大的嘲弄"②。这"伟大的嘲弄"，本质上开启的正是人类美哲学的重要特征之一——摆脱他由，走向"自由"。在《故事新编》中它们具象成自由的历史话语、自由的叙述方式、自由的虚构想象，这是作家对主体意识的强烈表现，是自娱自乐、任意挥洒的率性自由。鲁迅对他的"自由"的使用效果是"没有将古人写得更死"③。他无意于对着古书"照着讲"，而是在中心情节发生之前或之后"接着讲"，在自己的生活经验、生命体验的基础上进行自由的"新编"。

因此在《故事新编》我们看到作者想探寻的不是"是什么"，而是"为什么"和"怎么样"的问题。正如前文提到的，源文本中大多将叙述的重点放在事件发生的过程，"历史小说"的叙事重点也是将这些过程进行铺陈与改编，而鲁迅似乎对这些"过程"不甚感兴趣，而是在追问事件的"原因"和"结果"，同时，又让现代元素自由出入古代文本，为古今共有的一些普遍性现象提出一些新的问题。于是，编年史的求"事实"被思想史的求"解释"所代替。源文本中的女娲的"造人"和"补天"，嫦娥的"奔月"，三个头颅的"鼎中互噬"，庄生的"起死之术"，这些玄幻荒诞的情节的"真实性"被悬置起来，鲁迅的自由创造之处在于对这些行为的结果做"可能性"的预测。

而这种预测性的想象是否符合"真实性"呢，鲁迅对其自由的使用是否具有"合法性"呢？鲁迅在《〈出关〉的"关"》中说，对于《诸子学略说》中的孔老对话"我也并不信为一定的事实。至于孔老相争，孔胜老败，

---

① 本文支持朱崇科提出的"故事新编体"说，见其《张力的狂欢——论鲁迅及其来者之故事新编小说中的主体介入》，上海三联书店2006年版。
② 唐弢. 鲁迅的美学思想 [M]. 北京：人民文学出版社，1984：214.
③ 鲁迅.《故事新编》序言 [M]// 鲁迅. 鲁迅全集：第二卷. 北京：人民文学出版社，2005：354.

却是我的意见"①，这不妨当作整个《故事新编》的创作基调：对于古籍中的神话诸子，鲁迅应该也"并不为一定的事实"，而选择哪个事件，如何重新编排却一定是他的自由意志。《故事新编》中所讲述的是他心目中的真实——"不必是曾有的实事，但必须是会有的实情"②，而这充满主观性的真实和"历史"宣扬的"真实"本质上是一样的，都是一种虚构的神话，然而小说更愿意这"神话"的本质表现出来。同时，选择"非信史"的神话、诸子进行改编，不仅不需为各种史料的考证所掣肘，可以相对自由地创作，而且更重要的是可以直达各种古老思想的根柢，探寻这些思想上的形象回归"真实"的可能。当一种新的历史性的想象出现时，必然导致一种新的历史话语产生，并与旧的相平行；对神话传说和诸子百家的重新描画必然是对华夏民族原始精神状况的重新打量观照。

然而，鲁迅对作家的自由的想象也并非完全没有边际，假如一个文本被改编后，完全与改编前不相关，"新编"文本中的人物除了与"故事"文本有着相同名字外，没有太多相通之处的话，文本就成了作者的自说自话，不会引起读者对源文本的联想和共鸣，不但起不到作者的预期，还破坏了文本的"可信度"。鲁迅在兼顾读者的阅读习惯时就很好地对这一点进行了处理。正如王瑶指出的，"就《故事新编》来说，各篇所描写的主要人物的言行和性格大致都是典籍记载上的根据"，而带有喜剧性因素现代性细节的人物"没有直接损害主要人物的历史真实性则是无疑的""由于这些细节的现代特点异常鲜明，如'OK''莎士比亚'之类，反而泾渭分明，谁也不会把它和主要人物活动的历史环境混同起来"。③ 就这样，我们读《故事新编》中的每一个故事的时候，我们都会觉得小说中的主人公按照他们自我

---

① 鲁迅. 《出关》的"关"[M]//鲁迅. 鲁迅全集：第六卷. 北京：人民文学出版社，2005：539.
② 鲁迅. 什么是"讽刺"[M]//鲁迅. 鲁迅全集：第六卷. 北京：人民文学出版社，2005：340.
③ 王瑶. 王瑶全集：第六卷[M]. 石家庄：河北教育出版社，2000：351-352.

的行为逻辑，在文本中设计的境遇之下，会表现出如文本这样的心态，做出如文本这样的选择。同时这种设计具有历史的"超越"性，虽然鲁迅笔下的主人公们被迫面临"穿越"而来的种种角色，但是他们做出的行为和选择在符合他们的人物个性和行为哲学的同时，对现世来说，也是具有普遍意义的。

6. 将小说杂文化，油滑地表现"油滑"

如果从创作的数量和创作的时间投入上看，相对于小说，鲁迅对杂文创作更感兴趣，他的杂文写作从1918年开始写《热风》开始，直到去世，一直没有停手过。鲁迅并不热衷于做一个"空头文学家"，"于大家有益"①才是鲁迅创作的起点，他从不讳言他在创作之始就具有很强的目的性——"我们的第一要著，是在改变他们的精神"②，这使他从来不打算以"纯文学""规范的文体"为创作的准绳，甚至为了达到其"介入"的效果，他可以牺牲一些"艺术性"：他清楚自己对于《故事新编》中的"油滑"很不满，但是当他知道"然而有些文人学士，却又不免头痛"时，发出"此真是所谓'有一利必有一弊'，而又'有一弊必有一利'也"③的感叹，似乎对这个"意外收获"又格外高兴。在对鲁迅创作的"介入"性进行"老生常谈"式的铺垫之后，我们现在引入本小节的关键词——"油滑"。

的确，我们在之前的章节中已经谈到了油滑的表现方式（如人物设置、结构模式等），但论者认为，小说集在文本的形式层面上的"油滑"因子只是表面的，而最核心、最内在的"油滑"气质是在小说的审美趣味上：《故事新编》是以做一种文体上的故作的油滑，表现中国社会文化中的本有的

---

① 鲁迅. 徐懋庸作《打杂集》序 [M] // 鲁迅. 鲁迅全集：第六卷. 北京：人民文学出版社，2005：300.
② 鲁迅.《呐喊》自序 [M] // 鲁迅. 鲁迅全集：第一卷. 北京：人民文学出版社，2005：439.
③ 鲁迅. 致黎烈文 [M] // 鲁迅. 鲁迅全集：第十四卷. 北京：人民文学出版社，2005：17.

油滑，"即以其人之道，反诸其人之身"（《奔月》）。假如，我们要找一句鲁迅在《故事新编》中的话来解释这油滑，那就是司命大神评价庄子的那句"认真不像认真，玩耍又不像玩耍"，是一种善变而无所坚持、敷衍而不负实责的精神气质和处世之道。所以，庄子唤醒了汉子，但只是用来显示其法力和同情，对其生存则是"彼亦一是非，此亦一是非"，不肯施舍一毫的。墨子说"不用爱钩，是不相亲的，不用恭拒，是要油滑的，不相亲而又油滑，马上就离散"。鲁迅认为，在他生活的世界"就没一处没有名目，没一处没有地主，没一处没有驱逐和牢笼，没一处没有皮面的笑容，没一处没有眶外的眼泪"①，人们争夺名号，划定地盘，排除异己，囚占同仁，却装出皮面的笑容，挤出眶外的眼泪，他们"善于变化，毫无特操，是什么也不信从的，但总要摆出和内心两样的架子来"的"做戏的虚无党"。②

我们在鲁迅的文字中常常看到寂寞、无聊、空虚这样的字眼，这是对人们"最高价值的自行贬黜"③的遗憾、痛苦、疲惫。在《故事新编》中依然充满了这种油滑的人事，而对以"虚伪、世故"（油滑）为安身立命的生存技能的"做戏的虚无党"，鲁迅从来没有停止过揭露和批判，而多年来的杂文写作，使《故事新编》这部小说有了杂文气质，使其呈现出一种以油滑的方式对付油滑的战斗姿态。而《故事新编》的"油滑"首先就是故意布置许多篇幅专门写他们的油滑，给他们一个舞台让他们尽情表演，放大他们的每一个细节，让其油滑昭然于聚光灯之下，进行杂文式的归谬。

《补天》里，专门添加一个结尾，描写先前咒骂女娲"禽兽行"的那些人在女娲丰腴的肚皮上扎寨后"突然变了口风，说惟有他们是女娲的嫡派，同时也就改换了大纛旗上的科斗字，写道'女娲氏之肠'"；《理水》里，大概一半的笔墨用在了写文化山上的学者以"帮闲"为实务，赈灾的官员们

---

① 鲁迅. 过客 [M] //鲁迅. 鲁迅全集：第二卷. 北京：人民文学出版社，2005：196.
② 鲁迅. 马上支日记 [M] //鲁迅. 鲁迅全集：第三卷. 北京：人民文学出版社，2005：346.
③ 海德格尔. 尼采：上 [M]. 孙周兴，译. 北京：商务印书馆，2002：27.

摆起了大筵席，探讨着美食救灾与文化救灾；《采薇》中也多出一个结尾，让"忠孝"的人们对伯夷叔齐的"傻"议论纷纷；《铸剑》以一个章节的大出丧结尾，表现那些先前"都是焦躁而忍耐地等候着这巨变的"人们流下"顺民的眼泪"；《出关》没有直接写孔子，但是老子对很客气、极恭敬的孔子做出了"他不会再来，也不会再叫我先生了，只叫我老头子，背地里还要玩花样了"的评价，以及以出走黄沙的形式侧面表现了这些结果的必然性和严重性。"油滑"这一行为最怕的是"认真"，油滑的表现是"虽然这么想，却是那么说，在后台这么做，到前台又那么做……"① 所以必然有内在的言行矛盾，经不起"认真"推敲，鲁迅就是不肯让他们敷衍过去，通过言行的对照不动声色地展示出其虚伪的一面。这和他杂文经常使用的"归谬法"如出一辙。

《故事新编》更加"油滑"之处，就是对小说中的"油滑"进行了反讽式的倒转。鲁迅"油滑"地倒转了他的价值观，让"油滑者"成为历史的幸运者和胜利者，这种讽刺因为带上了某种"悲剧性"而更显得有力深刻。女娲已死去，只好任禁军们在她肚皮上安营扎寨，借她的名号招摇撞骗；大禹后来做了官，且"态度也改变了一点"，于是天下太平到了"连百兽都会跳舞，凤凰也飞来凑热闹"的地步；伯夷叔齐两兄弟最后是因贪婪而死，"听到这故事的人们，临末都深深的叹一口气，不知怎的，连自己的肩膀也觉得轻松不少了"；眉间尺也被他们弄得"真是怒不得，笑不得，只觉得无聊，却又脱身不得"，"焦躁得浑身发火，看的人却仍不见减，还是津津有味似的"，最后死掉了还得到他们的眼泪；得道的孔子去了朝廷，传道的老子却只好出走黄沙；庄子吹响警笛，叫来了巡士，抓住了汉子，自己还是去见楚王了。每一个故事都给我们一个喜剧（笑剧）的结尾，仿佛

---

① 鲁迅. 马上支日记［M］//鲁迅. 鲁迅全集：第三卷. 北京：人民文学出版社，2005：346.

告诉我们"他的种族像跳蚤一样消灭不了;末等人寿命最长"①。以他们的"成功"揭示历史发展的"规律"。

除了以上的杂文手法在小说中多有显现之外,最具杂文气质的是小说的现实指称性。这也是小说"油滑"的标志。杂文的特点是"更直接的更迅速的反应社会上的日常事变",是"文艺性的论文(阜利通——feuilleton)"②。而小说来自作者的想象和虚构,和现实保持着一定距离,然而这两种文体在《故事新编》中汇合了,这也引起了大量的争议。这些直接"介入"现实的成分,是最贴近杂文文体的。而它的"油滑"之处就是,在追求虚构的小说和追求真实的杂文之间徘徊,让油滑的人们既胆战心惊、"不免头痛",又无法正面还击、直接反驳,他们被鲁迅拉入了这无物之阵,"真是怒不得,笑不得,只觉得无聊,却又脱身不得"(《铸剑》)。面对这样的效果,鲁迅当然乐观其成。而这只是一方面,假如我们只执着于《故事新编》的现实攻击性,把他杂文的一面放大,我们就可能把"原是这小小的作品,缩得更小。或者简直封闭了"③,《故事新编》的确是让一些人头疼,是他们身上有着鲁迅笔下那"油滑"的魂,"杂取种种人,合成一个"的创作方法"更能招致广大的惶恐",拿身边的丑类开玩笑,戏谑之中使小说带上了杂文气息而有了"战斗色彩",增添了社会功能,而小说的典型化原则又使得这类"杂文"色彩更多地针对某一类人而不是一个人,所以《故事新编》又具有了文明批判的超越性,在"游戏文字"之中又有着严肃的主题,而不至于为了戏谑而戏谑。使油滑的人疑神疑鬼、心有不安,使诚爱的人会心一笑,继续前进,《故事新编》的"油滑"就更在于用最经

---

① 尼采. 查拉图斯特拉如是说 [M]. 钱春绮,译. 北京:生活·读书·新知三联书店,2007:13.

② 瞿秋白.《鲁迅杂感选集》序言 [M] //瞿秋白,等. 红色光环下的鲁迅. 石家庄:河北教育出版社,2000:7.

③ 鲁迅.《出关》的"关" [M] //鲁迅. 鲁迅全集:第六卷. 北京:人民文学出版社,2005:536.

济的笔墨，得到了最有效率的表达效果。

王国维认为"诗人对宇宙人生，须入乎其内，又须出乎其外。入乎其内，故能写之。出乎其外，故能观之。入乎其内，故有生气，出乎其外，故有高致"①，相对于《呐喊》《彷徨》这类以"乡土回忆"为主要内容的小说，《故事新编》更多偏向于具有超越性的虚构和想象，所以成仿吾称之为"艺术"，这是故事新编"游戏笔墨"的一面；但是鲁迅"为人生"的创作起点，又有意无意地"介入"现实，使小说带上杂文色彩，又显示出《故事新编》"不游"的一面。

---

① 王国维. 人间词话 [M]. 上海：上海古籍出版社，1998：15.

第二章

郭沫若的跨文体创作——以诗性戏剧为例

郭沫若是文学史上一个无法复制的神话。在诗歌领域，他被称为"五四"诗坛的"霹雳手"，其以《女神》为代表的诗歌，以雄浑、豪放的气魄创一代诗风，冲破了东方古典文学忧郁的中和美。在戏剧领域，他开拓了中国现代历史剧，并促成了它的兴旺，使它在新文学运动中得以绽放异彩。

以诗剧为开端，郭沫若踏入戏剧领域。他的戏剧，也无一不具有鲜明的诗化特征。从诗到早期的诗剧到中后期的历史剧，郭沫若的作品始终绕不开诗的内核。学界普遍注意到了这点，对此多有论述，却少有探寻其中的究竟，缘何郭沫若的戏剧会具有如此鲜明的诗性呢？

文体是气质的蜕变，郭沫若的诗化戏剧也蜕变自其诗人气质。作为天生浪漫主义歌者的郭沫若，与直抒胸臆的诗歌体式有着天然的契合。他的诗化历史剧是他对历史文本的一次诗性改造，是他将历史癖与诗癖结合的一次突破性的创造，也是一个诗人对史剧文体创作规范的诗意的改写。表面逻辑是使"可以由努力做出"的戏剧搭上"总当由灵感进出"的诗歌，深层逻辑则是他在这种叙事改造和文体改造中实现了诗人身份的自我确认。本章拟以作家主体性与诗性的最高意义（文学性）为切入点，来分析这种跨文体作品的发生机制。

一、诗人与诗教

在被冠上中国现代文学史上著名的史剧作者名号之前，郭沫若首先是中国文坛声名赫赫的传奇诗人。1921年8月5日，他的第一部诗集《女神》登上中国新诗坛，犹如"新诗坛上的一颗炸弹"，"以崭新的内容和形式，开一代诗风，堪称中国现代新诗的奠基之作"。① 周扬在《郭沫若和他的〈女神〉》一文中称，"在中国新文学史上"，郭沫若是"第一个可以称得起伟大的诗人"，"是伟大的五四启蒙时代的诗歌方面的代表者，新中国的预言诗人"。②

诗与戏剧，集中了郭沫若一生中的主要艺术成就。在他的诗歌创作和戏剧创作之间，有一个被称为诗歌"向戏剧的发展"的阶段，这所谓"向戏剧的发展"，指的就是他诗剧的创作，郭沫若的戏剧创作是从诗剧滥觞的。从1919年起，郭沫若共写了《凤凰涅槃》《女神之再生》等8个诗剧，其中，《凤凰涅槃》等6个诗剧分别被收入诗集《女神》和《星空》中，因此有人把郭沫若的诗剧视为带有一定戏剧成分的诗歌，并将之纳入他诗歌创作的一个有机组成部分。

童话诗剧《黎明》（写于1919年）是郭沫若戏剧创作的第一次尝试，时代先觉者挣脱出海蚌，在与后觉者尽情唱跳歌舞、赞美新时代的同时，呼喊着要"涤荡去一些尘垢秕糠"，祈祷太阳"永远放射你的金剪，射尽那些天狼""驱逐黑暗邪恶""来祝天地的新生"。③ 这个作品情节简单，语言

---

① 赵长慧.《女神》的抒情意象［J］.文学教育（下），2008（12）.
② 周扬. 郭沫若和他的《女神》［N］.解放日报，1941-11-16.
③ 郭沫若. 黎明［M］//郭沫若. 郭沫若剧作全集：第1卷. 北京：中国戏剧出版社，1982：4-7.

粗糙，可以视为郭沫若在"五四"时期主观思想感情的形象化。1920年，他又创作了《女神之再生》《湘累》两部诗剧。《女神之再生》中，他借我国古代颛顼、共工争斗和女娲氏补天的神话传说和历史故事，隐射南北军阀之间的夺权混战，大声疾呼"要去创造个新鲜的太阳"①，这个诗剧在叙事上较前作稍有改善，但象征性仍然较强。《湘累》中，郭沫若写了屈原被流放时行吟泽畔的故事，但他抒发的是自我的情感，呼喊的是时代的口号，虽是屈原的故事和肉身，但人物的思想情感与历史上的屈原基本无关。偏重象征和主观写意，情节简单粗糙，作品人物流为郭沫若思想意识与情感的传声筒，客观上诗的抒情性没有得到与戏剧性的融合，郭沫若早期的诗剧，大多如此。郭沫若自己也曾承认："广义的来说，我所写的好些剧本或小说或论述，倒有些确实是诗。"②

早期的诗剧创作，郭沫若打破了诗剧中诗与剧的平衡，诗情要素的比重明显重于剧情要素。郭沫若早期的诗剧创作，在戏剧叙事上是失败的。到1937年，《棠棣之花》诞生。正是从这部剧起，郭沫若开始触及了史剧创作的一些规律，从之前失败的叙事中探寻出了一些经验。也正是从这部剧里，剧情要素终于战胜了诗情要素，并较成功地镶入了剧情，二者重组后相得益彰，达到一个平衡的效果。《棠棣之花》通常被视作郭沫若历史剧创作走向成熟的标志，也正是以这部诗剧为分水岭，郭沫若开始从"向戏剧的发展"阶段进入到史剧创作的阶段。值得注意的是，这样一部在郭沫若史剧创作上具有里程碑地位的作品，也曾经差点毁在郭沫若收不住缰的诗意上。《写在三个叛逆的女性之后》中，郭沫若说，《棠棣之花》原来的版本"全部只在诗意上盘旋，毫没有剧情的统一，自从把第二幕发表以后，

---

① 郭沫若. 女神之再生［M］//郭沫若. 郭沫若剧作全集：第1卷. 北京：中国戏剧出版社，1982：28.

② 郭沫若. 沫若文集［M］. 北京：人民文学出版社，1957：236.

觉得照原来的做法没有成为剧本的可能"①，痛定思痛的郭沫若不得已将已成的第一幕第一场（聂政之家）及第三幕第一场（韩城城下）全部舍弃，推倒重做，才最终形成了目前我们看到的版本。这是郭沫若克制自己"诗瘾"的自我调整，是他的诗情对戏剧叙事要求的妥协，是他诗人身份对剧作者身份的稍作让步。

以《棠棣之花》为起点，郭沫若尝到了戏剧在社会宣传上的巨大威力，其戏剧创作的热情得到了极大激励，于是一鼓作气接连创作了《屈原》《虎符》等多部影响力巨大的史剧作品。从诗歌到《黎明》到《棠棣之花》，再到后来以《屈原》为代表的历史剧，郭沫若的戏剧经历了一个诗意蜕变的过程，这是诗情由强势转弱的过程，也是郭沫若自身对叙事体裁写作手法的反省改变的过程，但即便诗情由强转弱，郭沫若的历史剧作品也一直与诗保持着密切的关系，诗性贯穿其中，是他戏剧中不可割舍的一个特征，其戏剧也因此诗情激荡。

郭沫若的史剧中有着强烈的诗性审美品格，这种诗性品格主要体现在以下几个方面：

1. 以历史上的诗人作为主人公

如屈原、蔡文姬等。郭沫若塑造上述诗人形象之时，既不时地引用他们的诗作，在人物气质上赋予他们浓烈的诗意，又在叙事结构上给予一股脑儿倾泻情绪的机会，使之在精神上显示出崇高的诗性人格。比如在《屈原》中，郭沫若层层深入，为屈原设置重重挫折，如此"着意使屈原的思想感情在不断的挫折中得到砥砺，品质和精神在反复的撞击中放射出神异的光彩，并使他的人格在极度的压抑和蹂躏中不断深化和凝聚，从而储积起不可遏制的爆发力量，从而引出将自己的愤怒一股脑儿倾泻而出的'雷

---

① 闫焕东. 郭沫若自叙 《我的著作生活的回顾》汇辑 [M]. 太原：山西人民出版社，1986：190.

电独白'"①，进而塑造出屈原高洁的人格。

即使主人公并非诗人，郭沫若的人物设置也能让人感受到浓郁的诗意。郭沫若曾说，婵娟和卫士"是两种诗的感情或两种诗人性格的象征"②。《屈原》里，并非诗人的婵娟及卫士，就做出了诗一样的举动，显示出人格中诗一样的秉性。郭沫若甚至将次要人物婵娟视为"诗的魂"（而不是"剧的魂"），认为她"是使屈原得到安慰而继续奋斗的唯一力量"③。在塑造这些次要人物时，郭沫若着力展现他们性格中的闪光点，如纯洁耿直、大义凛然、贞洁不屈等，通过这种方式来使剧里的次要人物也能作为具化的诗的魂而呈现，使之具有诗人的性格，洋溢出浓郁的诗意。

2. 史剧中大量地插入诗歌

郭沫若的史剧，篇篇离不开诗（或歌）的参与。"一般的剧作用 10 首（段、次），最多的《棠棣之花》竟达 20 首（段、次）之多。"④ 《屈原》中，历史上屈原真实创作的《橘颂》《九歌》等诗作均得到了出场亮相的机会。这些插入剧中的诗歌，有力地增强了剧作的浪漫主义诗性审美品格。

当然，一部剧诗意程度与剧作里运用诗歌的数量并非正相关关系，关键是看诗与剧是否割裂，诗与剧是否融合，诗是否成为剧中不可或缺的部分。

郭沫若剧里的诗歌常常是剧中人物高尚人格品质的衬托。"它的内容或与剧情的主题相应，成为主题歌；或凝练和深化史剧中人物的感情，对塑造人物形象、表现人物性格起到辅助作用；或紧密结合剧情，对情节的发

---

① 熊金星. 郭沫若抗战时期历史剧中的诗情诗意 [J]. 怀化学院学报，2006，25（9）.
② 郭沫若. 郭沫若论创作 [M]. 上海：上海文艺出版社，1983：404.
③ 郭沫若.《屈原》和《厘雅王》[M] //郭沫若. 郭沫若剧作全集：第1卷. 北京：中国戏剧出版社，1982：495.
④ 古大勇. "倒有些确实是诗"：略论郭沫若历史剧诗性审美品格 [J]. 苏州铁道师范学院学报（社会科学版），2002（2）.

展起推动的作用"。① 《橘颂》（《屈原》）、《去吧，兄弟呀！》（《棠棣之花》）、《荆轲刺秦》（《高渐离》）、《祖饯之歌》（《虎符》）等诗都可以称为郭沫若史剧中的主题歌。以《屈原》里的《橘颂》一诗为例，屈原以橘树的"独立不移""赋性坚定"来教育宋玉，橘树实际上是屈原的自我形象，橘树的高洁是他的人格追求，橘树的"至诚一片""不饶不屈"其实是屈原忧国忧民的仁者之心。郭沫若让《橘颂》在剧中反复出现了三次，别出心裁地穿插于人物的活动之中，给整个剧定下一个坚贞的情感基调，既是对主人公屈原与次要人物婵娟人格品性重章叠唱的颂歌，也是对宋玉、子兰后来的变节等低劣品格的鞭笞，戏剧结构上还起到了前后呼应的效果。

郭沫若糅诗入剧时，并非千篇一律，而是根据剧中情境及人物情绪流动等需要随意赋形，灵活运转多种体式的诗歌，有民歌、自由诗、歌词、散文诗，也不乏赋、律诗等，多种多样，如闲庭信步般信手拈来，构成浓厚抒情氛围。《棠棣之花》中，整段引用、分句引用、独唱、对唱、前人章句和今人新作，各种诗体的运用精彩纷呈，令人应接不暇，"各种诗歌意趣迥异、灵活多变，与特定的戏剧情境相谐，且完全符合各剧中人物的身份和性格"②。《棠棣之花》中著名的《去吧，兄弟呀！》壮烈慷慨，但郭沫若也写过《濮阳桥畔》前后两幕中清新的情歌。《屈原》中，群众集体唱的《招魂》是民歌体诗，屈原情绪大爆发时高吟的《雷电颂》是散文诗。《卓文君》中，司马相如写给卓文君的诗是用赋体写作的，而卓文君之弟唱的诗是儿歌体。郭沫若剧中的诗歌选体时不拘一格，非常灵活，依情而定，随意赋形，往往起到和剧相映成趣、彼此增色的艺术效果。

从诗剧到历史剧，郭沫若的戏剧创作中有两条清晰的线索可供后人探寻。显性线索，是上文阐述过的文本中的盎然诗意。隐性线索，是诗人的

---

① 邱文治.论郭沫若历史剧的浪漫主义诗情［M］//邱文治.现代作家作品艺术谈.天津：天津人民出版社，1984：96.

② 古大勇."倒有些确实是诗"：略论郭沫若历史剧诗性审美品格［J］.苏州铁道师范学院学报（社会科学版），2002（2）.

"自我表现"的欲望以及诗人的主体形象。自我表现,也就是抒情。抒的当然是作者"我"想要抒的情。郭沫若的诗剧中反复使用了"夫子自道"的手法,他曾表示:"艺术是自我的表现,是艺术家的一种内在冲动的不得不尔的表现。"① 他的文艺创作践行了自己的理论。"如果我们从诗集《女神》里看到一个情绪昂扬、'开辟鸿荒的大我'的形象,那么在他早期小说里又看到一个在艰难险恶的环境里,进行抗争奋斗、苦苦追求、带有感伤色彩的'小我'的形象,还可以在历史剧中看到充满时代特色的'大我'和'小我'结合的'自我'的形象。"② 在说及《湘累》的写作过程时,郭沫若曾说:"那年所做的《湘累》,实际上是'夫子自道',那里屈原所说的话,完全是自己的实感。"③《〈蔡文姬〉序》里,郭沫若也说:"蔡文姬就是我!是照着我写的!"④ 创作《湘累》之时,屈原的被放逐与郭沫若的旅居日本的处境相似,而蔡文姬的抛夫别子又与他抛妇别雏的人生经历雷同。郭沫若带着强烈的主观性选择这些与自己经历相类的诗人作主人公,目的无非就是借他人写自己,"借古人来说自己的话"。在《革命诗人屈原》一文中,郭沫若曾赞叹屈原是"古'五四运动'的健将",但其实我们都知道,真正的"五四运动"的健将乃是郭沫若自身,郭沫若是在拿屈原自比!

郭沫若戏剧中自我的抒情形象极为明显,与其诗歌创作一脉相承。关于文艺的本质是"自我表现",郭沫若曾说:"诗的主要成分总要算是'自我表现'了"。研究者认为,郭沫若"实际上是把诗歌作为'自我'的情感和人格的表现,即'自我表现'说,具体包括'抒情说'与'人格说'"⑤。

---

① 郭沫若. 印象与表现 [M] //王训昭,等. 郭沫若研究资料:上. 北京:中国社会科学出版社,1986:200.
② 倪邦文. 郭沫若创作中"自我"的形象 [J]. 郭沫若学刊,1987 (2).
③ 郭沫若. 学生时代 [M]. 北京:人民文学出版社,1979:79.
④ 郭沫若:《蔡文姬》序 [M] //郭沫若. 郭沫若论创作. 上海:上海文艺出版社,1983:464.
⑤ 郭沫若. 印象与表现 [M] //王训昭,等. 郭沫若研究资料:上. 北京:中国社会科学出版社,1986:200.

"抒情说"就是郭沫若在五四时期提出的"诗的专职在抒情",是他在20世纪20年代提出的"诗是强烈的情感的录音"①,也是他40年代提出的"据我看来,今后的诗的道路还是应该限于抒情"②。

我们可以在郭沫若的戏剧中看到这种"自我表现"的流溢。在这些剧作中,郭沫若大多时间隐身幕后,让位主人公,让他们用自己的诗歌说话。但经常我们会看到郭沫若按捺不住,不再甘心于幕后指挥,而是径直跳到舞台中央,高举旗帜,以主题歌式的诗歌大声呐喊。《屈原》中,有《雷电颂》的"炸裂呀,我的身体!炸裂呀,宇宙!",还有《棠棣之花》中的"去吧,兄弟呀!我望你鲜红的血液,迸发成自由之花,开遍中华,开遍中华",这些诗作气势恢宏,极富渲染效果,堪称剧之魂灵,它们都是典型的郭式狂飙诗。郭沫若正是以这些诗歌为武器,喷射出了自己的政治焦虑,喷射出了那个时代的最强音。

郭沫若的"抒情说"包括"自我表现"及"自然流露"两个方面。自我表现指出了抒情的内容,而自然流露则规定了抒情的方式。英国湖畔诗人华兹华斯曾说,一切好诗都是强烈情感的自然流露。郭沫若也认为"新诗便是不假修饰,随情绪之纯真的表现而表现以文字"③。在他看来,诗是最不假形式,以自然流露为上乘,是心里有了什么感动,一把它说出便成为诗的。

所以在论及诗与剧、小说等叙事文体的优劣时,郭沫若不假思索地将诗奉上文学之巅——"诗是文学的本质,小说戏剧是诗的分化"④"我的信念:觉得诗总当由灵感迸出,而戏剧小说则可以由努力做出的""戏剧小说

---

① 郭沫若. 致宗白华 [M] // 田寿昌,宗白华,郭沫若. 三叶集. 上海:亚东图书馆,1920:133.
② 郭沫若. 论诗三札 [M] // 杨匡汉,刘福春. 中国现代诗论:上编. 广州:花城出版社,1985:60.
③ 郭沫若. 郭沫若论创作 [M]. 上海:上海文艺出版社,1983:245.
④ 郭沫若. 文艺论集 [M]. 北京:人民文学出版社,1979:226-228.

的力量根本没有诗的直切"。① 中国古代文道以诗文为尊,认为小说、戏剧都只为市野消闲,难登大雅之堂。郭沫若的诗本观秉承这种传统文艺观而来,推崇和唱高诗的形式,尊诗为文艺正统。

所以虽也写小说,写戏剧,但郭沫若本质上仍是个诗人,而且是一个浪漫主义已经浸淫到了骨子里的诗人,这样的一个郭沫若在写剧的时候难免也把剧当成了诗来写。写诗时,郭沫若采取的是长驱直入、大刀阔斧般的抒情。写剧时,他仍然无法放弃自己"功利"的文学抒情观。郭沫若的戏剧中自我的抒情形象极为明显,而这是与其诗歌创作一脉相承的。相比戏剧等叙事文体,诗更能直切地表达情绪,更能直白地传达诗人复杂多变的情绪。郭沫若厌恶形式,认为文艺以自然流露为上乘,过多的形式会阻碍诗人情绪的传达。在郭沫若那里,诗人的利器便是纯粹的直观。"自然流露"是郭沫若诗学观念的核心,他以"自我表现"和"自然流露"为出发点来建构其诗歌理论框架,并以"抒情"作为诗歌创作的追求。

"一切形式的背后都有其非形式的原因,作家建立艺术结构的基本图型,往往正是来自他感知人生的独特方式。"② 郭沫若戏剧之所以呈现出明显的"自我表现"与"自我流露"的特征,正是因为他感知认识的方式是诗的,诗是他跟世界的沟通方式。郭沫若是一个率性的诗人,"一个偏主观的人","一个冲动型强的人",他极富幻想,拥有敏感的灵魂、火热的思想,和一颗赤诚的迫不及待要向所有人袒露的心。当他以一名浪漫主义诗人身份进行历史剧创作时,他的诗人的个性和气质便倾注到了创作之中。他的诗就是他的"血",他的"泪",他的"自叙传"和"忏悔录",他的诗是"纯真的诗"。

诗是诗人"心中的诗意诗境底纯真的表现","生底颤动,灵底喊叫,那便是真诗、好诗"。③ 有内心的激情和自我表达的渴望,才能产生出诗。

---

① 郭沫若.郭沫若论创作[M].上海:上海文艺出版社,1983:363.
② 王晓明.二十世纪中国文学史论:上卷[M].上海:东方出版中心,2003:453.
③ 郭沫若.致宗白华[M]//郭沫若.郭沫若全集:第15卷.北京:人民文学出版社,1990:13.

正是郭沫若与诗的契合，引导着他的文艺创作不知不觉地转向了对诗的探索，其戏剧的诗化结构的美学风貌也由此建立。郭沫若是中国乃至世界文学史上罕见的"球形天才"，他集诗人、剧作家、小说家、思想家、书法家、历史学家、考古学者、古文字学家、社会活动家、政治家等光环于一身。在史剧创作中，他成功地将诗人、剧作家、社会活动家、政治家这四个身份融为了一炉，这是他伟大人格的体现，也是他被后人诟病的地方。

郭沫若是时代精神的先行者，他的诗和剧都是浪漫主义主观激情与现实主义客观需要相结合的产物。沈从文曾公开评论郭沫若，说他的文章只适合于檄文、宣言、通电，一点不适宜于小说。"他看准了时代的变，知道这变中怎么样可以把自己放在时代前面，他就这样做。"[①] 20世纪40年代早期和中期，他接连创作了《棠棣之花》等6部历史剧。因诞生于抗战时期，又被称为"抗战六剧"。以《屈原》为例，这部历史剧创作于1942年1月，当时的国际环境，是希特勒对苏联发动了进攻，亚洲的太平洋战争爆发，而国内，国民党右派不顾和平，悍然发动了"皖南事变"，对共产党抗日军民进行了军事围剿。当时的陪都重庆，一夜之间变成一座庞大的集中营，大批仁人志士遭到逮捕和杀戮。浸染于这种"抗战与救亡"的历史语境中，始终带着一颗炙热的"入世"之心的郭沫若，遭遇了近代中国知识分子所面对的民族落后的焦虑。接受了先进文化的浸淫，再投目于中国满目疮痍、民不聊生的政治现实，郭沫若满腔报国之情化作文艺狂热，从笔端倾泻而出。正是在抗战期间，郭沫若的文学创作达到了"火山爆发期"，大量岩浆一样炽热的带着情绪的作品问世。郭沫若站在时代的前列，把着时代的脉搏，将"反抗、自由、创造"的时代精神从自己的骨血中融入创作，对尚未觉醒的人们发出"毁灭与破坏，起来创造一个新的世界"的启蒙之声，这是一种以个体的自我为载体的社会的大我的呐喊，是其知识分

---

① 沈从文. 论郭沫若[J]. 日出, 1930 (1).

子的责任和道义的体现，也是其忧国忧民的伟大人格的展现。

抗战时期，历史题材的创作迅速崛起，历史剧成为热点，大量的历史剧诞生，这是当时的一个重要的文化现象，郭沫若成熟之后的历史剧抗战六剧也创于这时。为什么当时以"民族战士"和"戏剧兵"自居的郭沫若的戏剧均采用了历史剧的形式呢？除了郭沫若自身对历史题材的偏好和对历史素材的信手拈来，主要有以下两个方面的原因。

郭沫若本质上是个浪漫主义诗人，他认为在表达上，剧完全没有诗的直切，剧是能努力做出来的，诗却是用性灵写出来的。但当来到社会学价值领域，郭沫若却不得不诚服于剧的巨大优势。首先，从当时中国民众的文化程度和觉悟程度上来看，如果完全以报纸、书刊为载体，不管是文化变革还是由文化变革承载的政治变革，都只能拘泥于小部分上层精英分子，而要将广大民众发动和组织起来，对其进行启蒙，必须根据他们的知识文化水平选择更有效的文化载体。陈独秀就曾对此发文："现今国势危急，内地风气不开，慨时之士遂创学校，然教人少而功缓。编小说、开报馆，然不能开通不识学人，益亦罕矣。惟戏曲改良，则可感动全部社会，虽聋得见，虽盲可闻，诚改良社会之不二法门也。"[①] 与办学、小说、诗歌等相比，在宣传的社会学效果上，在社会接受的门槛上，戏剧具有这些方式无可比拟的迅捷和直接。

惧怕于戏剧演出巨大的宣传作用，为将这块拥有巨大潜藏力量的危险土壤置于自己的意识形态控制之下，剧本的内容遭遇了国民党政府文化审查部门的特别"关照"。1940年3月颁布的《战时戏剧审查标准》就对剧本的审查内容进行了详细的规定，其中，"诋毁现政府措施，足以消减政府之威望的""宣传三民主义以外一切主义而有害党国之言论等等，均在禁止

---

① 陈独秀. 论戏曲 [M] //徐中玉. 中国近代文学大系·文学理论集：第2卷. 上海：上海书店出版社，1995：617.

之列"。① 到 1941 年 5 月，国民党中央宣传部明确指出，戏剧应革除对颓废及社会罪恶作风的描写，而应着重扬善。对此，沈从文用四个字点出了国民党文艺政策的实质，即要求作家"请莫捣乱"②。茅盾曾说，当时"出版检查之严密，禁忌之多，使得作家们的写作自由完全被剥夺，只许歌颂、不许暴露的官方文艺政策给作家们在下列二途选择其一：要么闭目扯谎，要么回避现实。当然还有第三条路，那就是搁笔"③。无法突破政府的文化钳制，又不愿屈服于这种高压的意识形态的控制，郭沫若没有选择搁笔停止战斗，他最终找到了历史剧这样一个不"诋毁现政府措施"，而又"借古喻今""借古人的口来说自己的话"的武器。

　　郭沫若曾说："生命是文学的本质，文学是生命的反映。"④ 他强调的是这种反映中的一种动的、流动的关系。关于这种流动的关系，他曾有论述："人类生命中至高级的成分便是精神作用。精神作用只是大脑作用底总和。大脑作用底本质只是 Energy 的交流。Energy 的发散便是创造，便是广义的文学。宇宙全体只是一部伟大的诗篇。未完成的、常在创造的、伟大的诗篇。"⑤ 郭沫若认为人和人之间的 Energy 的发散就是生命的文学。郭沫若心中的生命的文学，就是一种 Energy 的流动，是"我"的大脑接收到宇宙间的信号，形成感情、冲动、思想、意识等，通过文学形式，"我"的大脑里的 Energy 经过发散，进入他人大脑并产生精神作用，并最终又作用到宇宙的这样一种流动。笔者将郭沫若的这种动的文艺观视为一种生命诗学，它的本质是能量的发散，是一种社会效用观，是宇宙间真的、善的、美的能量反馈到个体（先觉分子），个体生命对时代情绪产生心理感应，再由个体

---

① 傅学敏. 1937—1945 国家意识形态与国统区戏剧运动 [M]. 北京：中国社会科学出版社，2010：90.
② 沈从文. "文艺政策"探讨 [J]. 文艺先锋，1943，2 (1).
③ 茅盾. 八年来文艺工作的成果及倾向 [M] //楼适夷. 中国抗日战争时期大后方文学书系：第 1 编　文学运动. 重庆：重庆出版社，1989：520.
④ 郭沫若. 郭沫若论创作 [M]. 上海：上海文艺出版社，1983：3.
⑤ 郭沫若. 郭沫若论创作 [M]. 上海：上海文艺出版社，1983：5.

第二章 郭沫若的跨文体创作——以诗性戏剧为例

（先觉分子）传播给更多的个体（待发掘的大脑），最后集聚起来让世界不合理的地方变得更美好的这样一种文艺观。简单来说，就是思想启蒙家所追求的传播。但郭沫若同时作为文学家和思想启蒙家，他也很自然地将这种传播与文学审美结合起来。"反抗精神、革命，无论如何，是一切艺术之母"，"文学是反抗精神的象征，是生命穷促时叫出来的一种革命"。①

从诗到剧，郭沫若的文学创作有一个毁灭与创造的内核，这就是他生命诗学的"反抗精神"的表现。"弟兄们，快快！/快也来戏弄波涛！/趁着我们的血浪还在潮，/趁着我们的心火还在烧，/快把那陈腐了的旧皮囊，/全盘洗掉！/新社会的改造/全赖吾曹！"（《观海》）这是郭沫若创作中，毁灭与创造的内核较为明显的体现。毁灭的意识起自"五四"时期，当时中国正处于新旧时代的交替期，郭沫若急于向沉默昏睡的华夏民族发出振聋发聩的呐喊，他歌颂凤凰在烈火中自焚以获新生的《凤凰涅槃》，就是中国新文学"毁灭意识"的源头。郭沫若的创造意识与毁灭意识相伴而生，他的创造意识，有一个人学主题："创造生命底文学，第一当创造人"②。即文学除了直抒胸臆，还要表现人格。作诗的根蒂在做人，只有人格圆满的人才成其为真正的诗人，而真正的诗，真正的诗人的诗，都是对增进（自己和他人的）人格大有裨益的。以诗人身份自豪的郭沫若，将人的创造、人格的创造视作头等大事。

郭沫若所有的历史剧中，都有一个史诗式的，身上闪现着郭沫若本身人格理想的英雄式人物。从为了国家安危，为了正义而走上行刺之路的聂政，到面对强国入侵挺身而出的信陵君，到心忧天下而无辜被谗的屈原，再到婵娟、如姬、高渐离、阿盖、夏完淳，这些为了社会的"大我"，舍弃自身"小我"的英雄，郭沫若所有的故事情节，所有的跌宕起伏，皆为塑

---

① 郭沫若. 《西厢》艺术上之批判与其作者之性格 [M] //郭沫若. 沫若文集：第十卷. 北京：人民文学出版社, 1959：186 - 187.
② 郭沫若. 郭沫若论创作 [M]. 上海：上海文艺出版社, 1983：4.

造这样的人格形象来展开。而这些历史剧中，真正毫不掩饰地显示剧作者人格创作野心的，乃是剧中插入的诗歌［如《去吧，兄弟呀！》（《棠棣之花》）］和大段诗意的抒情独白（《雷电颂》），前文提过的主题歌皆为此类。用剧来造成外在的形象，这只是人格创作的第一步，作者真正的人格创造的野心，都流露在剧中的诗歌及诗意独白里了，这才是郭沫若人格创造的灵魂所在。

郭沫若的生命诗学的实现，融合了诗的教化与剧的教化，而诗的教化占据核心位置。为了开启民智，它将启蒙现代性与审美现代性两种因素包孕史剧之中，在赤裸裸地用主题歌发挥文化启蒙和精神启迪功能的同时，也在塑造主人公感人至深的人格，以对观众起到精神上的审美体验和感化上苦下功夫，但教化中的关键任务还是交给了诗。在《屈原》后记里，郭沫若说："在写完第一幕以后，我的意识或下意识，即灌注在这最末一幕"，"第三第四两幕的作用，都为的是要结穴成这一景"。①"这一景"就是常被人拿去与莎翁《李尔王》里《暴风雨》相提并论的《雷电颂》，而《雷电颂》简直就是一首悲壮万分的抒情长诗！这些抒情长诗正是"郭剧的精华所在"。

带着创造人和改造世界的文化理想，郭沫若的历史剧确也获得了巨大的社会学价值。《屈原》的首次公演，就得到了群众的热情追捧，前有星夜买票，后有冒大雨观看演出，"剧场里，台上台下群情激昂，交融成一片"②。《屈原》上演期间，几乎一票难求，《中央日报》曾用"上座之佳，空前未有""堪称绝唱"等词来形容《屈原》一剧的热烈，当时群众的热烈回应可见一斑。文化界对此剧也反响热烈，众多知名人士，如董必武、沈钧儒等人为之作诗唱和，老舍等人也相继在《中央日报》等多家报纸杂志上发表文章，称《屈原》的创作和演出是抗战剧坛的奇迹。除这出代表作

---

① 郭沫若. 郭沫若剧作全集［M］. 北京：中国戏剧出版社，1982：495.
② 邹水旺.《屈原》与抗战［J］. 江西师范大学学报，1995（3）.

《屈原》，郭沫若的其他剧作也同样叫座。《孔雀胆》在成都、昆明、内江、五通桥、自流井等地演出，引起轰动。《南冠草》在重庆连演近半月，场场满座。《虎符》在重庆、桂林、延安也引起了追捧。对于郭沫若的史剧，周恩来给予了极高的肯定："在连续不断的反共高潮中，我们钻了国民党反动派一个空子，在戏剧舞台上找了一个缺口，在这战斗中，郭沫若立了大功。"①

二、诗情与诗性

现代新诗伊始之时，胡适提出的现代自由诗的观念，解构了中国传统诗格律体一统天下的局面，解决了新诗改革形式方向的问题，但没有从具体方法上解答新诗的内容，即该写什么与怎么写。新诗的改革在理论上没有完全构建起来，留下了空白点，这成系统的新诗理论，最终由郭沫若构建起来。郭沫若认为，艺术是从内部发生的。他提出以内在律为中心的诗学理论及以情绪为核心的现代情绪诗学观，在此基础上，对诗以情为本的特点及情的形式方面，也做出了独到的阐释。

中国传统文学理论主张"诗缘情"，在这个理论基础之上，郭沫若将之进行继承和发展，提出诗的本质专在抒情。在这个基础上，郭沫若又进一步将之深化成其"情绪诗学"理论。郭沫若认为，"文学的本质是始于感情终于感情的"，"情绪的吕律，情绪的色彩便是诗。诗的文字便是情绪自身的表现（不是用人力去表示情绪的）"。② 他认为只有展现了情绪波动的文字才是有生命的文字。在跟宗白华的一封通信中，郭沫若甚至给这种情绪诗学列下了一个公式：诗 =（直觉 + 情调 + 想象）+（适当的文字），这里的"情调"与情绪同义。郭沫若在文学理论中不断提及情绪的重要性。

---

① 李媛. 郭沫若抗战时期历史剧的宣传作用 [J]. 重庆社会科学，2005 (5).
② 郭沫若. 文学的本质 [M] // 郭沫若. 郭沫若全集：文学编：第 15 卷. 北京：人民文学出版社，1990：352.

情绪诗学观在他戏剧创作中的重要性也有以下几个表现:

1. 写诗般癫狂的创作状态

进入诗的创作阶段,被诗情附体的郭沫若往往就像被巫术控制住一般,陷入一种疯狂的创作状态。被人所熟知的是他创作《地球,我的母亲》时的情境:一阵诗意袭来,突然抓住了他,他便赤足扑倒地上,与"地球母亲"亲昵,这首著名的诗歌就在这种痴人般癫狂的状态下诞生了。

郭沫若的文学是一种灵感式的文学,彼时,他仿佛忘掉了自我,被情绪掌控,这左右他的情绪,即郭沫若潜藏的自我意识。他写戏剧时也是如此。创作《凤凰涅槃》时,"那种发作时时来袭击我。一来袭击,我便和扶着乱笔的人一样,写起诗来,有时连写也写不赢",郭沫若称之为"一种神经性的发作",郭沫若写剧时体验到的狂乱,与写诗时的体验一般无二,二者的情绪状态是一致的,郭沫若以写诗的激情完成了剧本的创作。

这种创作的狂乱状态并非郭沫若独有,常常称自己写的不是剧而是诗的曹禺也有这种体验。"我像个比赛前的运动员,那样的兴奋,从清晨钻进图书馆,坐在杂志室一个固定的位置上,一直写到夜晚 10 时闭馆的时刻,才快快走出。夏风吹拂柳条刷刷地抚摸着我的脸,酷暑的蝉声聒噪个不停,我一点觉不出,人像是沉浸在《雷雨》里。有时写得太舒畅了,又要跑出图书馆,爬上不远的土坡,在清凉的绿草上躺着,呆望着蓝天白云,一回头又张望着暮霭中忽紫忽青忽而粉红的远山石塔,在迷雾中消失。"①

郭沫若与曹禺都声称自己的戏剧创作是情感的迫切需要,是情绪的推动的结果。我们可以从二位身兼诗人与剧作者的创作状态上找到明显的相似。虽然他们二人一个狂热,一个苦闷,一个是一泻千里、豪情万丈的直抒胸臆,一个是细沙沉底、收放自如的含蓄蕴藉,但都是一种被情绪左右的创作心态,不同的只是抒情的展示方式。

---

① 田本相. 曹禺手稿 [M] //田本相. 曹禺传. 北京:北京十月文艺出版社,1988:143.

2. 事先设计少，创作戏剧时随兴所至

在比较诗与叙事文体的优劣时郭沫若说："我的信念：觉得诗总当由灵感进出，而戏剧小说则可以由努力做出的。"① 他强调戏剧和小说可以事先从戏剧冲突、戏剧结构、戏剧情境等方面构思，即使没有文学天才的人，也可以做出像模像样的一篇作品，而诗是不行的，它必须是性灵的。观察郭沫若的历史剧，我们可以发现，我们也能从戏剧冲突、戏剧结构、戏剧情境等戏剧原则来对之进行解剖，但实际上，郭沫若在创作过程中，较少在这些方面上设计，而是听从着自己的诗人的创作之"兴"。《聂嫈》在五卅运动的震动中草成，写《屈原》时，"各幕及各项情节差不多完全是在写作中逐渐涌出来的。不仅在写第一幕时还没有第二幕，就是第一幕如何结束，都没有完整的欲念。实在也奇怪，自己的脑识就像水池开了闸一样，只是不断地涌出，涌到了平静为止"②。关于这种状态，曹禺也有相似经历，比如触发他《雷雨》创作动机的，"只是一两段情节，几个人物，一种复杂而又原始的情绪"③。写作中，他也不是一幕一幕按顺序来写的，而是哪段最有感情就先写哪一段。

3. 不以叙事情节、而以情绪为主线

在郭沫若剧中，抒情的成分重而叙事成分轻，虽然叙事的部分并不逊色，但叙事往往在情感的围剿下由线而压缩成了点，剧中主人公内心的情感则蓬勃发展，日益茁壮地发展成了贯穿戏剧始终的线索，承担起了戏剧的主线。以《屈原》为例，开场，郭沫若先用《橘颂》衬托屈原人格上的伟大，接下来，让屈原遭遇南后的诬陷，第二、第三幕中，让屈原重复三次提出抗议："你陷害我，但陷害了的不是我，是我们整个儿的楚国，是我

---

① 郭沫若. 郭沫若论创作 [M]. 上海：上海文艺出版社，1983：363.
② 郭沫若. 郭沫若论创作 [M]. 上海：上海文艺出版社，1983：485.
③ 夏竹. 创作的回顾：曹禺谈自己的创作 [J]. 语文学习，1981 (5).

们整个儿的赤县神州啊！"① 一步一步加深屈原所受的不公，调动情绪的集聚，直到第五幕第二场，才让屈原以"雷电独白"的形式将愤怒倾泻而出，最终在这种控诉中达到全剧的高潮，而高潮是主题在事件中的体现。这也从侧面证明，郭沫若的戏剧是以情绪为主线的。

如何平衡情节与情绪，是戏剧创作，尤其是诗化戏剧创作的一个重要议题。诗化戏剧中，情节结构是戏剧的外在律，人物内在的情绪则是内在律。郭沫若的诗化戏剧则明显重内在律而轻外在律。所以我们可以看到，郭沫若剧中的情节因素较淡，而抒情气氛、情绪的节奏却极为浓郁。郭沫若剧与其他写实主义戏剧的不同之处也在于此。笔者认为，是社会语境的岌岌可危逼得郭沫若满腔的报国热忱不吐不快，在这种厚重焦虑的作用下，他以澎湃的情感汹涌地闯入戏剧体裁，带着千钧之力，摧毁了传统现代戏剧以叙事为主导的樊篱，构建起自己以情绪为主导的新的戏剧体式。情绪诗学不仅渗透进了郭沫若的文学观，更已经成了他的一种特殊思维方式。当郭沫若急切地想达到情绪传播的某种效果之时，叙事开始变得不再重要，重要的是作者自身情绪的抵达。

学者王富仁对郭沫若的诗歌有过一番高屋建瓴的评价："郭沫若的诗不需要领悟、咀嚼和品咂，需要的是感受，直接的感受，它不需要你联系什么，不需要你赋予它什么意义，只需要你的心弦随着它的波涛起伏，应着它咆哮跳动"②，他的诗开辟了一种与中国传统诗歌的"温柔敦厚"迥然不同的审美境界，说的就是郭沫若诗歌巨大的感染力与情感煽动性。这段感性的评论虽是针对郭沫若诗作所发，但用于观照郭沫若的剧也未为不可，因为二者之间有一致的情绪主线，有同样的审美特性，也呈现出同样的审美境界。

---

① 郭沫若. 屈原 [M] // 郭沫若. 郭沫若剧作全集：第1卷. 北京：中国戏剧出版社，1982：432.

② 王富仁. 他开辟了一个新的审美境界 [J]. 郭沫若研究，1988（7）.

第二章 郭沫若的跨文体创作——以诗性戏剧为例

1921年6月,在《苏武与李陵·楔子》中,郭沫若首次提出历史悲剧这个概念。郭沫若一生创作的11部历史剧中,绝大部分是悲剧。田本相将这些悲剧与鲁迅的小说并提,认为二者虽在体裁、题材和风格方面均不同,但郭沫若以其杰出的悲剧艺术实现了对传统文学的突破,成为新文学悲剧创作的先导者和开拓者之一,其悲剧是继鲁迅的悲剧文学作品之后创造出来的一种崭新的悲剧。

悲剧大致可分为两种,一种主悲,强调主人公的悲惨与凄苦。无辜主人公往往遭遇迫害,陷入绝境,这类悲剧主题在揭露社会的不公正,易引发观众的同情与怜悯。另一种主壮,虽然背景同是社会的不公,但着重描写主人公对这种不公的反抗精神,虽然最终仍摆脱不了悲剧结局,但带给观众的不是愁苦与悲伤,而是一种昂扬的斗志,显出一种崇高的悲壮美。这种类型的悲剧才是严格意义上的悲剧正宗,因为正宗的悲剧,必须最终与积极向上的力量相通。

郭沫若的悲剧全是主壮的悲剧,追求大开大合,给人一种深度灵魂的震撼。郭沫若是"正统"文学的忠实拥护者,在诗与小说戏剧之间,他坚持诗是本宗。在喜剧与悲剧中,他又排斥喜剧,坚持只写悲剧,且只写悲剧中的正宗——悲壮的悲剧。郭沫若不喜喜剧。他认为:"悲剧在文学的品类上是有最高级的价值的","悲剧是更感人的东西,教育意义更大"。① 以疗救社会为旨归,以热烈、宏大和崇高为毕生追求的郭沫若,对插科打诨、于社会没有实际意义的喜剧是不屑于提笔的。曾有人想要把郭沫若的《棠棣之花》改写为《全部聂政》,要将剧情改成聂政未死,并最终召唤军民,大破秦军,郭沫若对此断然否决:"改成喜剧,会把故事的原有意义完全失掉了。"② 他认为,只有合乎社会的基调的文学才有存在的价值,只有合乎

---

① 郭沫若. 革命与文学[M]//郭沫若. 沫若文集:第十卷. 北京:人民文学出版社, 1957:318-319.
② 郭沫若. 郭沫若论创作[M]. 上海:上海文艺出版社, 1983:325.

社会进化的文学才能称之为活的文学及进步的文学。而对"已经睁开了眼睛的"知识分子而言,"一言一动都应该以社会效用为前提,换句话说,便是对于理想社会实现上的政治价值要占一切价值的首位!假使白费地写作一些无意识的文字,这写作本身就是一项罪恶!"①

关于悲剧的本质,恩格斯有一个著名的论述,"悲剧应该表现历史的必然要求和这个要求的实际上不可能实现之间的悲剧性冲突"②。郭沫若在恩格斯的基础上,对悲剧产生的原因进行了中国本土化的阐释。他认为悲剧应该展现必然性,即在社会变革的历史进程中,由于"促进社会发展的方生的力量尚未足够壮大,而拖延社会发展的将死力量也尚未十分衰弱"③。历史唯物主义认为,历史是在新旧的交替与斗争中向前发展的,新的力量最终将代替落后的力量,但这需要一段漫长的量变的过程才能达到质变的突破,在未达到质变的点时,由于尚不具备足够的力量,新的力量尽管代表社会发展方向,仍然会遭到旧力量的扑杀。郭沫若的历史悲剧就大多为此类。抗战6剧里,有4部取材于战国时期。郭沫若为何对战国时代情有独钟呢?郭沫若在谈创作时曾对此有过说明,他认为,战国时代强秦独霸,野心勃勃,各国势微,而国君们却不思奋起,消极抗秦,与当时中国处在日本侵略危机下,中华民族已经面临灭国危机,国民政府却仍"消极抗日,积极反共"的形势相似。郭沫若意图以战国时代来借指当时的中国。此外,"战国时代是以仁义的思想来打破旧束缚的时代……是人的牛马时代的结束。大家要求着人的生存权"④,也与当时中国要求自由、要求民主和解放的现实重叠。郭沫若意在通过历史剧,"具体而真实地把古代精神反映到现代",塑造出高渐离、屈原、聂政这些千古英雄群像。

---

① 郭沫若. 郭沫若全集:文学编:第11卷[M]. 北京:人民文学出版社,1992:164.
② 马克思,恩格斯. 马克思恩格斯选集:第4卷[M]. 北京:人民出版社,1995:560.
③ 郭沫若. 郭沫若论创作[M]. 上海:上海文艺出版社,1983:479.
④ 郭沫若. 由虎符说到悲剧精神[M]//郭沫若. 郭沫若论创作. 上海:上海文艺出版社,1983:423.

第二章 郭沫若的跨文体创作——以诗性戏剧为例

郭沫若的史剧均呈现出严肃而崇高的特点。首先，他选取的历史悲剧均是必然产生悲剧的革命时期，选取的主人公均是选择反抗的英雄豪杰，男性有一心为国的诗人屈原，有舍生取义的聂政和高渐离，有视死如归的少年英雄夏完淳，女性也毫不逊色，出现了如姬、聂嫈、阿盖、酒家女等多位女豪杰。这些人物具备真、善、美等一切美好品质，从品质到仪表，无一不美，而处在他们对立面的全是奸诈阴险、残害忠良的败类。郭沫若用这种两极对立的人物塑造方式，凸显了悲剧的壮烈。郭沫若认为人类文学本质上是一种战斗。据此，郭沫若赋予这些英雄人物抗争的性格。同时，他笔下英雄人物抗争的目的，从不是为了小我或者个人的私利，而是为了家国天下，为了民族和社会的大我，是他们崇高人格力量的体现。而他们与落后势力之间的矛盾深到无法调和，当斗争上升到国家层次时，戏剧的悲剧效果也就极大地加深了。

有人曾诟病郭沫若的历史剧总带着光明的尾巴，这与当时国民政府文化部门对剧本严格的审查不无关系，但更重要的，却是郭沫若另一悲剧理论的实践。"悲剧的戏剧价值不是单纯的使人悲，而是在具体地激发起人们把悲愤情绪化为力量，以拥护方生的成分而抗斗将死的成分"①，有人认为悲剧会容易给观众带来消极情绪，使正气下降，邪气上升，郭沫若却认为事实正相反，他认为悲剧是"可以经常激发我们的悲壮的斗争精神"，"悲剧中蕴藏着比喜剧更丰富的乐观主义"。② 这种"悲剧精神"的观点，可以看作郭沫若对恩格斯悲剧理论的继承和拓展。

悲剧具有强大的审美效应。谢有顺认为，诗是一种读者理解诗人、探究诗人内心世界的途径，读者或许没有诗人的遭遇，但通过诗，能领略到诗人的情绪，所以诗人笑，读者跟着笑，诗人哭，读者跟着哭。作为一种不仅能

---

① 郭沫若. 由虎符说到悲剧精神 [M] //郭沫若. 郭沫若论创作. 上海：上海文艺出版社，1983：423.

② 郭沫若. 悲剧与普通人 [M] //考瑞根. 悲剧（英文版）. 1981.

书面呈现，也能在舞台上综合呈现，接受范围更广的艺术体式，戏剧比诗更能直抵人心。当悲剧主人公遭受不公或者被迫害，观众的感受也随主人公情绪不断变化，当他们没有被黑暗打败，甚至精神上超越了对方，观众的思想也会得到一种升华，那是一种要求积极向上的正面的生命力。这就是郭沫若追求的生命诗学最圆满的结局。郭沫若历史悲剧的独到之处就在于，他大开大合、豪迈雄壮，为剧增添了悲壮的诗意，让人惋惜，让人奋起，让悲剧读起来像是一首专为英雄所作的崇高史诗。

意大利哲学家维科将人类原始状态时所具有的思维方式称为"诗性智慧"，他认为，原始人虽没有缜密的理性推理能力，但却浑身都是旺盛的感受力与生动的想象力。这种带有丰富的原始想象力的思维就是诗性思维。维科认为，这种诗性思维是心灵与精气结合而成。深受浪漫主义浸淫的郭沫若，也拥有这种诗性思维，也正是因为拥有这种开放性的思维，他的文学创作才得以呈现出多种独特的艺术形式，呈现出他个人气质的特点。

两千多年前，亚里士多德提出，诗是经过提炼的现实，诗是艺术家主观思想的外化，诗是对现实的创造性模仿。在如何看待历史文本这个问题上，郭沫若是亚里士多德观点的继承者："历史研究是实事求是，史剧创作是失事求似，史学家是发掘历史的精神，史剧家是发展历史的精神"①，"写剧本不是在考古或研究，我只是在借史影来表示一个时代或主题，和史实可以出入"②。

《虎符》中，郭沫若写信陵君带着三千食客出城。这段史实在《史记·魏公子列传》中，只有语焉不详的寥寥数字。郭沫若在这寥寥数字的基础上，大胆想象，将之扩展成一个精彩的情节。历史上的屈原事君不贰却无辜被谗，爱国忧民却无力回天，是个愁闷凄苦的形象，而郭沫若笔下的屈原，却不再

---

① 郭沫若.历史·史剧·现实[M]//郭沫若.郭沫若论创作.上海：上海文艺出版社，1983：501.

② 郭沫若.郭沫若全集：文学编：第七卷[M].北京：人民文学出版社，1986：277-278.

忧愁忧思，而是呼风唤雨，指天怒吼，开始有了抗争意识。同时，《屈原》里还虚构了历史上所没有的一些人和事。婵娟形象出自屈原辞赋《离骚》里的"女须之婵媛"，郭沫若把它解释成了人名，另有卫士、渔夫和钓者，也都是郭沫若从屈原辞赋里得到启发再加以艺术加工而来。佞臣靳尚及南后郑袖在历史上均有名号，但屈原与南后的矛盾却没有史实依据，是郭沫若杜撰出来的。郭沫若让公子子兰成为南后的儿子，又成为屈原的弟子，也"都是想当然的事体，并不是有什么充分的根据"①。郑詹尹和郑袖的父女关系"也是杜撰的"。郭沫若史剧里描写的很多情节并未依照历史文本记载，而是大抵地根据史实，添上作者的主观愿望，在想象的基础上，写人物可能在那个时代"有怎样合理的发展"，是一种"应该如此"的诗性逻辑。

郭沫若的这种失事求似的历史剧创作观现今已经为人们所接受，但在当时，却是有点太"先进"了。历史剧到底是历史还是剧？历史剧能否影射现实？历史真实是历史的真实还是历史精神的真实？这在当时的文坛掀起了一场热烈的探讨，历史真实与艺术真实的矛盾成为讨论的焦点。向培良称："去掉了历史的成份，便无论怎样，虽然是很好的剧本吧，绝不能成为历史剧了。"②邵荃麟也认为，"写历史剧就老老实实只写历史，不要去创作历史，不要随自己的意欲去支使古人。自然艺术家的主观必然是存在的，但所谓主观，应该指作者对历史认识的角度和对历史评价的立场，历史人物还是让他们自己在历史真实环境去活动，去发展罢"③。

对于这些反对的声音，郭沫若认为，它们是把艺术真实等于历史真实了。如果以这为标准，史剧就不能对历史做任何虚构和修改，否则就是篡改历史，这就好比把史剧家框死在史学家的范围里了。他曾批评说："中国的史学家们

---

① 郭沫若. 我怎样写五幕史剧《屈原》[M]//郭沫若. 郭沫若剧作全集：第一卷. 北京：中国戏剧出版社，1982：486.
② 向培良. 所谓历史剧[M]//李霖. 郭沫若译传. 上海：上海现代书局，1932：69.
③ 邵荃麟. 两点意见[J]. 戏剧春秋，1942，2(4).

往往是以其史学立场来指斥史剧的本事,那是不免把科学同艺术混同了。"①他认为,史学和史剧完全是两个学科的事,站在史学立场来要求史剧的是"旧历史主义"的见解。旧历史主义批评家的观点是,文学文本是一种历史现象,应该是对历史的一种反映,文学研究和文学评论的任务就是一种还原历史的工作。而郭沫若眼中的历史却是可以重新阐释、重新赋予意义的"开放性文本"。郭沫若提出的"史实是否真实"的疑问,其实已经达到了西方阐释学的高度。20世纪兴起的阐释学认为,历史并非是封闭的,一次成型的,它是敞开的、开放的,一切文本的意义都是不断阐释的结果,一切的阐释都不是绝对的真理。郭沫若的"史实是否真实"在高度上已经超前了。郭沫若主张打破历史剧须谨从历史的教条,主张充分发挥创作者的主观能动性,"艺术家不应该做自然的孙子,也不应该做自然的儿子,而是应该做自然的老子!"②郭沫若的这种历史剧创作观,是一种创造与革新的精神,他不满足于纪实般地再现历史,而追求再创历史,他不再将人看成历史的奴隶,而是高扬文学创作里的人的价值。

从对历史的诗性把握出发,郭沫若从浩瀚的历史材料中择取了自己所需,对人物和事件进行了大胆的改造和增添,在这种诗性创造中,郭沫若获得了类似诗带给他的巨大满足。从郭沫若建立起"失事求似"的史剧创作原则后,后来的学界虽仍有不同的声音,但大多更倾向于肯定这种打破樊篱的手法,视其为整体的历史诗学观,倾向于将这种创作手法看成"诗",是对历史文本的改写,也是对历史文本意义的颠覆与创造。笔者认为,最接近郭沫若史剧创作理论的心理应该是以创造性的思维,将他的历史剧创作视域整体地看成一种诗性创造,一种整体的文化创造。

郭沫若发展历史的精神的创作理念,离不开想象与虚构的积极参与。想象与虚构,就是郭沫若"失事求似"历史剧的诗学核心。郭沫若曾说自己是

---

① 王锦厚. 郭沫若史剧论 [M]. 太原:山西人民出版社,1988:233.
② 郭沫若. 郭沫若论创作 [M]. 上海:上海文艺出版社,1983:6.

个主观冲动、想象力比观察力强的人,当这样一个郭沫若接触到高扬艺术想象的19世纪英国浪漫主义文学时,两者之间就产生了融合的化学反应。浪漫主义文学主张表现自我,视想象、虚构与夸张、创造为文学的生命所在,要在文学中极力体现主体的价值,把主体在创作中的主观能动性置于至高无上的地位。郭沫若也不认为历史文本是不可更改的,而是将之视为待主体去发掘、去重新阐释的开放的文本。

除了受到19世纪英国浪漫主义的影响,从思想根源上影响到郭沫若戏剧创作的,还有泛神论。郭沫若受泰戈尔影响,接受了泛神论,但其实"真正被他吸收了的泛神论,与其说是哲学的,不如说是诗学的,与其说是他掌握神与自然关系的方式,不如说是他掌握艺术与世界关系的方式。他拿来的是哲学,收获的却是诗"①。诗境的一个显著特征是逻辑上的绝对自由,它是一个自在的虚构世界。"我效法造化的精神,我自由创造,自由地表现我自己","我有血总要流,有火总要喷,不论在任何方面,我都想驰骋"。②《湘累》中屈原的这段话常常被研究者作为郭沫若泛神论思想的引述。在诗的时空里,万物任我驱使——我要雷,就有雷;我要电,就有电。在诗中,人和造物者具有同等的神力。"我即神"——当诗人把自己视为神时,"一切的偶像都在我面前毁破","一切自然都是我的表现",万物"不断的毁坏、不断的创造"。③ 这种泛神的宇宙观,为郭沫若提供了一种诗性思维方式,让他无视旧有规则,忽视史学樊篱,让他成为一个破坏者和一个创造者,让他在这个基础上构建起他独特的诗性思维,建构起其自由创造的文化命题。

如果将诗看作"想象",诗与剧,在诗性的起点上是相通的,因为文学本

---

① 魏建.得失之间的"戏":郭沫若历史剧戏剧本体的再探讨[J].山东师大学报(社会科学版),1993(6).

② 郭沫若.湘累[M]//郭沫若.郭沫若剧作全集:第一卷.北京:中国戏剧出版社,1982:22.

③ 郭沫若.《少年维特之烦恼》序引[M]//郭沫若.郭沫若论创作.上海:上海文艺出版社,1983:665.

身就是一种幻想的艺术。苏珊·朗格认为，戏剧是一种诗的艺术，因为它创造了一切诗可以具有的幻象，而戏剧的基本艺术特征就是创造幻象。对于诗化戏剧中的幻想成分，曹禺曾在给《雷雨》一剧演职人员的信中，提起之所以以剧写诗，就是因为诗中"可以随便应用""幻想"①，而将剧的发生推到非常远的时候，也能让观众不再纠结于实际，而是改用听神话似的态度来观赏戏剧。从这个意义上来说，我们就不难理解为什么郭沫若的戏剧大多以古代乃至神话为背景了，正因为距离远，才为充分发挥想象的主观作用提供了条件。

联系郭沫若戏剧创作的时代背景，我们发现郭沫若的戏剧，每每运用隐射的手法，可以说大部分是一个整体性的象征。从第一个诗剧《黎明》，到稍后的神话史剧《凤凰涅槃》和《女神之再生》，郭沫若自述，受到的是世界象征主义名剧——梅特林克的《青鸟》、霍普特曼的《沉钟》的影响。《女神之再生》里，共工象征着南方，颛顼象征着北方，该剧的背景则影射当时中国的南北战争。《凤凰涅槃》中，凤凰象征中国，西方象征屠场，东方象征囚牢，南方借指坟墓，北方指向地域，涅槃象征佛教教义里的修成正果，涅槃后的凤凰象征获得新生的中国。郭沫若曾直白地说，写作《棠棣之花》，是为了表达"主张集合反对分裂"；写《虎符》，皆因"当时的现实与魏安王'消极抗秦、积极反信陵君'是多少有些相似"；《高渐离》的写作是有意用秦始皇的残暴来影射蒋介石的独裁统治；《孔雀胆》是为了表达现实中和平与统一、反对分裂的主观愿望；《屈原》中，则是郭沫若被皖南事变触发，以史剧为武器，将"这时代的愤怒，复活在屈原的时代里"②。郭沫若表示，他不过是"借些历史上的影子"来驰骋自己的创造，他是借了古人的骸骨，另行吹嘘了些生命进去。

象征的手法简单来说就是借此言彼，借实言虚，借有形来表现无形，但

---

① 曹禺.《雷雨》的写作 [J]. 杂文，1935（2）.
② 郭沫若. 郭沫若论创作 [M]. 上海：上海文艺出版社，1983：404.

是彼与此之间必须要有相似或相近之处，有了这种相通，象征才能发掘出意义，否则就会陷入语义的所指的模糊。同样是运用象征手法，郭沫若在运用方法上别具个人特色：首先，前文说过，他选取的材料主要是与现实生活距离甚远的历史及神话故事，便于他想象力的释放。其次，戏剧主题上，他着重选取能与现实生活联系起来的毁灭与创造的主题。最后，在具体的操作上，他重写意手法，强调精神上的相似，忽略形式上的雷同。针对郭沫若对历史剧及象征手法的偏好，有研究者认为，以现实沟通历史是郭沫若史剧创作的精神动力。郭沫若的早期剧作热衷寻求古今人物心理上的相通，以现代人的思想解释古人的心理，而后期的剧作则热衷寻求古今时代背景和时代精神的相通，把今人的愤怒复活到古代。

通过象征手法，郭沫若的历史剧充满了言外之意与弦外之音，达到了"我写的并不是现实，但你知道我写的就是现实的"的艺术效果。这种"含不尽之意于言外"整体性的象征要求接受者也对艺术展开整体性的想象与诗性的接受。在当时抗战的历史语境下，观众乐于去戏剧中释放、去发泄自己的政治情绪，郭沫若带着政治言说意义的戏剧，在当时国民党不许暴露现实的文化禁制下，成为人们内心期待的政治艺术，看戏本身也变成了普通民众参与政治、表达政治情绪的举动，它点燃了人们的政治激情，也促进了戏剧大众化运动的高涨。可以说，如果拘泥于史剧文本中的人物和历史背景，郭沫若历史剧创作隐射现实的意图将被掩埋，其悲剧魅力将大打折扣。这种象征，从创作主体的写作意图，从读者和观众的领悟来看，它的存在方式都是诗性的。

三、诗艺与诗美

郭沫若诗化戏剧的独特的艺术形式，除了与其鲜明的个人气质有关，与他所处的时代也有莫大关系。本章着重探讨郭沫若戏剧中的形式问题，从根源上对郭沫若所接受的理论思想进行追本溯源。关于郭沫若的诗化戏剧，本质是剧诗还是诗剧，笔者也欲进行一个浅析。同时，既然郭沫若的戏剧具有鲜明的诗性品格，诗的因素是如何融入剧的，诗的美又是如何转化成剧的美的呢？笔者拟从语言、节奏、意境、意象四个方面着重分析。

作为一个文学家，郭沫若之所以伟大，不仅体现在他遍地开花的文学创作，在他文学创作所创造的巨大社会价值，还体现在他勇于打破艺术陈规的勇气。郭沫若曾说："艺术家不宜做自然的孙子，也不能做自然的儿子，而应该做自然的老子。"这句话深刻阐释了他的创造精神。

现代诗歌领域，他首显开拓之功。他的第一部诗集《女神》，被认为是中国的第一部真正意义上成功的新诗集，以豪放的诗情和不拘一格的自由体，在当时的新诗诗坛掀起了一次翻天覆地的冲击。郁达夫对之给予了极高的赞誉，认为中国新诗"完全脱离旧诗的羁绊自《女神》始"[①]。现代戏剧领域，郭沫若继续发力。他创造性地糅诗入剧，使剧里诗意浓厚，这种特征的戏剧不唯郭沫若所独有，曹禺、田汉的戏剧创作也被定义为"诗化戏剧"，但如此明目张胆地大量插入诗歌，并且主人公都意在表现"自我"的戏剧，写作的还只有郭沫若一人。其次，郭沫若提出了"失事求似"的史剧创作观，严格区分开史学与文学、历史真实与艺术真实的界限，打破了旧历史主义以历史为对象的文学创作更改历史的樊篱，释放了史剧作者的主观能动性，从理论和实践上，为中国历史诗学理论的建立奠定了坚实的基础。同时，他冲破了历史文本的限制，不拘泥于历史陈说，以史剧为曹操、蔡文姬等人翻案，又将历史进行再度阐释，古为今用，改造至符合时代的要求，这是他的又一创造。艺术形式上，他"主张绝端的自由，绝端的自主"[②]，他视他人已成的形式为自己的镣铐，所以在形式上追求自由与自然，押韵、平仄等形式上的束缚，他统统将之视为艺术抒情的枷锁而忽视，认为"抒情的文字便不采诗形，

---

① 郁达夫. 女神之生日 [J]. 时事新报·学灯, 1922 (2).
② 郭沫若. 致宗白华 [M] // 郭沫若. 郭沫若全集：第15卷. 北京：人民文学出版社, 1990：49.

第二章 郭沫若的跨文体创作——以诗性戏剧为例

也不失其为诗"①。

综上,我们看到,郭沫若在文学创作上拒绝束缚,他的文学主张整体性地指向自由和自然,指向一种形而上意义的文化创造,这是他非功利的文化理想的展示。

郭沫若所处的时代是一个西学东渐的时代,众多的文艺思想涌入中国,导致郭沫若接受的芜杂。郭沫若研究者在分析郭沫若与西方浪漫主义、表现主义、现代主义和唯美主义的继承问题上已经做了大量细致的考证,仿佛郭沫若全盘接受的就是西方的文艺观,他独特的创作也是因西方文艺观影响而形成,其实并非如此,郭沫若的文艺观是一种有选择的继承和借鉴,这种选择的继承建立在中国传统文化的积淀之上。

在思想根源上,中国古典文化中的自由传统是郭沫若接受西方文艺观的基础。郭沫若非常推崇周秦文化,他认为中国历史上有过浪漫、诗性、象征、自由、创造的根本传统,这就是中国文化的根本精神。在三代(夏、商、周)之前,是中国文化的自由时代,这个自由创造的时代在三代的政教不分中戛然而止,春秋战国时,孔老庄等人将这传统精神恢复,秦汉时却又一次失落,一直到如今。郭沫若认为,中国的传统精神先于西方浪漫主义,这种浪漫、诗性的精神便是世界主义。中国不缺先进文化,只缺唤醒固有文化中的"动的文化精神",如今,急迫需要"把固有的创造精神恢复",以"继往而开来"。郭沫若表示:"我们要唤醒我们固有的文化精神,而吸吮欧西的纯粹科学的甘乳。"②《女神》里的狂飙突进,就不仅是西方浪漫主义强调人的主观能动性的高扬,也应源自这种"一直向真理猛进"的"坚决精神"。汲取西方的滋养,根本目的不是不加思索地全盘借鉴,而是借用其精髓,来唤醒我们失落的固有文化。我们固有的文化是根,西方的滋养是辅助,这说明,在郭

---

① 郭沫若. 致宗白华[M]//郭沫若. 郭沫若全集:第15卷. 北京:人民文学出版社,1990:47.
② 郭沫若. 论中德文化书[M]//郭沫若. 郭沫若全集:第15卷. 北京:人民文学出版社,1990:157.

沫若那里，西方诗学并非至高无上，中国传统与西方诗学是本用关系。

中国本身没有话剧形式，对现代中国来说，它是舶来品。郭沫若的现代话剧，形式上受西方话剧影响，语言上白话取代了诗体语言，看似全部自西方移植而来，实则在内在审美范式上仍然是传统的。西方话剧的最高原则在"真"之一字，从舞台布置到表演方式，都力求逼真地再现生活原貌。中国传统戏曲则以"美"为旨归，表达方式是写意的，舞台、动作是程式化的。郭沫若既从西方话剧中汲取了抒情的养分，又打破了它以韵文写作的限定形式，只在唱时用诗体，其余皆用白话，既继承了传统戏曲歌舞剧的特点，又去掉了它的程式化，把继承与借鉴、改造与创新结合起来，将舶来品进行了本土化，创造出本民族特色的现代话剧。"外来引进的文学样式，在本土化的过程中，受本国传统影响的程度与外来理论的影响是同时进行的。在横的方面，西方文化以强有力的姿态决定着中国戏剧的基本范式；而在纵的方面，传统不仅作为一种修养、一种趣味、一种眼光内化于剧作家的创作中，而且往往以某些具体的艺术手法、艺术风格表现出来。"①

由于具有浓郁的诗性品格，关于郭沫若的戏剧在本质上是诗剧还是剧诗的这个问题，研究者进行了长时间的论争。笔者在此也发表一下看法。提起剧诗说，必须要提到一个名字——张庚，现当代戏曲研究的领军人物。中国本身并没有"剧诗"这个概念，该词是张庚从西方文论中移植过来的。西方文论里，对诗与剧的关系的论述可以追溯到古希腊亚里士多德的时候。当时，亚里士多德在其《诗学》——一本以戏剧为主要探讨对象的文艺理论专著——中首先将戏剧归入诗。自此，戏剧归属诗之一类的观点成为西方文论的传统。黑格尔也继承接受了这个观点，他在其专著《美学》中将诗（文学）分为三种类型：史诗、抒情诗、戏剧体诗。"剧诗"的概念就来源于此。

张庚借了黑格尔的"剧诗"概念，在传统诗学与曲学的基础上，结合中

---

① 傅学敏. 中国现代戏剧研究的诗学领域 [J]. 戏剧文学, 2002 (10).

国戏曲的实践，创建了他的剧诗理论。他认为，中国的戏曲艺术就是剧诗。张庚认为，首先是在剧的形式上，剧从语言上要表现诗性品格，剧本要承接传统诗歌理论"言志"的传统，要以主人公的感情为出发点，剧作者在语言的创作上要讲求诗意。其次，在舞台演出表现上，要求戏曲导演一定要讲求诗意，要把诗翻译到舞台上去，让整出剧具有主观与客观结合、情景交融的诗性品格，在台上造成诗韵意境。

张庚的"剧诗说"有其合理性。诗对中国传统文学来说是特别的，从文体溯源来说，一代有一代之文学，唐诗变宋词，宋词变元曲，曲在漫长时间过程中由诗演变而来，在格律、音韵方面，受到传统诗歌理论的影响，文体上也留下了很多诗的品性。在这个意义上，"剧诗说"立足于传统戏曲，确实抓住了中国戏曲艺术的一个重要的特征，在肯定戏曲与诗歌之间一脉相承的关系方面也有独到的理论价值。

但我们要看到，张庚的剧诗理论虽然建立在以传统戏曲为言说对象的基础之上，但他却主要用之于指导现代话剧及歌剧的创作，且他"'剧诗说'的逻辑起点，不是对'戏曲是什么'这一问题的解答，而主要是针对戏曲如何实现自身的艺术价值和社会效用"①。所以"剧诗说"的实质，并不是一种本质的判断，而是一种理想，对戏剧创作的审美理想。郭沫若曾说自己写的是诗，曹禺也曾表示，希望观众在看完他的剧之后，能体会到一种诗的氛围，能陷入一种沉思的海的意境。张庚"剧诗说"的逻辑所指，也就是郭曹二人所说的状态，即使观众在欣赏完剧之后感受到他想要传达的诗意的美感，是一种审美上诗意的领悟方式。

后来的研究者却把张庚的剧诗理论认为是对戏曲本质的解答，在这个概念的基础上，从郭沫若剧的诗性审美品格，从戏剧情境、戏剧结构、戏剧场景、戏剧气氛、戏剧语言等方面来探寻郭沫若的诗性审美，并据之认为郭沫

---

① 刘涛．"剧诗说"析疑［J］．湖北大学学报（哲学社会科学版），2009（2）．

若就是戏剧诗人,"他所创作的历史剧是戏剧,也是诗"①,甚至有人把郭沫若的戏剧一股脑儿归入剧诗之类,而既然是诗,就该以诗的原则而不是以剧的原则来评判。

事实上,中国传统文学理论中不存在剧诗概念是有理由的。首先,不管是宋元南戏还是元杂剧还是明清传奇,中国戏曲主要是需要上舞台演出的,而不是不能演出的案头剧。长久以来,中国文人对诗的认识也都限于抒情,而用别的形式来承载叙事。中国人似乎早给诗体下了界定,用诗形来承载叙事的作品是有的,但并没有形成规模。

很多的戏曲家都同意剧诗本质说,而赞同此说的现代话剧作家也不少。郭沫若自己就曾称自己的剧是"剧诗",他说自己写过些剧诗,但大抵是借历史的影子来抒情。他也曾说"剧诗跳出了诗域之外,被散文占了去"②,借此感慨诗的领土越来越小。郭沫若本身就是一个浪漫主义诗人,前两节已经分析过,虽然写剧,但诗那部分的内容才是郭沫若内心想要表达的真正的内容,他意欲在剧中表现诗性品格,愿意将自己的戏剧创作视为诗。他说的剧诗,实际上就是诗剧。

诗与剧的关系经历了三个大的阶段,第一阶段里,剧被纳入诗的领域,作为诗的分支而存在。到了近代,由于舞台技术的日趋成熟,剧与诗的联系不再那么紧密,戏剧综合性的一面开始突出,人们开始将诗与剧二者分离,戏剧成为一门独立的艺术。到了20世纪,现代剧作家又开始呼唤诗性的回归,呼唤在舞台上呈现诗性精神。张庚的"剧诗说"其实就是指的诗与剧关系的第三阶段。剧虽然有别于诗,但如果没有诗性,剧变之可能是"戏",而不会是"艺",所以,要想使剧具有更深刻和更能打动人的审美内涵,就必须强调话剧与诗的血缘关系,寻找并恢复失落的诗性精神。

---

① 李若兰. 郭沫若历史剧中的抒情独白[J]. 杭州师范学院学报,1989(2).
② 郭沫若. 论诗三札[M]//杨匡汉,刘福春. 中国现代诗论. 广州:花城出版社,1985:137.

每种文体都有其独特的文体特征，要在一种文体中融入另一种文体，并不容易。很多的跨文体尝试之所以失败，就是因为没有掌握一条定律：文体间的平衡及融合。这种平衡具化到诗化戏剧上，并不是说抒情性要和戏剧性保持五比五的绝对比例，而是要学会两者间的相互妥协和转化，即剧的诗化和诗的剧化。剧的诗化即剧要具有诗的品格，须从剧的整体性上进行诗性把握。诗的剧化即诗不能是割裂的抒情，而要是参与叙事的抒情，它应该渗透在剧情的全部进程中，是有意义的存在。郭沫若诗化戏剧的成功，可以从以下几个方面来分析。

1. 语言

关于戏剧中的语言，美国戏剧理论家劳逊曾说："一个不是诗人的剧作家只是半个剧作家。"① 诗人郭沫若的剧作语言极具诗意美，散发着一股火焰般的诗情。主人公散文诗式的抒情独白是这种诗意美的集中体现，也是郭沫若剧作的精华所在。

独白是戏剧中的一种特殊的艺术手段，莎士比亚就常常用大段的独白来表达主人公的情绪，郭沫若也惯用此法。苏珊·朗格说："口头表达是一种非常强烈的情感、精神、身体反应的外部显现。"② 郭沫若称独白为"强烈的感情之录音"，因为人只有在内心遭受强烈的冲击时才会去独白。

抒情独白往往对戏剧的故事情节及观众对戏剧的理解起到巨大的推动作用：首先，主人公通过独白表达了内心最想要表达的情绪。通过抒情独白，人物的情绪得到了一个倾泻而出的途径。因为观众要想得知主人公的情绪，必须由他们亲自说出来。史剧《蔡文姬》中，第三幕写蔡文姬回汉途中，孤身来到父亲墓前，星夜中对父亲的墓碑独白。这段独白，既体现了蔡文姬对一双儿女的思念，又点出家国难两全是她痛苦的源泉，虽然痛苦，但仍要做

---

① 劳逊. 戏剧与电影的剧作理论与技巧 [M]. 北京：人民文学出版社，1994：373.
② 朗格. 情感与形式 [M]. 刘大基，傅志强，译. 北京：中国社会科学出版社，1986：363.

出归国决定，这段话将一个抛夫别子，从此两不相见的女子的肝肠寸断刻画得分毫毕现，也更显现她做出回国决定的大义凛然。同时，独白中的矛盾与纠结，也让读者感受到了一个更真实的蔡文姬，蔡文姬不再是史书上做了某项事迹的历史人物，而是一个有血有肉、会哭会笑的真实的女人。其次，独白是戏剧冲突发展到顶端的表现。郭沫若剧作中最有名的独白是《屈原》中长达一千多字的《雷电颂》，这个独白简直可以称作一首抒情长诗，它是全剧的结束，也是全剧冲突白热化的表现。再次，独白常常用在悲剧里，作为塑造英雄人物心境的材料。郭沫若的史剧几乎全取材于百姓千古传诵的英雄事迹，如《虎符》里的"如姬别墓"一节，他塑造人物的英勇行为时，就常常通过人物的独白来展现人物崇高的人格追求，构建悲壮美。

2. 节奏

郭沫若曾表示，情绪的世界是一个节奏的世界，节奏是文学的生命。节奏对于郭沫若而言，是一个重要的文学理论。有研究者认为："从动态角度看，戏剧节奏乃是'戏剧艺术流体'在运动过程中所产生出的一种变化的'比例'关系。这种比例关系如果处理得和谐优美，并富有韵律的重复交替，便可使戏剧具有强大的表现力和浓郁的诗味。"[①] 节奏分内在律和外在律两种，外在律的节奏即语言节奏，直接能从视听上感知到，这种节奏对剧作者来说，难度并不大，难获得的是内在律的节奏，即介入文本意义，靠内在情绪来传达意义的节奏。"它并不立刻在视听层面使人得以感知，而是作用于人的心理——情感层面，使人在深入戏剧意义的时刻渐渐感受。"[②]

以《屈原》为例，第二幕中屈原怒斥南后：

> 唉，南后！我真没有想出你会这样地陷害我！皇天在上，后土在下，先王先公，列祖列宗，你陷害了的不是我，是我们整个儿的楚国啊！我是问心无愧，我是视死如归，曲直忠邪，自有千秋的判断。你陷害了的

---

① 胡润森. 戏剧元素论 [M]. 天津：天津社会科学院出版社，2000：27.
② 傅学敏. 戴着脚镣跳舞：戏剧本体特征对诗化要素的制约 [J]. 戏剧，2002 (4).

不是我，是你自己，是我们的国王，是我们的楚国，是我们整个儿的赤县神州啊！①

这段独白外在律的节奏非常鲜明：首先，句式上，它长短句错落，俳句插入散句；其次，它既有无韵，也有有韵，读起来抑扬顿挫。节奏的内在律上，层层递进的句式，伴着感情的喷薄而发而语速加快，透出一股对现实控诉的悲壮苍凉。如果人物欢快愉悦，剧的节奏就轻松活泼；如果人物悲愤莫名，剧的节奏就急促有力。由于郭沫若诗化戏剧的情绪结构，故在情绪节奏的调度上，已将它做到了极致。

3. 意象

古人云：立象以尽意。意象产生于人们感受到语言的局限之时，具有"载体的直观性、所指的模糊性、理智与情感瞬间相混的复杂性"②，它作为一种艺术手法，能产生比直接叙述更广的语义内涵。郭沫若的诗歌非常善用意象来传达意义，他的戏剧也秉承了这个特征。在他的戏剧中，出现最为频繁的是太阳、海洋、高山、地球等雄壮的自然意象，其中又以太阳意象最为常见。在郭沫若笔下，太阳不仅仅是一个发热的天体，更是驱散世间一切黑暗的类似救世主一样的存在，一般被郭沫若用来象征新生。这些雄伟的自然意象，寄托了郭沫若万马奔腾般的豪壮情绪，也只有这样雄伟的意象，才承得起他喷薄欲出的创作激情。郭沫若还善于运用道具形式的意象，比如虎符。虎符是古代帝王用来调兵遣将的兵符，《虎符》这个标题就是一个意象，整出剧都围绕虎符展开，以如姬盗取虎符的情节为全剧的重心和分水岭，虎符意象是这部剧的灵魂所在。此外，郭沫若常用的还有人物意象，即正面的英雄人物的意象和与英雄人物对立的反面人物的意象，正面英雄人物是美的化身，而反面人物残害忠良、无恶不作，是恶的象征。

我国传统戏曲中有很多程式化了的古典意象，这些古典意象的意义已经

---

① 郭沫若. 郭沫若剧作全集：第一卷 [M]. 北京：中国戏剧出版社，1982：432.
② 傅学敏. 戴着脚镣跳舞：戏剧本体特征对诗化要素的制约 [J]. 戏剧，2002（4）.

长久地保留了下来，以致观众已经清楚地知道它的所指。但现代话剧对意象的要求又与古典戏曲不同。与传统戏曲比较而言，意象在戏曲中有相对更宽松、更自主的抒情环境，而戏剧在时空限制上要比戏曲来得严格，它要保证足够的真实感，所以任何出现在戏剧舞台上的人物，都要受到这种真实感的约束，意象也如此。如果使用的意象对戏剧整体没有推动作用，那么它就是没有价值的，因为它无法在戏剧舞台上表现出来，即使出现在舞台之上，也只能是一个抽象的符号或者没有精神指向、缺之并无不可的简单道具。判断一个戏剧意象是否成功，当看它是否融进了戏剧整体的机构之中，是否推动了戏剧情绪的流动，是否完整地把戏剧氛围、人物情绪和事件发展串联起来。《屈原》当中的雷电就当为这种成功的意象。

4. 意境

除了丰富的意象，郭沫若还特别善于在戏剧中营造诗的意境。郭沫若戏剧中的主人公大多是诗人，且是在历史上有典故的诗人，这点在第一节中曾有过分析，同时，郭沫若还特别擅长营造情景交融的诗的意境。《棠棣之花》第一幕中，聂嫈与聂政有个对话：

聂政："姐姐，月亮已经上来了，树上的乌鸦也归了巢，这四周是多么的清静啊！"

聂嫈："我很喜欢这种清静的地方。在这万籁无声的清静之中，却好像有很多很哀婉的声音在那儿颤动。弟弟，现在请你吹箫，就用你前晚上新制的那个曲谱，我要信口唱出我心中的哀怨。"

月、乌鸦、万籁无声的静夜，这些宁静的意象与主人公哀伤的情绪交织，使这段对话彰显出了诗的意境，增添了该剧诗意的美感。除此之外，郭沫若还尤其重视抒情，他故意淡化剧中的情节和冲突，较多地描写日常琐事、民俗风情这些静态因素，以情为剧的主线，而不以叙事来推进，戏剧情节慢慢淡化的同时，人物内心的情绪开始彰显力量。这时，不是情节，而是人物内心的冲突构成了戏剧的戏剧性。

以史剧《屈原》为例，郭沫若自述其"第三第四两幕的作用，都为的是要结穴成这一景。在第二幕中一度高潮了的愤懑，借第三幕的盲目的同情——而其实等于侮辱，来加以深化。在第四幕中借诗歌的力量本已有可能陷入陶醉而得到解脱，又借着南后与张仪的侮辱而更加深化。这深深的精神伤害，仅仅靠着骂了张仪是不能够平复的，而在骂了张仪之后，终竟遭了缧绁，我是存心使他所受的侮辱增加到最深度，彻底蹂躏诗人的自尊的灵魂，这样逐渐迭进到雷电独白"①。全剧以屈原的情绪为主线，使之层层渐进，一路攀升，最终在最后一幕达到顶端，进而有了诗意的大爆发，《雷电颂》便是史剧《屈原》的高潮。与之相似的还有《孔雀胆》里的《匕首颂》。劳逊曾指出，戏剧"高潮是考验结构中每一个元素是否有用的试金石"②。从《屈原》中我们看到，剧里的每一个元素都在催促着情绪快马加鞭往前赶，都在推动最后的大爆发和高潮的到来，剧中的每一部分都与雷电独白呈现因果关系。高潮是一个剧的意义所在，通过剧末诗情的大爆发，郭沫若既将一路积蓄的情绪喷发而出，又在剧的末尾处营造了震撼人心的诗境。

四、结语

郭沫若是诗人，也是剧作者，但在剧作者名号之前，他首先是一名诗人。无论让他自己选择还是交由研究者按重要性来排序，大抵都会是这个结果。以诗人身份跨到戏剧领域的郭沫若，写出来的剧，蕴含着浓郁的诗性品格。本章主要针对这个问题，从诗人、诗教、诗情、诗性、诗艺和诗美这六个角度，分析郭沫若剧含有的鲜明诗性的原因。

1. 诗人

从早期叙事上失败的诗剧，再到后来成熟的史剧，郭沫若的戏剧创作中始终离不开诗的参与（在诗剧中甚至喧宾夺主）。除了表层意义上的两条明

---

① 郭沫若. 郭沫若剧作全集：第一卷 [M]. 北京：中国戏剧出版社，1982：495.
② 劳逊. 戏剧与电影的剧作理论与技巧 [M]. 北京：人民文学出版社，1994：353.

线——剧中主人公大多是诗人和剧中大量插入诗歌之外,关于诗歌,郭沫若剧中还有两条暗线可以追寻,一是郭沫若强烈的"自我表现"的主观愿望,一是他自然流露的诗学观。

2. 诗教

郭沫若的剧是蕴含着他生命意识的剧。郭沫若认为,只有"创造人"的文学才是"生命的文学"。在这种生命意识的传播中,郭沫若植入了自己的政治愿景,用历史剧的形式发散出去。之所以采用历史剧的形式,除了因他本身的历史偏好,除了当时历史语境和文化语境的需要,还与戏剧在社会宣传价值上的天然优势有关。

3. 诗情

郭沫若的剧作有一条情绪的主线,它的结构是情绪结构,体现的文艺观也是一种情绪诗学,这种情绪诗学不仅表现在他写剧时类似写诗般的发狂的状态,也表现在他戏剧创作之前很少预先架设结构与冲突,全凭创作中的随兴所至。同时,郭沫若的戏剧几乎全是悲剧,而且是呈现出严肃而崇高特点的悲壮剧,读起来像一首赞颂英雄的崇高史诗。

4. 诗性

郭沫若的思维是一种诗的创造性思维,在史剧创作上,他提出"失事求似"的创作原则,他认为在历史真实与艺术真实的交锋中,历史文本并不是封闭的,应该把史学与文学分开,承认作家的主观创造性。想象与虚构就是这种主观创造性的诗学核心。

5. 诗艺

现代戏剧对中国来说是个舶来品,郭沫若现代戏剧样式,是在中西方共同作用之下形成的,研究者多看到了郭沫若戏剧与西方文艺的关联,却或多或少地忽视了他与中国传统之间的纽带。笔者认为,郭沫若现代戏剧观的形成过程中,中国传统文化是根,西方文艺是养分,二者是本用关系。

6. 诗美

诗与剧毕竟是两种不同质类的文体，一个专务抒情，一个重在叙事，要将一种文体特征融入另一种文体，并不十分容易，应以"平衡"二字为要。本文从诗的语言、诗的（情绪）节奏、诗的意象和诗的意境这四个方面，重点分析郭沫若在糅诗入剧时做的努力，以及其诗美是如何转化成剧美的。

目前的郭沫若研究多从剧的维度来探究其诗化特征，而笔者是从诗的六个方面，主要以诗的理论去阐释剧里的诗性，期望能对今后郭沫若历史剧的研究有所增益。

第三章 ◆

郁达夫的跨文体创作

本章通过揭示郁达夫小说对散文、诗歌、日记、书信等文体的跨越现象，既研究郁达夫小说创作中的文体特征，也试图合理地还原和梳理现代文体意识和观念在"五四"前后的建立过程中，是如何同传统文体观念产生互动的，同时对现代文体的演变给予更多的关注，针对早期现代小说的"跨文体"写作现象做出学理性阐释，一定程度上弥补对郁达夫小说中多种文体跨界系统研究的空白。笔者对郁达夫早期小说"跨文体"现象的研究有以下特色：其一，进一步总结归纳郁达夫早期小说创作的文体特征，提出其早期小说的"跨文体"创作属性；其二，对郁达夫早期小说"跨文体"写作进行学理性的界定，一定程度上丰富、拓宽对早期现代作家作品研究的维度和视角，进而对现代早期小说在文体发展研究上做出特有的贡献。

一、"真实"的越界：郁达夫小说向散文的渗透

根据西方文体定义，"小说"这一文体指的是以塑造人物形象为中心，

通过完整故事情节的叙述和具体环境的描写以反映现实社会生活。① 在这一定义下，小说文体具有三个核心要素：人物、情节与环境。

与这一定义相对照，我们就会发现，郁达夫的小说创作是很特异的。郁达夫小说大多不重视情节，大量削弱故事的矛盾与冲突，并将真实的生活素材（尤其是其自身的经历与情感）纳入小说创作之中，通过情感来统一景物与人物的心理活动，从而使其小说呈现出浓厚的"自叙传"色彩。这种另类的小说创作设计一方面或许让人难以区分郁达夫的作品究竟是小说还是散文，但从另一方面看，也正呈现出典型的跨文体特征。

西方对小说的定义可谓数不胜数，如"一种叙述虚构人物的冒险奇遇或者喜怒哀乐的虚构故事，借描写行为与思想来表现多种人生经验和人物""一种虚构的散文体记叙，具有相当长度，通过多少带点复杂性的情节，描绘能代表现实生活的典型人物与事件"。② 更为权威的定义当属英国小说家、文学评论家福斯特在他的代表作《小说面面观》导论部分对小说的定义，他认为，小说是具有某种长度的虚构性故事。而今天"小说"一词的英文翻译"fiction"，也含有"虚构""编造"之意。由此，在西方文学理论和小说理论中，虚构是小说最核心的本质特征。而小说的虚构要求创作者主要依靠独特的艺术想象力，驾驭一定的实际生活素材，对其进行加工、改造，重新构建一种生活可能。

除此之外，在创作手法上，现代小说强调情节的发生、发展、高潮和结尾，而散文则淡化这种情节上的要求，转而强调取材内容上的真实，和情感抒发的真挚。这种文体特征上的差异被许多作家与评论家所认可。如刘海涛先生曾提出小说文体基本的审美特征是"偏重再现虚构的形象"，而"散文的再现型形象是真实的，小说的再现型形象则是虚构的"。③ 鲁迅在谈及自己小说中的人物形象创造时也有过"嘴在山西，脸在北京"的说法。

---

① 《辞海》编辑委员会. 辞海 [Z]. 上海：上海辞书出版社，1997.
② 博尔顿. 英美小说剖析 [M]. 林必果，译. 重庆：重庆出版社，1998：14.
③ 刘海涛，金长民. 写作学新教程 [M]. 南京：南京大学出版社，2002.

而郁达夫本人在谈及小说创作目的时，也说过这样的话："小说的目的，在表现人生的真理，表现的材料，是一种想象的事实。"①

郁达夫在表述自己的小说创作选材观念时，是将小说中的故事或情节定义为"想象的事实"，其性质是偏向主观虚构的选取，而非真实的书写。

这样一些论述中，情节材料的"真实性"特征，被当作了小说与散文文体区别的核心因素。而一旦这个因素被模糊，那么小说与散文之间的文体差别也就模糊淡化了；这种轻情节、重描写与抒情的写作特征，恰恰成为郁达夫小说的一个特性。从这一现象出发并加以考察，郁达夫的小说创作也明显地与散文文体之间有着更多可以分析的共通之处。郁达夫小说在其写作过程中屏蔽了小说这一体裁的虚构性特征，取而代之的是对大量现实生活材料的挖掘和撷取，那么，这种挤压小说虚构空间的做法直接导致的后果就是使小说向散文体式跨越。

郁达夫曾主张："'文学作品，都是作家的自叙传'这一句话，是千真万真的。"② 他所谓的"自叙传"在某种程度上主要是指通过小说创作来书写自己的情绪史、情感史，题材上多为个人生活境遇写照，辅以一定的情节虚构，而在文体上则靠向"自传"文体的某些特征。郁达夫自叙传小说显示出的特征之一是作者自身、叙述者及主人公往往相互混淆，三位一体。在写作活动中郁达夫常常将自己的经验和生活体验带入故事中，并成为他的写作经验之一。在《日记文学》一文中，郁达夫说："我们都知道，文学家的作品，多少总带有自传的色彩的。这一种自叙传，若以第三人称来写出，则时常有不自觉的误成第一人称的地方"③，这使他作品中的许多人物虽然各有称谓，如《沉沦》里的"他"，《怀乡病者》同《茫茫夜》中的"于质夫"，乃至后来《迟桂花》里出现的"老郁"等，但其实都可以在一

---

① 郁达夫. 艺文私见[M]. 上海：复旦大学出版社，2004：51.
② 郁达夫. 五六年来创作生活的回顾[M]//王自立，陈子善. 郁达夫研究资料：上. 天津：天津人民出版社，1981：203.
③ 郁达夫. 日记文学[M]//王自立，陈子善. 郁达夫研究资料：上. 天津：天津人民出版社，1981：255.

定程度上化为第一人称,是作者个人的"自叙传"。小说《银灰色的死》把故事设置在作者的留学地日本东京,在自己见闻的基础上,以第三人称"他"的压抑的生活经历为线索,用散记式的叙事方式记录个人情绪的脉络。而《沉沦》则更像是自己在记录着留学日本期间的生活种种,只不过在结尾处以主人公的死来慰藉那颗敏感的心灵罢了。《沉沦》以唯一的"他"为叙述中心,而其所见、所闻和所感则组成了小说要表现的全部内容,这种记叙式的个人见闻诉说一直是郁达夫小说的突出特征。《离散之前》中还不忘把一起留日的同学郭沫若和成仿吾写进去。作者巧妙地把郭、成二人的名字做了改造,便出现了"邝海如"(三字形、义近"郭沫若")、"曾季生"(成仿吾曾用笔名"石厚生","曾"与"成"音近)这两位人物;而整篇文章就是几位文人遭遇不幸处境时感伤情怀的书写,以及对作者"零余者"身份的表述。

除了小说中人物的称谓,作家对小说名称的取定也某种程度上体现着作品的个人经历体验。《南迁》就是径直取名自主人公个人行程路线;《怀乡病者》一看就让人联想到躲藏在主人公身后的思乡病的心态;《空虚》这一题目也是对质夫身上"维特式"苦恼的总结;《离散之前》更是没有太多的主题蕴藏,只在描述朋友各自分离时感伤寂寞的体验。

这种打着小说文体旗号,却糅散文要素于其中的创作手法着实让读者们眼前一亮;而这种创作上的尝试,对郁达夫来说,是一种有意识的探索。在《中国新文学大系·散文二集》的导言中,郁达夫说:

> 现代的散文之最大特征,是每一个作家的每一篇散文里所表现的个性,比从前的任何散文都来得强。古人说,小说都带些自叙传的色彩的,因为从小说的作风里人物里可以见到作者自己的写照;但现代的散文,却更是带有自叙传的色彩了。①

从这里就不难看出,郁达夫是将自己的文学理念分别运用到了小说创

---

① 郁达夫. 艺文私见[M]. 上海:复旦大学出版社,2004:206.

作实践与散文的创作之中,而串联着这两种文体的关键因素就是"自叙传"的特征。

郁达夫的小说《胃病》写于1921年,文后作者有一则附记,曰:

> 这一篇东西,起初打算做成一篇病中随感录的,后来做做象起小说来了,所以就改成了一篇短篇小说。我进病院的时候,同学W君S君M君为我尽力不少。K君自九州来和我在病院里住了两日。我这一篇东西就奉献了这四位同学,作了我这一次入院的纪念罢。①

这则附记说明作者在写作的初期,小说与散文之间就"真实性"特征的文体规范是模糊的。起初原来打算写成"病中随感录",即散文,只是后来"做做象起小说来",就"改成了一篇短篇小说"。在现存的文本中,《胃病》写主人公"我"得胃病入院治疗,后经过几位朋友的劝慰和帮助逐渐病愈,借助对"我"和几位关心自己的朋友的交往的描写,摹绘出了一个感伤的"零余者"形象,进一步表现在当时社会下青年们的遭遇和对社会的不满情绪。这样的故事情节和作者自己"进病院的时候,同学W君S君M君为我尽力不少。K君自九州来和我在病院里住了两日"的切身经历是高度契合的,而这样一篇小说的功能,终于也"作了我这一次入院的纪念"。小说散文化倾向,在这样的观念和创作中,得到了典型的表现。

苏雪林在《郁达夫论》中也以"自我主义(Egotism)""感伤主义(Sentimentalism)""颓废色彩"来总结"郁氏作品的原素":

> 他的作品自《沉沦》到最近,莫不以"我"为主体,即偶尔捏造几个假姓名,也毫不含糊的写他自己的经历。象《茫茫夜》里的于质夫,《烟影》里的文朴……谁不说是郁达夫的化身?②

郁达夫小说自叙传体式的形成,与其小说情节内容取材的真实性有着

---

① 郁达夫.《友情与胃病》附记[M]//郁达夫. 郁达夫文集:第七卷. 广州:花城出版社,1982.
② 苏雪林. 郁达夫论[M]//王自立,陈子善. 郁达夫研究资料:上[M]. 天津:天津人民出版社,1981:383,386.

密切的联系。郁达夫曾经在《小说论》里讨论过"小说的目的"。在分析英国小说家李佳特生（今译"理查德森"）小说《派米拉》的序文时说道：

> 我们可以看出当时的小说的目的有三：一在使小说有趣，二在使小说能尽教化之职，三在描写正确的人生。这第二种以宣传道德为小说任务的见解，就是现代的所谓"目的小说"（The novel with purpose）的根据，照艺术的良心上讲来是讲不过去的……因为目的小说（或宣传小说）的艺术，总脱不了削足就履之弊；百分之九十九，都系没有艺术价值的。
>
> 何以"目的小说"都会没有价值的呢？就是因为它要处处顾着目的，不得不有损于小说中事实的真实性的缘故。原来小说的生命，是在小说中事实的逼真。①

郁达夫认为小说的生命是在于"小说中事实"的真实性，而小说的艺术价值往往也体现在小说的材料选取上。这样的认识使郁氏小说在取材上倾向于将个人自身的经历融入其中，从而形成"自叙传"的创作特征。郁达夫认为"我们难道因为若写身边杂事，不免要受人骂，反而故意去写些完全为我们所不知道不经验过的谎话倒算真实吗？"，在郁达夫上述言论中透露了他自己一开始创作小说作品时所持的一种观点：小说故事内容未必全部虚构出来，真实的生活书写也能够成就小说。

郁达夫小说创作中取材的真实性倾向与日本私小说②的创作原则有着密切关系。日本私小说作家们的创作强调个人生活经历的如实记录，真实地描写身边的琐事和感受。葛西善藏的《湖畔手记》《弱者》、志贺直哉的

---

① 郁达夫. 艺文私见［M］. 上海：复旦大学出版社，2004：36-37.
② 关于私小说的定义，日本文学界一直以来莫衷一是。久米正雄最先尝试为私小说下定义，其著名评论文章《私小说与心境小说》（1925），对日本评论界之后的私小说论，产生了深远的影响。他强调私小说为"最为直接地暴露'自我'的小说"。私小说必定也是"心境小说"。中村武罗夫在《正宗小说与心境小说》一文中，对私小说（心境小说）的定义做了如下阐述，"心境小说是作者直接出现在作品中的小说"，"较之作品的内容，它更强调作品是谁写的。它不注重人物、生活和社会的描写，而是一味地想要述说作者的心境。"

《一天早晨》《在城崎》、尾崎一雄的《虫子的二三事》、泷井孝作的《松岛秋色》等都取材于小说家们的真实生活经历。而私小说真正确立其文体的独特性是在1907年日本作家田山花袋发表的中篇小说《棉被》之后，这类小说的主要特征有：第一，将视野由社会生活转移至家庭个人；第二，将作者自己的私生活做真实的描写，不能将自己的经验和情感分析之后加以客观化，并且带有"自我"封闭；第三，小说情感走向传统的感伤。由于田山花袋的小说突出体现了这一系列特征，所以成为日本私小说的典范。此后，其他一批日本小说家，例如岩野泡鸣、岛崎藤村、葛西善藏等在小说创作上大胆学习利用这种小说创作的形式，创作出了多部具有影响力的私小说作品。此间，郁达夫正于日本留学，在接受着欧美文学思想的同时，也对私小说耳濡目染，之后的小说创作中就有显露出私小说这些创作思想的痕迹，即自叙性的内容、个人日常生活的描写、感伤的抒情，以及结构上的散漫。《沉沦》是以主人公跳海自尽的结局收尾，这就与日本私小说一样，面对残酷的现实采取逃避的方式。《茑萝行》中，主人公直截了当地把个人的失败和家庭的悲剧归咎于社会，认为自己的失业和家人生活的不幸全是社会不公所致。这些例子都是郁达夫小说创作受私小说影响的例证，也是其自叙传小说风格形成的艺术来源之一，是其小说跨文体现象形成的原因之一。

　　郁达夫小说作品不着意于设置一波三折的完整的故事情节，更不注重精妙地去刻画典型环境中的典型人物形象，而花费大量心血于表现某种时代背景下的情调气氛，以强烈的抒情获得读者们的青睐。第一部小说集《沉沦》便开创了自叙传体抒情小说的先河。

　　周作人曾经提出"抒情诗的小说"的概念。他认为，抒情诗的小说，虽形式有些特别，但如果具备了文学的特质，也就是真正的小说。① 周作人所说的"抒情诗的小说"，很符合郁达夫小说的特质。在《郁达夫的小说创

---

① 严家炎. 二十世纪中国小说理论资料：第二卷[M]. 北京：北京大学出版社，1997：91.

作》一书的序言里，辛宪锡称郁达夫的小说为"现代抒情小说"。陈其强在《1986—1996 郁达夫研究述评》中也较为全面地评述了郁达夫等作家开创的抒情小说的意义。可以说，郁达夫的小说具有"抒情小说"的特质。通过以上分析，我们不难得出郁达夫小说同时具有"自叙传"和"抒情小说"的特质的结论。钱理群、温儒敏、吴福辉在《中国现代文学三十年》中提到郁达夫在中国现代小说创作上开了抒情小说的先河，形成了自叙传式和抒情体式的崭新的小说文体。这种概念的界定是准确的，因为这种定义在作品内容层面展现着郁达夫小说的整体风格。

郁达夫要求自己的作品中要有自我表达（"自叙"），想要把自己的心境"一丝不挂"地袒露在读者面前，这就促成小说浓烈的抒情特质，而情绪表达在审美层面上就不得不削弱小说文体固有的特征，自然地走向散文化或者诗化。郁达夫开创出的抒情化小说体式呈现出的是趋于散文化的属性和特点。这一特征突出表现在抒情小说对待虚构这一特性的消解上。

在《小说论》中，郁达夫说：

　　总之小说在艺术上的价值，可以以真和美的两条件来决定。若一本小说写得真，写得美，那这小说的目的就达到了。①

由此看来，郁氏抒情化小说在审美特性得到传达的同时，"小说写得真"是"达到目的"的另外一个要素。这就使小说在一定程度上游离于自身"虚构"的特性，转而追求"真"的一面。

这一种暴露人物情感的书写方式在作家小说作品里比比皆是，先看最早以日文写成的《圆明园的一夜》。作家在小说的开头写有一段类似题记的文字，其第一句话就是"如此紧张的心情我从未有过"。这传达出自己创作时真实的紧张心境，接下来交代自己文章的内容，其中多是一些描写"在东京的中国留学生所遭受的虐待""留学生的复仇心"等片段，并且多无具体完整的情节。《沉沦》的开头第一句也是以"他近来觉得孤冷的可怜"来

---

① 郁达夫. 艺文私见 [M]. 上海：复旦大学出版社，2004：51.

表达主人公的心理，描述"他的早熟的性情"，和"与世人绝不相容的境地"，然后就借助自然描写和对诗文的引用去勾画出一个孤独、忧郁、空虚的主人公形象。小说直到第二节中间部分才出现具体的故事事件，而之前几乎主要都是对主人公情感的介绍和表达、抒发。相比之下，《胃病》的开头读起来根本没有任何小说的味道，"人到了中年，就有许多哀感生出来。中年人到了病里，又有许多悲苦，横空的堆上心来。我这几天来愁闷极了"。这种类似作者内心感受的遣发倒是像抒情散文的句法，处处含着作者自己对感悟流露的痕迹。此外还有《怀乡病者》的第一部分，也是在描述"质夫"的"意识""精神"和"状态"。这样只是在小说的开头就下足功夫进行情愫表达的作品不在少数，大致一算，还有《青烟》《茑萝行》《落日》《离散之前》《十一月初三》等，加上先前的共计十篇还多，在郁达夫的小说里占了不小的比例。这些小说都是作者自己真实经历，或者真实情感的迸发，而非虚构性的安排。

通过以上的分析，我们可以看到，郁达夫的小说创作通过向散文的某些构成要素靠拢，实现文体互渗，从而形成其独特的散文化小说类型，完成了小说与散文文体之间的跨文体写作。但是这种跨文体写作的形成，不仅仅通过学习日本私小说在故事内容选取上和情感抒发的真实化来实现，还通过小说叙事结构层面的散文化来实现。

郁达夫自叙传小说的另一特征是小说强调以情绪涌动为主线，不追求严格完整的故事情节、时间地点，以及故事的背景、开头、高潮、结尾，只是让文字语言跟随主人公（或作者自己）的体验、经历铺陈开来。郁达夫小说中的主人公多以"零余者"形象出现，作者借助描述主人公灰暗、惨痛的经历，抒发一种感伤的情怀，并且借此吐露对现实生活的不满，毫不掩饰地刻画主人公身上的时代病。小说《银灰色的死》讲述了一位羁旅异国的青年遭受丧妻之痛，并最终在凄冷的夜晚醉酒而死，光从表面上看几乎就是在写一位来自中国的留日学生"他"在那里一路走来走去，并循着自己的不幸经历在日本的东京感伤自怜；《沉沦》记叙了"性苦闷"对主人公"他"身心的压迫,并描写了一个留学异国学生悲抑的爱国心;《茫茫夜》映照出了知识分子精神世界的空虚,混迹于烟花世界而无法自拔的精神状态;而《零余者》则叙述一位与社会格格不入的"零余者"的绝望感伤思绪。这一系列小说作品都具有这样的风格特质:热衷于强调个人精神生活,敢于张扬个性,长于抒发内心情感。

这种跨文体的写作现象在郁达夫的创作过程中还有许多。小说《秋柳》于1924年在《晨报副镌》发表时还有一篇《小叙》:

……但一面想想看,当执笔此篇小说时,我的周围,正有许多年轻的男女朋友,在异国的都会里和我在一处瞎闹瞎逛。现在这些人或因天变,或因人事,死的死,散的散了。他们对我和我对他们的感情,如梦里的云烟,几乎消失得片缕无余,而今日偶尔翻着此稿,从头细读,觉得当时一边挥汗闲谈,一边对纸乱写的光景,又重新回到了眼前来。所以这篇东西,在艺术上虽没有半点价值,而于我个人却有一点助我回忆过去的好处。①

《小叙》里的内容告诉我们,本来应该是利用虚构和想象设计情节故事的小说作品,在郁达夫这里变成了"又重新回到了眼前来"的回忆,小说中的情节较为真实地记录了作者身边的人和事,因此"从头细读"便可以获得"助我回忆过去的好处"。

小说中本该典型化的人物最终变成了作者抒发情绪的载体,本该完整严密的情节结构却跟随个人的情思在跳跃,而主题所具有的深刻性被"自叙"所替换。而对读者来说,对小说"悬念"的期待变成了对小说主人公情绪宣泄的驻足倾听。小说中只顾个人情感的流淌,无顾小说环境背景的营造,也没有对典型人物塑造下太多功夫,把虚构的故事情节弱化,仿佛颓废感伤就是小说唯一的主题。

郑伯奇在《〈寒灰集〉批评》中写道:"作者主观的抒情态度,当然使

---

① 郁达夫.《秋柳》小序[M]//郁达夫.郁达夫文集:第七卷.广州:花城出版社,1982.

他的作品，带有多量的诗的情调来。我常对人讲，达夫的作品，差不多篇幅都是散文诗，每一翻读他的作品，我的这自信越发觉得确实。"这里，郑伯奇便以"抒情主义"（Lyrisme）来定义和命名郁达夫的小说作品。

苏雪林在《郁达夫论》中也谈及郁达夫小说的结构特点：

> 现在我们再将郁氏作品的艺术来研究研究。第一他的作品不知注重结构，所以有人呼之为"生活的断片"（La trache de Vie），正如陈西滢批评他所说："一篇文字开始时我们往往不知道为什么那时才开始，收束时也不知为什么到那时就收束。"①

这里苏雪林就注意到，郁达夫的小说结构完全是随着作家个人情绪的流动而展开的，其中没有固定的情节安排和设计。郁达夫倡导的作家"自叙"，在一定程度上是"自我情绪"的抒发。小说是其内心情绪的喷发而非简单对真实生活经历的记录。所以，情绪的躁动与宣泄使其小说言说只是围着一个"情"字在转，这就是抒情小说体式内在的特性。郁达夫笔下这种具有现代品格特质的散文化抒情小说体式给"五四"作家宣泄与排解苦闷情绪提供了一种可能，同时它在后来的一批现代作家身上得到承载、延续，并形成了中国现代小说的抒情一脉。

郁达夫小说在叙事上压缩了小说创作在一般意义上的叙事程式，以故事情节的发展，即以故事的发生、发展、高潮和结尾为重点的叙事方式被极大地淡化了，取而代之的是一种情绪的形态。翻开郁达夫的小说作品，不难发现作家在传统的小说叙事中，糅入了大量自叙性的情感素材，从而使叙事趋于"主情"化，这无形之中削弱了小说的结构特征；而这种以情为主的叙事程式使小说逐渐游离于自身的范式，散乱无序的结构布置，加上情感从始至终的贯穿，使小说逐渐显露出散文化的一面。郁达夫小说创作中的这一特性与散文"形散"的属性暗中走在了一起，使其小说创作实现文体的跨越。

---

① 苏雪林. 郁达夫论［M］//王自立，陈子善. 郁达夫研究资料：上［M］. 天津：天津人民出版社，1981：383，386.

虚构性是小说固有的属性。在《中国叙事学》里，杨义认为："虚构叙事作品"（当然也包括小说）结构的开放属性不仅体现在作者的哲学观念组成，而且体现在小说结构形式一旦成形，就具有强烈的规范力和逻辑力，"对作者的人生经验进行凝聚、裁剪、改装、变形和生发，从而达到世界图式和结构形式的完整性"[①]。但是，郁达夫的小说在结构形式上一反常态，避开了对自己"人生经验进行凝聚、裁剪、改装、变形和生发"，只是换个姓名，或者将汉字换作英文字母（郁达夫经常在小说中用现实中某地、某人的拼音首字母代替现实事物），在必要的环节上"偷懒"，也就造成了结构形式的不完整，并使其叙事不能专注于故事情节的布置和设计，而集中笔墨加重了情绪的涂抹，形成散文化的抒情叙事模式。

1. 结构零散，情节随"情"所欲

郁达夫的小说将自己的亲身感受和体验同小说文字糅合发酵，创造出的小说作品将主人公置身于飘满情绪空气的场合之中，一边在自己的回忆之中抒发情绪，一边揭示主人公面对的境遇。当饱含感伤、失落、颓废的情感体验在小说文本中充分弥散开后，故事情节才崭露头角。而故事情节的叙述常常以这样一种结局示人：主人公走向另外一种绝望或者孤独的境地，甚至走向死亡。《沉沦》几乎是这种叙事格式的代表，颓废、感伤的主人公"他"像是得了忧郁症的怪物，第一节写"他"捧着诗集在野外品尝着孤冷；第二节描写"他"心目中学校里的生活"味同嚼蜡，毫无半点生趣"，上课的时候总感得"这种孤独""那种孤独"；第三节跳出现实生活，倒没有太多情绪的抒发，而是利用插叙的方式回忆身世；第四至八节用主人公"性意识的觉醒"作线索，描述他的经历和心绪的转折，然后是接近呼号式的抒情语言的叠加，采用了抒情散文式的文字表述，最后交代主人公投海自尽的结局。小说通篇没有明显的情节逻辑，更不用说紧张的矛盾冲突，取而代之的是令人同情的心灵路程的大胆宣泄。故事的叙述不以情

[①] 杨义. 杨义文存：第一卷：中国叙事学[M]. 北京：人民出版社，1997：44.

节的虚构为主，只是用情绪带动故事脉络的发展。

随后出现的《胃病》《茫茫夜》《空虚》《血泪》都依照小说《沉沦》来结构，不讲求结构的严谨，而是跟着情绪跳动的节奏叙述故事，表现个人的欲望和理想境界之间的冲突，进而表现出那个时代青年身上独有的"时代病"，和提出"零余者"形象背后的精神潜藏。可以说，这一阶段的郁达夫将最自我的情绪表达纳入了自己的小说创作中。小说《十一月初三》把自己的落寞情绪点染到了一种极致。全篇共十节，全在写自己生日那天林林总总的情绪，全然一副"零余者"的形象跃然纸上，而那"存心的荒废"加上"轻如叶"的病身充满了悲情。主人公"胸中抱着的仍是一个空洞的心，灰土似的一个心"，毫无归属感。至此，感伤情怀的表露无以复加，郁达夫小说故事情节结构随情而动的特点也慢慢成形。

2. 小说矛盾冲突淡化，客观描写服务于情感的表达

同样是小说，郁达夫的小说以情取胜，而非将心思花费在情节矛盾设计上。围绕在主人公身边的故事叙述也只是情感的点缀，而出现在小说里的某些客观描写也沦为了情绪表达的附庸。

郁达夫小说对人物生存环境的客观描述，往往堆砌于小说的开头几个部分。这种描写不是为了表现主人公生活上的困难、潦倒，就是向读者表明主人公受着精神和物质的双重挤压，因而交代的是主人公情绪背后的环境事实。

《春风沉醉的晚上》里对环境的描写就具有代表性。客观的描写所显示的是"我"的生活处境穷苦潦倒，可悲至极。这种描写也是以小说主人公的"自叙"来实现的：

  邓脱路的这几排房子，从地上量到屋顶，只有丈几尺高。我住的楼上的那间房间，更是矮小得不堪。若站在楼板上伸一伸懒腰，两只手就会把灰黑的屋顶穿通的。从前面的弄里踱进了那房子的门，便是房主的住房。在破布洋铁罐玻璃瓶旧铁器堆满的中间，侧着身子走进两步，就有一张中间有几根横档跌落的梯子靠墙摆在那里。用了这张梯子往上面的黑黝黝的一个二尺宽的洞里一接,即能走上楼去。黑沉沉的这层楼上,本来只有猫额那样大,房主人却把它隔成了两间小房,外面一间是一个 N 烟公司的工女住在那里,我所租的是梯子口头的那间小房,因为外间的住者要从我的房里出入,所以我的每月的房租要比外间的便宜几角小洋。①

小说中主人公居住环境"矮小得不堪",而"两只手就会把灰黑的屋顶穿通""只有猫额那样大"等表述则体现了他对自己的所处境地的不满和无奈。在郁达夫其他小说里,类似的描写很多,且在小说中所占的内容篇幅较大,这些文字的布置并非为了矛盾冲突的集中生成而服务,其目的在于为作者的情绪抒发做铺垫。

郁达夫小说中的自然景物的描写,常常穿插于作者的"自叙"过程中,这些自然景物的呈现,同主人公的思想感情关系紧密。在《烟影》第三节的开始部分,"文朴"日夜兼程赶回家乡,在抵杭的次日,又在小汽艇上开始了新的行程,面对沿途的美景,作者这样写道:

富春江的山水,实在是天下无双的妙景。要是中国人能够稍为有点气魄,不是年年争赃互杀,那么恐怕瑞士一国的买卖,要被这杭州一带的居民夺尽。大家只知道西湖的风景好,殊不知去杭州几十里,逆流而上的钱塘江富春江上的风光,才是天上的绝景哩!严子陵的所以不出来做官的原因,一半虽因为他的夫人比阴丽华还要美些,然而一大半也许因为这富春江的山水,够使他看不起富贵神仙的缘故。

一江秋水,依旧是澄蓝澈底。两岸的秋山,依旧在袅娜迎人。苍江几曲,就有几簇苇丛,几湾村落,在那里点缀。你坐在轮船舱里,只须抬一抬头,辟面就有江岸乌桕树的红叶和去天不远的青山向你招呼。

到上海之后,吐血吐了一个多月,豪气消磨殆尽,连伸一个懒腰

---

① 郁达夫. 郁达夫全集 1 小说(上)[M]. 杭州:浙江大学出版社,2006:274 - 275.

都怕背脊骨脱损的文朴，忽而身入了这个比图画还优美的境地，也觉得胸前有点生气回复转来了。①

虽然整段描写是在饱览水光山色，但字里行间也吐露了作家对家国所处的境地状况的不满和忧虑。

这种介乎于游记和小说之间的叙事方式在郁达夫小说创作中很常见。零散的结构和借景抒情式的叙事状景特点让小说明显地附上了散文的色彩。散文文体所谓"形散"的特征与郁达夫的小说叙事结构很合拍，而情景交融的散文书写范式在其小说作品中也随处可见。这些出现在其小说文本中的要素，极大地弱化着小说文体的各项特征。这种方便抒发情绪、方便"自叙"的小说写作习惯则促成了郁达夫小说的散文化跨文体写作实践。

如果分析郁达夫小说抒情叙事特征出现的原因，除了与作家自身的经历有关之外，"五四"时期时代的特殊需要与作家艺术追求的契合应该算作是背后的推力之一。郁达夫在讨论"文学是进化的"这个命题时曾说：

> 一切艺术都是时代和社会环境的产物，这是谁也知道的很浅近的一句话，因为创制艺术的人，谁都不能够遗世而独立，去抹杀时代与社会，而孤独地过着鲁滨逊在荒岛上的那样的生活。所以生活和艺术是同出于一源，紧抱在一块，同在一种社会现象的下层深处合流着的一面时代的镜子。时代是不断地在跑，社会也是不断地在变化，所以艺术当然也非同样地更换着不可……
>
> 可是这时代精神在各种艺术之中表现得最明显的，当然是莫过于文学。因为文学所用以表现的工具，是和吾人的说话一样的文字……
>
> 所以照这样的看来，文学之为时代和社会环境的产物这一句话，是千真万确的了。②

郁达夫认为艺术创作中的创新和作家的艺术个性是要随着时代背景而

---

① 郁达夫. 郁达夫全集 1 小说（上）[M]. 杭州：浙江大学出版社，2006：404-405.

② 郁达夫. 艺文私见 [M]. 上海：复旦大学出版社，2004：171-173.

不断更新的，创作也要有创新。不过，郁达夫是继胡适、鲁迅之后，在小说的创作范式上暗暗地探索和突破。与此同时，郁达夫在经过西方小说体式观念过滤后的中国文学传统中选取了一些利于创新的要素，将其有机地糅杂到自己的小说写作中去，这才形成其小说创作典型的跨文体特征。

二、"浪漫"的糅杂：郁达夫小说与诗歌的互渗

郭沫若曾经说过："达夫的诗词实在比他的小说或者散文还好。"① 由于种种的原因，作为诗人的郁达夫很长一段时间几乎不为人所知，但是写小说写散文的郁达夫的确是个才情四射的诗人，从内在的本质上说，他的小说创作也是"诗的"。郁达夫小说中主情内容借助许多核心意象的打造进行表达，同时郁达夫这批行文具有浓郁诗意与境界的小说充分发挥了叙事作品和诗学联姻的功能，正是这种小说中意象的凝练和"诗意"的添加，让小说镀上了一层诗化的光彩，使小说作品夹杂了许多古典诗歌的韵味。可以说，郁达夫成就了这批"诗化小说"，而"诗化小说"也成就了郁达夫。

本文这里所谓的"诗歌"主要是指旧体诗词，而郁达夫的诗歌创作主要也是指旧体诗词创作。郁氏的旧体诗词创作历时很长，大约从 1917 年起直到遇难，都有作品留存。在传记研究视野里，这些作品是与"新文学"相对立而存在的，但正如王德威所注意到的，"事实上，传统的诗词在现代文学里，应该是占有一席之地的"②。这里不想详细讨论郁达夫的诗歌作品，而只就郁达夫小说中"诗化"倾向做些研究，从而揭示现代小说文体与中国传统诗歌创作之间的文体上的关联。

郁达夫曾和黄得时说过这样的话：

旧诗虽然是旧的，我却很爱去做，因为旧诗的好处不可一味抹杀，要在能活用与不能活用而已。如无病呻吟的旧诗，我们当然要排斥，

---

① 郭沫若. 望远镜中看故人 [M] //王自立，陈子善. 郁达夫研究资料. 北京：知识产权出版社，2010：454.

② 王德威. 现代中国文学理念的多重缘起 [J]. 南京社会科学，2011 (11)：107–116.

但是形式虽然用旧的,其中如有表现新的内容,如个性,社会性,时代等,即亦不失为文艺作品的一种。①

黄得时认为"这种见解,可谓很公平"。可以说,郁达夫在创建新的中国文学文体范式这个大时代语境下,对旧体诗歌的态度是有选择地"活用"。这为他处理传统古典文学体式和现代文学体式之间的关系提供了思想上的基础。

郁达夫小说中的古典诗歌对小说的渗透主要体现在两个方面:一是作家在小说中常常设置一些凝练的核心意象,作为贯通小说叙事、情节发展的"闪光的质点";二是小说中具有"诗韵"独特性质的叙事意境营造,构成了郁达夫小说的另外一个特点。而小说对诗歌的文体跨越在具体文本中的表现是,诗词直接出现在作品中承担叙事功能,起着表意性作用,充当着小说的一个组成部分;或者意象蕴含在叙事文字中为形象、情节和议论做铺垫。

年轻时的郁达夫在开始从事文学创作活动时,他身上的诗人气质就深深地镶嵌在自己作品的艺术品格中去了。早期的《圆明园的一夜》《银灰色的死》《沉沦》等作品,书写个人身世的苍凉,追求爱情的不可得,以及对家国羸弱的悲痛,众多情绪积压并喷发,表现出强烈的抒情倾向。郁达夫早年留学日本时就热衷于诵读欧洲浪漫主义一派诗人的著作,拜伦、济慈、华兹华斯的诗歌也常常出没于他的小说。而在他的评论集中也有过"……他的无数的短篇小说,是他的抒情诗的延长的作品"②的观点。"小说是抒情诗"的观念是早就存在于郁达夫的观念中的。

这一种观点,在以后的论述中更为明确。在《小说论》中,郁达夫这样谈及小说的出现:

---

① 黄得时. 郁达夫先生评传 [M] //王自立,陈子善. 郁达夫研究资料:上. 天津:天津人民出版社,1981:379.

② 郁达夫. 施笃姆 [M] //郁达夫. 郁达夫全集:第十卷:文论:上 [M]. 杭州:浙江大学出版社,2007:16.

第一，从艺术进化上看来，小说的发达，实在是必然的趋势。从前当生活很简单，人事不复杂的时代，我们人类的感情变动，亦不十分复杂。喜只是喜，哀只是哀，有动于中，就发于外，叫一声，唱一句，就可以把感情泄尽了。在这时代，文学表现上最适当的形式，是抒情诗。①

郁达夫认为从艺术进化上看，抒情诗是最适当的文学形式，诗最具有总结性和代表性，凝练和简洁是它的优势。而小说的出现的"必然趋势"在于：

后来社会的生齿日繁，人和人的纠葛亦日渐纷杂起来了，因而人类的感情，亦变得十分复杂，觉得光是几个感叹词，几个名词，不能把新的情感全部表现出来，于是乎文学的形式体裁，就也不得不随之俱变了。从抒情诗，变成了叙事诗，又于叙事诗之外，加上种种分子，使成了戏剧。后来觉得这些方法，还不够表现之用，到了十八世纪，就有小说出现了。②

在这一文体的"进化论"中，抒情诗和叙事诗、戏剧及小说之间在文体上有演进（表达能力的日趋丰富）；但同时，基于"进化"的事实，这些文体之间事实上也就存在着相互贯通的可能。这使他的小说创作并不排斥诗歌的手法与形式，在小说创作中凝练核心意象，就是典型的一例。

"意象"一词虽然萌芽于先秦时期，但真正将"意象"一词第一次运用在文学理论领域的是我国传统文论经典《文心雕龙》，其中的《神思》一篇专门探讨了意象在叙事作品中的存在和意义，最后得出结论是："独照之匠，窥意象而运斤——此盖驭文之首术，谋篇之大端。"郁达夫当然也深谙此道，在其小说作品中对意象的设置可谓匠心独运。小说《迟桂花》中的"迟桂花"意象就是代表。小说中"我"偶然间收到十年来音信全无的老友的来信，受邀赶至杭州深山前去拜访，在和朋友的妹妹游山过程中闻桂花、赏山色，心灵得到了净化和升华，而这种意象的生成是由受到自然景物的

---

①② 郁达夫. 艺文私见[M]. 上海：复旦大学出版社，2004：39.

刺激而生发的。作者在他的《忏余集·沧州日记》中说道:"在南高峰的深山里一个人徘徊于樵径石垒间时,忽而一阵香气吹来,有点使人兴奋,似乎要触发性欲的样子。桂花香气,亦何尝不暗而艳,顺口得诗一句,叫作'九月秋迟桂花始',秋迟或作山深,但没有上一句'五更衾薄寒难耐',或可对对,这是今晨的实事,今晚上当去延益里取一条被来。"由此"迟桂花"意象就出现了,又合着小说单纯的情节,作品中诗的情调便浓郁地环绕在那里了。郁达夫运用清秀娟美的小说文字,诉说情思。小说中常出现的景物描写均以情领笔,记录着作者敏锐的感觉和温婉的情致。又如《沉沦》里的一段景物描写:

> 前面还有一片丛林,树林阴里,疏疏落落地看得见几椽农舍。有两三条烟囱筒子,突出在农舍的上面,隐隐约约地浮在清晨的空气里。一缕两缕的青烟,同炉香似的在那里浮动,他知道农家已经在那里炊早饭了。

简单的句子里描绘了"林阴""农舍""青烟""炉香"这几个传统古典诗歌常见的典型意象,读完感觉是置身"青烟老树寒鸦"般空远、虚幻的情境之中。再看下面一段描写:

> 一湾大海,静静的浮在他的面前。外边好像是起了微风的样子,一片一片的海浪,受了阳光的返照,同金鱼的鱼鳞似的,在那里微动。他立在窗前看了一会,低声的吟了一句诗出来:"夕阳红上海边楼。"

同样简单的几处景物描写:"海浪""微风""夕阳",就让人脑海浮现出"独赏烟霞"的空灵感。

浦安迪在《中国叙事学》里认为古代的"奇书文体"(可以理解为古代的小说)的一个修辞特征就是把诗词韵文插入故事正文叙述中。例如《金瓶梅》在借用和融合通俗文学的重要成就时,首推其对曲辞诗文的"独创性引录"[1],这些诗歌韵文类曲目在小说里通常借助几组故事意象的树立,

---

[1] 浦安迪. 中国叙事学 [M]. 北京:北京大学出版社,1996:107.

起到反讽一类的作用。由此可见,对诗文意象的创造和引用在中国传统小说创作中是有先例的。

而在《南迁》中,作家干脆用总结出的若干个核心意象作为章节名,如"(一)南方""(二)出京""(三)浮萍""(四)亲和力"等。小说中第三节"浮萍"就用诗化的核心意象作为章节的题目,讲述"伊人"漂泊凌乱的一日行程,抒发着路途上生活的空虚,以及对生活漂泊不定的感慨。这样的意象在抽象的提炼过程中暗示了主人公的状态,也紧紧标注着情节的走向。这样,在小说叙事中,意象统领整个章节,而抒情也浓缩于某一"意象",生动又简洁。中国传统文学观念中极讲求"凝练""含蓄",一直以来的"春秋笔法"创作追求也一脉相传。中国传统叙事走到诗歌文体面前时,就要求其对作品中一个或几个意象进行锤炼和加工,以致这种"高文化浓度的文学"得到很好的承载,切实地容纳作品的结构、时间意识以及视角形态。而重要的是,小说中这种利用意象抒情的方式将作品带向了诗歌的场域。杨义在《中国叙事学》中描述中国叙事作品中存在意象这一属性时指示我们:"中国诗歌长于意象抒情,它所创造的闪光的意象,随时从这种处于文学正宗地位的文体向其他文体渗透。"在这一点上,郁达夫的小说无疑是一个绝好的注脚。作品《薄奠》中有这样一段描写:

> 北京的晴空,颜色的确与南方的苍穹不同。在南方无论如何晴快的日子,天上总有一缕薄薄的纤云飞着,并且天空的蓝色,总带着一道很淡很淡的白味。北京的晴空却不是如此,天色一碧到底,你站在地上对天注视一会,身上好像能生出两翼翅膀来,就要一扬一摆的飞上空中去的样子。

几种景象组合成了一幅爽朗的北天苍穹图画,字里行间填满了隽永清秀的层层诗意。在郁达夫小说那里,肌理间充斥着凝练的意象因子,郁达夫熟练地运用各种充满诗情的意象去叙事、表意和抒情。"意象概念的成熟和深化,在我国漫长的历史中是在诗歌领域进行的。意象叙事之进入小说戏剧诸文体,以及对叙事文体进行意象分析,在一定意义上可以视为诗和诗论对叙事文学的渗透或泛化。"① 杨义这段评述道出了郁达夫小说中诗意审美特质存在背后的依据。

郁达夫小说诗化的第二种表现是作者在文本中直接以诗文的形式托出核心的意象，杨义在进一步讨论"意象的选择和组合"这一命题时说：

> 叙事作品存在着与诗互借和相通之处，意象这种诗学的闪光点介入叙事作品，是可以增加叙事过程的诗化程度和审美浓度的。不过，许是借助意象不是为了在行文中直接作诗，它彬彬有礼地接受诗的影响，却在接受过程中使这种诗学要素入乡随俗，改变了它原来的表现形态。这番改变或改造，势在必然，因为叙事作品篇幅较大，语法运用也比较接近日常用语，它的叙事往往依赖于形象、情节、甚至一点议论。意象要与叙事打成一片，就得适应这个对于诗而言属于陌生的体制。严格意义上的意象不可能成为叙事的主体，它充其量只是形象、情节和议论的点化或装饰。②

毋庸置疑的是，郁达夫这些核心意象的设置确实在"接受诗的影响"，并且改变形态用小说该具备的要素"入乡随俗"了，在改造自己时也的确在语法上更加生活化了。例如以自己在 A 地（安庆）政法学校时期的生活经历为背景的小说《秋柳》，小说题目本身就是一种具有诗情的意象，小说第四节中有这样的描写：

> A 城外的秋光老了。法政学校附近的菱湖公园里，凋落成一片的萧瑟景象，道旁的杨柳榆树之类，在清冷的早上，虽然没有微风，萧萧的黄叶也沙啦沙啦的飞坠下来。微寒的早晨，觉得温软的重衾可恋起来了。

这段文字以后就写了主人公"质夫"对自己面临的遭遇和麻烦的感叹，说：

> 人生的聚散，真奇怪得很！五六年前，我正在放荡的时候，有一

---

① 杨义. 中国叙事学 [M] // 杨义. 杨义文存：第一卷. 北京：人民出版社，1997：275.
② 杨义. 中国叙事学 [M] // 杨义. 杨义文存：第一卷. 北京：人民出版社，1997：276.

个要好的妓女，不意中我昨天在朋友的席上遇见了。那妓女在五六年前，总要算是 A 地第一个阔窑子，后来跟了一个小白脸跑走了，失了踪迹。昨天席上我忽然见了她那一种憔悴的形容，倒吃了一惊。她说那小白脸已经死了，现在她改名翠云，仍在鹿和班里接客，她看了我的粗布衣服，好像也很为我担忧似的，问我现在怎么样，我故意垂头丧气的说"我也潦倒得不堪"，倒难为她为我洒了一点同情的眼泪，并且教我闲空的时候上她那里去逛去。

一段早晨景色的描写中几组意象的制造，很自然地让人们产生一种感触，"秋光""萧萧的黄叶""微寒的早晨"这些衰落感很强的词汇中凝聚了淡淡感伤的诗意，从而为主人公情绪的进一步流露提供了依据。但是这些意象的出现并非是作家凭空的臆想，这正是作家在 A 地教书的时候的一个秋后早晨的真实写照，生活气息浓烈。

与此相关的是，在郁达夫的小说中，还有一部分作品是作者直接把相关的诗歌文字内容纳入了小说创作之中（并且在部分作品中占有很大的篇幅），使其承担起小说的一部分叙事抒情功能。这样，即便在外在形式上，郁达夫的小说作品也呈现出了跨文体的特征，朝着诗歌化的方向前进着。这类作品比较多，如《银灰色的死》中有这样的段落：

一边这样的想，一边他又想起"坦好直"（Tannhaeuser）里边的"盍县罢哈"（Wolfram von Eschenbach）来。

"千古的诗人盍县罢哈（Eschenbach）呀！我佩服你的大量。我佩服你真能用高洁的心情来爱'爱利查陪脱'（Elisa‑beth）。"

想到这里，他就唱了两句"坦好直"里边的唱句，说：

Dort ist sie；——nahe dich ihr ungestoert！

So flieht fuer dieses Leben

Mir jeder Hoffnung Schein！

（Wagner's tannhaeuser）

（你且去她的裙边，去算清了你们的相思旧债！）（可怜我一生孤冷！你看那镜里的名花，又成了泡影！)

念了几遍，他就自言自语的说："我可以去的，可以上她的家里去的，古人能够这样的爱他的情人，我难道不能这样的爱静儿么？

这部分抒情诗的出现既抒发着抒情主人公的情感，也在小说里起到推动情节发展的作用，一边总结之前自己做决定的理由和依据，一边把主人公的心理活动和情感一起和着诗句、诗意表现了出来，那就是"我难道不能这样的爱静儿么？"的激动和恍悟。《沉沦》里刚开始"他"在郊外一边朗读一边翻译 Wordsworth 的诗恐怕就没有太多的抒情成分在里面了，而诗句的运用多是在讲述主人公的才情和诗情，以及为了表现主人公的空虚无聊的生活。

在这一方面，最具有代表性的应该是他的历史题材小说《采石矶》了。小说借助塑造一位古代诗人黄仲则的形象，表现今人的思想。小说开头就引用杜甫的诗句："文章憎命达，魑魅喜人过。"而小说全文中几乎每节都有若干首七言律诗出现。这些诗句都是黄氏旅途之中有感而发创作所得，古诗多为记载黄氏对景物典故的记录，当然也有自己的感情抒发。例如：

他第二回重到宜兴的时候，他的少年的悲哀，只成了几首律诗，流露在抄书的纸上：

大道青楼望不遮，年时系马醉流霞，
风前带是同心结，杯底人如解语花，
下杜城边南北路，上阑门外去来车，
匆匆觉得扬州梦，检点闲愁在鬓华。

唤起窗前尚宿醒，啼鹃催去又声声，
丹青旧誓相如札，禅榻经时杜牧情，
别后相思空一水，重来回首已三生，
云阶月地依然在，细逐空香百遍行。

> 遮莫临行念我频，竹枝留惋泪痕新，
> 多缘刺史无坚约，岂视萧郎作路人，
> 望里彩云疑冉冉，愁边春水故粼粼，
> 珊瑚百尺珠千斛，难换罗敷未嫁身。

> 从此音尘各悄然，春山如黛早如烟，
> 泪添吴苑三更雨，恨惹邮亭一夜眠，
> 讵有青鸟缄别句，聊将锦瑟记流年，
> 他时脱便微之过，百转千回只自怜。

这是诗人先前重回旧地时的感触，诗文交代自己心中愁思，重回宜兴汜里，却不见了旧时恋人，面对"鬓华""流年"，自己无奈只好"自怜"的感伤情绪。随后主人公于扬州看城隍会时又似乎重遇那位少女，心情一转，作成了另外一组杂诗。一前一后心情的转换全然在两组诗歌中了，这种直接对诗文的引用看似多余，其实是诗歌这一文体在渗透到小说的过程中，履行着它所肩负的职能。

在《骸骨迷恋者的独语》一文中，郁达夫有这样的表述：

> 讲到了诗，我又想起我的旧式的想头来了。目下在流行着的新诗，果然很好，但是象我这样懒惰无聊，又常想发牢骚的无能力者，性情最适宜的，还是旧诗，你弄到了五个字，或者七个字，就可以把牢骚发尽，多么简便啊。①

虽然作者没有讲到自己在小说创作中的古典诗歌的种种，但从自己偏好诗歌的叙事凝练上也可以看出作者执着于凝练意象创作的初衷来。

总之，郁达夫小说中诗意即"诗化意象"的大量出现，是源于其强烈的抒情叙事要求的，而小说作品中核心意象的运用直接从体式上使得这类抒情体式的小说被染上了"诗"的色彩。不论是诗化意象的含蓄采用，或

---

① 王自立，陈子善. 郁达夫研究资料 [M]. 北京：知识产权出版社，2010：202.

是直接让诗文进入文本承担一定的叙事功能，郁达夫好像都能驾轻就熟，将跨文体小说写作又向诗歌领域做了延伸和拓展。

"意境"一词主要是指文学创作与自然景物中所体现或表达出来的情调和境界。而在抒情性文学作品当中，意境则通过那种情景相融、虚实相生、包含着生命律动、韵味无穷的诗意空间得以呈现出来。前面交代过郁达夫的小说可以纳入"抒情小说"范畴，在郁达夫的小说中，"情调"一词是抒情化小说的灵魂所在，它和"意境"是紧密联系在一起的。

"情调"是郁达夫评判作品好与坏的标准：

> 我虽不是小说家，我虽不懂得"真正的文艺是什么？"但是历来我持以批评作品的好坏的标准，是"情调"两字。只教一篇作品，能够酿出一种"情调"来，使读者受了这"情调"的感染，能够很切实的感着这作品的"氛围气"的时候，那么不管它的文字美不美，前后的意思连续不连续，我就能承认这是一个好作品。①

这是郁氏所谓"情调"的"氛围气"，其实可以对应诗歌创作中的"意境"。在郁氏看来，"情景交融"就是一个好作品，而"前后的意思连续不连续"，则可以不管它了。

郁达夫抒情体式的小说最大的特点便在于作品独有的格调上。再比如说《沉沦》，作家笔下的抒情主人公每次由感情震荡而衍生出来的自责自悔、自卑自怀、自伤自悼，足以让人体会到阵阵浓烈的感伤意味。这种感伤至极的情调充斥了整个郁达夫的小说，成为结构小说内容的另一维度。这种感伤的情调构成了其小说独有的意境。

但是说到意境营造，为什么作家不去采用新诗入小说呢？恐怕这里除了作家自己与古典诗词的微妙关系之外，还因为旧体诗词在意境的勾勒、情调的开启上有着它独特的优势。郁达夫在《谈诗》里如是说：

> 旧诗的一种意境，就是古人说的很渺茫的所谓"香象渡河，羚羊

---

① 郁达夫. 我承认是"失败了"[M]//王自立，陈子善. 郁达夫研究资料. 北京：知识产权出版社，2010：199.

挂角"，无迹可求的那一种弦外之音，新诗里比较的少些。

在郁达夫的小说里，作者很擅长营造一些具有诗意的情调，在暗中附和着小说种种感伤一类情感的抒发，这种诗化意境的营造主要表现在：

第一，诗情化语体的运用。

小说家汪曾祺探讨小说语言艺术时，认为语言是由作家本身所具有的气质决定的，小说语言风格是作家人格的一个部分。① 郁达夫本身是具有诗意的作家，他本人古体诗词写得好就不说了，这缘于他自幼便学习古文，接受中国传统古典文学的熏陶，具备了深厚的古典诗词修养。郁达夫极其欣赏清代诗人黄仲则，并以其名作为小说《采石矶》主人公的名字进行创作；平时生活中的他就很有诗意，早年同原配夫人孙荃就以诗词形式作为信件内容相互唱答交换心情；并且在日本留学期间，郁达夫广泛涉猎西方文艺作品，其中浪漫主义思想对他浸染颇多，对浪漫主义代表济慈等诗人作品的研读更加深了他的诗人气质，现实中浪漫洒脱、不羁大胆的作家形象就出现了。胡愈之在回忆自己的好友、称赞其伟大时就曾说："他的伟大就是因为他是一个天才的诗人。"② 诗人般的气质在语言上的运用最终成就了诗情化的语言体式。《茑萝行》取名为"行"字，暗示了作品是一组怀旧叙情的"长歌行"，而小说内容中多爱取感叹句式，节奏感强烈，具有诗的韵味：

啊啊，我的女人！我的不能爱而又不得不爱的女人！我终觉得对你不起！

啊啊，去年六月在灯火泛化的上海市外，在车马喧嚷的黄浦江边。

再看《青烟》最后一节《Epilogue》中的片段：

可不是吗？你看！那窗外的屋瓦，不是一行一行的看的清楚了么？

啊啊，这明蓝的天空！

---

① 汪曾祺. 小说文体研究 [M]. 北京：中国社会科学出版社，1988.
② 胡愈之. 郁达夫的流亡和失踪 [M]//王自立，陈子善. 郁达夫研究资料. 北京：知识产权出版社，2010：72.

> 是黎明期了！
>
> 啊呀，但是……这是一种象征，这是一种象征。

句式的节奏和音律的跳动感十足，语言的诗化表达更彰显了郁达夫小说的情感倾诉，正是这种诗歌化的语言，组成了郁达夫小说体式的另外一种滑动，在这种语言基础上，出现了文体的新跨越。

第二，风景描写中生成意境。

相对于"自叙"过程中较多涉及的生活场景描绘，郁达夫同时投入了大量精力于富有诗意的自然景物的细致描写。在这些文字中，本真地再现自然景物，是作者描绘自然的一个明显的特征。这种对自然景物的抒情描写经常会呈现出如诗般的意境来，无疑作者是从其中国古典文学的素养中汲取了养料。一些小说作品里意境的出现，正是郁达夫运用他古典诗词上的修养，将小说引向了诗化的方向。杜甫、小李杜等人的"晚唐风韵"，黄景仁（仲则）的坚韧辛酸的人生行事态度，是郁达夫小说创作中暗含的古典蕴藏。《怀乡病者》以情思洋溢的笔触描写钱塘江边小县城的华影月光，流霜似的月夜浮着万迭银波，不声不响，在浓淡相间的两岸山中往东流去，流向的是东汉逸民垂钓之所，境界可谓凄清深远，颇具描绘晚唐隐士的诗词风度。

其实，这种书写诗化意境的手法技巧在更早的作品里已有显现。《银灰色的死》的开头这样写东京的雪霁：

> 雪后的东京，比平时更添了几分生气。从富士山顶上吹下来的微风，总凉不了满都男女的白热的心肠。千九百二十年前，在伯利恒的天空游动的那颗明星出现的日期又快到了。

虽然篇幅不长，但寥寥几笔便将景色和生活氛围都恰到好处地表现了出来。而《沉沦》开头处有这样的描写：

> 晴天如碧，万里无云，终古常新的皎日，依旧在她的轨道上，一程一程的在那里行走。从南方吹来的微风，同醒酒的琼浆一般，带着一种香气，一阵阵的拂上面来。在黄苍未熟的稻田中间，在弯曲同白

线似的乡间的官道上面，他一个人手里捧了本六寸长的 Wordsworth 的诗集，尽在那里缓缓的独步。在这大平原内，四面并无人影；不知从何处飞来的一声两声的远吠声，悠悠扬扬的传到他的耳膜上来。他眼睛离开了书，同做梦似的向有犬吠声的地方看去，但看见了一丛杂树，几处人家，同鱼鳞似的屋瓦上，有一层薄薄的蜃气楼，同轻纱似的，在那里飘扬。

Oh, you serene gossamer! You beautiful gossamer!

这样的叫一声，他的眼睛里就涌出了两行清泪来，他自己也不知道是什么缘故。

景色的诗意很浓，"常新的皎日"和着"微风"营造着一种虚幻的"琼浆一般"的感觉，而"做梦似的""他"看向"一丛杂树"时那薄薄的海市蜃楼景象更是营造出了莫名的意象，这一切都含有诗的意味。而这种诗化的虚幻意境也为作者描写主人公无缘故的伤感垫下了一种情调。

据黄得时回忆，早年曾在《东京帝大新闻》中读到过郁达夫写的一篇名为《中国诗坛现状》的评论，其末尾略云：

中国的新文学方面的作家，近来因不准任意吐露种种意见，所以他们暂次倾向借旧体诗来做表现工具，也可以说是用"旧的瓢"，来盛"新的酒"一样，利用旧诗的形式，来吐露新的思想，这种风气，现在很流行：象著名的鲁迅、叶圣陶、老舍、俞平伯、周作人等，呼吸现代空气的新人，都在作旧诗，这是很有趣味的事实。①

自古以来中国士人就有着"不平则鸣"的思想传统，但是现代作家里如郁达夫、鲁迅等一批"真名士"也曾遇到过紧张的"政治空气"，在当局政府高压下，他们也只能三缄其口，闪躲着反动政府的眼线，于是作家们就拿来古体诗词做了庇护，隐晦地传达着自己的观点和"吐露新的思想"，就是所谓的行"旧瓶装新酒"之事。而郁达夫在从事旧体诗词创作的同时，

---

① 黄得时. 郁达夫先生评传 [M] // 王自立，陈子善. 郁达夫研究资料：上. 天津：天津人民出版社，1981：379.

不忘将装满"新酒"的"旧瓶"挂在腰间,充当自己自叙抒怀时的助兴的甘醴,将"自叙传"体小说酿成了一首首抒情诗。

郁达夫在对现代新文体进行实验的过程中,没有用同中国传统的一脉完全决裂的姿态,一边忠实于自己的选择,一边迎接着新式文明的范式,以这种近似双向的择取实现着自己的审美追求。面对"意境"这个独具传统特色的审美规范,作家们不遗余力地吸收它"情景融合"的内核,于诗意化的意境营造中勾勒"自叙"主人公的情感变化,而对现代小说新体式做着多角度的开拓,将中国这种传统典型化的审美形态朝着更为宽泛的方向做了延展,这种"暗藏玄机"似的文体跨越书写背后有着复杂的历史构成。

三、"包容"性:郁达夫小说对其他文体的跨越

在仔细品读郁达夫小说时,我们多能发现文本中常常借助除了散文和诗歌之外的其他文学体裁来叙事和抒情,其中不乏日记、书信等体式的融入,这种充当小说内容的写作尝试在一定程度上为小说的发展,尤其是对抒情主人公形象的塑造以及情感的抒发提供了很大帮助而成为小说创作的捷径,同时带给作家直抒胸臆的便利,两个关键性元素似乎成为郁达夫将日记、书信一类体裁的内容渗透到小说作品中的背后推手。

在《日记文学》一文中郁达夫坦白说道:

> 散文作品里头,最便当的一种体裁,是日记体……我们都知道,文学家的作品,多少总带有自传的色彩的,而这一种自叙传,若以第三人称来写出,则时常有不自觉的误成第一人称的地方……那么一种幻灭之感,使文学的真实性消失的感觉,就要暴露出来,却是文学上的一个绝大的危险。
>
> 足以救这一种危险,并且可以使真实性确立,使读者于不知不觉的中间受催眠暗示的,是日记的体裁。

由此可以看出,郁达夫认识到自传体作品叙述中存在着"一个绝大的

危险",而日记体裁是拯救这一"危险"的良药。他将日记体作品当作维护其"自叙传"小说中同"善""美"并列的"真实性"的一个保证,这也是主情小说能够成功诉说自我的关键。接着他又说:

> 日记有此种种便利的特点,所以小说家在初期习作的时候,用日记体裁来写的时候,其成功的可能性,比用旁的体裁来写更多一点。而我们读者,因为第一我们所要求的,是关于旁人的私事的探知(这一种好奇 [Curiosity] 是读小说心理的一个最大动机),所以对于读他人的日记,比较读直叙式的记事文,兴味更觉浓厚。

从这里可以粗略地得出两点:一是郁达夫认为日记体裁的运用会更方便于作品的创作,且成功的可能性会大增。基于此,作家们肯定是看中了日记文学体裁的便利性,可以在某种程度上成为创作的捷径,而究竟是因为它材料丰富又源于生活从而创作起来简单易得,还是富于真实性从而利于"自叙",这些我们暂且不论。二是郁达夫认为日记是一种具有很大的"隐私"性质的文学作品,因此它可以很好地迎合读者们"好奇"的心理和强烈的"窥视"欲望,能够激起他们浓厚的"兴味"。这是郁达夫自己对日记文学体裁的一种认识,从中我们应该意识到的是,郁达夫是在一定程度上强调日记文学的重要性。

或许正是由于上面所述的原因,郁达夫的小说创作中为了保证自叙传的真实一面,也为了取材的便利,将日记文体融入了小说写作里。如那篇用日文写就的《圆明园的一夜》,就运用了这种"便捷"的体式:

> 三日(周四)
> 收到钱的晚上。汇票寄到的晚上。

虽然这里只是一种日记体的化用,简单的便条式的书写,但从实质处它是日记在小说中的最原始呈现。而到随后的《沉沦》里情况就不一样了:

> 这一天晚上,他记的日记说:
> 我何苦要到日本来,我何苦要求学问。既然到了日本,那自然不得不被他们日本人轻侮的。中国呀中国!你怎么不富强起来,我不能

再隐忍过去了。

　　故乡岂不有明媚的山河，故乡岂不有如花的美女？我何苦要到这东海的岛国里来！

　　……

　　人生百岁，年少的时候，只有七八年的光景，这最纯最美的七八年，我就不得不在这无情的岛国里虚度过去，可怜我今年已经是二十一了。

　　槁木的二十一岁！

　　死灰的二十一岁！

　　……

　　我所要求的就是爱情！

　　若有一个美人，能理解我的苦楚，她要我死，我也肯的。

　　若有一个妇人，无论她是美是丑，能真心真意的爱我，我也愿意为她死的。

　　我所要求的就是异性的爱情！

　　苍天呀苍天，我并不要知识，我并不要名誉，我也不要那些无用的金钱，你若能赐我一个伊甸园内的'伊扶'，使她的肉体与心灵，全归我有，我就心满意足了。

　　大篇幅的日记运用到小说中，直接参与抒情主人公的情感表达。其实一定程度上来说，它也是在扮演着"自叙"的功能。《空虚》的开头就直接拿主人公的日记内容来营造一种氛围，这种心理自白式的设计正好迎合着读者群的"窥私"欲望，同时也省去了作者不少口舌，省去了不少曲折往复的路途，只需沿着这条乡间小道，尽情地抒发个人内心的情愫，抄着近路实现了"自叙"的创作目的。

　　从其他角度来看，郁达夫的文学创作中日记向着小说过渡的痕迹也是很显著的。首先，日记在人物形象和故事环境上有着关联。小说里出现的日记涉及的人物多是小说主人公。如前面所提到的，日记为小说直接提供了情节素材，起着"底稿"的作用；而且它也时刻待命，随时出现充当抒情主人公的抒情话筒。

藏匿于郁达夫小说中的浓郁的"日记式"的自叙传式叙事会引起人们的猜疑——作家是在设计故事或是在回忆自己的身世？是小说表现着他的生活还是生活脱胎于故事情节？现在看来郁达夫的小说根本没有体现出固定的文体特征，情节的淡化和人物塑造的非典型化常常令读者不能想象出小说主人公的肖像，萦绕在读者脑中的只是一声声感伤的哀叹。而郁达夫自叙传小说的独特性，与他极力推崇的"日记文学"有什么样的关系呢？他有没有将在日记体裁中难以实施的观念转移到小说作品中，从而促使小说日记化现象出现？《〈日记九种〉后叙》中郁达夫阐述公开发表日记的原因，"糊口养生"和自我剖析成了这一行为的推动力，而日记的发表和这一时期小说创作之间或许有某些联系。

从题材上看，郁达夫很多小说作品的故事情节取自繁复的日记作品。按照创作前后时间的一致性来看，《胃病》同《芜城日记》几乎是一个时间段内的作品，《清冷的午后》与《村居日记》，还有《考试》同《厌炎日记》前后创作时间也是一致的。小说同日记间存在着文本互映，小说主人公和日记文本中的作家在行为和情绪上是契合的。眼泪、空虚、生老病死等时常出现在他的作品里，这是他精神及思想上备受折磨的真实写照，或者说是新旧观念冲突的代价。这些杂芜的生活经验，在日记里零零散散，当带入其自叙传小说中的时候，是经过了取舍和改造的，可还是借用了日记的某些形式，尤其是抓住日记体的时序性和片段式，即将几个不同概念中的时间、地点的片段进行有效组合。如《沉沦》中，作者将小说分成几个章节片段，各个部分之间用具体的时间作为开头。其中"十二月二十六日的早晨""他的二十岁的八月二十九日的晚上""一礼拜前的有一天午后"等，不同时间片段之间就形成了时间上的间隔，构成一定的想象空间和叙事张力。而且，郁氏小说在某些地方模仿日记文体的"片段式"思维，较长的小说常常会由几个有联系的片段组成，同时它们之间存在着很大的跳跃性，构成时空的转换。小说中这些相互联系的片段与日记一样有其具体的地点、时间和封闭自足性，之间存在的关系很复杂，或者并列行进，或者互相嵌套，从而形成时间上丰富的层次性。如《春风沉醉的晚上》一共由4个片段组成，也就是主人公"我"和"二妹"相识相知的4个过程和阶段。

书信作为一种日常应用文体，主要功能在于信息的流通、传达，以及人与人之间的情感交流。因此书信具有很强的应用属性，在古今中外都被广泛使用。

书信写作现象十分常见并且历史久远。在西方的古希腊时期就有用书信作为载体的文学创作。到了古罗马时期，人们利用书信体裁形式创作诗歌作品和记录生活已经十分普遍了。但相对纯粹的书信作品，书信体小说创作现象是在很久之后才有的。顾名思义，书信体小说，就是采用书信掺入小说创作的方式生成的特殊小说体式。具体到西方文学中，书信体小说（Epistolary Novel or Epistolary Fiction）是指"由一个或几个人物写的书简来推进叙述的小说。它的优点是：作者不用介入小说的情节，但有机会描写人物的感情和反应；进而提供情节的直接感，因为书信通常是在情节最激烈的时刻写的。书信体小说也能使作者通过几个通信人的书信中对于事件的记录来描述对同一事情的多种观点"①。一定意义上说，小说里书信承载着一定的叙事表达和结构布局的功效，抑或者说作者借助书信对小说的融入，去梳理情节或情感。也就是通过一篇篇书信的内容来组构或催发故事情节向前发展，从而达到对环境及心理的描绘，和对小说人物的塑造。这类小说的主要特征是：凭借书信固有的真实性和交际性的特征，围绕"我"来讲述故事，以第一人称主人公的真实见闻以及经历去叙述人和事，富有强烈的真情实感。此外，广阔的虚拟性想象空间和直露的倾诉功效性，使得它同其他文体相比具有十分明显的个性。可以说，书信体小说揽小说和

---

① 林骧华. 西方文学批评术语辞典［M］. 上海：上海社会科学出版社，1989：318.

书信双方之所长，形成了别样的文体特征。

在中国，"书信体小说"这一称谓是萌生于 20 世纪 20 年代的。当时人们是以"书札体"去界定的，并将其纳入到短篇小说门类中的。① 赵恂九在《小说作法之研究》一文中曾提出"书简体小说"的说法，它主要致力于"自我"书写，是一种用书信体式创作的小说样式。据说，书信体小说最早是由西班牙人在十五世纪发明的。而完整意义上的书信体小说，正式出现在文学舞台上则是源于欧洲启蒙运动对它的创作实践，启蒙观念影响下的现实主义创作追求作品的真实性，书信体式正好遂其所愿，成为小说等文体的一种载体。书信体小说创作一时流传开来。英国作家塞缪尔·理查逊接连创作的书信体小说《帕梅拉》、《克拉丽莎》和《格兰狄森》等三部作品标志了书信体小说写作成为一种文学传统。其后，卢梭的《新爱洛绮丝》、歌德的代表作《少年维特之烦恼》陆续出现，有力地让这一特殊的小说体式继续发展。

同样地，郁达夫"自叙传"小说也是要求小说能够真实地再现抒情主人公的经历和心理，这种携日记体裁进入小说写作的欲求便顺理成章地出现了。书信式的跨文体小说创作现象始终伴随着郁达夫抒情小说的创作过程。小说《茑萝行》通篇以第一人称"我"展开叙述，全文情感真挚，倾诉性口吻令小说情感色彩大增，然而这并非小说最亮点，全篇十几页内容构成一封长长的家书，体式上的特别令小说的叙事抒情别开生面。

从《茑萝行》创作完成后的一个时期起，郁达夫走向了更为复杂黑暗的人世，直面"生的苦闷"。此时的郁达夫开创了书信体式的小说创作。此后书信体裁便成了小说中的常客，不时地客串入小说文体中，成了作家感叹人间冷暖、抒发彼此思念之情以及呼号告白的常用文学体式之一。《茑萝行》通过"我"对回忆的追溯，写到信中的"你"，而在主人公不断悔恨、自嘲中将胸中积压已久的愤懑和失落抖落散尽，未与人谋面的"你"悲苦

---

① 详见清华小说研究社 1920 年 12 月李漆镜、顾一樵、翟毅夫等七人合写的《短篇小说作法》。

的形象也得到了书写:

  唉,今天是旧历的二月二十一日,今天正是清明节呀!大约各处的男女都出到郊外去踏青的,你在车窗里见了火车路线两旁郊野里在那里游行的夫妇,你能不怨我的么?你怨我也罢了,你倘能恨我怨我,怨得我望我速死,那就好了。但是办不到的,怎么也办不到的,你一边怨我,一边又必在原谅我的,啊啊,我一想到你这一种优美的灵心,教我如何能忍得过去呢!

  细数从前,我同你结婚之后,共享的安乐日子,能有几日?我十七岁去国之后,一直的在无情的异国蛰住了八年。这八年中间就是暑假寒假也不回国来的原因,你知道么?我八年间不回国来的事实,就是我对旧式的,父母主张的婚约的反抗呀!这原不是你的错,也不是我的错,作孽者是你的父母和我的母亲。但我在这八年之中,不该默默的无所表示的。

  后来看到了我们乡间的风习的牢不可破,离婚的事情的万不可能,又因你家父母的日日的催促,我的母亲的含泪的规劝,大前年的夏天,我才勉强应承了与你结婚。但当时我提出的种种苛刻的条件,想起来我在此刻还觉得心痛。我们也没有结婚的种种仪式,也没有证婚的媒人,也没有请亲朋来喝酒,也没有点一对蜡烛,放几声花炮。你在将夜的时候,坐了一乘小轿从去城六十里的你的家乡到了县城里的我的家里;我的母亲陪你吃了一碗晚饭,你就一个人摸上楼上我的房里去睡了。……啊!那时候的你的憔悴的形容,你的水汪汪的两眼,神经常在那里颤动的你的小小的嘴唇,我就是到死也忘不了的。我现在想起来还要滴眼泪哩!

作品字里行间满含了对"你"的无限怜爱和愧疚,想用泪水和哀怨声去控诉生活的无情和表达自身的无奈,言语间尽显苍凉之感,如同一首哀曲,哀怨中透着一丝遐想。

小说发展到借用呼号、告白式的书信文体时,往往会让小说出现出其不意的效果。在读了《兰生弟的日记》之后，郁达夫分析了他的感触："……书函式的小说老犯一著疾病。"主要是指写信人往往只顾及自己的痛心疾首，酣畅淋漓地在那里哭喊、倾泻，而信件内容呼应着的"你"的种种，如面貌特征、性格特征以及思想、情绪状况或都不得而知，常常让人一头雾水。加之"自叙传"小说本来就缺乏前后情节的连贯，缺少人物关系的串联，因此，书信体在小说文体中常常不受待见，也让许多作家不愿意将书信体裁内容和小说创作进行融合。可是，书信体的优点是在于强烈地、单一地抒发情绪，它不要求具体的情节环境，人物关系也可以出现模糊性，由于它符合作家所谓的取材"真实性"，并且在叙事功能上处于一种优势，所以，郁达夫敢于利用它，并且《茑萝行》中一用就是"连篇累牍"，丝毫不留下一点空隙，将小说用书信的体式覆盖，物尽其用，把小说向书信体的跨越做到了极致。

出现在《街灯》里的书信就稍显简单了，简单的信件内容在小说中更多的是在承担故事叙述的功能。而更晚一些的作品如《她是一个弱女子》《迟桂花》里的书信就走得更远些了，几乎是故事情节的重要载体。

四、结语

当代的文体风格研究中将各种文体类型之间的对话式关系描述为"互文"关系。互文性一般是指其他形式的文本（包含当前、以前相似类型或者相同主题的文本）对当前文本的影响。20世纪60年代，克里斯蒂娃在阐释巴赫金的言谈对话理论时提出了"互文"这一概念，她表示任何文本中都渗透着其他文本，对话体式的"互文"关系在各种文学体裁的文本中都有存在，如小说、书信、札记、诗歌和戏剧等，只不过具体文本中各自的侧重方面不一样罢了，不同的体裁之间的对话或"互文"关系也是存在差异的。对这种"互文"关系的描述难免会让人联想到一批现代作家的小说创作，郁达夫多种形态的跨文体写作可以看作是不同文本体式间的"互文"运动的结果。而克里斯蒂娃在自己的研究中进一步阐述说：

由于以前的文本也是历史的一部分,从一定意义上说,互文性研究的是历史和文本的互动关系,文本是对历史的反映,也是历史本身,所以对文本的研究有助于对过去社会历史的了解以及对社会变化的理解,而这样的了解和理解又有助于对当前文本的解读及以后新文本的生成。

研究者暗示,对这些跨文体写作具有互文性质文本的创作以及解读应该带着历史的眼光,在审度这种文体互跨写作方式形成原因时,我们不应该将历史传统因素遗漏,以便更清晰地揭示和照亮作品背后的历史暗角。

"跨文体写作"这一现象由来已久,而它的出发点应该致力于为文学体裁加入新质,从而进一步丰富写作过程中可以遵循的维度。可从写作者本身来说,这种自觉或不自觉的跨文体写作实践都是存在着的。浪漫抒情小说体式历来被认定为是"无此体裁",这一现象是由于它打破了传统小说创作的规矩,将原本独立的小说、诗歌、散文和戏剧等文学样式糅合到一起,做到各种类型的文本互渗,从而出现了没有情节结构,不含开头、高潮、结尾的创作痕迹。郁达夫在其抒情小说的创作中更是受到了浪漫主义、私小说等影响,在小说创作过程中自觉冲破传统小说固有的前后连续一致的严谨完整的结构体式,以情绪为情节来撰写个人"自叙"小说。

而当郁达夫的小说向着散文、诗歌等文体不断地渗透、越界的时候,跨文体写作背后的原因究竟是什么,难道真的是作家为了"自叙"的方便?恐怕不会如此简单。前面提及的"历史传统"眼光或许能够给我们一些暗示。例如,中国传统思想中极具代表性的"兼容并包"的思想(出自《史记·司马相如列传》),在几千年历史长河中一直浸染着学人们,而到了"五四"时期出现的这一种兼具多种文体特征的小说创作现象,也许就是对这种传统的延续。

第四章 ◆

废名的跨文体创作

废名的文学创作包括小说、散文、新诗,其小说大多具有跨文体的特征。其中,《桥》被认为是小说诗化的代表,而《莫须有先生传》和《莫须有先生坐飞机以后》则被认为具有小说散文化的特征。

废名的小说创作和文学观念具有阶段性变化的特征。从小说呈现的内容来看,前期侧重于抒情,后期则重在言志。无论是抒情还是言志,皆承接了中国的诗文传统,但其间也有废名的独创性思想。

一、废名的诗文思想及其跨文体创作

对于废名而言,他对新文学的接触是从新诗开始的。同时,他的文学创作之路也开始于练习写作白话诗文。尽管废名的创作以小说为主,但他的自我定位是诗人。1927 年到 1932 年间废名卜居北京西山,以此为原型创作《莫须有先生传》,同时写有短篇小说《卜居》。《卜居》开头便是"A

君是诗人"①,该小说带有浓厚的自传性色彩,可见废名自我定位为诗人。另外,与废名关系甚好的周作人,对他的定位亦是诗人而非小说家。他在《〈桃园〉跋》中明确指出:"废名君是诗人,虽然是做着小说。"② 抗战前废名在北大讲解新诗,结集为《谈新诗》,其见解精彩独到,足见废名的诗文理想,但废名却从未对"小说"本身发表系统见解。由此,便决定废名的小说并非传统意义上的以情节和故事取胜,而是糅杂和贯穿着诗文的表达。

废名前期秉持"梦的文学观",后期则偏好以事实为主的"散文观"。因此,前期的小说凸显了梦境的营造及抒情的气息,而后期的小说则重在言说自己对现实的观照。当然,"梦的文学观"和"散文观"自身也有复杂性,因此不同小说的抒情和言志也各有侧重。两者看似不同,却贯穿了废名对"美"的艺术世界的追求。

1927年,废名在《语丝》发表《说梦》,阐述自己的文学观:"创作的时候应该是'反刍'。这样才能成为一个梦。是梦,所以与当初的实生活隔了模糊的界。艺术的成功也就在这里。"③ 在"梦的文学观"中,废名首先处理的是现实世界和艺术世界的关系,认为艺术世界建立在现实世界的基础上,如同梦境一样,成为独立的存在。此外,他强调"美"在梦境和艺术世界的重要地位。

1925年出版的《竹林的故事》这一小说集中,除了《讲究的信封》《少年阮仁的失踪》外,其他的小说皆将空间定位在乡村。此时,废名已经在北京。也就是说,这些小说皆是废名以回忆的姿态来书写记忆中的乡村图景。小说的文学空间和实际空间的差距,恰好是"梦"与"当初的实生活"的差距,从而使得这批小说带上了哀愁而美丽的色彩,流动着作者隐

---

① 废名.卜居[M]//沙铁华.废名作品精选.武汉:长江文艺出版社,2003:196.
② 周作人.《桃园》跋[M]//陈振国.冯文炳研究资料.北京:知识产权出版社,2010:154.
③ 废名.说梦[M]//王风.废名集:第三卷.北京:北京大学出版社,2009:1 154.

含的情绪。相反,《讲究的信封》和《少年阮仁的失踪》把空间定位在城市,描写青年在时代潮流中所受的冲击和反应,重点揭露其心理,体现了废名对青年的讽刺和反思。这类讽刺的小说,缺乏了场景的描写,情绪表露过于直接,从而缺乏灵动性。《竹林的故事》小说集出版时,废名自道"本来连《讲究的信封》同《少年阮仁的失踪》我也不打算要"①。究其原因,这两篇小说和现实的零距离导致了艺术性的缺乏,应该是废名原本想弃选的理由。

其余的十篇小说,除了《病人》外,皆有场景的描写和闲笔的存在。在这些小说中,废名常以白描的手法刻画乡间的场景。《浣衣母》中描写李妈的茅草房,以茅草房为中心,呈现其背后、左右、前方的景物,寥寥数笔便将茅草房的环境包揽其中。这些场景的描写,堪称小说的闲笔,营造一种审美的氛围,从而形成小说的诗化特征。同时,废名将乡村空间构建成一个自在的主体。可以说,废名正在这一空间中构造艺术世界,并且逐渐形成自己的文体风格。

带有抒情气息的乡村空间,同样出现在后来的小说集《桃园》中,最为突出的是《桃园》和《菱荡》。然而,值得注意的是,同样带有抒情气息,《竹林的故事》小说集大多从第一人称"我"出发,而《桃园》和《菱荡》则是旁观者的视角。《竹林的故事》小说集的主人公"我"具有共同的特征:一位体弱多病的有妇青年,"生病的情节"贯穿在这个阶段的小说中。从"我"的视角所观看的世界,便带有敏感性的特征,所突出的是感受力的张扬,其间既有由生病体验引发的脆弱感,也有对凄凉人世的悲悯。正是这种敏感性和感受力,废名才在序言中说"从他们当中理出我的哀愁"②。因此,感受力的张扬是这一阶段小说抒情气息的一大表现。到了《桃园》和《菱荡》,浓厚的自传色彩和叙述者的情绪逐步消失,取而代之的是叙述者同世界的距离,以更为客观的姿态呈现乡村人的生存境况和体

---

①② 废名.《竹林的故事》序[M]//王风.废名集:第一卷.北京:北京大学出版社,2009:12.

验。在这种距离中，人物的情感是含蓄的，而经历也出现了空白。然而，含蓄和空白的写法，恰好构成了这个阶段小说的抒情特征。

以上这些带有浓郁抒情气息的小说，正是历来评论者所赞誉的乡村田园小说。实际上，小说集《桃园》和《枣》中还有很多其他的小说，这些小说定位的空间大多在城市，同《讲究的信封》《少年阮仁的失踪》一样缺乏场景的描写。废名的乡村田园小说之所以受到盛赞，正是因为那是废名构建的独立自在的艺术世界，体现了废名独特的文体风格。

这个如同梦境般的艺术世界，表现最为完整的便是《桥》。《桥》的文体特征历来得到评论家的关注，对其论述最为系统的是吴晓东的《镜花水月的世界——废名〈桥〉的诗学研读》。吴晓东以"心象小说"① 的概念来阐释《桥》的诗化特征。《桥》的部分章节最初以"无题"之名刊载在《语丝》和《骆驼草》，最终才结集为一部长篇小说。从1926年在《语丝》刊载《无题·一》，到1932年上海美城印刷公司出版《桥》的上卷，1932年至1937年在《新月》《学文》《大公报》《文学杂志》刊载《桥》的下卷，其创作跨越了较长的时间。在此期间，废名的活动空间也有所转变。1927年，废名开始卜居西山。接下来5年的时间，废名一直在北京城内和西山之间进行往返。这一空间的变化，也给《桥》和《莫须有先生传》带来了影响。从小说呈现的内容和风格来看，《桥》本身便具有断裂性，展现两个不同的艺术世界。《桥》的上卷上篇重在表现乡村世界的人和事，保留一定的故事性；《桥》的上卷下篇和下卷则突出小林、琴子和细竹的对话以及小林的呓语，场面感较为明显。因此，《桥》的上卷上篇与《竹林的故事》《菱荡》等乡村田园小说处于同一脉络，而上卷下篇和下卷则与后来的《莫须有先生传》有一定的渊源。

《桥》的上卷上篇将小林、琴儿、祖母和三哑等放在乡村这一空间中，呈现他们之间的活动和交集。以小林为核心，可以梳理出其活动变化和情

---

① 吴晓东. 镜花水月的世界：废名《桥》的诗学研读 [M]. 南宁：广西教育出版社，2003：190.

节线索。尽管这些情节线索之间没有严密的逻辑关系，跳跃性较强，但是一定程度上保留了故事的痕迹。另外，夹杂在情节线索之中的，是大量有关乡村环境和习俗的描写。这些描写，如同《竹林的故事》和《菱荡》一样，使得乡村本身成为一个独立自在的空间，并且成为审美的对象。在这一空间中活动的小林和琴儿，颇具儿童的天真和浪漫，从而使得小说带有活泼和生机。

到了《桥》的上卷下篇和下卷，人物的关系以小林、细竹和琴子为主，乡村环境和人物活动线索不再成为小说的主体，小说更看重的是人物的感受、对话和呓语。实际上，小林、琴子、细竹之间的关系，恰似《柚子》中"我"、妻、柚子三人之间的关系，《柚子》可以视为《桥》的前身。将《桥》的上卷下篇和下卷与《柚子》进行对读，能够更好地折射《桥》的梦境特征。相比较而言，《桥》保留了《柚子》的天真和趣闻，削去主人公曲折的命运，增添了人物对话和感受。《柚子》的人物和外界会产生联系，其人物的性格和命运是动态的。然而，小林、琴子和细竹却是在一个独立的时空，其性格和命运处于静止的状态中。这种独立时空，恰好与梦境的特征相似。因此，《柚子》保留着一定的故事性，而《桥》的上卷下篇和下卷则突出其画面感和场景感。在这些画面和场景中，废名着重突出的是人物的情绪。如果说《桥》的上卷上篇是借助乡村艺术空间实现抒情性，那么上卷下篇和下卷则是在"诗的情绪"中完成小说的诗化。

废名1944年在北大讲授新诗，提出"诗的情绪"这一概念。在他的诗歌理念中，旧诗和新诗的区别在于："如果要作新诗，一定要这个诗是诗的内容，而写这个诗的文字要用散文的文字。以往的诗文学，无论旧诗也好，词也好，乃是散文的内容，而其所用的文字是诗的文字。"[①] 所谓"诗的内

[①] 废名. 新诗应该是自由诗[M]//王风. 废名集：第四卷. 北京：北京大学出版社，2009：1 629.

容"即"诗的情绪"①,而"散文的内容"即"情生文,文生情"②。也就是说,新诗的核心之处在于其内容是诗人忽然而来的、整体的情绪。《桥》的上卷下篇和下卷的核心,恰好是这种"诗的情绪"。小林、琴子和细竹处在一个静止的时空中,能够推动小说发展的,便是他们的感受、对话和联想。在小说中,他们的感受和对话极具跳跃性。例如细竹正式出场时,她和琴子的对话从看鬼火到灯到壁虎再到花,每一样都一闪而过,然而一旦出现,又成为画面中不可或缺的一员。再如"塔"这一章节,小林和细竹两人在一起画画,他们的对话包括:细竹画里的塔、琴子昨晚讲述的故事、小林游历过的塔、细竹回忆雨中打伞、小林论梦。这种跳跃性,也是历来《桥》被认为"晦涩"的原因。然而,跳跃性的感受和对话恰好是瞬时的,同时也是整体的,这正是"诗的情绪"的表现。除了跳跃性的感受和对话之外,人物的呓语和冥思也构成了"诗的情绪"。在"故事"一章中,小林对琴子说:

"我分析我自己,简直说不通,——人大概是生来赋了许多盲目的本能,我不喜欢说是情感。我常想,这恐怕是生存的神妙,因为同类,才生了许多题目。我们在街上见了一个杀人的告示,不免惊心,然而过屠门而要大嚼;同样,看花不一定就有掐花之念,自然也无所谓悲欢。孔子说,'鸟兽不可与同群',这里头是可以得到一个法则。"③

这段话围绕"人的盲目的本能"发表议论,各句之间虽有联系,但每句之间也多有跳跃,且富含禅味。而且,小林的这段议论和上下文之间并无严密的逻辑关系,难怪说"这些话胡为而来,琴子很不明白,看他的样子说得太动情"④。因此,《桥》的上卷下篇和下卷看似有很多人物的对话,但是人物之间并不真正构成对话关系,相反很多是超越人物关系之上的呓

---

① 废名. 尝试集 [M] // 王风. 废名集:第四卷. 北京:北京大学出版社,2009:1 610.
② 废名. "一颗星儿" [M] // 王风. 废名集:第四卷. 北京:北京大学出版社,2009:1 614.
③④ 废名. 桥 [M] // 王风. 废名集:第一卷. 北京:北京大学出版社,2009:568.

语和冥思。这些呓语和冥思，往往忽然而至，又自成一个整体，从而构成"诗的情绪"，成为小说不可或缺的一部分。因此，《桥》的上卷下篇和下卷，正是在这种"诗的情绪"中实现小说的诗化。

人物的呓语和冥思同样延续到《莫须有先生传》中。《莫须有先生传》以废名卜居西山为原型，刻画了一个特立独行的人物形象。目前学界多将《莫须有先生传》与《堂吉诃德》相联系，一是周作人在废名卜居西山期间，曾向废名推荐《堂吉诃德》一书，二是《堂吉诃德》中堂吉诃德和农民桑丘之间构成双重性，这种双重性也恰好体现在莫须有先生和房东太太之间。钱理群《中国现代堂·吉诃德的"归来"——〈莫须有先生传〉〈莫须有先生坐飞机以后〉简论》从气质、性格等角度论证了莫须有先生和堂·吉诃德之间的精神联系。但是这篇文章却把莫须有先生定位为乡村封闭世界的"闯入者"①，将莫须有先生的下乡之举视为知识分子与乡下人取得内在和谐，发现自然之美。"闯入者"的定位可以看出钱理群的乡村立场。

然而，小说并没有着重处理知识分子和乡下人之间的矛盾关系，莫须有先生和房东太太所持的话语最终并没有得到和解。相反，他们在小说中各为主体，两套话语平行存在。因此，废名实际上是将莫须有先生和房东太太所处的乡下环境视为独立的艺术空间，从中构建自己的艺术世界。在这个独立的艺术世界中，莫须有先生和房东太太看似有很多交集和对话，但是他们之间并不构成真正的对话关系，其交集也无法构成推动情节发展的动力。小说借助对话的形式，最终呈现独语的状态。表现最明显的是第十二章"月亮已经上来了"，当莫须有先生用知识分子话语叙述着自己的故事时，房东太太则用民间话语来理解和转述莫须有先生的故事。在这里，看似有两套话语进行碰撞，但两者实际上是自说自话。正因为这种独语的状态，小说基本处于一种静止的状态，故事情节也不具有曲折性，而人物

---

① 钱理群. 中国现代堂·吉诃德的"归来":《莫须有先生传》《莫须有先生坐飞机以后》简论 [J]. 云梦学刊, 1991 (1): 55.

的话语则成为小说的主体。姑娘同莫须有先生问好:"莫须有先生你好? 绕弯儿回来? 今天天气好。"莫须有先生的回应是:

>"姑娘你好? 是的,我真爱你们这北方天气,柳吐新丝也还是秋高听鹿鸣似的,真是春松秋菊可同时,但我也总觉得看不见我江南的云,也总是怅望于一个雨余芳草斜阳,所以我总怀想那两句诗好,'惟有相思似春色,江南江北送君归',要是我这个时候走回去,姑娘,一过长江,那真是青草跟着我走,大概就好比古代女子步步生长莲花一样好玩。"①

在这里,日常话语和知识分子话语进行碰撞,莫须有先生实际上沉浸在自己的世界中。将莫须有先生这段呓语和小林的呓语进行比较,可以发现两者内在的精神联系。这段话语从北方天气入手,跳跃性地容纳了南北的景象差异、古典诗词的意境以及想象的画面。统摄这一切的,恰好是那种霎时间的"诗的情绪"。《莫须有先生传》中的"诗的情绪",是古典趣味的,是对宇宙和本体发问的,与现实社会无关。

《莫须有先生传》和《桥》在"诗的情绪"上具有内在的精神联系,可以看出两者之间的关联。但是,这两部小说呈现出来的是不同的文体风格。在《桥》的上卷下篇和下卷中,小林、细竹和琴子基本处于同个话语体系,因此其"诗的情绪"自成一个整体,整部小说显示诗化的风格。然而,《莫须有先生传》中的知识分子话语和民间话语各成体系,民间的日常话语从一定程度上消解了"诗的情绪",从而使得小说更多呈现出散文化的特征。周作人在《〈莫须有先生传〉序》中,从文章的角度批评该小说为"情生文,文生情"②。后来,周作人重读《莫须有先生传》,忽然大悟,给

---

① 废名. 莫须有先生传[M]//王风. 废名集:第二卷. 北京:北京大学出版社,2009:764.
② 周作人.《莫须有先生传》序[M]//陈振国. 冯文炳研究资料. 北京:知识产权出版社,2010:165.

废名致信说:"此书乃是贤者语录,或如世俗所称言行录耳。"① 这部"贤者语录"相比后来的《莫须有先生坐飞机以后》,其重点依然在处理莫须有先生的内在世界,莫须有先生的"言行"本身可以自成一个独立的艺术世界,他所处的世界依然可以视为废名所构建的"梦境"。

然而,"梦的文学观"在1937年之后便遭到废名的自我摒弃。1937年抗日战争全面爆发,由于废名只是讲师,无法跟随北大内迁,最终与家人避难黄梅。这段避难的经历后来成为《莫须有先生坐飞机以后》的创作素材。因此,如果说1937年前的废名在"梦境"中寻找真实,那么避难之后的废名就把寻找"真实"的目光对准现实生活本身。

《莫须有先生坐飞机以后》连载于1947年和1948年的《文学杂志》。这部小说是在抗战结束后呈现避难时期的生活状态,以莫须有先生的视角刻画战乱时期的国民百态,其间不乏温情和忧虑。《莫须有先生传》中的莫须有先生,只是一个自说自话的知识分子。但是,在《莫须有先生坐飞机以后》中,莫须有先生却承担了多重身份,一为父亲,二为教师,三为知识分子。同时,小说也不再以对话的形式来呈现莫须有先生的思考,而是直接从叙述者话语出发。这种处理方式,一定程度上使得小说染上说教的色彩,削弱小说的艺术表现力。另外,这部小说基本以作者个人经历为素材,具有极高的真实性,废名甚至在小说中直接点出"现在这本书越来越是传记,是历史,不是小说,无隐名之必要,应该把名字都拿出来了"②。因此,大量的议论和小说的真实性,使得学界评价其具有散文化的特征。

1948年,废名在《散文》中表达这样的观点:"我现在只喜欢事实,不喜欢想象。如果要我写文章,我只能写散文,决不会再写小说。"③ 实际上,1948年前,废名早已有这样的看法。1944年,周作人曾透露,废名给他的

---

① 周作人. 与废名君书:十七通[M]//周作人. 周作人散文:第四集. 北京:中国广播电视出版社,1992:26.
② 废名. 莫须有先生传[M]. 桂林:广西师范大学出版社,2003:253.
③ 废名. 散文[N]. 华北日报·文学(第九期),1948-02-22.

私信中有过这样的观点："我从前写小说,现在则不喜欢写小说,因为小说一方面也要真实——真实乃亲切,一方面又要结构,结构便近于一个骗局,在这些上面费了心思,文章乃更难得亲切了。"① 同时,周作人据此也表达类似的意见:"老实说,我是不大爱小说的,或者因为是不懂所以不爱,也未可知。我读小说大抵是当作文章去看。所以有些不大象小说的,随笔风的小说,我倒颇觉得有意思,其有结构有波澜的,仿佛是依照着美国版的小说作法而做出来的东西,反有点不耐烦看。"② 从表面上看,周作人和废名都是反小说的,但是他们所厌弃的其实是结构严谨、情节波澜的小说。

在这种观念的影响下,小说《莫须有先生坐飞机以后》立足现实的社会生活,呈现出随笔化、散文化的风格。小说以莫须有先生及其家人为核心,呈现他们与周围环境的交集,例如买白糖、教国语、解决征兵难题、留客吃饭等,以及莫须有先生对现状的感受和议论,其中最为突出的是对教育、知识分子、底层生态的看法。各个章节之间的活动并不构成一定的因果关系和逻辑关系,因此小说并没有形成曲折的故事情节以及严谨的小说结构。与《莫须有先生传》相比,这部小说的莫须有先生所关注的并非宇宙、本体与"诗的情绪",而是直接对现实世界的现象发表议论。因此,如果说《莫须有先生传》是一部"贤者语录",寄托废名对艺术世界的追求,那么《莫须有先生坐飞机以后》便是一部"言志录",展现废名作为知识分子对现实世界的抱负和责任。

然而,无论是前期的"抒情"构成的小说诗化,抑或是后期的"言志"导致的小说散文化,它的外壳始终保持着小说的本体特征。其本体特征表现在大量的叙事干预以及保留传统说书的方式。《桥》最初在《语丝》发表时,以截取片段的方式呈现给读者。甚至,周作人在《中国新文学大系·

---

① 周作人. 明治文学之追忆[M]//钱理群. 二十世纪中国小说理论资料:第四卷. 北京:北京大学出版社,1997:363.
② 周作人. 明治文学之追忆[M]//钱理群. 二十世纪中国小说理论资料:第四卷. 北京:北京大学出版社,1997:362.

散文一集》中选取了《桥》的片段,并且认为将其小说当作小品散文"更觉得有意味"。然而,《桥》以长篇小说的形式出版时,便具有完整的小说结构,形成小说的本体特征。第一回中的远方海国的故事,"有'楔子'的作用"①,统摄了小林、琴子以及细竹的所有故事。同时,这个"楔子"也类似《红楼梦》的太虚幻境,以此容纳接下来的故事。另外,在《桥》的部分章节中,还出现了传统说书的方式以及叙事者干预。"万寿宫"出现"请看,这里有名字,'程小林之水壶不要动',这不是我们的主人公吗?"②以叙事者的口吻直接和读者对话。《桥》的上卷下篇一开始,便有"且听下回分解"的章节题目,模拟说书人的口吻。同时,在细竹出场的时候,更有"细竹——对于读者也唐突!"③的字样,其说书人的口吻和读者对话的意识,形成了小说虚构的特征。

到了《莫须有先生传》,第一章的"姓名年龄籍贯"便以叙事者"我"的口吻交代,由于"我"要在《骆驼草》上做文章,所以正好给莫须有先生作传。因此,接下来莫须有先生的行为以及莫须有先生与房东太太之间的交集,皆容纳在叙述者"我"为之作传的框架中。同时,房东太太的出场与细竹类似,亦是通过叙述者的口吻来介绍的:"然而首先得把'莫须有先生的房东太太'介绍过来,其价值决不在莫须有先生以下,没有这位莫须有先生的房东太太,或者简直就没有《莫须有先生传》也未可知。"④ 因此,这部"贤者语录"便被包含在小说的外壳里。《莫须有先生坐飞机以后》第一章以"开场白"作为标题,同样具有"楔子"的作用。它不仅与《莫须有先生传》形成对话,而且以"我们"的身份将该小说定位为"传记文学",并且点明"这部书大概是莫须有先生坐飞机以后有心写给中国人读

---

① 吴晓东. 镜花水月的世界:废名《桥》的诗学研读[M]. 南宁:广西教育出版社,2003:7.
② 废名. 桥[M]//王风. 废名集:第一卷. 北京:北京大学出版社,2009:367.
③ 废名. 桥[M]//王风. 废名集:第一卷. 北京:北京大学出版社,2009:459.
④ 废名. 莫须有先生传[M]//王风. 废名集:第二卷. 北京:北京大学出版社,2009:677.

的，虽然写的是他坐飞机以前的事情，是一部避难记"①，以叙述者"我们"的身份来观看莫须有先生的经历和"言志"，将其内容都容纳在该框架中。第二章以"上回我们说莫须有先生……"为开头，直接以说书的方式呈现。

由此，废名的小说便是通过叙事者干预和模拟说书的形式来确定小说的外壳，以诗的内容和散文的内容为小说的内核。正如废名定义白话新诗为"诗的内容"和"散文的文字"，其小说也正是以"诗与散文的内容"和"小说的形式"而实现跨文体创作。

二、废名跨文体创作的原因探源

无论是前期"梦的文学观"影响下的小说诗化，还是后期以事实为主的小说散文化，贯穿这一切的是废名打破文体界限的传统诗文观念。废名实际上是用传统的诗文观念在写小说，以小说来"抒情"和"言志"。在诗文观念的影响下，废名并没有遵循现代小说的样式，而是呈现跨文体的小说样式，只是，在不同时期，分别呈现出小说诗化和小说散文化的文体风格。

首先，废名以"文章"的概念来代替小说、散文、诗歌等不同的文体类型，从中建立自己对文学与艺术的理解，延续了中国传统的诗文观念。

对于废名来说，他早在 20 世纪 20 年代便使用"文章"的概念。1927年，他在《说梦》一文中，以"文章"来指代自己的短篇小说："有许多人说我的文章 obscure，看不出我的意思。"② 在《莫须有先生传》的开头，他以"文章"来进行定位。在同一时期，他直接坦言自己对"做文章"的兴趣。《骆驼草》第 3 期刊载废名和鹤西的通信，废名直言："我近来很喜欢谈'做文章'，或者也就是你所谓的'能把这故事渲染得真好的，是顶会作

---

① 废名. 莫须有先生坐飞机以后 [M] //王风. 废名集：第二卷. 北京：北京大学出版社，2009：811.

② 废名. 说梦 [M] //王风. 废名集：第三卷. 北京：北京大学出版社，2009：1 153.

文章的人'的意思。"① 30年代末到40年代，废名一系列的短文如《中国文章》《散文》《谈用典故》《再谈用典故》等，更是系统呈现废名的"文章观"。甚至，小说《莫须有先生坐飞机以后》也多有关于"中国文章"的议论。在废名的观念中，他以"文章"二字概括中国的诗和文，甚至包括外国的戏剧和小说。他在《中国文章》中说："我喜读莎士比亚的戏剧，喜读哈代的小说，喜读俄国梭罗古勃的小说，他们的文章里却有中国文章所没有的美丽。"② 在这种"文章"的观点中，废名实际上摒弃西方的文体分类概念，展现自己对艺术之"美"的理解。因此，其小说也打破了文体的界限，成为废名"抒情"与"言志"的平台。

需要重点关注的是，经常给废名小说作序的周作人在评价其小说时，也经常提及"文章"二字。他在《〈桃园〉跋》中说："我颇喜欢废名君的小说，这在《竹林的故事》的序上已经说过。我所喜欢的第一是这里面的文章。"③ 另外，周作人用"文章之美"④ 来定位废名的独特性，而在评价《莫须有先生传》时亦从文章的角度评价该小说为"情生文，文生情"⑤。

早在20世纪20年代初期，周作人便提出了"美文"的概念，并且最终发展出"小品散文"。在周作人的观念中，小品散文的特征之一便是"趣味"。这种观念对废名也产生了影响，他曾评论《三百篇》和《左传》"最表现着一种风趣，这风趣是中国的，中国后来所没有的也正是没有这个风趣了"⑥。这种"趣味"体现在废名的小说中，便是对沉重的规避以及对艺

---

① 鹤西，废名. 邮筒 [J]. 骆驼草, 1930 (3).
② 废名. 中国文章 [M] //王风. 废名集：第三卷. 北京：北京大学出版社, 2009：1 371.
③ 周作人.《桃园》跋 [M] //陈振国. 冯文炳研究资料. 北京：知识产权出版社, 2010：154.
④ 周作人.《枣》和《桥》的序 [M] //陈振国. 冯文炳研究资料. 北京：知识产权出版社, 2010：156.
⑤ 周作人.《莫须有先生传》序 [M] //陈振国. 冯文炳研究资料. 北京：知识产权出版社, 2010：165.
⑥ 废名. 二十五年我的爱读书 [M] //王风. 废名集：第三卷. 北京：北京大学出版社, 2009：1 347.

术之美的凸显。《竹林的故事》中三姑娘的父亲去世，小说以含蓄的笔墨一带而过，突出的却是三姑娘及其母亲的日常生活状态，其间虽有叹息，但亦有活泼与生机，特别是卖菜这一情节，更是富含生活的趣味。《桥》中的琴子，自小便遭遇无父无母的悲惨命运。然而，小说只是在某一角落交代这一事实，更多展现小林和琴子的天真与浪漫，表现出美的艺术境界。对"趣味"的强调和沉重现实的规避，在某种程度上会导致形成"轻松化写作观念"①。

因此，在废名的"文章观"中，他所强调和喜欢的支脉，恰好是强调艺术之"美"，忽视文学的社会功能的。废名在谈论中国传统诗文时，偏好温庭筠、李商隐、陶潜的诗词，以及庾信和六朝的文章。另外，他在20世纪三四十年代时常提及《论语》《读论语》《孔子说诗》《陈亢》《孔门之文》《教训》《我怎样读论语》等文章，皆有对《论语》的真知灼见。同时，《莫须有先生坐飞机以后》也多有对《论语》语句的引用。

无论是"温李"、庾信，还是《论语》，废名对这些"文章"流派的选择，看重的是它们的"自由"精神和状态。他曾在《谈用典故》中说道："中国文学里没有史诗，没有悲剧，也不大有小说，所有的只是外国文学里最后才发达的'散文'。于是中国的散文包括了一切，中国的诗也是散文。最显明的征象便是中国的文章里（包括诗）没有故事。没有故事故无须结构，他的起头同他的收尾是一样，他是世界上最自由的文章了。"② 在这种"自由"精神的影响下，废名的小说也呈现出"自由"的状态，不注重小说的结构，同时恰如他自己对中国文章的理解一样，他的小说也是没有故事的，甚至是"反故事写作"。废名自己也说"无论是长篇或短篇我一律是没

---

① 赵海彦.《语丝》《骆驼草》《论语》：现代纯文学轻松化写作观念之流变 [J]. 文学评论，2005（06）.
② 废名. 谈用典故 [M] // 王风. 废名集：第三卷. 北京：北京大学出版社，2009：1 459.

有多大的故事的，所以要读故事的人尽可以掉头而不顾"①。故事的缺乏，意味着小说的前后文之间不需要考虑严密的逻辑联系，由此便有助于作家的跳跃性思考，以及容纳瞬间的"诗的情绪"，从而使得废名的小说呈现出自由化的状态。

除了这种"自由"精神的影响外，废名所选择的"文章"流派也促使其小说呈现出片段化的形态。废名所推崇的《论语》具有片段化的特征。宇文所安在《追忆》一书中提出"《论语》贮藏的满是断片"，"中国文学作为一门艺术，它最为独特的属性之一就是断片形态"。② 这种断片的形态，鲜明地体现在《莫须有先生传》和《莫须有先生坐飞机以后》这两部小说中。虽然这两部小说皆有小说的外壳，但是其实质内容却是片段的，可以无限伸缩的。另外，在宇文所安的理解中，"断片的形态"所带来的效果是："作品是可渗透的，同做诗以前和做诗以后的活的世界联结在一起。"③联结的实现方式之一，便是典故的引用。因此，正如李商隐的诗歌是通过典故来展开想象一样，废名的小说同样"爱用典，无论来源是诗词，戏曲或者散文"④。正是因为善用典故，废名小说的实质内容、思维方式和想象方式也接续了中国的诗文传统。

因此，废名用"文章"的概念打破小说、诗歌、散文等文体概念，他所选择的中国文章的脉络，一方面促使他在小说中呈现艺术之美与自由精神，另一方面又影响了其小说形成片段化的形态，由此实现小说的跨文体特征。

其次，在不同时期，废名的小说分别呈现出小说诗化和小说散文化的文体特征，其原因是废名所处理的艺术世界与现实世界的关系不同。

在"梦境"里，无论是小林、细竹、琴子还是莫须有先生，他们都无

---

① 废名.《桥》序 附二 [M] // 王风. 废名集：第一卷. 北京：北京大学出版社，2009：340.

②③ 宇文所安. 追忆：中国古典文学中的往事再现 [M]. 郑学勤，译. 北京：生活·读书·新知三联书店，2004：88.

④ 刘西渭. 咀华集 [M]. 广州：花城出版社，1984：146-147.

需与外在的现实世界发生真正的交集，因此他们只需要承担单一的身份。正是在这个独立的艺术世界中，废名得以通过想象的乡村环境和人物的"诗的情绪"实现艺术之美，从而使得小说带有抒情的气息，呈现出小说诗化的特征。周作人曾评价废名的独特性："我觉得废名君的著作在现代中国小说界有他独特的价值者，其第一的原因是其文章之美。"① 这种对艺术之"美"的追求和偏好也体现在废名的诗学理想中。他在北大讲解新诗时，着重强调的便是一个"美"字。例如在解读李商隐的诗歌"沧海月明珠有泪，蓝田日暖玉生烟"时，废名一上来便说"这两句写得美"②，然后才进行阐述。讲解鲁迅的新诗《他》时，评价其为"我觉得是他的新诗写得最美的一首"③。甚至在解读自己的新诗《妆台》时，认为"本意在妆台上只注重在一个'美'字"④。废名的批评是一种直观的批评，同时他也是以直观的方式来表现艺术之"美"。

在这种艺术之"美"的呈现中，废名一直在处理的是内在世界和外在世界的关系。实际上，废名当时所处的时代环境颇不宁静，动荡而充满血腥的气息。就在他创作这些带有抒情气息以及梦境般美好的小说时，既有北京5万人集会游行而引发的流血事件，又有震惊中外的"三·一八"惨案，更有他自己身处其中的军阀张作霖下令合并院校事件。废名虽然也有创作与当下密切相关的小说，如《讲究的信封》《张先生与张太太》《追悼会》等，但他的重心并不在此，他更为看重的是"艺术的寿命"⑤。因此，他只能将自己和外在世界隔绝，构建一个独立的艺术世界。这个独立的艺术世界，便是"梦境"的世界，只有在"梦境"中才能真正实现他追求的

---

① 周作人.《枣》和《桥》的序[M]//陈振国.冯文炳研究资料.北京：知识产权出版社，2010：156.
②③ 废名.谈新诗[M]//王风.废名集：第二卷.北京：北京大学出版社，2009：1 642.
④ 废名.谈新诗[M]//王风.废名集：第二卷.北京：北京大学出版社，2009：1 823.
⑤ 废名.说梦[M]//王风.废名集：第三卷.北京：北京大学出版社，2009：1 152.

艺术之"美"。在《桥》中,废名曾借小林之口道出"梦"与"美"的关系:"我感不到人生如梦的真实,但感到梦的真实与美。"① 因此,这就是废名前期秉持"梦的文学观"的原因。无论是前期的乡村田园世界,还是《桥》的梦境,抑或是莫须有先生"诗的情绪",废名得以在其间构建他美丽而诗意的艺术世界,延续中国"抒情"的诗文传统。

在之前的小说中,废名的重心在内在的艺术世界,以"美"来抵达"真实"。然而,到了《莫须有先生坐飞机以后》,废名却把关注点放在外在的现实世界身上。为何废名会发生这样的转变呢?实际上,尽管废名前期的重心在内在的艺术世界,但是不代表他完全摒弃外在世界。废名在《说梦》中曾说:"我此刻继续写《无题》,我也还要写《张先生与张太太》这类东西。就艺术的寿命来说,前者当然要长过后者,而且不知要长过几百千年哩。但他们同是我此刻的生命,我此刻的生命的产儿,有时我更爱惜这短命的产儿。"② 另外,1926年4月26日,废名在《语丝》第76期发表《无题之二》。在此之前,刚刚发生了"三·一八"惨案。《无题之二》刊发的时候,恰好是文人纷纷表示哀悼和议论国事的时候。《语丝》的第72期到第76期,皆有关于此事的讨论,废名却在这样的时刻发表与世俗无关的小说,不谈政治,看似与世界格格不入。然而,《无题之二》后面还附有一封废名致周作人的信,信中提到:"今日何日?'国耻'之日也,(你以为我忘记了日子吗?不,我可以引一句话来压倒你,'士大夫之无耻是谓国耻'是也。)而我犹这样谈闲天,毋乃不知耻?"④ 这句话蕴含丰富的信息:一是废名对自己和当下社会的关系有清晰的认知;二是废名自身对艺术世界和社会现实之间的关系持着较为矛盾的态度;三是尽管废名坚守内在的艺术世界,但他依然关心着外界的动态。这一切都为废名后期转向关注外在世界奠定基础。

---

① 废名. 桥 [M] // 王风. 废名集:第一卷. 北京:北京大学出版社,2009:564.
② 废名. 说梦 [M] // 王风. 废名集:第三卷. 北京:北京大学出版社,2009:1 152.
④ 冯文炳. 无题之二 [J]. 语丝,1926(76):5.

真正推动废名把艺术的观照转向外在现实世界的，恰是废名在避难期间与底层社会的接触。在此之前，外在现实社会并没有对他形成多大的冲击和刺激。他在家中排行第三，并不需要承担过多的家族责任；抵达北京之前，有家中兄长的照顾和帮助；在北大学习和任教期间，又有周作人一以贯之的照料；在京期间，还卜居和往返西山，长达五年。因此，废名宛若处于一个隔绝外界的环境中。这种"隔绝"，使得他能够专注构建独立的艺术世界。然而，到了黄梅避难时期，废名开始承担起保护家人的责任，同时大量接触底层人民，激发了他关注外在现实世界的责任和欲望。因此，小说以随笔的方式更能直接表达他对现实世界的介入，从中寄托他的"言志"理想。

　　另外，除了废名内在的文学观念，还要关注其小说的样式和发表的机制。

　　20世纪20年代末，废名的小说为短篇小说，且皆在报刊上发表。三四十年代，《桥》《莫须有先生传》《莫须有先生坐飞机以后》为长篇小说，最初亦在报刊发表。短篇小说和长篇小说的出现与各个时期的时代环境有密切的联系，同时，在不同时期也有不同的地位。陈平原在《中国小说叙事模式的转变》中提及，五四时期的小说多以短篇小说的形式出现。五四时期，也多有关于"短篇小说"的论述，如胡适《论短篇小说》、张舍我《短篇小说泛论》、赵景深《短篇小说的结构》，甚至清华小说研究社还出专书《短篇小说作法》来系统分析短篇小说。到了三四十年代，文坛主流上转向客观化叙事，小说样式上则以长篇小说为主。30年代，茅盾的《子夜》、李劼人的长篇小说、巴金长篇小说的宏大结构，都展现了长篇小说在该时期的地位。1945年，茅盾《对于文坛的一种风气的看法——谈长篇小说需要之多及其写作》谈道"书商们会告诉你，长篇小说好销些。为什么好销呢？读者对于长篇的需要比对于短篇强些。……依我看来，这是因为读者们对于现实人生的认识之要求是增强了，读者们从生活中接触的问题是多而且杂了"①。由此可见,书商群体的出现与消费市场的发展,以及当时社会的需要,都促成了长篇小说的兴起。尽管 30 年代也有关于短篇小说的讨论,但是与五四时期不同的是,其立场多是将短篇小说与长篇小说相区分,从中凸显两者各有的属性。

从表面上看,废名的小说前期为短篇,后期则是长篇,不同时期小说的样式符合当时的时代潮流。然而,20 世纪三四十年代的长篇小说《桥》《莫须有先生传》和《莫须有先生坐飞机以后》,却不像主流的长篇小说,皆缺乏严谨的结构和曲折的故事情节。相反,这三部长篇小说更像是短篇小说的集合体,可以无限地延长而不影响小说的逻辑结构和主题思想。因此,刨除这三部长篇小说的外壳,它们本质上更像是短篇小说。

从小说的发表机制来看,废名的三部长篇小说最初皆是以连载的方式出现在刊物上,最终再结集出版。《桥》上卷上篇各个篇章集中刊载在《骆驼草》第 14 期至第 19 期,其中的部分章节最初以"无题"之名散落发表在《语丝》上。上卷下篇的各个篇章则先后刊载于《语丝》和《华北日报副刊》。上卷上篇和下篇结集出版后,下卷的各个篇章先后刊载于《新月》《学文》《大公报·文艺》《文学杂志》。在刊物上发表的篇章,都可以自成文章,构成一个独立的艺术世界,篇章之间没有过强的逻辑联系,读者可以在其间自由穿行,专注废名所营造的乡村风俗与"诗的情绪",而不用受"故事"本身的牵绊。由此,周作人才能够从中截取片段,直接将其选入《中国新文学大系·散文一集》。一是每个片段都自成独立的整体,二是每个片段都有废名的审美诉求,周作人才说将其视为散文更有"意味"。因此,尽管《桥》最终以长篇小说的形式出现,但是它依然如同《竹林的故事》等短篇小说一样,缺乏故事性。将《桥》和《子夜》的面世方式相对比,《子夜》的一些篇章最初也发表在刊物上,但是整体上还是以开明书店出版的整部小说为主,因此其整体性和前后的关联性更强。对于这样的发

---

① 茅盾. 对于文坛的一种风气的看法:谈长篇小说需要之多及其写作 [M] //钱理群. 二十世纪中国小说理论资料:第四卷. 北京:北京大学出版社,1997:304.

表机制，废名有着自觉而清晰的认知，他在《桥》的附记二中提到："每章都要它自成一篇文章，连续看下去想增读者的印象，打开一章看看也不至于完全摸不着头脑也。因为这个原故，所以时常姑且拿到定期刊物上发表一下。"①

每个篇章"自成文章"的自我诉求以及定期刊物发表的机制，同样体现在废名的长篇小说《莫须有先生传》和《莫须有先生坐飞机以后》。在《莫须有先生传》中，除了《莫须有先生今天写日记》和《〈莫须有先生传〉可付丙》之外，其他的篇章先后刊载于《骆驼草》和《青年界》。其中，以《骆驼草》的刊载为重点。尽管《桥》的上卷上篇和《莫须有先生传》皆刊载于同时期的《骆驼草》，但是《桥》的创作明显早于《莫须有先生传》，因此最能代表废名在《骆驼草》时期思想的，应该是《莫须有先生传》。《骆驼草》发刊词主张"不谈国事""不为无益之事"以及"好文章我自为之"。② 废名在《莫须有先生传》的开头也坦言，正是因为他们现在开办《骆驼草》，需要写文章，所以才产生了《莫须有先生传》。因此，《莫须有先生传》中的莫须有先生，便与后来《莫须有先生坐飞机以后》的莫须有先生形成鲜明的对比。后者直接对现实发言，干预现实，而前者的关注点却是宇宙和诗情。由此，两部小说也呈现出不同的文体风格。《莫须有先生坐飞机以后》连载于1947年和1948年的《文学杂志》。与《桥》和《莫须有先生传》一样，其主要人物贯穿整部小说，而活动空间也具有连贯性。当小说以连载的方式出现时，这两者的连贯性能够帮助读者建立较为统一的印象。然而，章节之间不以故事为连接线索，而是每个篇章"自成文章"，又能够促使读者关注"文章"本身，引发读者对其现实思考的共鸣，而非专注于情节的发展。

因此，废名对长篇小说的设置使得其适合刊物连载的方式，而刊物连

---

① 废名.《桥》序 附二[M]//王风. 废名集：第一卷. 北京：北京大学出版社，2009：340.

② 《骆驼草》发刊词[J]. 骆驼草，1930（1）.

载的方式又使得他的长篇小说具有片段化特征,从而呈现出跨文体的风格。无论是前期的短篇小说,还是后期的长篇小说,刊物始终是废名小说发表的重镇。如果说,前期的短篇小说,是在时代氛围和废名的文学观念影响下,呈现出抒情化的气息;那么后期的长篇小说,则是由于废名"文章观"的影响及其刊物连载的发表机制,从而更加远离时代的小说主流。

三、废名跨文体创作的文学意义

废名以传统诗文的观念来写小说,视小说为文章,从中实现自己的抒情和言志,从而使得其小说呈现出跨文体的特征。将废名的小说放在当时小说的理论探讨及现代文学史的框架中,我们可以更加清晰地看出其小说跨文体的意义以及废名的地位。

如前分析,五四时期的小说以短篇为主,而 20 世纪三四十年代则以长篇小说为主。然而,除了小说的样式之外,当时的小说理论探讨还涉及其他的问题。不同时期,小说理论的探讨呈现出不同的侧重点。

20 世纪第一个十年时期,小说家和评论家关注的多是小说观念的变化及其做法,结合外国小说的译介探究小说的创新方式。严家炎指出,五四时期小说理论观念的变革主要体现在两个方面:"一是不再视小说为史传的附庸,把小说从历史中真正拉了出来;二是不再视小说为'载道'的工具,肯定了小说具有独立的艺术价值。"①胡适的《短篇小所论》、郁达夫的《历史小说论》,都论证了小说和事实之间的关系,并且强调了小说的虚构特征。同时,日记、书信、笔记等元素被纳入小说,打破了传统旧小说的形式。因此,陈平原认为:"'五四'小说本质上更接近传统诗文而不是传统小说"②。在这样的时代氛围中,一是强调小说的艺术价值,二是小说从传统诗文中汲取营养,废名的小说也顺应时代的潮流,显现出抒情化的气息。然而,不同于郁达夫的直抒胸臆,废名主要借助乡村艺术世界,通过

---

① 严家炎. 二十世纪中国小说理论资料:第二卷 [M]. 北京:北京大学出版社,1997:3.
② 陈平原. 中国小说叙事模式的转变 [M]. 北京:北京大学出版社,2010:91.

对乡村"风景的发现"①,来构建自己的"梦境",从而实现小说的诗化。废名早期对"风景"和"乡土"的选择,一方面来源于他的生活体验,另一方面也与他的"文章观"有关。1946 年废名在《黄梅初级中学同学录序三篇》中提到:"只有'自然'对于我是好的,家在城市,外家在距城二里的乡村,十岁以前,乃合于陶渊明的'怀良辰以孤往',而成就了二十年后的文学事业。"② 由此可见,废名早年在家乡与自然的接触,为他的小说写作提供了源源不断的素材,而且成为他构建"梦境"艺术世界的来源。这也是废名的实际活动空间一直在城市,而小说的文学空间却大多在乡村的原因。另外,同样是将视点对准乡村,废名并不像王鲁彦、许钦文、蹇先艾等乡土小说家,将乡村视为他者,描写乡村人的苦难,从而将小说和现实人生联系起来。相反,废名有意识地过滤掉乡村的苦难,将自己对艺术的诗意追求寄托在自己所构建的乡村艺术世界中。正如他 1936 年在《中国文章》所提到的"中国文章里简直没有厌世派的文章,这是很可惜的事",同时,他对自己所言的"厌世"做了进一步的阐释:"我读了外国人的文章,好比徐志摩所佩服的英国哈代的小说,总觉得那些文章里写风景真是写得美丽,也格外的有乡土的色采。"③

因此,在强调小说艺术价值的五四时期,尽管很多作家都注重主观抒情,同时也在小说中重视风土人情,但是废名却把带有抒情气息的"乡村美丽风景"视为整体的艺术世界,将"文章之美"视为小说的第一要义。正是在这样的意义上,文学史家才认为"在现代抒情小说样式的发展史上,从郁达夫到沈从文,废名是中间一个不可缺少的环节"④。也就是说,在第

---

① 柄谷行人. 日本现代文学的起源[M]. 赵京华,译. 北京:生活·读书·新知三联书店,2003:15.

② 废名. 黄梅初级中学同学录序三篇[N]. 大公报·星期文艺(第6期),1946 – 11 – 17.

③ 废名. 中国文章[M]//王风. 废名集:第三卷. 北京:北京大学出版社,2009:1 370.

④ 钱理群. 中国现代文学三十年[M]. 北京:北京大学出版社,1998:62.

一个十年中，废名在时代氛围的影响下，以传统的诗文观念来构建乡村艺术世界。这个乡村艺术世界，建立在废名自身体验的基础上，同时连接着中国的诗文传统。将废名的乡村艺术世界与沈从文的湘西世界相对比，后者是建立在作家体验和民间传说基础上的想象空间，其想象方式是民间化的，而前者的想象方式却是传统文人式的，其间不仅包含着中国文人与自然风景的紧密联系，同时也蕴含了废名的趣味选择。由此，废名式的抒情化短篇小说，便是在这样的层面上显示它的文学史意义和文体意义。

到了20世纪的第二个十年，大家关注的重点便在小说种类的划分及具体问题的讨论。小说种类的划分，本身就意味着规范和系统的确立。因此，同样是讨论"短篇小说"，第一个十年的讨论重点在探索它的做法，第二个十年便转换成将其与长篇小说区分开来。实际上，第一个十年在探究小说的做法和创新方式时，本身便是现代小说逐渐确立自己范式的过程。茅盾的《小说研究ABC》、赵景深的《小说原理》、李何林的《小说概论》等，皆从指导的意义上逐步确定了小说的规范。同时，大量有关"写实小说"的讨论，也显示了该时期的小说趣味。

在确定规范的过程中，那些超越规范的形式势必会得到关注和讨论。在20世纪30年代中，小说理论的探讨有一个争论的点：小说随笔化。穆木天的《小说之随笔化》《随笔与小说》和徐懋庸的《小说与随笔》，皆是针对当时的社会现象："近来有些东西简直分不出是小说还是散文"[1]，从根本上反对"抒情诗"式的小说。在他们看来，小说、散文和随笔有着严格的文体界限，小说应该"有结构，有事件的转折，故事的展开"[2]。同时，小说随笔化不仅反映出作家创作态度和生活态度的不严肃，而且会导致文本的空虚和浅薄。因此，他们将小说随笔化视为危机，主张防止小说随笔化的倾向，从而保障小说样式的独立。实质上，穆木天和徐懋庸如此担忧小说随笔化，反对"抒情诗"式的小说，便是在确定小说文体的规范。

---

[1][2] 穆木天.小说之随笔化[M]//吴福辉.二十世纪中国小说理论资料：第三卷.北京：北京大学出版社，1997：238.

然而，在当时的时代语境中，还是有一批作家在不断挑战和超越小说文体的规范。"废名、沈从文、芦焚、艾芜、萧红和看似粗犷的一大群男性东北作家"①，他们依然在坚守着小说的抒情成分。在这中间，废名不仅延续20世纪20年代的抒情风格，更是在30年代的语境中发展了自己小说文体的诗化特征。

如前所述，《桥》的上卷上篇延续了乡村田园的抒情气息，而上卷下篇和下卷则与《莫须有先生传》一样，通过"诗的情绪"来实现小说的诗化。这两者皆以独立的艺术空间区别于外在的社会现实生活，从中寄托废名对艺术之"美"的追求。从表面上看，废名的确出现穆木天和徐懋庸所批评的"空虚"，他在1930年与鹤西通信时便直接指出，除了谈"做文章"，其他无从谈起，"空虚得很，没有着落"②。但是，需要进行区分的是，在这种"空虚"之下，徐懋庸批评的是作家"力求奇警，取材，结构，造句，选词"，从而在"本来内容空虚的东西，加上一点奇警，就有了刺激性，使好奇者也能相当满足"③。尽管废名的小说脱离社会现实生活，注重句子的雕琢和词语的选用，其小说人物的冥思也是针对宇宙、本体与"美"，然而废名并非在力求奇警与满足读者的好奇心，他也不是在随兴而写，相反他所构建的是一个完整的艺术世界。废名评价自己的新诗说："我的诗是天然的，是偶然的，是整个的不是零星的，不写而还是诗的。"④ 这样的评价同样适用于废名小说所构建的诗意世界。无论是《桥》还是《莫须有先生传》，其艺术世界都是天然的、完整的。20世纪20年代的废名以传统文人的想象方式来构建乡村艺术世界，到了30年代，这种想象方式加上"诗的

---

① 吴福辉. 二十世纪中国小说理论资料：第三卷 [M]. 北京：北京大学出版社，1997：18.

② 鹤西，废名. 邮筒 [J]. 骆驼草，1930（3）.

③ 徐懋庸. 小说与随笔 [M] //吴福辉. 二十世纪中国小说理论资料：第三卷. 北京：北京大学出版社，1997：240.

④ 废名. 谈新诗：关于我自己的一章 [M] //王风. 废名集：第四卷. 北京：北京大学出版社，2009：1 821.

情绪",发展了废名小说的诗化特征。在这个天然而完整的诗意世界中,废名的小说便与30年代的写实小说、以故事为主导的主流小说区隔开来。

因此,在第二个十年中,当现代小说的范式逐渐被固化下来,废名依然在坚持着小说的自由形式,以"文章"的观念来创作小说,探究没有"故事"的小说样式。周作人在对比新小说和旧小说的差别时,强调了形式的自由性,"旧小说的不自由的形式,一定装不下新思想"①。因此,周作人在翻译《晚间的来客》后附记,提出"抒情诗的小说"这一概念,认为"小说不仅是叙事写景,还可以抒情;因为文学的特质,是在感情的传染""内容上必要有悲欢离合,结构上必要有葛藤、极点与收场,才得谓之小说,这种意见,正如十七世纪的戏曲的三一律,已经是过去的东西了"。②从这个角度来看,废名的小说以跨文体的形式,超越传统小说的结构和"故事"限制,从中进行自由表达,传染自己的感情。废名在评价温庭筠的词时,认为"他是整个的想象,大凡自由的表现,正是表现着一个完全的东西"③,强调的恰好是这种"自由"。

这种自由表达,实际上也是废名20世纪40年代小说的文体意义。尽管废名在抗战的环境下真正接触到底层社会,并且其小说的焦点也从内在的艺术世界转向外在的现实世界,但是废名的小说依然超乎时代的规范和主流,在"文章"观念的指引下,以小说的外壳实现自由表达。在小说的外壳下,《莫须有先生坐飞机以后》的内核包罗万象,吴晓东曾概括说:"废名堪称找到了一种集大成的写作方式,集历史、文学、宗教、道德、教育、伦理于一炉,小说的内容五花八门,应有尽有,史论、诗话、传记、杂感、典故、体悟、情境……都因此纳入到小说之中。"④ 在这个大熔炉中,废名

---

① 周作人. 日本近三十年小说之发达 [J]. 新青年, 1918, 5 (1).
② 周作人.《晚间的来客》译后附记 [J]. 新青年, 1920, 7 (5).
③ 废名. 谈新诗 [M] // 王风. 废名集:第四卷. 北京:北京大学出版社, 2009:1 635.
④ 吴晓东. 史无前例的另类书写:废名的《莫须有先生坐飞机以后》[J]. 名作欣赏, 2010 (12).

在"生活真实"和"言志"之间随意跳跃，从而使得小说可伸可缩，既可无限延长，又可随意停止，真正做到表达自由。

20世纪40年代，由于中国社会发生急剧的变动，报告文学曾大量出现，并且渗透到小说中，对小说的范式产生影响。在这种渗透下，40年代的小说与战争生活密切相关，并且努力如实反映战争的必然规律，从而形成该时期小说的典型范式。在这种典型范式中，故事的矛盾和情节的展开，更加成为小说的要素，从而形成"戏剧化小说模式"①。这种戏剧化的小说模式，实质上是对"本质"的追求，体现了二元对立的思维。尽管废名的小说也立足真实生活本身，反映战争生态，但是《莫须有先生坐飞机以后》却是对二元对立思维的颠覆。在散文化的书写中，废名以跳跃的思维，全方位地呈现出战争时期底层和知识分子的精神和生态，从小人物的生活与知识分子的体验和反思入手，呈现出废名的复杂化思考。从这样的角度来看，废名以跨文体的方式创作小说《莫须有先生坐飞机以后》，不仅实现了自由表达，而且还能够深入生活"真实"本身，以复杂性来颠覆时代典型小说的固化思维。实际上，在废名所处的时代中，并非只有废名一个人在颠覆戏剧化小说的模式，芦焚、沈从文、萧红等，他们亦主张小说不应该定型化。相对而言，《莫须有先生坐飞机以后》的特殊性在于，其精神根脉承接中国传统的诗文，以散文体的方式展现中国文章的自由状态。

在现代文学史上，文学史家往往将废名、沈从文、汪曾祺视为同一脉络。这三位作家的小说皆有抒情的气息，同时也善于打破小说的固有结构。沈从文1941年在西南联大国文学会演讲时，以《短篇小说》为题，认为："短篇小说的写作，从过去传统有所学习，从文字学文字，个人以为应当把诗歌放在第一位，小说放在末一位，一切艺术都容许作者注入一种诗的抒情，短篇小说也不例外。"② 而汪曾祺1947年则在《短篇小说的本质》中提

---

① 钱理群. 二十世纪中国小说理论资料：第四卷[M]. 北京：北京大学出版社，1997：7.
② 沈从文. 短篇小说[M]//钱理群. 二十世纪中国小说理论资料：第四卷. 北京：北京大学出版社，1997：112.

到:"我们宁可一个短篇小说像诗,像散文,像戏,什么也不像也行,可是不愿意它太像个小说,那只有注定它的死灭。"① 在长篇小说占据主流地位的20世纪40年代,沈从文和汪曾祺都赋予短篇小说重要地位,同时提出小说的诗化和散文化,足以证明三人思想的一贯性。

1957年,在"双百"方针下的北京,"人民文学出版社拟推出一系列非左翼的包括周作人在内的五四及五四之后新文学'老作家'的作品"②,最终出版的便有《沈从文小说选》和《废名小说选》。周作人曾在1957年的信件中提及废名和沈从文的联系,"近观《沈从文小说选》,颇有废名之作风,而无其晦涩之缺点"③。实际上,废名同时代的人也多以"晦涩"二字来评价其小说。在五四时期,"晦涩"本是周作人等人反对古文的主要原因。在文言文和白话文的对立中,古文的"晦涩"和白话文的"易懂"本身就存在着等级的差别。因此,当废名的小说被时人冠以"晦涩"的特征时,本身便包含着一定的等级评判。

然而,废名小说的"晦涩"特征,实际上是因为废名在中国文章的脉络中,选择了六朝散文和"温李"难懂的一派。温庭筠的跳跃性思维以及李商隐的典故运用,恰好是废名小说的典型特征,这种跳跃性思维和依凭典故,也自然造就了废名小说"晦涩"的风格。废名的这一选择,看似与当时的时代主流格格不入,然而,在废名看来,当年白话新诗选择了"元白"易懂一派而排斥"温李"难懂一派,到了后来,"胡适之先生所认为反动派'温李'的诗,倒似乎有我们今日新诗趋势"④。因此,语言的"晦涩"与"易懂",在废名看来,并非问题的关键。他所看重的,是"文章"的自由精神和自由状态。因此,当废名以这样的观念来创作小说时,他着

---

① 汪曾祺. 短篇小说的本质[M]//钱理群. 二十世纪中国小说理论资料:第四卷. 北京:北京大学出版社,1997:439.
② 陈子善. 清影集[M]. 长沙:岳麓书社,2014:56.
③ 陈子善. 清影集[M]. 长沙:岳麓书社,2014:55.
④ 废名. 谈新诗:新诗应该是自由诗[M]//王风. 废名集:第四卷. 北京:北京大学出版社,2009:1 632.

重呈现的便是小说的独立艺术世界。在这个艺术世界中，有完全的自由想象，有美的存在，有顿悟亦有场景。由此，诗的情绪、散文的内容、小说的外壳便能够毫无障碍地统摄在一起，从而构成了废名小说的跨文体特征。尽管这种跨文体的创作终究无法成为主流，且与现实社会有所游离，然而废名却在自己的创作道路上，展现了他独到的"文章"趣味。在这里，废名摒弃西方的小说理念，借小说以"抒情"和"言志"，回归到中国传统诗文的道路，这恰是废名小说的意义所在。

第五章

萧红的跨文体创作

"文学文体学是连接语言学与文学批评的桥梁,它以阐释具体文本为目的,集中探讨作者如何通过对语言的选择来表达和加强主题意义和美学效果。"[①] 因此,一直以来,从语言学方向入手来对文学作品进行分析,是文学文体学的基本宗旨。深入到作品的语言层面进行细读,杜绝主观臆测和印象式批评,理解语言的选择与作用,并对作品的语言风格和特征进行有效、全面的概括,也就成为本章对萧红小说的文体分析的重点。毋庸置疑,文学文体学为文学作品的阐释提供了更为有效和细致深入的方法论指导。被称为文学文体学之父的德国文体学家斯皮泽(Spitzer)就曾提出过一种名为"语文圈"的阐释模式:即先找出作品中偏离常规的语言特征,对其做出作者心理根源上的解释,之后再回到作品细节中通过考察相关因素予以证实或修正。这种方式实际上推动了文学文体学摆脱形式层面上的研究桎梏,由语言学层面进入到了作家创作心理研究层面。这种方法在一定的程

[①] 申丹. 文学文体学的分析模式及其面临的挑战 [J]. 外语教学与研究,1994 (3).

度上沟通了文本的内外部研究,将作家的创作成因囊括进文学文体的研究领域之中,在文体学领域上富有进步性和全面性。本章也将吸收这个方法,注重将语言分析与作家创作心理分析相结合,将文体学研究所体现出的作家创作"风格"从心理层面予以呈现、解释和探讨。目的在于区别以往文学文体学将语言学作为一种工具,在文本内部进行逐层探讨,由字、词、句、段、篇为主要聚焦点,并逐一对文本的词汇、语法、修辞方式、句间照应和语境等不同层次进行分析的做法。因此,从形式着手,而不局限于形式主义研究,将文本要素作为研究的中心圆点,把作者的创作心理、所处的时代语境统统囊括进分析的范围内,形成文体研究由语言为中心而辐射出的几大影响因素,而这几部分则共同构成了本篇萧红小说跨文体研究的有机体。

通过研读作品,笔者发现,萧红的小说实际上横跨了文学文体的多种形式,从散文、诗歌、戏剧、影像、绘画中汲取营养,这种小说"是两种或两种以上的不同文体之间的交叉、渗透,并进而产生一种新的文体"[①],这种新的文体颠覆了小说文体的既定规范,在语言层面、叙事层面充分体现着丰富的创新性和个性,并在体式风格上流露出悲悯的女性气质和多重情感密网的交织。而本章除了探讨萧红小说的文体表现以外,还试图从外部研究上分析、清理现代小说生成中的创新特质和鲁迅对萧红文体意识的影响,从内部则主要探究萧红跨文体写作下的个人心境、创作动因,以达到逐层深入,由表及里的目的,试图从文化语境、思想情感和创作心理角度上探讨萧红小说跨文体风貌的形成原因,与萧红小说的文本表现一起,共同构成完整的萧红小说跨文体研究。

---

① 陶东风. 文体演变及其文化意味 [M]. 昆明:云南人民出版社,1994:15.

一、萧红小说跨文体创作的文体表现

（一）语言层面

1. 散文化：扩展性叙述、情节的弱化、情绪的流动性

萧红小说最大的特点，就是语言的散文化，似乎是信笔书写的文字，跃然于纸上，展现的是作家思绪的流动和情绪的蔓延，这种流动性无关于情节，更无关于因果逻辑，仅仅是随着意识的变化蹦跶而来。散文之"形散而神不散"中的"神"就是萧红小说当中的"情绪"，这既是来源于作家本人生命态度的风格、气质，也是作家所设计的服膺于小说主旨立意的情感气氛。这种"情绪"主宰着场景的变换、时空的变迁，是从开头就统摄全文的主题之所在。

萧红的散文式语言惯用短句，不喜长句，同时又注重加强动作描写，因此显得凝练、口语化，富有抑扬感。除此之外，在语言上，还为了加强阅读的流畅感和韵律感，在句子的结尾多用"了"字。一般是添置在句子的动宾短语、偏正短语之后，形成一种动作的延长性和语义的停顿感。在《呼兰河传》当中，这种语言现象尤为突出。"封锁了""裂开口了""冻裂了""拿不起来了""就要跌到了"……在开场形容严冬带给人们极不方便的自然环境中，语气自然而舒缓，从容不迫之中却蕴含肃杀天气的恶劣和残酷，显示出讲述语气与讲述内容在情感倾向上的差异、矛盾，以及由此产生的文本张力。在第三章描写"后花园"的场景中，"了"字也被惯常使用，但其功能指向不尽相同，它更多的还表达了一种童稚化的口语现象，体现出作者对"后花园"童年时光的怀念，并以儿童的口吻营造出一种置入感，萧红既是在怀念童年，也是带领读者走进她的童年。

散文化的句子、段落在萧红小说中的开头部分使用频繁，不论是《呼兰河传》中通过一连串的复沓描写而致一开始就扑面而来的严冬气息：用"严寒把大地冻裂了""严寒把人手冻裂了""水缸被冻住""井被冻住"来

展现呼兰河逼仄的生存境况；还是《小城三月》里大幅描写春天到来时原野、草地、河流、杨花的生机盎然，展现春意撩拨的小城新象；抑或是《王阿嫂的死》里面渲染山岗的迷蒙、凄凉，《生死场》里细致无比地展现出山羊吃草的情境，《旷野的呼喊》里被狂风呼啸、席卷的大地……都无不一一体现出萧红对散文笔法的偏爱。由于注重渲染、细节描写和场景的勾勒，环境描写成为萧红小说创作的主要部分，这一点在《生死场》和《呼兰河传》中体现得尤为突出。由于强化了对环境、场景等物象的塑造描绘，萧红小说展现出的更多是一份由景而生的情致和浓厚的抒情色彩，她突出了情节以外的情调、风韵和雅致，更容易展现作者的主观情绪和意识流动，也因此弱化了情节的叙事功能。在整体的小说构造上，情节的营造让步于对环境、场景的塑造和描摹，因此，也就进一步削弱了小说的叙事性，增强了抒情性。

　　散文笔法除了勾勒环境、摹写场面之外，还体现为作家在写作过程中不断地引入扩展性叙述。这种叙述也是信笔而至，随着作家心绪的扩展而扩展。如此一来，读者并非是走入设计好的因果井然的故事逻辑，而是不断地被编织进作家的心灵世界里，随着作家的意绪和思维的展开而在小说世界里漫步，去贴近每一个人物。这些扩展性叙述似乎并不服膺于主要的情节、事件，更多的呈现为一种"节外生枝"的细节描写。比如在《小城三月》里面，作者对于"翠姨"的介绍，一开始交代了"翠姨"与"我"的关系，由于"翠姨喜欢我"，所以常和我聊天，紧接着便开始插入"翠姨"与"我"聊天的具体内容，于是话题便引向了"翠姨"与"绒绳鞋"的故事当中。这一段的叙述很长，占了第一章三分之二的篇幅，十分详尽地描写了"翠姨"对"绒绳鞋"态度的转变过程，和为了买一双绒绳鞋，前后三次上街采买的故事。可以说，在对"翠姨"人物的塑造当中，扩展性叙事是萧红匠心独运的设计，她在让"翠姨"出场之后，并没有对其进行全面、多方位的摹写、介绍，而是从看似无意识、散文笔法般随性书写的小事件当中提供给读者了解、认识"翠姨"人物性格的窗口，并从叙事功能上起到了预述的作用,与后面"翠姨"恋爱的悲剧有着紧密的联系——她的性格因素很大程度上造成了她的命运悲剧。

这种扩展性叙述还包括小说人物的自由联想。在《北中国》中,为了更好地描写父母亲对儿子远行的担忧情形,用了很大的篇幅让父亲母亲自己说话,依靠他们的内心所想所感来展现其矛盾复杂的心理世界,第二节的后半部分和整个第三节都是母亲的具体内心活动和情态特征流露。这种叙述其实丰富了小说以多人物视角来架构全篇的讲述方式,读者的体验不再是单一的,能够通过多个人物的自由联想、对话、情态动作来了解他们各自的性格特征。在《北中国》中就通过对耿大先生和其夫人的扩展性心理描写来凸显儿子参加抗战,父母牵挂、不安的种种情状,在塑造人物形象的同时也给小说埋下了哀戚、孤寂的情感线索,也为后来耿大先生的死做了铺垫。在《呼兰河传》里,描写团圆媳妇和婆婆的桥段中,小说除了利用了外视点,以"我"的眼睛去看婆婆的行为表现以外,还通过对婆婆的内视点,以她的自由联想作为表现重心,将其所思所想直接呈现在读者面前。团圆媳妇固然可怜,可是婆婆也并非扁平式的十恶不赦,通过婆婆的意识展现,小说向我们敞开了欲救媳妇而不得的苦难人物的心理世界,"我"的看法与"婆婆"的内心想法产生了显在的悖反性,体现出一种凌驾于文本之上、试图洞察和理解每一个人物心理的情感趋向,也正因如此,小说内部呈现出解读的多义性和情感容量的复杂性。

总而概之,扩展性叙述在笔法上是散文式的,文字亦是自然而然地流动、展开,但是其落脚点最终还是在对小说人物形象的塑造之上,散文式的插叙只是一种小说技法,作品的整体性并没有被破坏。并且,扩展性叙述中的自由联想也丰富了小说的多声部复调效果,所以从总体来看,扩展性叙述无论对小说人物性格的塑造还是对小说内在表意性的叠加,都有着绝佳的效果。

2. 戏剧化:对话体、讽刺戏剧性、场面描写

在小说当中,萧红尤其重视人物语言的描写,她采用的是直接引语的

方式，让人物自己说话。在说话的过程中，通常都是将人物语言单独成行，即使是简短的一字、一词也不例外。简短的人物语言单独分行排列，在小说文本中显得掷地有声，独立有力，同时避免了叙述者独白、代言的枯燥和单一，直接让人物说话，并以最清晰明了的方式呈现。这种对人物语言的重视，对话体单独成行的格式方法，都与戏剧体以人物语言为表现方式有着高度的契合，都通过语言展现人物性格，并有力地推动了情节的发展。

除了形式之外，萧红的语言还带有讽刺戏剧性。这种讽刺戏剧性通过萧红的语言表述形成了富有戏剧性的戏谑风格。语言的讽刺戏剧性主要体现为几个方面：叙述者的反讽、人物的自嘲、人物前后行为语言的对照性反讽。比如在《呼兰河传》中，大家面对"大泥坑"的反应，就直接插入了叙述者的讽刺："说拆墙的也有，说种树的也有，若说用土把泥坑来填平的，一个人也没有。"为什么不去直面问题的源头？叙述者将"大泥坑"现象与另一行为相联系："至于居民们常吃淹死的猪肉，这可不知是怎么一回事，真是龙王爷晓得。"因此，在猜测和观察之下，作者总结了"大泥坑"一直存在的原因："这泥坑子施给当地居民的福利有两条：第一……居民们说长道短，得以消遣。第二条……有了这泥坑子就好办，可以使瘟猪变成淹猪，居民们买起肉来，第一经济，第二也不算什么不卫生。"戏谑嘲笑后的一番结论，看似颇有逻辑性，实际上"大泥坑子"所带来的灾祸和异数远甚于所谓的"福利"，萧红在以嘲笑般的眼光打量呼兰河城里的人们时，已经将这些人的庸俗、丑态尽显无遗，在冷眼热讽之中将讽刺戏剧性推向高潮。对照性反讽则以人物语言为主，通常与其他人物或者前后行为进行对照，在作者呈现出的上帝视角中，向读者显示行为、对话、事件的全过程，因此富有讽刺意味。比如《呼兰河传》的第一章里"卖麻花"的故事，在一个胡同口被摸遍了但却没有卖出去的麻花，到了另外一条胡同里，由于不知情，一个老太太对着麻花感叹道"这麻花真干净，油亮亮的"，眼见的"干净"与实际被摸遍了的"麻花"的"不干净"形成鲜明对比，紧接着卖麻花的人也趁势而为，连忙说道："是刚出锅的，还热乎着呢！"无巧不成书，由这一顺水推舟的误导，将"麻花"果真包装成了"干净"且"热乎"的产品。读者眼见了这出闹剧的全过程，实在不得不哑然失笑，而小说营造出的戏剧化特征也即刻得到了彰显。

戏剧中是以场面作为表现单元的，因此，场面、场景作为人物内心的烘托、渲染，又作为情节表现的背景，形成了戏剧体式的独特质素。而萧红的长篇小说中亦有此特征，在《生死场》《呼兰河传》当中，一章一节都是以某个具体的场景作为表现对象的，从《生死场》前几章的标题中便可见一斑："麦场"描写的是发生在麦场上的赵三、王婆的故事；"菜圃"写的是"金枝"在菜圃被人引诱接着怀孕的情节；"老马走进屠场"是王婆带着老马进屠宰场换取生存资料的过程。在《呼兰河传》里自由美丽的"后花园"、苍凉的"磨坊"、戏谑荒诞的"泥坑"……都成为萧红表现故事的背景和主要的摹写对象。

这些场景在萧红的笔下有着详尽的描摹和勾画，环境的特殊性和写意的气氛被和盘托出，故事的转换随场景的变化而变化，场景与场景的演绎又构成了整个小说摹写的整体。情节的展开均是发生在特定的局限性的环境内，成为故事发生的背景和人物命运展开的生命场域，这些场景在作家的笔下封闭、自足，一个个独立而又和谐共生。

3. 诗意化：意象连缀、意境、意义与情绪的空白点

有学者将萧红的小说冠以"诗性小说"的美誉，而综观她的小说作品，区别于以情节、人物、环境三要素组成的叙事小说，呈现出张弛有度的节奏感和恰当适时的抒情性。其中，诗意化是小说抒情功能的主要表现手法。萧红小说诗意的营造也重在对环境、场景部分的写意、勾勒，或是人物内心状态的工笔摹写。

"象征是艺术的真正开始"[1]，而文本结构中的意象便是直接展示作者丰

---

[1] 皇甫晓涛. 中国文化的再全球化：现代文艺思潮与东方文化复兴 [M]. 北京：光明日报出版社，2016：111.

富内心、情感世界的一面镜子。意象以象征的方式呈现其艺术表征,在文本的内外结构中挖掘审美特质,并通过暗示、隐喻、联想等手段,于曲径通幽处触发读者的审美感知能力,在作者的营造和读者的审美接受之中完成诗意的传达。

其中,意象的连缀便是作者常用的方法,《呼兰河传》里的"后花园"是"我"和"祖父"自由嬉戏的乐园,里面承载着"我"最为欢乐温馨的童年记忆和美好时光,成为一个永恒的时空体,封存着充满爱和阳光的成长故事。在文本当中,"后花园"的一系列意象得到了灵动的阐释和生动的再现,"花朵"永远热烈而漂亮,"蝴蝶"自由怡然,昆虫们可爱有趣……这些意象共同组成了"后花园"的生命共同体,因其鲜活、迷人而富有诗意般的色彩和抒情性。所谓"意深则旨远,情至而文生"①,这一层色彩明艳的生命底色并不只是简单的小说人物背景,更指向了作者深层次的内在生命感悟与情感蕴藉。晚年时分怀念故乡,更多了一份看透生命的淡然与理解生命的透彻。而她在另一小说《后花园》里则塑造了一个"冯二成"的形象。作为磨坊的磨倌,他凄凉寂寞,面对心爱的女人不敢表白,屡屡失去机会,最终与其永远地错过。"后花园"作为热闹、鲜活的生命场域与磨倌的凄凉、孤独命运形成鲜明的对比,这种刻意为之的情感对比实际上仍旧是作家心境的一种凸显。故乡早已回不去,即使环境美好如斯,遥望时所料想的生命仍旧是寂寞孤单的,正如怀念故乡时萧红的心绪。因为想念越深,其痛感越强,萧红无法在《后花园》里纯粹地描绘出单纯美好的明快欢乐,因为在背后隐伏着她不可消解的情感悲痛,因此作者的心境也呈现出更为复杂的情感冲突,这种生命痛感作为宿命式的印记嵌入了冯二成的生命轨迹之中。在《呼兰河传》中也使用了同样的方式,不过人物从冯二成变成了萧红自己。《呼兰河传》的写作时期正值萧红处于感情受挫、颠沛流离之时,再一次回望故乡,回忆童年的"后花园",作者不得不抒发

---

① 皇甫修文. 文体诗学 [M]. 北京:光明日报出版社,2015:189.

出"物是人非"的凄楚感叹。在这里,"后花园"的明艳动人便逐渐成为映衬人物生命形态的一种底色,生于斯,长于斯,却难以摆脱生命原本的孤独,不论是冯二成还是萧红自己,他们的孤独被赋予一种永恒的悲凉感,在明丽的后花园里显得更为寂寞、单薄和萧索。反差极大的两种诗性美感,共同萦绕在作品之中,成为丰富且富有张力的生命交织的意象体,散发着强烈的抒情诗意。

托马斯·门罗说:"诗的价值并不存在于表现抽象观念的诗行或散文诗中,而在于通过意象的美妙编织,能唤起情趣和沉思。"①"后花园"由一系列动人的意象组成,他们带给人丰满的审美感受和对生命的沉思。在小说里,"后花园"因为代表着美妙、自由的成长过程,承载着温暖和爱的亲情之善,也成为浸透着萧红个人风格和审美特征的诗性意象,兼有了意象之美和作家的生命之思,可谓是"思与境偕、境与意会"②,物象与神思、情感相融合,在作家生命审视后的情感过滤之中,化合为意境的表达,从艺术上贡献给读者一个诗意栖居的境界。

除了意境的创构、生成以外,更由于"言有尽而意无穷",因此诗意性的表述更体现为"不著一字,尽得风流"。因此,情感的节制甚至意义与情绪空白点的凸显成为意境表达之外又一诗性的彰显。

在《呼兰河传》中的尾声部分,萧红在追忆过往时,有这样一段总结:"呼兰河这小城,以前住着我的祖父,现在埋着我的祖父。"简单的一句话,单独成段,看起来叙述容量十分有限,但却溢满了哀伤之情。"从前那后花园的主人,而今不见了。老主人死了,小主人逃荒去了。"过去的美好温暖悄然而逝,亲人不在,自己也告别了过去的庇佑与温暖,不停地奔波流亡。作者在节制的书写和情感的压制之中摹写现实,没有一句在抒情,却字字哀伤。尾声部分的情感容量比《呼兰河传》里的所有表达都要深刻、浓烈。

---

① 门罗. 走向科学的美学 [M]. 石天曙,滕守尧,译. 北京:中国文联出版公司,1985:346.

② 韩经太. 中国审美文化焦点问题研究 [M]. 北京:人民文学出版社,2015:510.

生与死、存在与消亡，是一个人的常态，又是另一个人的全部，不得不面对的还有孤独自我的衰亡与枯竭。她在表达的平静之下隐藏着这份悲痛，不忍继续抒发。情感的表达，正因简短而更为有力。这里抒情的空白便成为读者在审美接受中所耐咀嚼、回味的人间苦涩。

（二）叙事层面

1. 影像化：镜头感、蒙太奇的情节结构方式

"镜头是电影的基本组成单位，电影镜头通过不同的角度、景深、构图乃至长短等，将现实时间、空间进行割裂、重组、延伸和压缩。"① 镜头画面的作用与功能构成了电影叙事的视觉意义。而萧红小说的镜头感，体现为小说会对特定的人、事、物、景，以不同的表现手法，追求画面的写意性和抒情性，并通过不同景别的选择体现出作者独特的艺术技法和蕴含的情感态度。在萧红的小说中，全景镜头、特写镜头、空镜头是最常用的，中、长篇小说和部分短篇小说的开头或结尾通常采用空镜头的方式。《小城三月》中绿意盎然的原野，《北中国》里清晨落雪的树林，《王阿嫂的死》里雾气缭绕的山岗，《旷野的呼喊》里缭乱迷茫的大地，《山下》里清晨薄雾里的嘉陵江……在小说的开头都以一系列的空镜头来展示立体、广袤的故事背景。这种空镜头又称"景物镜头"，不会出现主体人物，而是聚焦在一系列的景物身上，通过对景物的聚焦，在小说中起着烘托气氛、渲染人物心境、交代时空背景等叙事功能，并且蕴含作者的主观抒情性，为全文定下诗性基调，成为人物命运轨迹的风格化特征。这种镜头感，通过文字的写意性，经过读者的审美接受，在想象、加工之后，实现其艺术价值。

在对空镜头的接续上，特写镜头在聚焦主要人物身上发挥了极大的功能。《小城三月》中将镜头对准"翠姨"，"她行得窈窕，走起路来沉静而且

---

① 牟文烨. 淡然书写的光影流动：评王安忆小说的影像化叙事 [J]. 名作欣赏，2014 (8)：32.

漂亮,她伸手拿樱桃吃的时候,好像她的手指尖对那樱桃十分可怜的样子,她怕把她触坏似的轻轻地捏着"。通过对步伐、手部、指尖的局部呈现,表现出"翠姨"谨慎沉静的性格特征,以小见大,从影像的特定角度和流动呈现中塑造人物风姿。《山下》的镜头手法亦是如此,在承接展现嘉陵江边清晨时分的景象之后,画面里出现的是主人公"小林":"林姑娘看到,其实她不用看,她一听到那咚咚咚的响声,就喊着她的母亲'奶奶,洋船来啦……'她拍着手,她的微笑是甜蜜的,充满着温暖和爱抚。"林姑娘说话、拍手、微笑都变成了镜头下的灵动画面,在特写镜头的分别记录之下,一个活泼可爱的少女形象映入眼帘。

而萧红小说中叙述场景的切换与承续,又与电影叙事中蒙太奇手法的特征有着异曲同工之妙。之前已有分析过,萧红小说依靠场景撑起整个小说叙述的骨干构架,场景的各部分叙述内容共同组成了文本所要表达的意旨,而各个场景之间的转换则主要依靠蒙太奇的镜头剪辑。"一般的蒙太奇就是以快速而连续的方式,使用实际转场效果(叠化、剪切、淡入——淡出)来连接意念。"① 在《生死场》中最精彩的片段——第六章"刑罚的日子"里,记叙几个女人生产、死亡的过程,起始和中间嫁接以及收尾的是动物的生死:开头是"狗在生产","母猪的肚子"大起来,紧接着叙述"五姑姑姐姐的生产",结果"孩子当场死去",到了四月,"鸟雀孵雏","小猪的队伍逐渐肥起来",原来"金枝"在灾难中分娩了,然后是"李二婶子"小产,最后作为结尾的仍旧是"谁家的猪也正在生小猪"。在这个分娩与死亡的全过程中,萧红用以承接的均是动物的生与死。独特的转接因动物与人生死的共同活动,指向更高一层的生命同一性的所指,人的分娩、死亡、再生与动物形成共同的生命隐喻:在乡村,"人和动物一样忙着生,忙着死",生命本就如此,没有尊严,只有生存。在这个别出新意的蒙太奇叙事手法中,我们借萧红独特的生命感悟,来审视农民生命与动物无差别

---

① 卡茨. 电影镜头设计:从构思到银幕 [M]. 井迎兆,王旭锋,译. 北京:北京联合出版公司,2015:328.

的生存现状。剥离开文明、尊严,萧红眼中的生命尤其是女体的遭遇,被作为是遇难般的生命原罪,如同动物般遭受生殖、疾病、死亡的凌辱,并从而洞见作为孤独、无聊、宿命般循环往复的生命原本形态,一股苍凉之感立刻袭来。

2. 全景绘画:群像塑造、散点透视

萧红自小就擅长画画,萧军最初接触到她时,就曾目睹过她画画和写作的情有独钟。她在最穷困潦倒的时候,依旧不舍的就是画笔和墨笔。艺术的美感和技法总是融汇贯通的。久而久之,萧红的绘画技巧也自然应用到了她的文学创作当中,绘画与文字相结合,使得文字之中包含着画面感,人物的描摹当中也带有绘画中的勾勒、点染和映衬技巧,可以说,这与萧红对绘画的热衷不无关系。

在小说之中,萧红尤其喜爱刻画群像,在小说中围绕多个人物,分别展现其形态各异而又相互交集的生命画卷。这种表现方式一般在她的中长篇小说当中较为显著。在《生死场》中,这种群像塑造的手法运用到极致。全文没有特定的主要人物,几乎每一个出场的人物都是主人公,在不同的场景中充当自己的功能性角色。鲁迅先生曾经在评点《生死场》时说:"叙事和写景,胜于人物的描写,然而北方人民对于生的坚强,对于死的挣扎,却往往已经力透纸背。"[①] 在这里,鲁迅先生委婉指出了小说中所存在的"人物描写"的缺憾,但又同时看到了小说在"北方人民对于生的坚强,对于死的挣扎"上的淋漓展现。我们应当这样理解,萧红本意便不在于对几个人物进行全方位摹写、展现,她所力图达到的是对整个"生死场"上的生命景观的刻画,并以此凸显人民的挣扎与生死常态下的苦涩、艰辛。因此,宏阔的故事背景和人物生命形态,才是她所要追寻的目标。在她的笔下,我们看到农村女性一个个怀孕、生产、病重、再生产、死亡,在循环中生存,在循环中死亡。这些人物形象的意义并不在于他们是谁,而在于

---

① 萧红. 萧红全集:上 [M]. 哈尔滨:哈尔滨出版社,1991:54.

他们代表的是什么。仿佛是生命符号般穿梭在死亡与生存的边界,他们共同构成了生死挣扎下的时空体,凝滞、封闭,在这个时空体面前,人和动物一起失去尊严,为了生存忙碌。女性则是生命场域中更为"他者"的边缘群体,忍受着一系列病痛、妊娠、分娩的苦难,萧红直接将其命名为"刑罚的日子",用其亲历的生命体验去刻画女性的生理及心理的双重苦难。萧红用其独特的视角向我们展现这一宏阔的生命场域,单独的人物刻画不可能达到这一广度,她便将叙事触角伸向了这片土地上的生命场域,使它成为承载生命与苦痛的"生死场"。

而为了精准表现对象,萧红通常采用散点透视的方式进行构思、创作,力图展现全景式的小说图景。区别于西方绘画中的"焦点透视"的方法,中国画普遍采用"散点透视"的技法,"这种构图法可以使画家摆脱焦点透视的限制。根据主题的要求和艺术的规律,如虚实、节奏等,巧妙地重新组织画面"①。因此,在塑造众多人物和复杂场面的时候,散点透视是绝佳的方法。萧红在塑造群像时,多采用这种方式,《生死场》上的人物众多,第一章"麦场"就有麻面婆、二里半、二里半的儿子、老王婆、赵三、平儿等人相继出现,而小说并非以某个主人公作为叙述的重点,而是将聚焦点放在了"麦场"这一空间范围中,摹写在特定场景下的人们生活的丰富体验。《呼兰河传》里,萧红在第一章里除了勾勒出呼兰河城的具体风貌以外,还生动表现了城里的特殊景观——大泥坑,不过最引人注目的是人们对这大泥坑所产生的不同的反应,萧红也在此描绘了一幅众生相。这大泥坑子淹过马,陷进去过孩子,淹死过小猪、狗、猫、鸡等小动物。面对泥坑带来的"热闹",有人喝彩,有人拍手,有人造谣,均是看客们的不同姿态流露。通过这种散点透视的方式,读者亦能将路人各异的表现尽收眼底。大泥坑的持续存在,正是因为人们看到"大泥坑"的出现,可以满足人们的利己幻想。萧红敏锐注意到这一点,便持续关注到人们因"大泥坑"所

---

① 谢天. 后现场顿悟 [M]. 广州:暨南大学出版社,2014:74.

衍生的种种想法，比如"吃瘟猪肉"便是将"大泥坑"现象合理化的一大原因，人们纷纷将"便宜肉"归类为"泥坑"淹死的猪肉，而非瘟猪肉。因此，"大泥坑"除了满足人们的日常笑料以外，还是人们自欺欺人的借口。透过"大泥坑"事件，萧红将不同人的心理、情感反应相组接，通过散点透视的方式摹写群像，发掘问题域，并将眼光穿透现象，直逼人群的精神心理结构，由表及里，由群像勾勒深入到群体的心理结构之中，于戏谑之中闪现精神内蕴。不得不说，散点透视实为萧红在塑造群像时非常精到、寓意深刻的手段。

萧红把中国绘画的精髓融入文学创作之中，她的描绘重点不在于为人物服务，而是将所有背景、人物、场面都包含进她所欲表达的文学世界当中，成为一种意蕴和格局。这种意蕴、格局是由小说的各个部分构成的，而不是由侧重描绘的某一两个人物特写所能够完成的。犹如中国画般，精心雕琢下的一点一笔，只为了整体的气韵和灵气，山水草木均为配角，唯有全局的气韵，方成一体。

（三）体式风格

萧红小说因其创作主体饱尝辛酸与觉悟的女体生命体验，不自觉流溢于笔端的女性意识，成就了不凡的"萧红体"，其所彰显的独特的审美特征和风格色彩吸引着一批又一批的读者。这种"萧红体"在体式特征上诗性色彩浓厚，描摹内心的意识流动、强烈，充满了作者不断审视自我内心世界的探索，因此富有散文化和诗性的跨文体特征。而这种跨文体创作在风格上首先体现为一种悲悯的女性书写。

1. 悲悯的女性书写

萧红从出逃起，一生颠沛流离，先后经历了两次被抛弃、两次怀孕的过程，备受饥饿与贫寒的困扰，直到最后病逝于香港教会医院。"我最大的悲哀和痛苦就是做了女人"，而身为女性所遭遇到的苦难她都一一经历了，这些过往情感与生活倾泻在笔端，呈现出煎熬之下的生命体验与情感歧路，满纸浸着她的血与泪，悲与苦。

之所以称其小说为"女性书写"，实质是因为萧红作品的独特气质与后女性主义代表西苏所提倡的"女性书写"理念不谋而合，萧红的创作很大程度上就是一次"女性书写"的绝佳实践。首先，西苏认为女性要摆脱边缘的他者地位，必须要起来书写自己，而萧红的小说主要人物大多是女性。其次，是从解放身体，书写身体出发，从而颠覆菲勒斯中心主义。这里的"身体"并非是指本质主义的身体，西苏在《从无意的场景到历史的场景》中明确说道："身体是思想外化的物质形式，她通过写女性的身体体验，如性体验、怀孕体验、生育体验、生病体验等来表现女性的心理。"因此，西苏理论中，身体与思想是合二为一的存在，富有传达女性思想的功能性。而萧红小说对于女性的身体更是给予了深切的关注和重视，《生死场》中的女体灾难，《黄良子》中的女性苦难的生命循环，《王阿婆的死》里神秘的预感对于女性命运轮回的洞视等，都在自觉与不自觉中体现出了浓厚的女性思想意识。因此，为了能从更深层次上来透彻理解其蕴含的女性特质和内在情感，站在这种理论的视角之上来探讨萧红的作品富有合理性、必然性。

在书写的过程当中，散文的笔法有利于萧红抒发她流动的思绪与情感，成为她惯用的表达方法。又因其散文写实性的特征，在部分小说中我们甚至能直接看到作者记录现实生活的情态。比如萧红的散文《广告员的梦想》就与其小说《广告副手》的内容具有高度的一致性，我们均能看到女性在情感生活上受到挤压、鄙视的状况。比较言之，小说《广告副手》更富有艺术性，萧红截取了富有表现力的情节，并加以自由联想的叙述，使得小说的艺术空间扩大，比单纯按照时间顺序撰写的散文《广告员的梦想》要更富吸引力。萧红小说中很多叙述在场景、情节和内心心理描写当中都可以见到她真实生活的影子，这种贴近人物心理、现实生活去写作的方法，使得萧红在散文和小说的技法运用上出现一些混淆，甚至相互渗透。小说《弃儿》也融合了作者的生命体验，这篇小说显得不太成功之处在于故事情节的冗杂、不节制，前面一大部分在描述"芹"被驱逐、无家可归的情状，几乎是散文化的摹写和漫谈，与主题的结合并不紧密，因此节奏显得混乱不统一，相比之下在后面"我"住进医院以后所发生的故事则更为扣人心弦。还有不得不提的《生死场》，里面充满了女性的生产、病痛、死亡现象，在这里女体的苦痛是在一种被压抑和屈从的环境中展现的。比如金枝与成业在河滩边的结合，被描述为"姑娘仍和小鸡一般，被野兽压在那里"。女性被比喻为动物，其处境也与动物无异，被男性以强力征服，成为弱势并且受控制的生命体。还有五姑姑姐姐因为难产"忽然苦痛得脸色灰白，脸色转黄，全家人不能安定""她一点不能爬动，她不能为生死再挣扎最后的一刻。恐怖仿佛是僵尸，直伸进家里"。作为难产的女性，本身就负担着沉痛的身躯之苦，男性的冷漠和自私，更是伤害她们的一把利刃："一个男人撞进来，看形象是一个酒疯子。他的半面脸红而肿起""他拿起身边的长烟袋来投向那个死尸"。这些书写独异于那个时代惯常于标榜精神独立、个性自由抑或是抒发被抛弃的苦痛的女性作品，萧红更专注于从女性身体经验出发，去摹写女性肉体所遭受到的最切身的感受和直观情状。苦难以强暴、苦痛的方式加之于她们身上，是生命的本能要求她们必须去负隅抵抗，于是反抗和忍受变成了女性宿命般的唯一选择，生存变成了一曲悲壮的讴歌。也正因为只有女性才能够深切地理解同为女性的身体、精神感受，萧红的特别之处不仅在于她是一位书写女性身体、以女性人物为主要叙述对象的女性作家，更在于她将女性独特的性别经验和生理心理创伤相结合，从肉体阐发到精神创伤的揭示，从而更为饱满有力地呈现女性隐幽、丰富而又复杂的意识世界。付之于文字，也折射出萧红的自我探索精神与心理结构特征：在理解与悲悯女性的命运中解放自身，用文学来抵抗顺从和屈服的生存现状。

而萧红的悲悯意识不仅体现在对女性命运和遭遇的观照上，她往往还会将这种悲悯眼光投入到每一个她所关注到的不幸人物身上，正如她在散文《花狗》中所写的："是凡经过的人都说这狗老死了，或是被咬死了，其实不是，它是被冷落死了。"这里的"花狗"可能是萧红笔下的一个隐喻，但即使卑微如花狗，我们也能从这当中体会到萧红于其的重视，这种情感态度是萧红对被抛弃、被不幸命运裹挟着的生命的理解和关怀。因此，在作品中，我们可以看到萧红将笔触一一伸向这些不幸的人身上，《哑老人》里善良无依的聋哑老人和悲惨的孙女，《桥》中做乳娘的黄良子，《家族以外的人》里的有二伯，《山下》里善良勤劳的林姑娘，《手》里家境贫寒的同学王亚明……在萧红的世界里，这些人物的善良与坚忍是值得被书写的，但同时，他们的命运又都充满着不幸，苦难与挣扎变成了人生的主旋律，而萧红也正是在这份哀戚之中咀嚼着这份怅然，在苦涩中体验着人生冷暖的交织。

萧红女性书写的这份悲悯心态不仅是在悲悯着世间万物，体谅着生命轮回、生老病死、命运遭际的凡俗人世，更是在悲悯着作为女性的自己，忍受着心理和生理的双重磨难，在现实生活中所做的唯一选择——认命。在文字之中，萧红将这份心态化合为凄然却又看破一般的泰然，众生皆苦，萧红在这条路上踽踽独行。

2. 多重情感密网交织的复合型文本

如前分析，萧红小说中的语言在富有讽刺戏剧性的同时，又能够在写景抒情当中张扬其诗性色彩。而当这些手法的运用变得越来越自如时，她开始试图将讽刺文本和诗话文本汇聚在同一篇小说当中，此时的作品内部俨然呈现出复合型文本的特征，其中代表作者思想的多重情感密网相互交织，共同形成萧红小说的多重内在意蕴，在多个维度上都能够予以解读。而《呼兰河传》则是这种复合型文本的最好体现。

《呼兰河传》在学界一直被当作是"抒情小说体式"[1]，在谈论具体情感倾向时认为其蕴含了"个体情感和故乡、民族情感"[2] 的双重表达，但在

---

[1] 施琴. 抒情小说体式的拓展和陌生化叙事:《呼兰河传》解读 [D]. 武汉：华中师范大学，2004.

[2] 陈泽曼. 从《呼兰河传》中透视萧红的双重情感维度 [J]. 文学界（理论版），2013 (1).

谈论小说的诗性风采、抒情功能时，其语言的讽刺戏剧性似乎直接被遮蔽掉了，甚至部分学者闭口不提语言的讽刺性而直接断言小说蕴含着对民族国民性的抨击。这种推论实际上由于没有注重语言本质而带有武断性、任意性，在亮出论点的同时难免有牵强、附会之感。

综观《呼兰河传》，从宏观上自然分为了两大情感倾向。一是在对小城人民重新审视的过程中不免带有作者笑谑、嘲弄的眼光，但除了表层的讽刺以外，萧红也在试图理解、走进他们，因此体现出一种笑谑之中蕴含同情的悲悯意识；二是在回望故乡时，浓厚的思乡之情集中体现在对祖父、有二伯、后花园等美好记忆的追溯过程中，表现出感伤、怅惘的心绪。在这两大情感维度之中，又有微妙情感的各自转化和调和，在呼兰河城里面相互交织，使得多重的情感密网得以共存，共同构成了萧红所欲表达的真正思想内蕴。因此，《呼兰河传》绝不是简单意义上的怀乡之作，抑或被过度解读的对国家、民族的批判。重读《呼兰河传》，带有迫切的意义。

首先，在《呼兰河传》的第一章里，作者从鸟瞰的角度观看了整个呼兰河城全景式的景象。这一部分在尽情翔实地摹写每一条街景、每一条街上令人印象深刻的店铺之外，更以冷静、嘲弄的口吻记叙了那个令人啼笑皆非的"大泥坑"。城与人的共生关系在"大泥坑"中体现得极为突出，人在城里生活着，忍受着物质和精神的双重匮乏，"大泥坑"为他们集中了笑料和吃"瘟猪肉"的借口，在自欺欺人之下隐藏着他们贫乏、急于寻求安全感和稳定性的"小农心态"。而第二章则叙述了呼兰河城人们日常生活以外的"精神盛举"，与第一章"大泥坑"叙事的相同之处在于，"野台子戏""放河灯""跳大神"和"四月十八娘娘庙大会"都给人们提供了一个公共社交的时空体，因此它的存在意义不只在祭奠鬼神，萧红更在小说中记叙了出嫁的姑娘和娘家约定相见，未出阁的姑娘和少年寻找心上人等具体情形。由此观之，这些活动逐渐变成了人与人交往的一种活动形式，是作为平常生活中令人期待和惊喜的方式出现：一方面满足了约定俗成的鬼神祭奠意义，富有仪式性和趣味性；一方面又成为一个公共社交的平台，沟通封锁的农村生活，实现人与人的交往沟通。

这两部分的内容实质上给我们展示了作为一名呼兰河城人的日常凡俗生活，但这当中浸透了作者的情感与目光。作者冷眼嘲弄他们"不去用土埋了那个泥坑"，还要想尽各种方法去跃过大坑，其之所以保留大坑的原因，还是在"各取所需"。这种庸常和深意在萧红的少年时期不被她所理解，但是在撰写回忆时，她试图去了解，尽管对人们的行为冷嘲热讽，但仍免不了去追究这背后的原因和心态，这里也就呈现出了一种体验的自我与回忆的自我的错位和疏离倾向。既然存在，就必然有其合理性，即使这种合理性不被人理解，萧红在此通过嘲弄和情景呈现来探讨小城人民的生存态度。

其次，可与之形成互文性解读的是，在"大泥坑"之后，萧红所叙述的王寡妇的故事。王寡妇的独子在一个夏天下河洗澡时被淹死了，这在当时成为街谈巷议的新闻，但没过多久，就渐渐沉寂下来。到后来连王寡妇的生活也是仍"平平静静的活着"。在这里萧红所发现的，一切生老病死，都是平常生活，均是默默进行着。生命在一去不返的进行时态中，甚至连死亡都变成了平常的事，在小城的生命体中迅速变得如水般平静。死亡太容易了，因此，生存变成了头等大事，这也就不难理解人们在苦难面前自欺欺人、掩耳盗铃等麻木自我的举止了。一切都是悲凉而平静的，萧红在这里用直逼死亡的视角来凝视这些小城的生命形态。在强大的生存意识和不可抗拒的命运面前，嘲笑的姿态似乎变成了一种被嘲笑的情态，这也是萧红在叙述的自我与体验的自我之间所出现的间隙和悖反性。体验中的自我，以第一人称儿童视角作为亲历者，参与到对小说人物、事件的评价当中，而叙述的自我却更多包含了萧红的自省、体察和反思精神，呈现出对体验自我的疏离和生命本原里更接近世相人情的理解和洞察。在呼兰河城里，没有外来的压迫力量，没有左翼文学中的愚昧与落后的国民性，一切回归到生命的原初状态，生命本身就足够孱弱和寂寞了。这里，可以窥见萧红心境触底般的悲凉和逐渐宽宥。

再者，是回忆故乡时充满温情和感动的部分。在《呼兰河传》的第三章里，主要追叙了与祖父在一起的欢乐时光。"呼兰河这小城住着我的祖父"一开头便点明主旨。紧接着启用第一人称的叙述视角，回忆"我"和祖父相处的欢乐时光。可以说，对祖父的亲情回顾引起了萧红对故乡的怀念，于是叙述起后花园里的故事，有二伯的欢笑与落寞，和磨坊里冯歪嘴子的坚韧生活……笼统来看，再现由祖父所引起的对故乡的怀念成为《呼兰河传》的叙述动因，但萧红不仅仅是在怀念童年，她在书写时由于自身十分复杂的遭际，萦绕在她脑海里的故乡情怀也绝非是单一的对爱的向往和怀念，更多的还有在"半生遭尽白眼"的处境之下所摄取的生命感悟，并借由对故乡的回忆叙事对人的生命做出重新诠释和思索。

因此，才有了在书写"小团圆媳妇"惨状的时候，对婆婆心理状态漫长、无节制的抒发和想象。正由于对婆婆心理流动的不断呈现，我们才能得出判断：婆婆是想救而不得，并反而加速了媳妇的死亡。在这里，并非只有一个受害者：婆婆花掉了所有的钱，结果换来了媳妇的死，自己也疯掉了，最终弄得家破人亡。综观"小团圆媳妇"的事件，究其实质，并非是一场婆婆害死媳妇的单纯闹剧。

婆婆救小团圆媳妇的行为动机是好的。婆婆为了救治小团圆媳妇，不惜重金求药，当有人劝她让小团圆"出马"算了，她坚决不赞成，认为"一个小小的人出了马，这一辈子可什么时候才到个头"。在这里，萧红看到的是极力想要救治媳妇的善良婆婆。但是她的农民属性决定了她也只能够按照农民赖以依存的方式去求得生存。而这一套生存体系就包含了呼兰河城人在第一印象上对于小团圆媳妇的排斥，以及呼兰河城民间风俗上的迷信治疗。比如在见到小团圆媳妇的时候，小城人都纷纷认为：她"见人不怕羞""头一天到婆家，吃饭就吃三碗""大模大样的，眼睛骨碌骨碌地转"，认为其"不像个小团圆媳妇的样子"，因此就一定是"胡家要她去出马了"。所以，纷纷贡献各类民间秘术想让胡家婆婆救回她的媳妇。在一系列的民间秘术轮番上阵之后，才最终导致了小团圆媳妇的死亡。

由此，我们可以看到行为动机和具体行为效果之间的错位，善良的初衷却最终导致了死亡。支撑农民生存的民间法则最终加害于农民自身，这并不是谴责一个婆婆的行为就能够解决的问题，背后还有着根深蒂固的农民生存体系。小团圆媳妇固然可怜，萧红也对其倾注了十分的同情，并以化身小白兔回家的结局故事成就小团圆媳妇的夙愿。

因此，对待愚昧的拯救行为本身，萧红也毫不留情。于是，在小说当中，我们不能忽视的还有两个声音，就是孩童时期的萧红"我"和外公在这当中所发出的看法。第一次外公的声音出现是在所有小城人都认为小团圆媳妇不好的时候，祖父觉得她"怪好的"，于是"我也觉得怪好的"。而在小团圆媳妇临死的时候，祖父又发表感慨"好好的孩子快让他们捉弄死了"。这似乎是形成了一个对于"他们"即以婆婆为主的整个乡村拯救势力的谴责和指控。祖父一直站在乡村集体势力的对立面，也因此宣扬了萧红对于整个乡村共同势力的嘲讽和抨击，而并非只是对婆婆的审视。而"我"的眼光贯穿整个事件，又对婆婆的愚昧行径予以嘲笑，小团圆媳妇在被抬进大缸洗澡的时候，萧红写道"现在她什么也不知道了，她没有感觉了，婆婆反而替她着想了"。这里对婆婆的嘲笑植根于对小团圆的同情，这是以儿童视角"我"来看这出悲剧时所能得到的最本初的看法，构成了表层文本中对愚昧拯救行为的讽刺和审视。

因此，我们可以看到，在描写小团圆媳妇这一部分的时候，萧红既有不留情面的嘲笑、反讽，也有理解的悲悯，更有面对一个回不了家的孩子所受到不幸遭遇的同情，总之，酣畅淋漓地形成了一个多重情感交织的复合型文本。

也正是多重情感的交织，使得萧红的小说作品历久弥新，不断地被激活、重读，从而挖掘出更多、更新的意义空间。不同的情感趋向，在文本中不断闪回、穿插，呈现出错综、交叉甚至相互疏离、背离的价值取向，在时代和个人的背后，裹挟着比时代意义、个人情感更为超越性的普世价值。小说的演进，变成了主体不断进行说服与被说服的过程，在逼近死亡的心态之下不断去与世界和解,众声喧哗之中,主体的思维跳跃性与悲悯本性一览无余,文本本身,就闪耀出更为丰厚多彩的情感可能性。

二、萧红小说跨文体创作的文化语境

(一) 文化背景

1. 五四时期以来小说文体的自由性和开放性

论及二十世纪中国小说的发展,前有梁启超等晚清志士所发动的"小说界革命",揭开了中国现代小说黎明前的晨曦,成为小说发展的前驱之力;后有五四时期以胡适《文学改良刍议》和陈独秀《文学革命论》等发轫之作的鼓吹、号召,显示出破旧立新的魄力和勇气。在此基础上,大批小说创作和翻译小说得以涌现,小说"乃文学之上乘"的文体观念深入人心,其地位也因此而得到了前所未有的重视与提高。

与此同时,"人的发现,即发展个性,即个性主义,成为'五四'时期新文学运动的主要目标"①。在这两股时代风潮之下,小说自然而然肩挑起了发展个性、表达自我的功能大旗。庐隐提出:"足称创作的作品,唯一不可缺的就是个性"②,冰心也发出时代的个性强音"请努力发挥个性,表现自己"③。于是,更能够表现个人抒情性特征的日记体、书信体、第一人称抒情体小说等纷纷出现。值得注意的是,这时的小说已经开始与日记、书信等不同类型的文体相杂糅,出现了文体的越界和互渗,并蔚然成风,成为时代潮流。

为了更好地推动小说观念和小说实践的发展进步,"1924 年,Clayton Hamilton 的《小说法程》(1925 年商务印书馆出版中印本)和 Bliss Terry 的《小说的研究》(1925 年商务印书馆出版中译本),将人物、情节、背景作

---

① 茅盾. 关于"创作"[J].《北斗》创刊号,1931.
② 庐隐. 创作的我见 [J]. 小说月报,1921,12 (7).
③ 冰心. 文艺丛谈(二)[J]. 小说月报,1921,12 (4).

为小说理论的三个重要课题各列一章进行叙述"①，中国现代文坛急需文学理论的指引和导向，因此，小说三分法的地位在 20 年代的现代文坛中一旦确立便开始独占鳌头。在此基础上，中国现代小说家们对于创作理论的探讨也以三分法为主，在郁达夫《小说论》（上海光华书局，1926 年）、沈雁冰的《小说研究 ABC》（上海世界书局，1928 年）、清华小说研究社的《短篇小说作法》和郑振铎的《中国短篇小说集》中，小说的技巧分析就仅剩下人物、情节和背景了。在人物、情节、背景当中，五四一代的小说家最不看重的就是情节，原因在于旧小说普遍以情节为主要表现对象，"情节的曲折离奇"成为好小说的评价标准，传统小说讲述故事的技巧显然已经十分圆熟。而到了五四时期，人们更愿意以人物和背景去作为创作的中心。这里的以人物为中心，主要是指以描写人物内心心理活动为主，展现人物的精神风貌，从而凸显性格。沈雁冰更是"把注重人物心理活动的描写，情感的成长变迁，意识的成立轻重，感觉的粗细迟敏，以及其他一切人的行动的根本动机等"②作为研究的中心。这一阶段内，小说对于情节的忽视和对人物心理、背景的重视，使得一批批心理小说、意识流小说、散文化小说不断涌现，小说文体与散文文体结合紧密。

　　这种局面一直延续到了三十年代，背景描写的技术得到了进一步发展。老舍提出："景物与人物的相关，是一种心理的，生理的，与哲理的解析"③，萧乾也提到："山水不仅是背景，是氛围，而且成了故事中不可分割的一部分，关联着角色的性格，关联着角色的命运。"④ 将背景融入人物心理、性格之中，表现出文学家的普遍共识。

　　另一方面，中国本土的小说家也开始对现状进行了反思和质疑。老舍和沈从文从现实主义出发，均不满于现实小说忽略"写故事"的方法，他

---

① 陈平原. 中国小说叙事模式的转变 [M]. 北京：北京大学出版社，2010：95.
② 沈雁冰. 人物的研究 [J]. 小说月报，1925（16）3.
③ 老舍. 景物的描写 [J]. 宇宙风，1936（24）.
④ 萧乾. 小说 [N]. 大公报，1934 - 07 - 25.

们认为写不好真正的故事,是小说目前发展的瓶颈,也由此开始重视小说三分法之中的"情节"。因此,他们从实践中探索讲好故事的方法和各自的可能性。老舍采用说书人讲述性笔法;沈从文追求小说叙述的复杂性和艺术性(《看虹录》《八骏图》都体现出作家的自觉的叙述技巧的更新,发出了时代的个性之音);而擅长写现代小说的施蛰存在这一时期也开始发生了转向,他尝试着运用传统小说的技法和风格来写心理小说,因此在体式风格上自成一派,呈现出心理分析与古典民间故事的融合,也是诗歌古典意境向小说体式的渗透。

无论如何,随着现代小说的继续向前迈进,单一的小说文体格局已然被打破。从五四时期到20世纪30年代,一批批多姿多彩、体式各异的文学作品不断涌现,文学理论和小说实践内部也不停地发生着变异、更新,导致30年代文学观念丛生、写实小说一统天下的局面,已然被消解掉了。现代的文学家们开始不再被单一的文学观束缚,开放怀抱吸收多种西方小说技法,呈现出多种体式风格的渗透、杂糅,深化了小说现代化的过程。同时,他们面对现状也不断提出思考与质疑,包括直接肯定传统小说,向传统小说当中吸收优秀资源并融入自己的创作中。总之,小说的文体保持着开放式的姿态,作为文本的话语体式和结构方式的文体内部,发生着结构与结构之间的转换、兴替、交叉等,并朝着更多元的方向前进着,为新文学家的理论、实践的创新提供了自由、宽松的创作环境。

2. 影响:鲁迅的文体意识

"没有冲破一切传统思想和手法的闯将,中国是不会有真的新文艺的。"① 五四时期,鲁迅发出了小说文体突破的最强音,敢于蔑视一切陈规和桎梏,体现了五四追求新文学形式变革的魄力和勇气。他"文体的生成却并非故意要造就某种整齐一律的文体规范,而是在颠覆既有文体规范中

---

① 鲁迅. 论睁了眼看[M]//鲁迅. 鲁迅全集:第1卷. 北京:人民文学出版社,2005:252-253,255.

铸就富有个性的文体特色"①。因此，我们能在《朝花夕拾》中看到既是散文又是小说的抒情语体，在《野草》里面感受散文与诗的交融，在《狂人日记》中洞见小说与非文学语体的结合，在《鸭的喜剧》中感受散文与小说的艺术互渗……在后期，我们也能看到鲁迅先生创作观念的坚持。"在他的努力下，介乎论文（逻辑、议论）与散文（形象、抒情）之间的杂文，也成为一种新型的文体"②。

在小说创作当中，鲁迅也将这种文体意识发挥得淋漓尽致。正如茅盾所说："在中国新文坛上，鲁迅君常常是创造'新形式'的先锋；《呐喊》里的十多篇小说几乎一篇有一篇新形式。"③ 从《狂人日记》起，鲁迅就开始了小说中的形式创新，首开风气之先，又以其超越性的体式创新与暗合的功能性社会改良诉求，成为现代小说史上的奠基之作。在具体的小说作品当中，我们发现鲁迅的小说体现出多种文体的杂糅和越轨，这当中还包括了非文学的文体因素。从白话文小说到诗歌、散文，最后到杂文的建构，鲁迅无疑是开创跨文体写作的鼻祖大师。

鲁迅致力于文体创新的这种先锋意识给现代文学注入了一剂强心针，大大开拓了现代小说文体自由的疆界。既然有了鲁迅开拓创新的成功示范，其后的小说家们也能够更为自由地探寻自我的小说之路，为现代小说的多元化发展做出更多建设性的实践探索。

萧红，就是其中一个。她在哈尔滨读书时就已经接触到鲁迅的作品了，当时颇爱读鲁迅翻译的《毁灭》，其俄国无产主义文学的思想深深影响萧红，在她的早期短篇小说诸如《王阿嫂的死》《牛车上》《看风筝》等作品当中体现得非常突出。而在1934年10月，萧红完成了《生死场》之后，便将手稿寄给了关爱青年作家的鲁迅先生。当时，先生是每一个热爱文学的青年的精神导师，能够得到他的指点是每一个人都向往的事。没有想到的是，鲁迅非常喜欢这部作品。为了帮助萧红，鲁迅甚至愿意自费出版

---

①② 高晓东. 鲁迅：颠覆既有文体形式的文体家［J］. 理论学刊，2013（7）：113.
③ 茅盾. 茅盾论创作［M］. 上海：上海文艺出版社，1980：109.

《生死场》,并且亲自给小说写了序言。在序言之上我们能够感受到鲁迅对《生死场》的欣赏:"北方人民的对于生的坚强,对于死的挣扎,却往往已经力透纸背;女性作者的细致的观察和越轨的笔致,又增加了不少明丽和新鲜。"① 不得不说,鲁迅实在是萧红的一位伯乐,两人的交流开始逐步增多,鲁迅对萧红的影响也越加深厚。

鲁迅先生的文学思想无疑打开了萧红创作的另一扇大门。萧红曾对聂绀弩说过:"有各式各样的作者,有各式各样的小说。若说,一定要怎样才算小说,鲁迅的小说有些就不是小说,如《头发的故事》《一件小事》《鸭的喜剧》等等。"② 萧红不自觉已经将鲁迅的小说作为创作的模范和标准,认为在此之上,小说也可以有多种样式和写法,并不应该拘囿于一个严谨、规范的既定模式。由此观之,鲁迅的文体自觉意识已然深深影响到了萧红,在对待小说的作法方面,萧红有着与鲁迅相同的气概和不拘格套的个性追求。

于是,在《呼兰河传》中自由、美丽的后花园里,我们能看到鲁迅《从百草园到三味书屋》中的童年影子。"家的后面有一个很大的园,相传叫作百草园。现在是早已并屋子一起卖给朱文公的子孙了,连那最末次的相见也已经隔了七八年,其中似乎确凿只有一些野草,但那时却是我的乐园。"在鲁迅的笔下,"百草园"开门见山地被介绍了出来。萧红似乎也吸收了这种笔法,"我家有一个大花园,这花园里蜂子、蝴蝶、蜻蜓、蚂蚱,样样都有"。萧红和鲁迅似乎都喜欢在回首往昔时描摹温情脉脉的童年时光,"花园"作为童年生命留存的记忆场所,贮存着作家心中最温柔、难以忘怀的雀跃时光。即使在外界社会可以毫不留情地横眉冷对千夫指,但《朝花夕拾》里的温柔恬静的文字依然留给了陪伴成长的故乡、亲人、故友,和那个天真烂漫的自己。萧红亦是如此,尽管一生颠沛流离,但心之所向竟不自觉牵引至故乡的"后花园",怀念的不只是那个时空、场所,更有陪伴她成长的祖父,那个给予她温暖和爱的长辈。

---

①② 聂绀弩.《萧红选集》序 [M]//萧红选集. 北京:人民文学出版社,1981:2.

而萧红讽刺体小说的文风表达也与鲁迅先生富有相似性。《马伯乐》中的苟安自私、自我满足的形象令人不禁想到了鲁迅先生的《阿Q正传》里永远自我麻痹的阿Q；《呼兰河传》中被迷信愚昧所害，最后导致一家不仅失去了媳妇，还赔光了家产的婆婆，与鲁迅笔下为救宝儿先是问诊何大仙，再是求得"保婴活命丸"，最后还是失去宝儿的苦命母亲形象的刻画，都有着异曲同工之妙。

除此之外，两人还都喜爱描绘群像之中的看客现象。鲁迅笔下的《示众》剑走偏锋，独树一帜地塑造了看客的精神群像。这种写作方法在萧红的《呼兰河传》中亦有经典体现，通过"大泥坑"的现象和买"麻花"的行为，塑造了麻木苟安的一干人等，意在挖掘看客的心理精神结构。萧红和鲁迅的共同点在于他们始终坚持摹写小人物的故事，不论是萧红笔下的那个"大泥坑"和其中的看客们、《山下》里的妈妈、《太太与西瓜》中的少奶奶还是鲁迅讽刺语调下的阿Q、孔乙己、陈士成、四铭等人物谱系，对人物的潜心塑造旨在勾勒出他们的魂灵，并不断反思现状，思考问题，其根源往往指向时代对于个人乃至整个群体所造成的特殊心理现象。区别于老舍、张天翼的幽默笔调，鲁迅、萧红的讽刺性笔调显得并不那么轻松，其谐谑的背后有着一定的深思熟虑，其立意更为深远。他们永远在故作轻松之中完成对于人物形象的勾画，并将其置于环境之中，成为典型环境之下塑造出的典型人物，反射出充沛的时代意义。因此，人物背后的文化语境也就成为讽刺所针对的矛头，即培养畸形心理、性格、行为习惯的土壤。鲁迅和萧红在这些方面是相吻合的，他们的讽刺小说也因之具有多重解读性和深度意义。

（二）小说观及作家心理结构

1. 独立性和反叛性

萧红的文学观与她的性格特征有着密不可分的关系，某种程度上说，萧红的性格决定着她的小说主张和风格选择。在小说的创作观念上，她不跟随大流，有着自我独立的追求。

首先，写作凝结着萧红的赤诚之心和毕生心血。正是热衷于写作，萧红才会将其选择为自己的毕生事业，而她的作品，也不免或显性或潜在地投射了萧红自我的内在精神缩影和心理特征。从家里叛逃出来，萧红依靠写作获得唯一的经济来源，并因为才气得到萧军的青睐。20世纪30年代，在与萧军分道扬镳之前，他们就是否去延安支援前线的问题发生了分歧。她想拥有一个能够安静写作的地方，可萧军认为前线是最能实现他理想的地方，两人从此不相见。于是，萧红随着端木蕻良去了香港。据后者回忆，萧红在重庆避难时坚决拒绝了时任复旦大学教务长孙寒冰和《文摘》负责人贾开基请她出面教授文学课的初衷。她认为一旦上了讲台，进了校园，所从事的写作也就变成了"教授小说"了。而在香港的时候她也拒绝了当时援救她的同乡、时代书局创办人周鲸文提及的由她主编《时代妇女》的倡议。专心写作，是萧红一直坚持的信念。在日本侵入香港期间，萧红拖着病体写作。文字在炮火轰鸣中不止，《呼兰河传》《小城三月》等一部部作品代表着她生命的可贵精神和全部情感宝藏，甚至在拿不动笔来书写的时候，就靠着口述，骆宾基在一旁记录，才有了《红玻璃的故事》的问世。在临死之际，萧红终于停止了奔波和劳累，但也不得不吐露出辛酸之感："我将与蓝天碧水永处，留得那半部'红楼'给别人写了。半生尽遭白眼冷遇，……身先死，不甘，不甘。"故人已逝，留下半部"红楼"成为未完成的文学遗物，原来是最令萧红感到辛酸的事情！

其次，萧红有着自己独立的文学姿态。超然、独立的态度是萧红一贯以来的个性，从她对左翼文学的态度转变过程中就可窥见一斑。萧红早期的作品中的确深受革命文学影响，与萧军合著的《跋涉》，她自己的《王阿嫂的死》《旷野的呼喊》《牛车上》《看风筝》等都能体现出左翼的文学色彩。但是在萧红的小说逐渐成熟，小说观逐渐健全的时候，她自我独立的意识开始凸显，超越于阶级的思想开始生长在她的创作之中。1938年4月，萧红参加了《七月》杂志举办的第三次文艺座谈会，在创作的问题上明确自己的观点："作家不是属于某个阶级，作家是属于人类的"①，并承认自己在政治方面是个外行，也从来没有加入过"左联"组织，又是个无党派人士。对待文学，她奉其为头等大事，在文学观念上始终坚持自我，始终疏离于与文学无关的团体之外，保持独立的姿态和冷静笃定的写作态度。

但与此同时，萧红又是叛逆的，20世纪30年代的文学环境宽松自由，一方面给予了她广阔的发挥空间，一方面她在从事文学创作的同时从来不会对别人的观念听之任之，不会以别人对她的评价为参考意见，一心写自己的小说，建构独树一帜的"萧红体"。萧红说："有一种小说学，小说有一定的写法，一定要具备某几种东西，一定写得像巴尔扎克或契诃夫的作品那样。我不相信这一套，有各式各样的作者，各式各样的小说。"② 研究萧红的小说观必然绕不过这一句宣言，可以说，这是萧红自我意识最经典、突出的一次反映。首先，"巴尔扎克或契诃夫"的小说作品应该是指五四时期以来，对外国作家作品尤其是苏联文学的译介是当时现代文学学习的主要对象，模仿和鉴赏成为主要潮流，因此，文学观也以苏联的现实主义文学为标杆。其次，萧红所认为的"有一定写法的小说学"，应该是指以"情节、人物、背景"为主要三要素的小说创作法，30年代的主要文学创作观都是在这个基础之上进行衍化、发展的。而萧红并不与时代主流为伍，她来自于这个时代，吸收了时代的养分却又独异于那个时代，一定程度上显示出对时代的超越意识，而后来的小说发展史中，一系列的诗化小说、抒情体小说甚至20世纪90年代热闹不已的"跨文体创作"从诗歌领域到小说领域的涌现，也证明了萧红文学观的超前性的意义。萧红曾经对聂绀弩说："我认为，在艺术上是没有什么高峰的，一个有出息的作家，在创作上

---

① 陈世澄. 萧红与七月的文学因缘 [M] //孙延林. 萧红研究：第二辑. 哈尔滨：哈尔滨出版社，1993.

② 聂绀弩. 回忆我和萧红的一次谈话 [M] //孙延林. 萧红研究：第一辑. 哈尔滨：哈尔滨出版社，1993：165.

应该走自己的路。"① 萧红所秉持的"自己的路",在历史中证明,最终通向了萧红文学生涯的黄金时代。

2. 死亡心理和底层意识

综观萧红的小说作品,直逼人心的是她的死亡意象的书写。萧红在作品中大量描写死亡的场景,其中死亡现象密集出现的是在《生死场》里面:那个曾经是打鱼村最美丽的女人月英,却得了瘫病,在遭到丈夫的放弃之后,在脏污中死去;王婆三岁的孩子坐在草堆上,下面是一把铁犁,孩子从草堆上跌下的时候正好被铁犁刺死;小金枝被爹爹在暴怒之下重重摔死,她才来到这世界仅仅一个月;北村的老婆婆守寡十多年,独有一个儿子却被日本人杀害,在绝望之下和三岁的孙女菱花一起上吊自杀……在《王阿嫂的死》中备受欺凌的王阿嫂在王大哥被烧死以后,被地主踢了一脚,和肚中的孩子一起死掉了;《哑老人》里孙女被工头打死,自己也在凄惶孤独之中点燃自己的生命,在灰烬中消失;《桥》里面为他人做乳娘的黄良子,最终遭遇了儿子溺水而亡的命运;《莲花池》里小豆儿和爷爷相依为命,最后又被欺凌致死,永远告别了爷爷;《旷野的呼喊》中陈公公的儿子为炸日本火车而牺牲;《北中国》里耿大先生被碳烟熏死;《小城三月》里不愿意被支配婚姻的翠姨,在日渐病重中死去;《呼兰河传》里被胡家买为团圆媳妇的小姑娘被迷信方术祸害致死;《红玻璃的故事》里面感受到命运纠缠、轮回悲剧宿命的王大妈,在失望中凄惨死去。对这些遭遇不幸的人们,萧红予以强烈的重视。在作品当中,她追随着人物的生命轨迹,摹写下他们悲哀、凄惶、绝望的平凡生命,在生活中煎熬,难以生存。她采取的几乎都是一种上帝视角,以悲悯的眼光凝视着这些挣扎着的生命,在痛苦和悲哀中最终化为沉默的白骨。

在死亡现场中,萧红总是从全知者的角度去摹写他人的死亡,但是她

---

① 聂绀弩. 回忆我和萧红的一次谈话 [M]//孙延林. 萧红研究:第一辑. 哈尔滨:哈尔滨出版社,1993:165.

的观照范围却是选择性有限呈现的。即使是自杀,也是从旁观者的眼光中去发现全过程。所以死亡的场景其实并不是作者在看,而是作者借由发现死亡的人在看,作者是在背后洞观一切的人。在这个时候,她的主要摹写对象也并非是死亡,还有发现死亡的人,包括了他们所见到的死亡场景,还有目睹死亡之后所表现出来的神态、动作、表情。也因此,我们才能够看到《莲花池》中"小豆儿"死的时候,祖父接连的迷茫、悲痛麻木、不停重复烧火的动作来掩饰死亡的事实,不时还掺杂对祖父的心理描写:"而后他把眼睛闭起来了,他好似怕那闪闪耀耀的火光会迷了他的眼睛。他闭了眼睛是表示他对着火关了门。他看不到火了。他就以为火也看不到他了。"从祖父之眼来看小豆儿之死,再从他的心理角度来体验他的悲伤情绪,萧红将聚焦点放在未死却因死亡而更具痛感的人身上,从亲情之间来展示死亡所带来的震慑力和悲剧感,正面描写与侧面描写相结合,更强化了悲剧感的释放功能。

从他人立场上来摹写死亡,展现死亡降临到生活当中所形成的悲剧力冲击,这种冲击感通过心理描写、动作、神态描写展现出来。在凡俗人生当中,死亡虽不可避免,但是人们对待死亡的态度和死亡带给人们的心理震荡却在萧红的笔下变得尤为具体可感。这种写作方法还带有了萧红体察生命、感悟生命的底层意识。

值得注意的是,萧红在捕捉死亡景象时,她的表现对象均是一系列的底层民众,他们的生与死,悲与苦,都是在凡俗人生的幕布之下予以重点突出的。从其创作心理来讲,不能不说萧红在一生颠沛流离之中尝遍了酸甜苦辣,人生百态,因此深谙底层生活之不易。在她的散文当中,我们能看到她流落哈尔滨时的凄凉遭际,在寒冷与饥饿当中握笔书写,写作变成了一种拯救行为,不断的书写才能汲取更多来自生命深处的意义。而取材来自于生活在底层世界里的大多数。坚定自己的取材对象这一方面,萧红也受到鲁迅先生的影响。她和萧军在青岛生活期间,就曾因为不确切知道自己的小说所取的题材,要表现的主题积极性是否与主流合拍等写信请教鲁迅，鲁迅回信说："不必问现在要什么，只要问自己能做什么。现在需要的是斗争的文学，如果作者是一个斗争者，那么，无论他写什么，写出来的东西一定是斗争的。就是写咖啡馆跳舞场吧，少爷们和革命者的作品，也决不会一样。"① 鲁迅在此所要传达给青年作家们的经验就是：按照自己所熟悉、所能够把握的题材、内容去着手、展开。正是在鲁迅先生的鼓励之下，萧红逐渐坚定自己的小说观念。她在自己所接触、了解的生活世界中寻找写作素材，表现平凡的生命的挣扎。她尤其喜爱史沫特莱的《大地的女儿》和丽洛琳克的《动乱时代》这两本书，还写了唯一评论《〈大地的女儿〉与〈动乱时代〉》，并在这里面提及自己的阅读感受："全书是晴朗的，艺术的，有的地方会使人发抖那么真切。"② 强调小说的"真"，成为萧红欣赏史沫特莱的地方，实质上也是萧红小说所践行的标准。

除了书写死亡，萧红以细致、敏锐的女性意识还察觉到人物在环境的变换下所受到的心理创伤，从《山下》《家族以外的人》《手》《访问》中都能看到萧红对主体心理创伤的剖视、悲悯态度。《手》这部作品很能体现出萧红对底层的同情、悲悯意识，其区别于时代主潮的剑走偏锋之姿在于，她在新时代的背景之下，不被主流价值观所牵引，仍保留有自我独立的审慎批判性，并在作品中对新知识分子忽视弱势群体的人文缺失予以抨击。小说中的"王亚明"是中学的一名学生，也是"我"的同学，但是她却不被学校里的同学、老师、领导所喜爱，甚至遭到了排斥，原因就在于她的手"蓝的，黑的，又好像紫的，从指甲一直变色到手腕以上"，被称为"怪物"。在和同学的相处过程当中，王亚明过得并不顺遂，她总是被周围人排挤，甚至连老师都不喜欢她。在"我"的好奇了解之后，发现了她竟然有着十分可怜的身世：自小家境贫寒，父母都依靠染布为生，因此手也就不可避免地染上了颜料。在学校尽管十分勤奋努力，但终究学不出好成绩……而"我"一直关注着王亚明的行为、反应，和她交谈，听她吐露心

---

① 鲁迅. 鲁迅全集：第十三卷：书信[M]. 北京：人民文学出版社，2005：224.
② 萧红. 萧红全集：上[M]. 哈尔滨：哈尔滨出版社，1991：1 080.

迹，在了解了这个女生之后，对于她以及周围的看法都发生了很大的变化，甚至产生了羞愧之心，"我一直看到那远处的雪地刺痛了我的眼睛"。从小说中来看，王亚明是被主流所排挤的异类，仅仅是因为手染有颜色，显得好像是不爱干净。不得不说，学校在这里是一个失职的职能体现。王亚明本身并没有思想品德上的错误，因此所有对于她的偏见和歧视都应当通过现代教育的教化而得到消除，同学和老师的偏见其实都是一种不能一视同仁的无知和浅薄自私的表现。也因此，学校所代表的文明体在这里变成了只顾面子而不体察学生思想和忽视个体差异的虚假文明代表，反而成为伤害王亚明的帮凶。学校也以一个共同体的存在将王亚明的社会悲剧转化为个人悲剧，最后导致她只有辍学回家，读书无路。

萧红通过这个故事的塑造发出了两个疑问：一是穷人用知识就能改变命运吗？二是那穷人应该怎么生存？王亚明的结局告诉读者，出身穷苦人家，会被周围人歧视，就算是辛苦攒上读书钱，也未必能够获取有益的知识。而紧接着的另一个问题，穷人应当怎么活则是在王亚明读书失败之后萧红所提出的现实问题，既然读书无路，那么重回染坊，谋作生计就是穷人一代又一代无可奈何下的宿命吗？萧红没有试图给出任何回答，而是在结尾"刺痛眼睛"的"雪"中，目送着王亚明们走向一条孤单悲凉的宿命之路。叙述者"我"实则代表了萧红的部分看法，但并不能完全替代作者。作者给了叙述者一只眼睛去体悟王亚明的故事，在叙述者的背后，还暗藏着作者萧红的主观动机：她选择书写王亚明这样一个角色的目的是什么？其实，在作者与"我"的关系当中，萧红所塑造出的这个"我"的形象也是作者观看的对象。"我"在作者的注视之下开始对王亚明予以理解、同情并产生反思、质疑。其实这种反思就是作者塑造"我"的形象的目的，以"我"的思考带动读者的思考，进而对现实社会产生思考，继而发生改变，这就是萧红始终注视着心灵创伤的原因。

三、结语

以上分别从萧红小说跨文体的语言、叙事、整体的小说体式风格及形成这些文体形式的文化语境、个体精神结构等方面进行了多个维度的剖析，从文体发展的内部（文学话语系统以内）和外部（文学话语系统以外）共同探讨了萧红跨文体小说的具体风貌和形成的原因。从文学文体变易的历时性角度上来讲，跨文体小说属于一种对传统小说文体的变易，其中包含了对多种文体的创造性转化，因此萧红小说的产生并非偶然，在个体的文学现象背后还有一个大的文学环境：现代文学文体的不断发展、探讨和演变，甚至导致了传统小说以情节为主的内在规范的移位（在现代文学当中，这种规范被打破，取而代之的是以心理、性格为主要的摹写对象）等。因此，宽宥、开放的文学环境给予了跨文体小说出现的外部条件。而从共时性角度讲，萧红内在的精神气质、个性特征也在持续影响着其作品风格的选择和创作观念的最终成熟。我们能看到，在对各种文体的越界、吸收乃至不同文体的互渗之中，萧红小说的自由度大大提升，跨文体的方式对于她的创作来说，并非只是去挑战、解构现有的文体秩序，而是一种不断在生成的个性实践，越来越多的实践同时也强化了萧红作品中的个性特点，展现出风格化的跨文体实践。与此同时，萧红的小说作品也越加表明小说作为一种文学文体的强大包容性和开放性，更表现出现代文学在不断尝试小说体式时所做出的努力和突破。

第六章 ◆

沈从文的跨文体创作

一、沈从文的文体观

"小说怎么写?"在一位伟大的小说家心目中,是没有成规定律和明确答案的。特别是20世纪更是一个不断突破以往小说定义的时代,也就是一个需要不断为小说重新下定义的时代。从卡夫卡、乔伊斯、伍尔芙、福克纳到卡尔维诺、博尔赫斯、马尔克斯、昆德拉,20世纪的小说不断反叛传统,刻意创新。小说写法不断创新的结果,就是人们越来越不知道什么叫小说了,也就为小说提供了空前的可能性,从而形成一种最具先锋性和革命性的形式,也是一种最具可能性的形式。

加西亚·马尔克斯曾经对卡夫卡的作品发出这样的感叹:"小说居然可以这么写。"① 而汪曾祺在《自报家门》里对沈从文的小说有过这样的评论:"我父亲也看了沈从文的小说,说:'小说也是可以这样写的?'我的小

---

① 格非. 小说叙事研究 [M]. 北京:清华大学出版社,2002:81.

说也有人说是不像小说,其来有自。"① 确实,一个真正对世界小说有重大历史贡献的小说家一出现,小说的观念形态就会被改写或是部分地被改写,小说的视域和可能性也会被拓展。沈从文也不例外。沈从文打破了中国传统小说写法。

"五四"之后小说文体观深受西方小说观念的影响,西方占主体地位的小说观念对小说采取的是"结构""人物"与"环境"的三分法,这也影响到"五四"之后小说的三分法。"五四"时期西方小说观念开始传入中国,对中国小说理论影响至深。当时翻译的西方小说论著中,商务印书馆出版的两种著作对中国文学界影响特别大:第一种是1924年11月出版,由华林一译、吴宓作序、哈密尔顿(Clayton Hamilton)著的《小说法程》(*Materials and Methods of Fiction*),第二种是1925年出版,由汤澄波译、Bliss Terry著的《小说的研究》(*A Study of Prose Fiction*),它们成为当时中国小说理论的基本依据。甚至"五四"前夕胡适发表的《论短篇小说》,一些重要论点也来自哈密尔顿。美国哈密尔顿教授(Hamilton)(1786—1856)所著的《小说法程》,在论述小说性质之后,便分述"结构""人物""环境"三项。这种小说三分法,对中国小说理论影响极为深刻。茅盾说"结构、人物、环境三项是一篇小说的明显的构成材料",并把"结构"解释为"就是书中离合悲欢的情节"。② 俞平伯也指出:"论小说者每采用三分法,即结构、人物、环境是也。"③ 有人译日本木村毅的小说著述多种,里面也多处引用哈密尔顿的观点。清华小说研究社的《短篇小说作法》,瞿世英的《小说的研究》,俍工的《小说作法讲义》,郁达夫的《小说论》,李何林的《小说概论》,赵景深的《小说原理》,虽然体例上有详有略,但都接受了这种三分法的理论框架。还有一些著作至多套上中国的文章布局之类的概念,

---

① 汪曾祺. 晚翠文谈新编[M]. 北京:生活·读书·新知三联书店,2002:265.
② 茅盾. 人物的研究:(小说研究)之一[M]//计红芳. 中国现代小说理论经典. 苏州:苏州大学出版社,2008:124.
③ 俞平伯. 谈中国小说[M]//吴福辉. 二十世纪中国小说理论资料:第三卷. 北京:北京大学出版社,1997:27.

使这种理论略具中国色彩而已。

　　首先，小说的三分法突出了人物描写的中心地位。吴福辉认为："三分法小说理论在中国长久的稳固地位，实际上是所谓'正格'的写实小说占据中国文坛的一个标志"，"三十年代'正格'的写实小说是人物小说"。① 当时的小说学说得很清楚："古代的小说与近代的小说的最大的异点，就是：前者是以 Romance 的事件为中心，后者却是以小说中人物的性质之发展为主体。"② 围绕着人物刻画的要求日趋深入，人物典型化的理论和人物心理表现的理论在这时期发展迅猛。三分法的理论帮助我们把以事件为中心的小说转移到以人物为中心上来。

　　其次，小说的三分法使得环境描写的独立性得到了加强。郁达夫推崇巴尔扎克和司汤达，称他们为"现代小说的真正推进者"和"最初注意到'一个人物性格的造成，是决逃不出周围的人类和事物的影响的'先觉者"，是创立了"千古不易的小说的定则"的。③ 这里郁达夫指出环境决定性格，日益被纳入中国通常的小说。这种观念，提高了环境描写的独立价值，纠正了中国历来在这方面的偏颇。"注重环境之作品为近代西洋之产物"④，这也是中国新小说努力向西方学习的地方。

　　再次，小说的三分法将结构置于非常重要的地位。徐国桢指出："一位作家的创制小说，不论其描写的对象，是人，或者是物，最要紧是要有一个精密的结构。"⑤ 何穆森说："印象的强烈统一，构造的紧密，都是短篇小

---

　　① 吴福辉. 二十世纪中国小说理论资料：第三卷：前言 [M]. 北京：北京大学出版社，1997：8.
　　② 何穆森. 短篇小说的特质 [M] //吴福辉. 二十世纪中国小说理论资料：第三卷. 北京：北京大学出版社，1997：216.
　　③ 郁达夫. 现代小说所经过的路程 [M] //吴福辉. 二十世纪中国小说理论资料：第三卷. 北京：北京大学出版社，1997：186.
　　④ 俞平伯. 谈中国小说 [M] //吴福辉. 二十世纪中国小说理论资料：第三卷. 北京：北京大学出版社，1997：27.
　　⑤ 徐国桢. 小说学杂论 [M] //吴福辉. 二十世纪中国小说理论资料：第三卷. 北京：北京大学出版社，1997：65.

说的特质。"① 当时小说理论者对于短篇小说的结构又特别强调情节的最高点（climax），"大部分的短篇小说，我们若是把它们的构造解析起来，可分为三段，即（一）首段或开始，（二）正体，及（三）最高点与结局是也。全篇的成分，则靠（一）结构，（二）人物，和（三）背景三项。所谓最高点者，是指结构中间到了最紧要的关头的一点，必使读者得到一个很深刻而又清楚的印象，无论那印象是惊慌，畏惧，快乐，或别种情感。"② 这些论述，或多或少受到西方小说理论的影响，西方小说理论界对小说的结构的论述对此有相似的看法。亨利·詹姆斯（1843—1916）在其著名论文《小说艺术》（*The Art of Fiction*）中指出："小说按最广义的界说而言，是个人的、直接的生活印象，首先是这种生活印象构成小说的价值，而小说价值的大小，就看生活印象的强烈性如何而定。"③

沈从文的小说文体观与五四之后占主体地位的小说文体观念具有重大的区别。沈从文对于五四之后当时种种的小说理论以及小说创作指南一类书表示了否定的态度，他说："至于理论或指南作法一类书，我认为并无多大用处。这些书我就看不懂。我不明白写这些书的人，在那里说些什么话。若照他们说出来的方法来写小说，许多作者一年中恐怕不容易写两个像样短篇了。小说原理小说作法那是上讲堂用的东西，至于一个作家却只应看一堆作品，作无数次试验，从种种失败上找经验，慢慢地完成他那个工作。他应当在书本上学安排故事，使用文字，却另外在人事上学明白人事。"④ 沈从文是一个小说家，他不是从小说理论中学习创作，而是从别的作家作

---

① 何穆森. 短篇小说的特质 [M] //吴福辉. 二十世纪中国小说理论资料：第三卷. 北京：北京大学出版社，1997：217.
② 余楠秋. 短篇小说的构造法 [M] //吴福辉. 二十世纪中国小说理论资料：第三卷. 北京：北京大学出版社，1997：138.
③ 方土人. 西方小说美学的首次崛起 [M] //中国社会科学院外国文学研究所，外国文学研究资料丛书编辑委员会. 小说美学经典三种. 上海：上海文艺出版社，1990：3.
④ 沈从文. 给一个读者 [M] //沈从文. 沈从文全集：第17卷. 太原：北岳文艺出版社，2002：227.

品中得到创作启发和艺术借鉴,通过自身的艺术实践来探索和提高小说创作艺术,这自然比从空洞的小说理论中学习要切实得多。沈从文在另一处表达相似的观点,他说:"我要他们先忘掉书本,忘掉所谓目前红极一时的作家,忘掉个人出名,忘掉文章传世,忘掉天才同灵感,忘掉文学史提出的名著,以及一切名著一切书本所留下的观念或概念。末了我还再三说及希望他们忘掉'做国文''缴卷'!能够把这些妨碍他们对于'创作'工作认识的东西一律忘掉,再来学习应当学习的一切,用各种官能向自然中捕捉各种声音,颜色,同气味,向社会中注意各种人事。脱去一切陈腐的拘束,学会把一支笔运用自然,在执笔时且如何训练一个人的耳朵、鼻子、眼睛,在现实里以至于在回忆同想象里驰骋,把各样官能同时并用,来产生一个'作品'。"① 沈从文对于传统小说写法甚为不满。西南联大时期,沈从文给学生出一个作文题目:一个理想的短篇小说,这个作文题目无疑是基于他对现有小说写法的不满,希望能够激发青年学生对这个问题进行深入思考。沈从文具有强烈的创新意识,他说:"我意思是短篇虽若一个小曲,世界和中国的小说已够多了,要见出新意,突破前人纪录,还是值得作各种不同题材各种不同的写法,取得新的成就。"② 这种"突破前人纪录"的雄心,无疑将改变传统小说写法。

由于强调脱去一切陈腐的观念或概念等的拘束,向大自然,向社会人事学习,沈从文就能不受传统的小说理论的束缚。他说:"我为了把文学当成一种个人抒写,不拘于主义,时代,与事物论理的东西,故在通常标准与规则外,写成了几本书……"③,"创作原是自己的事,在一切形式上要求

---

① 沈从文.《幽僻的陈庄》题记[M]//沈从文.沈从文全集:第16卷.太原:北岳文艺出版社,2002:331.
② 沈从文.复小岛久代[M]//沈从文.沈从文全集:第26卷.太原:北岳文艺出版社,2002:508.
③ 沈从文.阿丽思中国游记:第二卷:序[M]//沈从文.沈从文全集:第3卷.太原:北岳文艺出版社,2002:145.

自由，在作者方面是应当缺少拘束的"①。沈从文创造出与传统小说不一样的小说，他说："许多人印象里意识里的短篇小说，和我写到的说起的，可能是两样不同的东西……世界上专家或权威，在另外一时对于短篇小说规定的'定义''原则''作法'，和文学批评家所提出的主张说明，到此都暂时失去了意义。"② 那么沈从文的小说观是怎样的呢？

沈从文认为小说必然包含有"记事"与"诗歌"两种成分，用语言文字好好剪裁和恰当处理，才能够成为一个小说。沈从文说："我们想给小说下一个简单而明白的定义，似乎不大容易。但目下情形，'小说'这两个字似乎已被人解释得太复杂太多方面，反而把许多人弄糊涂了，倒需要把它范围在一个比较素朴的说明里。个人只把小说看成是'用文字很恰当记录下来的人事'，这定义说它简单也并不十分简单。因为既然是人事，就容许包含了两个部分：一是社会现象，即是说人与人相互之间的种种关系；二是梦的现象，即是说人的心或意识的单独种种活动。单是第一部分不大够，它太容易成为日常报纸纪事。单是第二部分也不够，它又容易成为诗歌。必需把'现实'和'梦'两种成分相混合，用语言文字来好好装饰、剪裁，处理得极其恰当，方可望成为一个小说。"③ 沈从文在《小说作者和读者》《短篇小说》两篇文章中对小说的这一定义几乎一致，表明了沈从文对短篇小说的根本看法。

早先，沈从文还谈到自己的小说更近于"小品散文"，他在《石子船·后记》里写道："从这一小本集子上看，可以得一结论，就是文章更近于小品散文，于描写虽同样尽力，于结构更疏忽了。照一般说法，短篇小说的

---

① 沈从文. 论冯文炳 [M] //沈从文. 沈从文全集：第16卷. 太原：北岳文艺出版社，2002：148.

② 沈从文. 短篇小说 [M] //沈从文. 沈从文全集：第16卷. 太原：北岳文艺出版社，2002：492.

③ 沈从文. 小说作者和读者 [M] //沈从文. 沈从文全集：第12卷. 太原：北岳文艺出版社，2002：65.

必需条件,所谓'事物的中心','人物的中心','提高'或'拉紧',我全没有顾全到。也像是有意这样作,我只平平的写去,到要完了就止。事情完全是平常的事情,故既不夸张也不剪裁的把它写下来了。一个读者若一定要照什么规则说来,这是失败,我是并不图在这失败事业上加以一言辩解的。在我其他任何一本著作上,我想都不免有这种毛病……我还没有写过一篇一般人所谓小说的小说,是因为我愿意在章法外接受失败,不想到在章法内得到成功。"①

沈从文小说观具有文体综合的思想。他在《新废邮存底》中阐述了自己对小说、诗歌革新的设想,提出了文体综合的主张。他回顾抗战以来的文学创作,认为此期"问题多,机会多,有分量的作品并不多",根本原因就在于"将文学限定于一种定型格式中,使一般人以为必如此如彼,才叫作小说,叫作散文,叫作诗歌","必须设法解放这些拘束才会有崭新的作品产生"。② 沈从文提出理想的小说文体,他设计了两种小说类型:其一,将"诗的抒情"与"现世成分"有机结合。其二,将故事、散文、游记合而为一。沈从文指出:"用屠格涅夫写《猎人日记》方法,揉游记散文和小说故事而为一,使人事凸浮于西南特有明朗天时地理背景中。一切还带点"原料"意味,值得特别注意。"③ 沈从文并在《七色魇(魇)题记》里认为《七色魇》:"内容说它是小说,实缺少小说所必需的中心故事。说它是散文,又缺少散文叙事论世的一致性。就使用文字范围看来,完全近于抒情诗,一种人生观照,将经验与联想混揉,透过热情的兴奋和理性的爬梳,因而写成的。就调处人事景物场面看来,又不如说是和戏剧要相近,尤其是那个'错综现实与过去,部分与全体'的电影剧本相近。事实上,对于

---

① 沈从文. 石子船:后记 [M] //沈从文. 沈从文全集:第5卷. 太原:北岳文艺出版社,2002:318.
② 段美乔. 论1946—1948年平津文坛的"新写作". 文学评论,2001 (5).
③ 沈从文. 一首诗的讨论 [M] //沈从文. 沈从文全集:第17卷. 太原:北岳文艺出版社,2002:461-462.

文体的分类我并不发生兴趣。我正企图突过习惯上的拘束，有所试验。"①

沈从文的这种文体的综合思想与创作实践，跟英国现代著名小说家弗吉尼亚·伍尔夫对未来小说包括诗歌、散文、戏剧等综合因素的论述相一致。伍尔夫对未来的小说设想为："它将用散文写成，但那是一种具有许多诗歌特征的散文。它将具有诗歌的某种凝练，但更多地接近于散文的平凡。它将带有戏剧性，然而它又不是戏剧。它将被人阅读，而不是被人演出。我们究竟将用什么名字来称呼它，这倒并不十分重要。重要的是，我们看到在地平线上冒出来的这种新颖作品，它们可以用来表达目前似乎被诗歌断然拒绝而又同样不受戏剧欢迎的那些复杂感情。"② 伍尔夫认为未来小说将具有诗歌的属性、散文的体式。她说："小说或者未来小说的变种，会具有诗歌的某些属性。它将表现人与自然、人与命运之间的关系，表现他的想象和他的梦幻。但它也将表现出生活中那种嘲弄、矛盾、疑问、封闭和复杂等特性。它将采用那个不协调因素的奇异的混合体——现代心灵——的模式。因此，它将把那作为民主的艺术形式的散文之珍贵特性——它的自由、无畏、灵活——紧紧地攥在胸前。因为，散文是如此谦逊，它可以到处通行；对它来说，没有什么它不能涉足的太低级、太肮脏、太卑贱的地方。它又是无限忍耐，虚心渴望得到知识。它能用它有黏液的长舌，把事物最微细的碎片也舔上来，把它们搅拌成一团，形成一个最精巧的迷宫；它能在门口默然倾听，尽管在门后面只能听到一阵喃喃自语或低声耳语。它有一种被不断使用的工具的灵活惯熟的全部性能，能够曲尽其妙地记录现代心灵的典型变化。"③

---

① 沈从文. 七色魔（魇）题记［M］//解志熙. 考文叙事录. 北京：中华书局，2009：209.（此文原载1944年11月1日昆明出版的《自由论坛》周刊第3卷第3期。按"魔"当作"魇"，《七色魇》是沈从文完成待出的一部小说集，原刊目录和正文标题均作《七色魇》，可能因"魇""魔"形似而误排）

② 伍尔夫. 论小说与小说家［M］. 瞿世镜，译. 上海：上海译文出版社，2009：324.

③ 伍尔夫. 论小说与小说家［M］. 瞿世镜，译. 上海：上海译文出版社，2009：325-326.

沈从文的这种小说文体观显然是对小说传统理论"人物、结构、环境"的三分法的突破,是受到抒情小说文体观的影响与启发的结果。

首先,沈从文的小说文体观是受到以周作人为代表的抒情小说理论的影响,但他又坚持自己的独立艺术观的结果。沈从文认为小说包含有"记事"与"诗歌"两种成分,跟周作人对文学的看法具有内在的一致性。周作人说:"文学不是实录,乃是一个梦;梦并不是醒生活的复写,然而离开了醒生活梦也就没有了材料,无论所做的是反应的或是满愿的梦。"① 早在1920年,周作人就提出了"抒情诗的小说"的概念。他在库普林《晚间的来客》译后附记中说:"我译这一篇,除却绍介 Kuprin 的思想之外,还有别的一种意思,——就是要表明在现代文学里,有这一种形式的短篇小说。小说不仅是叙事写景,还可以抒情;因为文学的特质,是在感情的传染,便是那纯自然派所描写,如 Zola 说,也仍然是'通过著者的性情的自然',所以这抒情诗的小说,虽然形式有点特别,但如果具备了文学的特质,也就是真实的小说。内容上必要有悲欢离合,结构上必要有葛藤,极点与收场,才得谓之小说:这种意见,正如十七世纪的戏曲的三一律,已经是过去的东西了。"② 1921年刘大白和郑振铎论争时,同样提出了"抒情小说"的概念。刘大白在《对西谛先生"性的问题"的疑问》一文中说:"难道研究文学的西谛先生,竟以为抒情诗、抒情小说底作者,是全部的心灵,都囿拘于性的问题底圈子以内的吗?竟以为抒情诗,抒情小说,只是叙述个人的性爱、性欲问题的吗?"当郑振铎嘲笑他"创造'抒情小说'的名辞"时,刘大白直言不讳地说:"抒情小说这个名辞的确是我创造的",并且解释道:"抒情小说"即"借着客观的事实,抒写主观的情感的小说"。③ 萧

---

① 周作人.《竹林的故事》序 [M] //严家炎. 二十世纪中国小说理论资料:第二卷. 北京:北京大学出版社,1997:407.
② 周作人.《晚间的来客》译后附记 [M] //严家炎. 二十世纪中国小说理论资料:第二卷. 北京:北京大学出版社,1997:91.
③ 严家炎. 世纪的足音 [M]. 北京:作家出版社,1996:34.

乾认为新文学的小说在解脱着初期常用的"诗词中的抒情字眼","解脱着旧诗词的窠臼"以后,"小说家却并不曾把那抒情的成分完全抛弃",有向象征主义迈进的趋势。① 毫无疑问,"抒情诗的小说"或"抒情小说"这类概念的提出,影响到沈从文的文学观念及其创作。

沈从文关注现代抒情性小说,从这些作家的创作中得到启示,但又形成自己独特的文体形式。

沈从文注意到鲁迅乡土小说的抒情性特征,他指出:鲁迅先生的《故乡》《社戏》,"给年青人展览一幅乡村的风景画在眼前。使各人皆从自己回想中去印证"②,"于江南风物,农村静穆和平,作抒情的幻想"③。沈从文坦承自己的创作受到鲁迅乡土小说的影响,他说:"国内作家则鲁迅先生写的乡村回忆故事正流行,我明白,由于生活实践,从这方面发展,我必然容易得到进展,我可写的事还多。"④ 沈从文受到鲁迅先生的乡土小说的影响,但他又显出文风上的区别。沈从文说:"写乡土文学受鲁迅影响,是受启发,不是受文风影响。"⑤

沈从文还受到郁达夫和废名的影响,但很快就有了自己的文体形式,他说:"当时受一点郁达夫和废名的影响,早期,但很快就不一样了。"⑥ 沈从文在《夫妇》文后写道:"自己有时常常觉得有两种笔调写文章,其一种,写乡下,则仿佛有与废名先生相似处。由自己说来,是受了废名先生

---

① 萧乾. 小说 [M] //吴福辉. 二十世纪中国小说理论资料:第三卷. 北京:北京大学出版社,1997:254-255.
② 沈从文. 论中国创作小说 [M] //沈从文. 沈从文全集:第16卷. 太原:北岳文艺出版社,2002:200.
③ 沈从文. 论施蛰存与罗黑芷 [M] //沈从文. 沈从文全集:第16卷. 太原:北岳文艺出版社,2002:172.
④ 沈从文. 我到北京怎么生活怎么学习 [M] //沈从文. 沈从文全集:第27卷. 太原:北岳文艺出版社,2002:217.
⑤⑥ 沈从文. 答瑞典友人问 [M] //沈从文. 沈从文全集:第27卷. 太原:北岳文艺出版社,2002:341.

的影响，但风致稍稍不同，因为用抒情诗的笔调写创作，是只有废名先生才能那种经济的。这一篇即又有痕迹，读我的文章略多而又欢喜废名先生文章的人，他必能找出其相似中稍稍不同处的。"① 沈从文在《论冯文炳》文章里，仔细分析了自己创作与冯文炳的异同，在相同方面，认为"一则因为对农村观察相同，一则因背景地方风俗习惯也相同，然从同一方向中，用同一单纯的文体，素描风景画一样把文章写成"，"文体在另一时如人所说及'同是不讲文法的作者'"，由此认为自己与废名文章风格方面是"最相称的一位"。沈从文又分析两者在"作品上显出分歧"，他把这种差别概括为"用矜慎的笔，作深入的解剖，具强烈的爱憎有悲悯的情感，表现出农村及其他去我们都市生活较远的人物姿态与言语，粗糙的灵魂，单纯的情欲，以及在一切由生产关系下形成的苦乐"诸方面，较之废名"宽而且优"。② 沈从文取废名"用抒情诗的笔调写创作"之长，而弃其褊狭艰涩之短。

除此之外，周作人、徐志摩等现代作家作品也给沈从文小说文体形式以启示。沈从文在《从周作人鲁迅作品学习抒情》文章中称周作人的小品文，"代表田园诗人的抒情"。徐志摩不仅是沈从文的挚友，而且其创作抒情方式，也让沈从文极为称道。沈从文在《从徐志摩作品学习抒情》写道："在写作上想到下笔的便利，是以'我'为主，就官能感受和印象温习来写随笔。或向内写心，或向外写物，或内外兼写，由心及物由物及心混成一片。方法上富于变化，包含多，体裁上更不拘文格文式，可以取例作参考的，现代作家中，徐志摩作品似乎最相宜。"③ 沈从文认为施蛰存的《上元

---

① 沈从文. 夫妇 [M] //沈从文. 沈从文别集·萧萧集. 长沙：岳麓书社，1992：127.
② 沈从文. 论冯文炳 [M] //沈从文. 沈从文全集：第16卷. 太原：北岳文艺出版社，2002：149-150.
③ 沈从文. 从徐志摩作品学习"抒情" [M] //沈从文. 沈从文全集：第16卷. 太原：北岳文艺出版社，2002：251.

灯》"多幻想成分，具抒情诗美的交织"①。沈从文认为施蛰存比罗黑芷作品完全一点在于施能以"一个自然诗人的态度，观察及一切世界姿态，同时能用温暖的爱，给予作品中以美丽而调和的人格"②。沈从文称落华生"最散文底诗质底是这人文章"③，"在'技术组织的完全'与'所写及的风光情调的特殊'两点上，落华生的《缀网劳蛛》，是值得注意的"④。沈从文称川岛（即章廷谦）的《月夜》"在小品散文中有诗的美质"⑤，称杨振声的《玉君》"描写乡村动静，声音与颜色，作者的文字，优美动人处，实为当时长篇新作品所不及"⑥。由此看来，沈从文"只评论影响过自己的作家与作品，只评论自己有兴趣又努力去创作的作品"，王润华因此将沈从文称为"创作室批评，因为它只是一个作家在从事创作时一种副产品（by‐product）"。⑦ 我以为王润华的论述是准确的。

沈从文跨文体创作也受到国外抒情性小说创作的影响。在外国作家中，沈从文曾这样谈到自己所受的影响："影响较大还是旧俄十九世纪一些作家和法国作家的作品。其中屠格涅夫的《猎人日记》和契诃夫的短篇，都德和福洛贝尔（通常译为福楼拜——本文作者注）的小说，对我影响显然都

---

① 沈从文. 论冯文炳 [M] //沈从文. 沈从文全集：第16卷. 太原：北岳文艺出版社，2002：149.

② 沈从文. 论施蛰存与罗黑芷 [M] //沈从文. 沈从文全集：第16卷. 太原：北岳文艺出版社，2002：172.

③ 沈从文. 论落华生 [M] //沈从文. 沈从文全集：第16卷. 太原：北岳文艺出版社，2002：161.

④ 沈从文. 论中国创作小说 [M] //沈从文. 沈从文全集：第16卷. 太原：北岳文艺出版社，2002：204.

⑤ 沈从文. 论中国创作小说 [M] //沈从文. 沈从文全集：第16卷. 太原：北岳文艺出版社，2002：213.

⑥ 沈从文. 论中国创作小说 [M] //沈从文. 沈从文全集：第16卷. 太原：北岳文艺出版社，2002：214.

⑦ 王润华. 沈从文小说创作的理论架构 [M] //刘洪涛，杨瑞仁. 沈从文研究资料：下编. 天津：天津人民出版社，2006：708.

比较大。"① 这四位作家中，都德和屠格涅夫短篇小说的诗化散文化写作路径在文体上给沈从文深刻的影响。都德的《磨坊书简》充满着淡雅的诗的韵味，开创了诗化散文化短篇小说的写作路径。屠格涅夫《猎人笔记》将小说故事、散文、游记合而为一，人与景物相错综的写作方法，同样对沈从文文体有着巨大的影响作用。沈从文说："用屠格涅夫写《猎人日记》方法，揉游记散文和小说故事而为一，使人事凸浮于西南特有明朗天时地理背景中，一切还带点'原料'意味，值得特别注意。十三年前我写《湘行散记》时，即具有这种企图，以为这种方法处理有地方性问题，必容易见功。"② 沈从文还在《答凌宇问》里指出："屠格涅夫《猎人笔记》，把人和景物相错综在一起，有独到好处。我认为现代作家必须懂这种人事在一定背景中发生。"③

沈从文文体综合创作，还跟他向中国传统诗歌学习密切相关。沈从文说："短篇小说的写作，从过去传统有所学习，从文字学文字，个人以为应当把诗歌放在第一位，小说放在末一位。一切艺术都容许作者注入一种诗的抒情，短篇小说也不例外。由于对诗的认识，将使一个小说作者对于文字性能具特殊敏感，因之产生选择语言文字的耐心。对于人性的智愚贤否、义利取舍形式之不同，也必同样具有特殊敏感，因之能从一般平凡哀乐得失景象上，触着所谓'人生'。尤其是诗人那点人生感慨，如果成为一个作者写作的动力时，作品的深刻性就必然因之而增加。至于从小说学小说，所得是不会很多的。"④

可以说，沈从文"文体不拘常例""故事不拘常格"的跨文体写法是沈

---

① 沈从文. 我到北京怎么生活怎么学习 [M] //沈从文. 沈从文全集：第27卷. 太原：北岳文艺出版社，2002：217.
② 沈从文. 新废邮存底续编：一首诗的讨论 [M] //沈从文. 沈从文全集：第17卷. 太原：北岳文艺出版社，2002：461 – 462.
③ 沈从文. 答凌宇问 [M] //沈从文. 沈从文全集：第16卷. 太原：北岳文艺出版社，2002：526.
④ 沈从文. 短篇小说 [M] //沈从文. 沈从文全集：第16卷. 太原：北岳文艺出版社，2002：505 – 506.

从文全面学习抒情小说文体形式,古今中外一切抒情作品都对他的小说创作产生了积极的影响作用,这是沈从文多方面阅读、独立创作、勇于实践等综合作用的结果。沈从文在《答凌宇问》中指出:"这只是读书多而杂,文体也不拘常例,生活接触面又广,故事不拘常格的必然结果。并无什么有意为之。有的全个故事无对话,如《腐烂》,有的故事又全是对话,如《若墨医生》,多是在学校示范表示不拘常例,通可以写成短篇而且动人的理由。这也是逐渐成熟的,只是谨慎耐烦,去从文字和故事上据斤播两,再客观地理会如何处理能产生的效果,改来改去的结果。说的'示范',含意并无什么标准化意思,只在告给同学,对于一个故事的写作得打破一切常规框框;文字也有同样情形,写来写去就自然理解它的效果了。总的说来,求不受任何影响,必须从实践上,从成功和失败两个方面取得经验,才明白叙事的多样性,才可望在同样三五千字极平常事件中,得到动人效果。"①

二、沈从文小说的诗化

沈从文小说具有强烈的诗化特征,这种诗化的特征沈从文常常称之为"诗的抒情"。沈从文称自己创作"文字中一部分充满泥土气息,一部分又文白杂糅,故事在写实中依旧浸透一种抒情幻想成分"②。他在《短篇小说》一文中指出:"一切艺术都容许作者注入一种诗的抒情,短篇小说也不例外。"③ 刘西渭说沈从文"从来不分析",他的小说"是抒情的,然而更是诗的","叫我们感受、想、回味"。④ 杨义先生指出:"假若现代的钟嵘

---

① 沈从文. 答凌宇问 [M] //沈从文. 沈从文全集:第16卷. 太原:北岳文艺出版社,2002:525.

② 沈从文.《沈从文小说选集》题记 [M] //沈从文. 沈从文全集:第16卷. 太原:北岳文艺出版社,2002:375.

③ 沈从文. 短篇小说 [M] //沈从文全集:第16卷. 太原:北岳文艺出版社,2002:505.

④ 刘西渭.《边城》与《八骏图》[M] //王珞. 沈从文评说八十年. 北京:中国华侨出版社,2004:199-200.

要把小说列入《诗品》，沈从文也许是毋庸争议的典型。"①

沈从文创作的诗化，既是沈从文受到中国诗文学传统（诗歌以及诗化写作的散文、传奇等）影响的结果，也是他努力学习国外诗歌及诗化小说写作的结果。沈从文年轻时在湘西老家便写古诗，得到他的一些亲戚朋友的称赞，认为他的诗具有"老杜"味道。后来，他将写诗的热情转移到写小说上来。在五四文学革命的影响下，"作诗人的兴趣，不久即转移到一个更切实些新的方向上来"，"做个'抒情诗人'似不如做个写实小说作家工作扎实而具体"。②但是，由于沈从文骨子里具有诗人的品性，同时他深受中国诗文学抒情传统的影响，以及他反复阅读《圣经》里部分抒情诗篇，这一切为沈从文这个现代抒情小说家的形成打下了基础。沈从文说："初到北京时，对于标点符号的使用，我还不熟习。身边唯一师傅是一部《史记》，随后不久，又才偶然得到一本破旧'圣经'。我并不迷信宗教，却欢喜那个接近口语的译文，和部分充满抒情诗的篇章。从这两部作品反复阅读中，我得到极多有益启发，初步学会了叙事抒情的基本知识，可是去实际应用自然还远。"③沈从文还受到都德、屠格涅夫诗化小说创作的影响。

沈从文小说的诗化是极其普通的，而其中诗化成就最大的便是他的湘西题材小说。湘西题材小说往往描写湘西独特的民族风俗，优美自然的风光，极具生活情态的乡村生活，简单纯朴的诗性人物形象，原始自然充满牧歌情调的情爱方式，这一切都使沈从文诗化小说艺术成就在中国现代作家中达到一个无人可企及的地位。

沈从文早期创作中，他如"捉萤火虫那样"捕捉那些在他眼前闪现过的或是逝去的一切，以诗的精灵抒写记忆中的湘西，这些小说大都显得亲切自然，充满儿童年代的温馨和甜蜜，如《雪渔》《往事》《雪》《玫瑰与

---

① 杨义．中国现代小说史：第2卷［M］．北京：人民文学出版社，1986：604.

② 沈从文．我怎么就写起小说来［M］//沈从文．沈从文全集：第12卷．太原：北岳文艺出版社，2002：414.

③ 沈从文．沈从文小说选集：题记［M］//沈从文．沈从文全集：第16卷．太原：北岳文艺出版社，2002：372.

九妹》《我的小学教育》等。《夜渔》以儿童的视角来描写农村大家族的晚餐，农村迷人的黄昏以及充满情趣的夜渔，仿佛将我们拉回到乡间美丽的秋晚园中去，谁不会心旷神怡呢？这种风景描写，文字虽然朴素，但是显得亲切自然，充满诗的艺术魅力。沈从文早年土著军队生活题材的小说，如《移防》①、《占领》等也充满诗意的生活情趣描写。而《连长》《逃的前一天》则增添了一种哀伤的诗的情调，如诗如画的景物描写极大地烘托小说的诗意氛围。《连长》开篇便对军中喇叭声做了一番描写，将读者带入一种哀伤的情调之中，这种哀伤的调子，在描写连长与他的情妇离别之际达到顶点，小说为此做了诗意般的描写："两人不说话，两人便都可听到外面的雪落地作极微极匀声音，又可听到屋后竹园大堆的雪下坍以后竹子弹起的声音。此外可是全无响动了。……天色渐渐暗下来，屋子中慢慢颜色暗默，火塘内的炽着的炭却益发熊明了。"一种沉重的忧愁分量压在读者的心头上。《逃的前一天》叙述一个即将逃亡的士兵目光所及的土著军队一日生活，全篇笼罩在一种离情别绪的哀伤氛围之中。傍晚时分，士兵眼望着近山云雾浮动纠缠的村落，听到扬扬忧郁的喇叭声，一种不绝如缕的哀伤情调让人感怀。

　　由于沈从文早期小说大多是对自己早年生活和故乡人事进行忆往和纪实，虽然不时具有十分精彩的抒情片断，但是小说整体诗化特征并不是很明显。真正显示沈从文诗化小说艺术成就的是1928年以后沈从文以湘西为背景的小说。《雨后》《采蕨》描写在充满诗情画意的野外，男女青年在山坡上采蕨菜，唱着火热的情歌，在野外发生情爱故事。《阿黑小史》同样写阿黑与五明种种幽会场面和调谑情景，写得如诗如画，洋溢着浓浓的诗意。

　　《雨后》《采蕨》《阿黑小史》对乡间小儿女的自然性爱的渲染，充满了牧歌气息，给人以美的享受，但这种抒情方式的重复和单调也让人担心。也许作者也感到这一方面的危险，他开始更加注重在诗化小说的背后所隐

---

① 后改名为《船上》。

含的社会的苦乐和人生的悲剧,从而获得诗化创作的坚实基础。"《雨后》作者在表现一方面言,似较冯文炳君为宽而且优。创作基础成于生活各面的认识,冯文炳君在这一点上,似乎永远与《雨后》作者异途了。"① 其实这种诗化创作在《连长》《逃的前一天》已稍显出来,而真正标志这种抒情方式成熟的要算《柏子》的发表,沈从文将诗化创作的牧歌情调与卑微人物的生命隐痛熔为一炉。柏子白天在桅子上唱歌,晚上吹着口哨去找岸上与他相好的妓女,在歌声与笑骂声中与妓女尽情调情,"把自己沉浸在这种欢乐空气中",他"不曾预备要人怜悯,也不知道可怜自己"。之后《萧萧》《一个女人》《丈夫》《菜园》《贵生》等继续沿着这条诗化创作道路前进,作者在充满诗意的抒写中,往往深隐着沉痛的悲哀甚至悲愤之情,开拓了诗化创作的新境界。《萧萧》以诗意的笔调写童养媳的生活。别的媳妇进门是又哭又闹,而萧萧却是笑着过门的,她每天抱了小丈夫在村前柳树下玩。小说写萧萧在充满诗意的氛围下失身,而在她度过重重命运难关之后,并且抱了自己的月毛毛,在屋前榆蜡树篱笆看自己大儿子结婚的热闹。儿子十二岁,媳妇比儿子年长六岁,又一代萧萧进了门。小说写道:"这一天,萧萧抱了自己新生的月毛毛,却在屋前榆蜡树篱笆看热闹,同十年前抱丈夫一样子。"让人感慨不已。《丈夫》讲述的是一个乡下丈夫到城里河船上探望被送出"做生意"的妻子遭受屈辱的经历,但作者却写得极为充满诗意。小说写丈夫与查船的水保说到家乡事物的兴奋,写他想起第一次能同这样尊贵的人物谈话而兴奋得唱起山歌来,写他在得到妻子老七带回的琴后减消厌气,晚上拉琴,五多和老七唱歌,"心上开了花"。《贵生》写的是受辱者的反抗,但小说却弥漫着一种诗一般的温馨情调,小虾子在透亮溪水中快活地游动,芭芽草开着白花在风中轻摇,杂货铺里人们闲聊,寨围子的"拟古典"生活气息,一切显得和平静美,充满诗意。贵生本来可以有的一桩好姻缘,却因为乡绅五爷的突然介入而遭破坏,贵生终于走上反

---

① 沈从文. 论冯文炳[M]//沈从文. 沈从文全集:第16卷. 太原:北岳文艺出版社,2002:150.

抗之路。

沈从文在《雨后》《采蕨》《阿黑小史》曾对乡下小儿女单纯、天真、浪漫的心境进行反复渲染，这在《三三》《边城》中又得到了进一步发展。作品中，三三、翠翠这两位豆蔻年华的少女，清纯天真、温婉多情，像梦一样的美丽，具有诗性的性格，特别是对爱的朦胧心理表现得异常形象逼真，充满诗意美。如《边城》中对翠翠充满诗意的描写，对此，汪曾祺评论道："篁竹、山水、笛声，都是翠翠的一部分。"① 美的山水和美的人物形象融为一体，这一切构成了诗的境界。又如《边城》中对翠翠在傩送唱歌后的第二天晚上对歌声的企盼，写得极富诗意。

  月光极其柔和，溪面浮着一层薄薄白雾，这时节对溪若有人唱歌，隔溪应和，实在太美丽了。翠翠还记得先前祖父说的笑话。耳朵又不聋，祖父的话说得极分明，一个兄弟走马路，唱歌来打发这样的晚上，算是怎么一回事？她似乎为了等着这样的歌声，沉默了许久。

  她在月光下坐了一阵，心里却当真愿意听一个人来唱歌。久之，对溪除了一片草虫的清音复奏以外别无所有。翠翠走回家里去，在房门边摸着了那个芦管，拿出来在月光下自己吹着。觉吹得不好，又递给祖父要祖父吹。老船夫把那个芦管竖在嘴边，吹了个长长的曲子，翠翠的心被吹柔软了。②

此外，作者在小说结构中引入了"逆转"。作者仿佛是故意把读者诱入对田园诗般的陶醉之中，却突如其来地将其从梦中摇醒，于是只觉得做了一个很清凉优美的梦。《三三》中就曾有这种结构方式。当三三和娘去堡子里给少爷送鸡蛋，却看到少爷的丧事，便是这种结构方式的体现。《边城》稍稍复杂一点，但也具有同样的艺术布置。《边城》中碾坊与渡船，请媒提亲与唱歌求爱的对立，开始还只是一个阴影，但随着画卷的展开，这种对

---

① 汪曾祺. 晚翠文谈新编[M]. 北京：生活·读书·新知三联书店，2002：199.
② 沈从文. 边城[M]//沈从文. 沈从文全集：第8卷. 太原：北岳文艺出版社，2002：126.

立越发明显,一种让人忧郁的情绪渐渐加重,大老二老在碧溪岨上唱歌之后,那先前蜷伏的阴影分明地一点一点地向中央蔓延,大老坐下水船淹死,顺顺父子俩归罪于老船夫,沉郁的情绪开始占主体,而最后的那一场大暴雨和老船夫的突然去世,画面几乎完全被黑暗遮蔽,船总顺顺帮忙安葬死者,并商量把翠翠接到他家中去,杨马兵陪同翠翠等候二老的归来,画面才显出亮色,但是,"这个人也许不回来了,也许明天回来!"最终的画面仍然黑白参半,让人充满着期待,也让人感到忧虑。王晓明称在《边城》里"最动听的牧歌声和最忧郁的暗示交织在一起,最热切的铺叙和最突然的刹尾紧紧相连,这一切构成了那样奇妙的艺术效果"①。我以为这种评价是很贴切的。沈从文展开对湘西民情风俗的描写,水墨山水的勾画,充满纯真善良正直朴素人性美的人物塑造,田园牧歌情调的渲染,而最后却以一个出人意料的转折,一下子将人从田园牧歌境界的陶醉中震醒,给人以强烈的冲击力,一方面让人更加追思先前的梦幻之境,另一方面使人感到人生无常和现实的阴冷,诗意的创作由此获得了它的社会历史的基础和人生哲学的厚度。在《丈夫》《贵生》《菜园》等一些小说中,"逆转"结构方式都大量存在。由于沈从文有了"逆转"这种结构方式,他便可以一方面尽情地进行诗化的抒写;另一方面又在勾画牧歌图的同时,悄悄地增添着悲剧的因子,随着画卷的展开,先前隐潜在背后的阴影也渐渐从纸背浸染出来,越到后面越深沉,最后彻底颠覆,增加了小说的主题内容。沈从文将中国诗化创作推入了顶峰。

沈从文以苗族生活习俗加以想象是其诗化小说创作的另一重要内容。这些作品有《龙朱》《媚金·豹子·与那羊》《神巫之爱》《月下小景》等。对于这些作品沈从文曾做过这样的评价:《龙朱》《月下小景》,全是以异族青年恋爱为主格,写他们生活中的一片,全篇贯串以透明的智慧,交织了

---

① 王晓明."乡下人"的文体与"土绅士"的思想[M]//刘洪涛,杨瑞仁.沈从文研究资料:上.天津:天津人民出版社,2006:596.

诗情与画意的作品①，这些小说人物大都带有逼人的美丽和超常的品德，在爱情上热情忠诚勇敢，具有理想化色彩，全篇贯串着浪漫的歌词，动人的情话，迷人的迎神娱神歌舞描写，具有浓郁的诗意美。《龙朱》中龙朱用他优美的歌声获得黄牛寨寨主女儿的爱；《媚金·豹子·与那样》中媚金与豹子双双殉情于洞中的柔情与凄美；《神巫之爱》的美妙歌词以及迎神跳傩的欢乐场面，充满了诗情画意；《月下小景》中傩佑与他的恋人在月夜的野外，唱着动人的情歌，为反抗××族人"女人同第一个男子恋爱，却只许同第二个男子结婚"的陋习，而快乐地咽下那致命的毒药……这一切描写都充满了浪漫的诗意。

沈从文后期湘西题材创作，主要是描写现实的湘西，这在《小砦》已经开始，包括《芸庐纪事》《动静》和具有连续性的短篇《赤魇》《雪晴》《巧秀和冬生》《传奇不奇》等，而《长河》代表了沈从文后期创作的最高成就。在《长河》中，诗化的自然景物、纯朴的人性往往与现实的黑暗交织在一起，也就是作者所说的："除了自然景物的明朗，和生长于这个环境中几个小儿女性情上的天真纯粹还可见出一点希望，其余笔下所涉及的人和事，自然便不免黯淡无光。尤其是叙述到地方特权者时，一支笔即再残忍也不能写下去，有意作成的乡村幽默，终无从中和那点沉痛感慨。"② 由于现实的黑暗，更主要的是写作上的太实，譬如夭夭的形象就没有三三、翠翠那样充满空灵梦幻的色彩，故后期小说诗化创作艺术就无法达到沈从文成熟期小说的艺术水准。

除了湘西题材小说，几乎在沈从文创作的一切小说中都可以找到诗化创作的因素，或浓郁或平淡，或全篇交织诗情画意，或在极细微的部分中显现。

---

① 沈从文. 湘行书简：横石和九溪［M］//沈从文. 沈从文全集：第11卷. 太原：北岳文艺出版社，2002：182.
② 沈从文. 长河：题记［M］//沈从文. 沈从文全集：第10卷. 太原：北岳文艺出版社，2002：7.

沈从文将《月下小景》里佛经改编的故事看成抒情故事，故事的描绘充满诗性画意。沈从文说《月下小景》佛经改编故事集"这个习作实近于《抒情故事》"①，沈从文还对此做了这样的解释："就用碛砂藏中诸经作根据，来把佛经中小故事放大翻新，注入我生命中属于抑压的种种纤细感觉和荒唐想象。"②《寻觅》中写对白玉丹渊国的诗意想象，《扇陀》写扇陀带了一群美女、大量宝物来对候补仙人进行诱惑，小说在叙述过程中时刻显示出诗一般的情调。《爱欲》中所包含的《被劓刑者的爱》《弹筝者的爱》《一匹母鹿所生的女孩的爱》三则故事，充满着浪漫的情调，"故事的布置，常常恣纵不可比方"，作者在叙述故事的时候，充满诗情画意。《弹筝者的爱》将抱儿持瓶诣井汲水的舍卫城妇人爱上弹琴自娱、颜貌端正的男子，更改为妇人沉迷于相貌极丑的弹筝男子的动人的音乐，将自己小孩子的头络结在瓶颈上，将小孩放下深井里去，待提起时，小孩子早已为水淹死了。特别是这个故事的结尾，由"愁忧伤结呼天堕泪"改写得充满诗的魅力。妇女深夜身着寝衣，勇闯弹筝男子的小屋，向他倾诉恋情，男子不理解她的真情而逃走了，妇女便自缢身亡，给人以精神上的震撼。《月下小景》其他篇章如《女人》里鹦鹉与人的对话，《猎人故事》芦苇丛中雏鹅同乌龟的辩白，《一个农夫的故事》中年轻男子骗取公主的身体，《医生》中医生为保护一只小鹅忍受主人的鞭打，《慷慨的王子》中王子流放旅途的奇异遭遇，都充满天外奇想和诗的抒情。特别是《月下小景》故事集设置了金狼店这个故事的讲述场所，在荒野深夜，一群贩夫走卒，围坐在一堆火旁谈古论今，这种境界本身便充满诗意。

沈从文都市题材小说也具有较强的诗化特征，这一点往往不受人重视。沈从文这类题材小说，除了讽刺都市上流社会虚伪、做作、道貌岸然的病

---

① 沈从文. 题《月下小景》[M]//沈从文. 沈从文全集：第14卷. 太原：北岳文艺出版社，2002：468.
② 沈从文. 水云[M]//沈从文. 沈从文全集：第12卷. 太原：北岳文艺出版社，2002：104.

态人生之外，尚有相当一部分具有作者都市生活面影和描写都市情欲与理智相矛盾为主题的创作。具有作者都市生活面影的作品，带有强烈的郁达夫式的悲哀和伤感，充满了主观抒情的诗意。如《在公寓中》《不死日记》《中年》《善钟里的生活》以日记体形式直接宣泄自己的穷困，抑郁，苦闷，渴望异性的爱和人间的温暖；书信体形式的《一个天才的通信》，感情真切，言辞凄清，具有强烈的抒情性，小说谈到自己穷愁挨饿不要紧，而自己生病的母亲和年幼的小妹也一同挨饿却让人痛苦，人在不能生病时却又偏病倒了，让人读了很觉得可悲。沈从文都市自叙传小说明显受到郁达夫自叙传小说的影响，他坦诚承认这一点，他说："当时受一点郁达夫和废名的影响，早期，但很快就不一样了"。① 这种都市自叙传小说的诗化特征是比较明显的。

  沈从文都市性爱小说有一部分主题主要反映情欲与理智相互纠葛。《旧梦》洋溢着真挚的情感，将情爱过程中复杂微妙的心理做了精细的描写。小说淋漓尽致地、赤裸裸地展示了主人公在情欲与理智纠葛中的"忧郁无用徘徊柔弱"，描绘了一个"算是顶懦弱的人，也算是顶有人性的人"。小说所表现的潦倒的生活，柔弱的性格，感伤的调子，颇似郁达夫，也颇与《少年维特之烦恼》中维特相似，特别是那种复杂矛盾的感情表达方式更似维特，如"我莫名其妙，在我的心中忽而欢乐，又忽而的忧郁"，"在一种牵牵扯扯中经过一切的地狱中苦恼！"沈从文自己是颇为看好自己的《旧梦》的。他在给王际真的信中说道："寄一本《旧梦》，我新出的书来，上面还有些趣话痴话。因为风格不同，背景不同，心境不同，所以这书写出印成有了四年，我还觉得比那些短篇较好一点。"② 沈从文在给王际真另一信中谈到《旧梦》，他说："我那哥哥昨天还才来信，说仍然想到关东漂泊，

---

  ① 沈从文. 答瑞典友人问［M］//沈从文. 沈从文全集：第27卷. 太原：北岳文艺出版社，2002：341.
  ② 沈从文. 致王际真 19310521 上海［M］//沈从文. 沈从文全集：第18卷. 太原：北岳文艺出版社，2002：140.

可怜的人，只有他看得《旧梦》有趣味。"① 信中充满了对世人不理解《旧梦》的遗憾。而《篁君日记》跟《少年维特之烦恼》在抒情方式上更相近，都是书信日记体小说：在京城衙门过着潦倒生活的小职员篁君，为了让一个姨太太感到人间的爱，又成全大胆无畏的青年女子菊的追求，同时又陷入对在老家的妻儿的深深忏悔自责之中。当篁君在性爱上越是顺利发展时，他的苦恼也益深，灵魂陷入极端痛苦之中，最后辞去小职员的差事，做了山寨大王。小说非常成功地运用第一人称的日记体，让主人公直接向读者诉说自己的心灵感受，倾诉自己的欢乐和痛苦，十六则长短不一的日记精巧地构成整体，整篇小说真切感人，充满浓郁的诗意，一则则日记往往就是一首首凄婉动人的情诗，诉说爱的欢乐，罪的忏悔，时而沉郁，时而振作，描写理智与情欲的斗争，诉说精神的痛苦。在诗意地表达主人公复杂多变的性爱心理，我认为《篁君日记》堪比《少年维特之烦恼》，小说对主人公与姨太太的性爱关系不仅做了一种诗化处理，甚至达到神化的处理。如小说写道："姨慢慢的睡下去。'我的妹子，你身如百合花，在你身上我可以嗅到百合花的香气……'我轻轻唱了一首所罗门的歌，颂我对神的虔敬。"②

《看虹录》曾被当作20世纪40年代沈从文抽象的抒情的代表作。"神在我们生命里"是《看虹录》中重要的主题。这篇小说记叙"一个人二十四点钟内生命的一种形式"。这篇小说具有极强的诗意：月光清莹的老式牌楼，小小庭院里的梅花清香，素朴的小小的房子炉火正炽，男女情侣精巧的谈话，雪中猎鹿的同构隐喻故事，典雅诗化的书信，那追索"抽象"的意义而向虚空凝眸，呈现"述爱欲在生命中所占地位，所有形式，以及其

---

① 沈从文. 复王际真 19300112 吴淞 [M] //沈从文. 沈从文全集：第18卷. 太原：北岳文艺出版社，2002：39.
② 沈从文. 篁君日记 [M] //沈从文. 沈从文全集：第2卷. 太原：北岳文艺出版社，2002：307.

细微变化"①。由于作者悬置了一切男女主人公外在关系和社会背景,描写他们"对话"与精神的漫游,通过对女性身体和母鹿身体做极端精美的诗化描写,用生命中最纤细的神经捕捉一个美的印象,而在生命的诗与火中发现神。这种诗化创作超越了具象而达到抽象,构筑了一种非个人性的、理想的、梦幻的、想象的诗意世界。这是一篇十分具有现代性的实验小说,一些人将这种抒情方式归结为抽象的抒情,沈从文说:"我想写一《绿百合》,用形式表现意象。"②

沈从文都市讽刺小说,因为讽刺占主体地位,感情上难得亲切近,故诗化创作也就体现得比较少,但也并非没有,在一些讽刺短篇小说中也具有诗意的片断。如《八骏图》写达士刚到青岛,对窗外景色的诗化感受。《绅士的太太》中也有诗化写作,留洋归来的大少爷与三姨太偷情,"那边偏院辛夷树开得花朵动人,在月光里把影子通通映在地下,非常有趣味","月亮挂到天上,有极小的风吹送花香",场景的美好与人情的乖张形成反讽,沈从文在他都市讽刺小说中也不经意地闪现出诗意来。

通过以上考察,沈从文诗化创作呈现出两个特点:第一,沈从文几乎在任何题材小说内容上,都注入了一种"诗的抒情",这在中国现代作家中几乎是绝无仅有的;第二,沈从文诗化小说艺术成就之伟大,在中国现代作家中也几乎是绝无仅有的。沈从文以《边城》为代表的诗化小说创作是他艺术创造最为杰出之作,是他对中国传统诗歌艺术在现代小说领域内的创造性转化与成功嫁接。中国诗化小说创作在沈从文手中得以成熟。沈从文将中国诗化小说创作向前推进了一大步,开创中国短篇小说诗化写作路径,对中国现当代诗化小说创作产生了极其深远的影响。

---

① 沈从文. 生命 [M] //沈从文. 沈从文全集:第 12 卷. 太原:北岳文艺出版社,2002:44.(这些话语本来是沈从文对法朗士《红百合》故事的评价,但这里用来评价沈从文自己的《看虹录》也是十分贴切的。)

② 沈从文. 生命 [M] //沈从文. 沈从文全集:第 12 卷. 太原:北岳文艺出版社,2002:44.

三、沈从文小说的散文化

沈从文小说创作的散文化特征，是非常明显的。沈从文在《石子船·后记》里写道："从这一小本集子上看，可以得一结论，就是文章更近于小品散文，于描写虽同样尽力，于结构更疏忽了。照一般说法，短篇小说的必需条件，所谓'事物的中心'，'人物的中心'，'提高'或'拉紧'，我全没有顾全到。也像是有意这样作，我只平平的写去，到要完了就止。事情完全是平常的事情，故既不夸张也不剪裁的把它写下来了。一个读者若一定要照什么规则说来，这是失败，我是并不图在这失败事业上加以一言辩解的。在我其他任何一本著作上，我想都不免有这种毛病。"[①]

沈从文小说散文化在他早期显得非常突出。沈从文早期小说往往与散文的界线并不是很明显，有的创作作品虽然归并为小说，但更像散文，文章的结构极为松散。譬如：《屠桌边》写的是志成夫妇的屠案生活，小说没有一定的主要的故事，没有比较连贯的情节，只是一些片断。《更夫阿韩》只是韩伯生活的一个个片断的串接。《瑞龙》小说开头竟然用了全篇三分之一的篇幅描写大坪坝的菜市，然后才转写瑞龙小伙伴卖甘蔗的事。《玫瑰与九妹》围绕玫瑰展开全家生活图景的描绘，多是家庭细小生活的描写。《福生》描写旧私塾老先生对福生的体罚，但却花了大量的笔墨描写福生的联想。《船上》描写一个团长带了部下和家眷，乘民船往辰州移防，太太的内心活动的描写，占了全篇近一半的篇幅。《用 A 字记录下来的事》没有什么情节冲突，而把描写的重点放在小达利内心上，写他为坐在前排的女人的诱惑而苦恼。《棉鞋》写"我"为一双破棉鞋而遭到种种冷落和白眼，小说围绕棉鞋，多方面写其遭受的屈辱，具有形散神不散的散文特征。《黎明》描写叔远与"我"离家去北京的路途中一个黎明时分的生活剪影。《记陆弢》只描写陆弢的一个面影。《占领》开始不厌其烦地交代各条案令，又杂

---

① 沈从文. 石子船：后记 [M] //沈从文. 沈从文全集：第 5 卷. 太原：北岳文艺出版社，2002：318.

七杂八地说到军队在两种情形下开差的情况,在这些说了之后,才转入开差前一天,四表哥与"我"的纠纷,最后才是"我们"不费一枪一弹占领渭城。《槐化镇》先交代如何想到槐化镇,写槐化镇的风洞,炼铁炉子,槐化镇的落雨,这与其说是一篇小说,还不如说是一篇散文。《我的教育》以"我"的目光,描写土著军队的杀人、赌博、练操、捉逃兵、看打铁、吃狗肉等生活,按时间顺序记录,娓娓道来,具有散文化特征。《传事兵》通过一个新的传事兵的目光审视的军队日常生活,重点勾画了传事兵的心理活动。《逃的前一天》以一个士兵逃的前一天所见的军队生活,士兵擦枪、伙夫打拳、书记官吸大烟、洗衣妇偷情、上司猜拳吃酒、巫师杀鸡拜神、老兵溪边垂钓、老妇磨坊送鸡,按照时间顺序从早晨到夜晚事无巨细地记录下来。《松子君》作者花了大量笔墨叙述故事是如何被"引诱"出来的。《岚生同岚生太太》在小说开头便对岚生的工作性质和名字的来历做了介绍,娓娓道来,然后写岚生为了看"闺范女子中学"剪发的女生而故意较远的墨水胡同回家,岚生太太因为爱慕虚名而同意将头发剪去,两人于是兴冲冲地为剪发买布料等忙碌,充满了琐碎的描写。《猎野猪的故事》在正式讲猎野猪的故事之前,用了很长的一个楔子,小四纠缠"我"讲故事,没得法,只好求宋妈讲一个故事给小四听,宋妈便给小四讲了一个猎野猪的故事,故事讲完后又回到讲故事的现场,并交代"我"怕小四纠缠不敢再去小四家。这篇小说既讲了一个奇异的猎野猪的故事,又将讲述这个故事的现场及缘由交代了出来,具有生活本身那样生活情态。《山鬼》这篇小说像生活本身那样自然地不做剪裁似的写下来,小说结构整体比较散漫,特别是第四部分关于猫猫山小村民集会场所的描写,离开主体情节线索较远,按传统小说理念做法,去掉这一部分完全不会影响小说整体情节内容,但这一部分恰恰体现了沈从文创作小说的理念,即他并不是以情节为中心,而是极力冲淡情节线索,加大边地民情风俗生活描绘,以显现整体生活风貌。对于《山鬼》的情节结构,杨义有这样的评论:"单纯的情节衬以繁复的风俗描写,宛若热带阔叶树,干弱叶茂,婀娜多姿,有一种野趣盎然的生命力。"①《在私塾》同样如此。小说叙述作者自己在私塾的生活，详细描写自己逃学所看到的种种生活趣事，当"我"把从市集上买来的鸡带回家时，却遭到父亲的罚跪和私塾先生的毒打。小说的叙述是散漫的，但却有十分生动的风俗描写，加大了小说的容量。再看《入伍后》，小说花了大量笔墨描写"我"如何随了土著部队来到芷江东乡清乡剿匪，津津有味地叙述军队的日常生活，在绕了一个大圈子之后才回到二哥身上，写二哥坐牢、与大家友好的关系以及被仇家杀死，然而小说没有就此结束，而是又写了那与"我"一起的几个副爷的后来的情况，并对北去当兵的吉弟进行勉励，交代写作入伍生活的原因。这就打破了小说的虚构性特征，还原为生活的本原。《老实人》同样具有散文化的特征。小说主体写自宽君被警察误认为是流氓而被抓去坐牢的事情。但这篇小说在开头前三节，像变戏法一样，絮絮叨叨，讽刺批判了所谓的"生命力"强的青年学生，才切入正题，正如小说中提到的："韩秉谦变戏法儿，一点钟的时间倒有五十分钟说白，十分钟动手"，我想小说在此也有同样情况。《一件心的罪孽》描写一个美女大学生美的范型带给"我"的冲击，但小说是通过层层渲染的方法来表现的，具有散文化特征。《焕乎先生》写焕乎先生徘徊在凉台望到对面亭子间女人的一点点动作而展开他丰富的想象活动，表现他的单相思，情节几乎没有。《不死日记》《中年》《善钟里的生活》这一组相互连接的日记体小说，大致可以看作是沈从文1928年7月1日到8月底一段自传性生活的日记，表现自己贫病交加，渴望女人温暖，这一组日记体小说与书信体小说《一个天才的通信》一样，"没有秩序段落也没有结构故事，譬如画，既不是线也不是色，却只是一些点……因为这上面没有别的好处，却不缺少一个害热病的死前一月来近于疯狂的人心的陈列"②。

如何看待沈从文小说创作的散文化，过去评论界大多是持否定态度。

---

① 杨义. 中国现代小说史：第2卷[M]. 北京：人民文学出版社，1986：620.
② 沈从文. 一个天才的通信：编者序[M]//沈从文. 沈从文全集：第4卷. 太原：北岳文艺出版社，2002：325.

如苏雪林认为沈从文小说的随笔化是沈从文创作的一个缺点。她说:"沈从文创作的缺点也不能说完全没有。首为过于随笔化。他好像是专门拿 Essay 的笔法来写小说的……本来用随笔体裁写故事,在法文有所谓'Conte'者之一体。如佛朗士《我友之书》(Le Livre de mon ami)、都德的《磨坊尺牍》(Les Lettres de mon moulin)、《日曜故事》(Les Contes du Lundi) 就是这类文章,这与小说(Novel)是大有分别的。沈氏原是个'说故事的人',用 Conte 体裁来写故事亦未尝不可,不过篇篇如此,也就有些讨厌了。"[1]由于对沈从文创作小说的散文化的不理解,苏雪林必然认为沈从文"描写却依然繁冗拖沓。有时累累数百言还不能达出'中心思想'。有似老妪谈家常,叨叨絮絮,说了半天,听者尚茫然不知其命意之所在;又好像用软绵绵的拳头去打胖子,打不到他的痛处。他用一千字写的一段文章,我们将它缩成百字,原意仍可不失。因此他的文字不能像利剑一般刺进读者的心灵,他的故事即写得如何悲惨可怕,也不能在读者脑筋里留下永久不能磨灭的印象。……沈从文的文字则应当抽去十几条使它全身松懈的懒筋。作者写文字时信笔挥洒毫不着意。思想到了那里他的笔锋也就到了那里。不幸他的思想是有些夹杂不清的,所以文字的体裁也就不能十分精醇爽利"[2]。

苏雪林对沈从文创作缺点的分析,部分符合沈从文创作实际,但是更多的是苏雪林对沈从文创作小说的散文化的不解和误解,她无法理解沈从文对传统观念形态的反叛。

另一对沈从文创作的散文化表示反对的是贺玉波。贺玉波在他的《沈从文的作品评判》里对沈从文创作技巧的种种"缺点"进行了归纳,其中就有体裁结构散文式写作方式。他认为沈从文"小说不具有完美的小说形式""没有适当的结构""情节的布置也不妥当""序幕和废话太多""描写

---

[1][2] 苏雪林. 沈从文论 [J]. 文学,1934,3 (3).

没有重心"。①

贺玉波在对沈从文创作的批判中，其核心还是对沈从文小说创作散文化的批判。

然而在对沈从文散文化小说的批评声浪中，李同愈的观点就显得颇为独异。李同愈在《沈从文的短篇小说》里认为沈从文"他初期的小说体裁给予一般人以非常大的影响，几乎以为写小说非要用这一种笔调才能成功。那样无知的见解固然十分可笑，但沈从文初期的短篇小说之迷人的力量却可知了"。李认为沈从文初期小说的特长是："在每一句对话中用着特别的文字组织，全篇充满着轻松的调子，甚至在每个字眼上都镶着引吸人的力量，这就是沈从文初期小说的特长处。日子稍久以后，凡是沈从文写的文章酿成了一种独特作风，即使到现在也还不曾有过和沈从文作风比较相似的作家。那时间，在《晨报》的副刊上沈从文用了许多笔名发表小说，但他那种不变的独特的作风并不因署名的生疏而使人认错了作者。"李同愈除了认为沈从文初期短篇小说具有"迷人的力量"和"独特作风"而外，甚至认为沈从文成熟期小说创作所给予人的影响反远不如前期小说之大。但是李同愈认为如果以严正的结构和情节的最高点作为小说所必具的条件，"那么沈从文初期小说之不被批评家所器重也是应该的"。但是具有严正结构和情节最高点的这种完善的小说却反不如"那些优美的散文似的短篇小说"所给人的"迷人的力量"，这就需要突破传统小说观念形态，以一种新的小说观念形态来看待小说。

但是李同愈没能跨出这一步，他对沈从文初期作品能否称得上完善的"短篇小说"感到疑惑，他说："然而沈从文初期作品是否能够称为完善的'短篇小说'，则真是一个问题。"②

对于沈从文初期散文体小说价值，20 世纪 80 年代以来，多持负面的看

---

① 贺玉波. 沈从文的作品评判 [M] //王珞. 沈从文评说八十年. 北京：中国华侨出版社，2004：213 - 214.

② 李同愈. 沈从文的短篇小说 [J]. 新中华，1935，3 (7).

法。凌宇先生在他的《从边城走向世界》一书里，对沈从文初期小说创作评价不高，认为："这是一个初学用笔的阶段。体裁杂——小说、诗歌、散文、戏曲，在他的一九二四至一九二七年的创作中，几乎是同时并举——他还没有找到适合自己的文学体裁"①，沈从文这个阶段的小说创作，"终究不过是一种特殊民情、风俗、自然风光的表象展览——一种素朴而简陋的忆往的记实，多数甚至算不得小说。自然主义的印象捕捉构成它们的基本特色"②。而对于反映以都市经历与见闻为题材的创作中，凌宇先生认为这种弊端同样存在："这部分作品包括两种基本类型：一是暴露都市中上层阶级生活的空虚、庸俗与无聊；二是一个痛感孤独、渴求人间同情与温暖（包括男女之间温爱）的凄苦灵魂的内心独白。前者如《晨》《岚生和岚生太太》《蜜柑》等，后者如《篁君日记》《长夏》《老实人》《看爱人去》等。一是企图鞭挞与讽刺，一是着意抒写都市苦闷。但由于题材缺乏典型化的提炼，作者尚无法把握讽刺艺术的规律，结果鞭笞翻成展览，尤其是第二类作品，带有郁达夫小说影响的明显痕迹。男女关系描写的自然主义倾向为时人诟病，便不足为奇了。"③ 对于社会批判性童话体小说《阿丽思中国游记》，凌宇先生认为："这部小说在艺术上却是不成功的。这样广泛的社会内容在一部作品里和盘托出，平铺直叙的写法限制着作者去塑造承担作品主题的典型形象，刻画的浮露便成为势不可免。"④ 凌宇先生还认为："以《柏子》为标志，从一九二八年下半年到一九二九年，沈从文的小说开始出现一种转机。虽然，在他的大量的乡土叙写中，为数不少的作品仍带着自然主义的、印象式的描摹。"⑤ 凌宇先生的评论是颇为准确的。

但是，凌宇先生所责难沈从文初期小说创作不仅是这种艺术创作方法，而且更看重的是沈从文这时期小说创作所表现的内容："虽然在作品的某些

---

① 凌宇. 从边城走向世界［M］. 北京：生活·读书·新知三联书店，1985：183.
② 凌宇. 从边城走向世界［M］. 北京：生活·读书·新知三联书店，1985：186.
③ 凌宇. 从边城走向世界［M］. 北京：生活·读书·新知三联书店，1985：187.
④ 凌宇. 从边城走向世界［M］. 北京：生活·读书·新知三联书店，1985：188.
⑤ 凌宇. 从边城走向世界［M］. 北京：生活·读书·新知三联书店，1985：189.

细部描写上,能够传达出事象特有的那份神气,显示着作者对事象特具敏感的潜在能力,可是,从作品内容的基本倾向看,除了自然景物、民情、习俗的外在风采,实在看不出什么深一点的蕴含"①,"最重要的,是作者尚无力向生活的深处开掘,刻画缺少必要的深度、广度与力度。自然主义的重要特征就在注重事物的表象,早期的沈从文谈不上追求自然主义的创作方法,只是由于他对人生认识的功力不足,使他的创作在客观效果上必然打上自然主义的印记"②。

对于沈从文早期创作作品,金介甫的评价立场却相对来说要正面得多,他说:

> 他在一篇漫不经心匆匆写成的作品里,往往要倾注自己心灵,把古今中外各种观点、体裁、文学传统,通通融会在一起。这样创作出来的作品,你说它笨拙?或只能算作试验?是写二十世纪的自然人、还是现代人?这种胡乱采用的方法,值得将来的文艺评论家去作出精当阐释。同时,对文学史家和传记作家来说,沈从文早期作品的确留下了一道辉煌的踪迹,说实在的,这是个十分有趣的线索。③

沈从文自己解释说:"我从事这工作是远不如人所想的那么便利的。首先的五年,文字还掌握不住,主要是维持一家三人的生活。为了对付生活,方特别在不断试探中求进展。"④沈从文在《习作选集代序》里又说:"倘若我作品不合你们的趣味,事不足奇,原因是我的写作还只算是给我自己终生工作一种初步的试验。……我除了用文字捕捉感觉与事象以外,俨然与外界绝缘,不相粘附。……在作品上我使用'习作'字样,不图掩饰作

---

① 凌宇.从边城走向世界[M].北京:生活·读书·新知三联书店,1985:186.
② 凌宇.从边城走向世界[M].北京:生活·读书·新知三联书店,1985:187.
③ 金介甫.沈从文传[M].符家钦,译.北京:中国友谊出版公司,2000:131.
④ 沈从文.二十年代的中国新学[M]//沈从文.沈从文全集:第12卷.太原:北岳文艺出版社,2002:381.

品的失败,得到读者的宽容,只在说明我取材下笔不拘常例的理由。"① 特别是沈从文在前面提到的《石子船·后记》里十分明确地表明了自己创作的散文化追求。

沈从文小说创作的散文化随笔化,不仅存在于沈从文早期小说创作中,而且成熟期的创作同样保留有鲜明的散文化特征。譬如:《一只船》写的是五个水手把一只装满了一船军需品同七个士兵的单桅船拖向××市的艰辛旅途,小说截取傍晚时分到深夜船到达××市目的地这一段行程进行描写,一个士兵的手被纤索竹缆咬去一块,大家到滩头做饭用餐,士兵谈起一个受伤女兵请求将她杀死的故事,饭后水手继续连夜拉纤,终于将船拉到目的地,之后听说当天另一帮拉船的被水冲走淹死了,而劳作了一整天的拉船人仍然聚成一团,蹲在舱板上用三颗骰子赌博。小说按照时间顺序,平铺直叙。作者只平平地写去,到要完了就止。但在作者平静的描写中,却寓含了对小人物生命的思考。《山道中》写三个辞了差的当兵同乡路途经过,与《一只船》相似,只是不加剪裁地平平地写下来。小说描写这三个当兵的因为一个偶然的原因,才活着回来,使人深思生命的无常。《石子船》写乡村某地风闻××党而引起的恐慌。小说写石子船来到康村准备等装了石块运到××市去,风闻有××党使得船主心神不宁和八牛外婆的格外担忧,八牛却意外淹死,船主为八牛烧纸,小说写作像生活本身那样真实,显出一幅20世纪20年代末30年代初中国乡村生活的真实画面。《建设》的情节也是散漫的,小说开始写退伍兵偷卖枪械,在菜馆和人谈交易,而工人甲与驻防兵商量谋杀退伍兵,以夺取钱财。小说然后又对建筑教会校舍工人的牛马般的生活状况进行了描写。作者又将笔调调转过来叙写工人甲因谋杀退伍兵不遇,却用铁锤将路遇的牧师击死,工人甲被驻防兵带去嫖船妓,牧师惨案经中美官厅和解,工人甲却意外地获得一枚奖章。小说的叙述线索被打乱,作者在小说中没有围绕什么中心去写,也不为表现

---

① 沈从文. 习作选集代序[M]//沈从文. 沈从文全集:第9卷. 太原:北岳文艺出版社,2002:1-3.

什么思想，仿佛只是截取生活中的一块原始石块构筑他的艺术世界，却充满了生活本身的真实感，特别是对工人的堕落的描绘，打破了左翼笔下工人千篇一律的形态特征。《夜渔》小说着重写两个吴姓孪生兄弟夜渔的一段经历。兄弟各配一把宝刀，这是父亲落气时，要他俩用这刀为祖父去流甘姓朝字辈人的血。小说以时间自然顺序描写兄弟俩当晚的行踪，他们去山上的古庙玩，哥哥在庙前挥刀起舞，弟弟因拾到一束野花陷入遐想，庙里和尚请兄弟俩喝蜜茶，并说起两姓间的许多往事，兄弟俩隐隐约约得知甘姓朝字辈还有人存在。下山后，姊妹星出，兄弟俩放炮夜渔。凌宇先生对此分析评论道："作者有意留下许多悬念：古庙前的野花是谁留下的？甘姓朝字辈还有没有人？老和尚究竟是谁？他在两姓仇杀的历史中，曾扮演过什么样的角色？这是些尚未解开的人生之谜，只能由读者自己去想象。"①这种分析论述是十分精彩而生动的，但我想进一步指出的是，一个读者对于小说中那些尚未解开的人生之谜，有时甚至也没有必要去追问，因为生活本身便如小说中所描述的那样充满着种种谜团，并非要一一弄清白，沈从文以他的小说打破了传统小说所具有的那种清晰的因果关系的思维方式，凸显出生活本身的真相。此外，《夜的空间》是一个平面的记录，一幅江边夜景，《腐烂》摄取的是上海闸北稻草浜一带抹布阶层腐烂极不体面的夜生活场景，《夜》《黔小景》具有游记体特征，《若墨医生》带有对话体形式，《一日的故事》按照时间顺序讲述穷困潦倒的青年夫妇的一天生活，《元宵》以雷士先生在元宵节这天一天的行踪来结构文章，根本不讲究对故事的剪裁似的把它写下来，《静》《黄昏》是摄影性美文，《早上——一堆土一个兵》《过岭者》是两篇人物剪影，《主妇》具有回忆性散文特征。沈从文的《柏子》《萧萧》《一个女人》《雨后》《采蕨》《阿黑小史》《三三》《边城》以及后期代表作《长河》等小说，都具有十分鲜明的散文体结构形式，而后期的《芸庐纪事》《动静》《虹桥》结构也十分散漫，仿佛重新回到作者

---

① 凌宇. 从边城走向世界 [M]. 北京：生活·读书·新知三联书店，1985：192.

早期创作阶段似的。

这表明沈从文小说的散文化是他有意的一种艺术追求。1935年12月上海文化生活出版社出版沈从文的《八骏图》，自存样书中的《腐烂》一文末有如下题识："当时是为学生习作举例写成的，说明不必要故事，不必用对白，不必有首尾和什么高潮，还是可完成一个短篇。只是当成眼前例子而写成的。是一种〔习〕题。只是习题。"① 说明沈从文于1935年之后仍然对于这种小说散文化创作方式持肯定的态度。

在日常生活中，老实说，人生是没有结构的，它是各色的，各方面的，流动的，矛盾的，因此小说没有必要在反映生活时做到那样板然的方正和整齐，生活本是散散漫漫的，小说也应该是散散漫漫的。沈从文以他的创作实绩展现了一种新的小说观，追求像生活本身那样的真实、充满生活气息，从而获得极强的艺术感染力。

但是，对于沈从文小说创作的散文化也要有一个辩证的态度，我们既不能完全肯定，也不能完全否定。沈从文小说创作的散文化探索，的确取得了良好的成绩，他按照事情发展的时序"只平平的写去，到要完了就止"，这就形成了沈从文小说的舒徐自然、亲切朴实、姿态横生的艺术特点，苏轼在《答谢民师书》中所说的艺术境界"如行云流水，初无定质，但常行于所当行，常止不可不止，文理自然，姿态横生"，我觉得用这些来评价沈从文的小说也是十分恰当的。但是沈从文小说的散文化而导致的散漫化、繁冗拖沓也的确使不少小说存在某种遗憾。

四、沈从文小说的戏剧化

沈从文小说创作不仅具有"诗化""散文化"特征，不少小说还具有"戏剧化"特征。沈从文早期创作了不少戏剧，在他的第一部创作专集《鸭子》里就收入了相当多的戏剧作品。《入伍后》《公寓中》《十四夜间其他》

---

① 沈从文. 题《八骏图》自存本[M]//沈从文. 沈从文全集：第14卷. 太原：北岳文艺出版社，2002：464.

等集子里也收有戏剧。沈从文还有一部专写女剧员生活的小说《一个女剧员的生活》。沈从文后来停止了戏剧创作，但是在他的不少小说中"戏剧化"特征依然是十分明显的。下面就来探讨这一方面创作情况。

沈从文对于莎士比亚是很熟悉的。他在《绅士的太太》里曾提到莎士比亚《哈姆雷特》中主人公的名字，小说写那位留洋归来的大儿子"用一个演剧家扮演哈孟雷特青年的姿势，把绅士太太的左手拖着"①。在《湘西》散文集《泸溪·浦市·箱子岩》谈到浦市酬神戏，提到莎士比亚的著名戏剧《仲夏夜之梦》，写道："一切方式令人想起《仲夏夜之梦》的乡戏场面。"② 孙大雨译莎士比亚戏剧《黎琊王悲剧》（黎琊王现多译为李尔王），沈从文写了《黎琊王悲剧·附记》，沈从文在此附记里称莎士比亚的作品"光华眩目""声色并茂"，评价十分高。沈从文对于田汉译述莎士比亚的作品，做出了重要评价，他说："至于在世界文学史上占更重要位置的莎士比亚的作品，都是田汉先生努力翻译成为中文的。……论分量沉重，以及从一个戏剧所处理的问题上，可发现与当时正流行的'人生''恋爱''矛盾''殉情'等等名词相会通，使读者取得一种传奇抒情诗气氛的浸润，田汉先生的译述工作实在特有时代的意义。"③

沈从文从题材和艺术两方面论述莎士比亚戏剧对于中国读者的影响，即题材的"人生""恋爱""殉情"等方面内容，艺术上具有"一种传奇抒情诗气氛"。

沈从文以《神巫之爱》为代表的少数民族传奇性原始婚恋题材小说具有莎士比亚戏剧因素。《神巫之爱》把楚沅巫风、民间娱乐和男女真挚爱情相交织进行描绘。这部小说的戏剧化特征是比较明显的。首先，《神巫之

---

① 沈从文.绅士的太太[M]//沈从文.沈从文全集：第6卷.太原：北岳文艺出版社，2002：229.
② 沈从文.湘西·泸溪·浦市·箱子岩[M]//沈从文.沈从文全集：第11卷.太原：北岳文艺出版社，2002：374.
③ 沈从文.田汉到昆明[M]//沈从文.沈从文全集：第14卷.太原：北岳文艺出版社，2002：173.（初载于1945年5月9日《贵州日报·新垒》第23期，署名上官碧）

爱》对跳傩这一宏大场面进行描写，这一原始宗教活动具有戏剧活动的因素。"是诗和戏剧音乐的源泉，也是它的本身"（《凤子·神之再现》），显示出特有的魅力，在鼓乐声中，神巫在被松明、火把照得像白昼似的场坪中央，穿着有朱绘龙虎黄纸符砣的红缎绣花衣服，手执铜刀和镂银牛角，有节拍地跳舞着，还用呜咽的调子念着娱神歌曲，小孩子则依腔随韵，为神巫凑歌，女子们把眼睛睁大，随神巫身体转动。在这如诗如画的场面，沈从文想到了莎士比亚戏剧《仲夏夜之梦》："一切方式令人想起《仲夏夜之梦》的乡戏场面，木匠、泥水匠、屠户、成衣人，无不参加。"沈从文成功地将具有戏剧性表演的宗教活动引入小说，增强了小说民俗风情的文化厚度和浪漫传奇的艺术氛围。《凤子》《长河》等重要小说也描写少数民族跳傩迎神祈福这一充满戏剧表演性的原始宗教活动，同样表达了作者的人文理想和艺术追求。其次，神巫与他的仆人五羊两次探窗，五羊还做梦与主人同站在那女人家门外窗前星光下与楼上女人对歌，探窗与对歌这两个戏剧性情节，在莎士比亚戏剧《罗密欧与朱丽叶》里也有。再次，小说全篇充满着大量的歌曲，对于推动故事发展、营造欢快的氛围具有重要作用。最后，在小说的结尾上出现的是戏剧性的意外变化："还有更使他吃惊的事，在把帐门打开以后，原来这里的姊妹两个，并在一头，神巫疑心今夜的事完全是梦。"

此外，沈从文描写苗族婚恋传奇性题材的小说《媚金·豹子·与那羊》《月下小景》《龙朱》等，也具有强烈的莎士比亚戏剧特征。《媚金·豹子·与那羊》描写媚金与豹子这对情人约好在山洞相会，豹子为了表达自己对情人的爱，因寻找一只大小合宜、毛色纯白的山羊而延误时间。媚金等待豹子不来，以为豹子变心，羞愧自尽。豹子赶来，拔取媚金身上的刀子也自尽身亡。小说中使用误会法，特别是最后两个情人的双双自尽，跟罗密欧与朱丽叶两人的结局相似。在《月下小景》中，寨主儿子傩佑和他的恋人因无法忍受女人同第一个男子恋爱，却只许同第二个男子结婚的族规，最后双双服毒自杀，跟罗密欧与朱丽叶因反抗双方家族的族规恋爱自杀相似。《龙朱》描写白耳族苗人兼备美貌美德和勇武智慧的龙朱的孤独,他的仆人矮奴巧使喻设引他出来与花帕族黄牛寨寨主的姑娘对歌,成全两人美事。这些小说与莎士比亚的戏剧"'人生''恋爱''矛盾''殉情'等等"相会通,凌宇先生指出:"《神巫之爱》中的五羊,《龙朱》里的矮奴,类似西方喜剧中常见的那类丑仆角色,属于莎士比亚《威尼斯商人》中朗斯洛特·高波一类人物。"① 与此同时,这些小说具有一种莎士比亚戏剧似的"传奇抒情诗气氛"。由此看来,沈从文描写少数民族原始婚恋题材小说与莎士比亚戏剧具有某种内在的一致性。

沈从文小说的戏剧化特征另一重要表现在于他的一些小说具有"三一律"的戏剧特征。亚里士多德在他的《诗学》里指出:"在诗里,正如在别的摹仿艺术里一样,一件作品只摹仿一个对象;情节既然是行动的摹仿,它所摹仿的就只限于一个完整的行动,里面的事件要有紧密的组织,任何部分一经挪动或删削,就会使整体松动脱节。"② 后来,古典主义戏剧理论者根据对亚里士多德《诗学》的解释,提出"三一律",即"时间的一律",事件只能发生在二十四小时之内,"地点的一律",即事件发生在同一地点,"动作的一律",即动作是从同一性格人物发出的,因而是统一的,这样,就解决了舞台空间与剧情空间的统一问题。如果剧情的时间过长和空间过广,就通过分幕分场分景来解决,把剧情发展中最富戏剧性的部分,最能显示人物性格和剧作主题的部分,放在舞台上加以表演。沈从文的《新与旧》《夫妇》《某夫妇》《春》《有学问的人》等这些小说基本具有"三一律"的戏剧特征。

先来考察《新与旧》。沈从文在创作《新与旧》之前,曾于1927年5月10日在《东方杂志》第24卷第9号发表《刽子手》戏剧,现收入《沈从文全集》第4卷《十四夜间及其他》小说集中。戏剧《刽子手》写的是新补的刽子手杨金标与他的老婆讨论如何砍取犯人的脑袋。1935年5月19

---

① 凌宇. 边城走向世界 [M]. 北京:生活·读书·新知三联书店,1985:283.
② 亚里士多德. 诗学·诗艺 [M]. 北京:人民文学出版社,1962:27.

日沈从文在《独立评论》第 151 期发表了他的小说《新与旧》,小说再次写的是刽子手杨金标的故事。这篇小说里具有明显的戏剧化特征。小说全篇明显地划为两大块,每一块开头都有明确的时间标志(如:"光绪……年"与"民国……年")。沈从文这样标注以着意突出故事发生的时代背景,仿佛是特地给我们设置了一出两幕的戏剧。在第一幕戏剧里,杨金标在军民齐声喝彩声中让"那汉子头便落地了",他便不顾一切地直向城隍庙跑去,躲在神前香案下,等候县太爷的问案和赏号。人们从作者关于古老的行刑风俗的描写里看到"杀人"的"悲剧"怎样通过"法律同宗教仪式的联合"而变成真正的"戏剧场面","官场即戏场",且"可达到那种与戏剧相同的娱乐目的",杨金标从"刽子手"向"演员"的角色转换。在第二场戏幕里,时代有了变化,杨金标由前清的刽子手变成了一个把守北门城上闩下锁的老士兵,他的光荣时代已经过去了,但在一个偶然的机会里,杨金标重新扮演一回"刽子手"的英雄角色,但这"第二次演出",却成了十足的闹剧,他已经不再是"英雄",而成了十足的"疯子",受到现代化的"机枪"的包围,小说表现的是又一个"戏剧场面"。沈从文在这篇小说里把故事分成两大段,在每大段里故事情节又都具有戏剧性特征,故《新与旧》的"戏剧化"特征表现得十分明显,这是沈从文将戏剧因素引入小说领域而取得卓越的艺术效果的一个成功典范。

下面我们再来看《夫妇》。《夫妇》讲述一双新婚夫妇因为天气好在野外做"一些年轻人可做的事"被"捉奸",小说围绕乡村村民如何处置这对夫妇而展开充分戏剧化的描写。乡村那些"好事者",把他们束缚,兴奋地围观,在鉴赏与捉弄中,"汉子们'俨然有一种满足',女人们发泄着'极不甘心'的妒意,老年人忘记自己年轻时代的性情而要救正风俗了,小孩子则从'打人'中补偿了'挨打'的损失,更有乡村中的'特权者','摹仿在城中所见到的营官阅兵神气',从装腔作势的讯问中满足了自己对权力和财富的渴慕"①，表演了一幕乡村闹剧，这一切都是通过"城里人"璜得到反映的，并通过他的说情而平息了这场风波。在小说中，作者将舞台场景艺术融入小说艺术，并通过璜这个人作为视点，努力将作者自己的声音降低到最低限度，从而实现小说"戏剧化"，这使人想起卢伯克把詹姆斯的《专使》看作"小说戏剧化的最高典范"②，一个重要的方法在于小说自始至终以小说中人物斯特雷泽的视点进行描写，他使故事自我讲述，使故事戏剧化。

《某夫妇》写某夫妇为了诈取朋友的钱财，丈夫让妇人去勾引朋友，在事先练习过程中，妇人遭到丈夫的殴打，为了报复丈夫，妇人假戏真做，"尽年青客人在身上撒野"，夫妇俩为此相殴而上医院。小说中故事的发生场所在家中，主要通过对话展开情节，结构紧凑，具有戏剧性，这又是一篇"戏剧化"的小说。

《有学问的人》与《某夫妇》的发表时间几乎同时，都为1928年9月。如果说《某夫妇》的"戏剧化"特征表现为比较激烈的外在语言行动的冲突，那么《有学问的人》的"戏剧化"特征主要体现在内在的"心灵戏剧化"。小说写的是黄昏时分天福与妻子的女友并坐于一间黑暗的客厅，两人展现出诱与拒的暧昧心理。沈从文通过两人外在的对话而一步一步地勾画到两人的内心，使男女两人暧昧的内心跃然纸上，构成一幕"心灵戏剧"，我们不仅看见两位男女主人公外在的情景，而且透视到两人内心的张力，为其"心灵戏剧"情景所吸引。

另外，沈从文部分小说主体故事发生在一个相对集中的空间，通过人物对话来表现故事内容，具有话剧特征。如小说《春》《三个女性》《若墨医生》，包括上面提到的《有学问的人》《某夫妇》等。这里重点分析

---

① 范智红. 乡村戏剧 [M] //赵同. 沈从文名作欣赏. 北京：中国和平出版社，2001：136.
② 申丹，韩加明，王丽亚. 英美小说叙事理论研究 [M]. 北京：北京大学出版社，2005：134.

《春》。小说写的是医科学生和他的美丽女友的一场愉快对话,小说以女方父亲同意医科学生的求婚作为对话的潜台词,作者将人物安排在春天室外的花园,以人物精巧的对话作为主体内容,小说场景集中,情节统一,具有戏剧的特征,是一篇"戏剧化"小说。

沈从文小说的对话中还出现了只有戏剧写作中才出现的介绍人物动作的语言。譬如《春》写道:

女人说:"你在思量什么?若容许这园主人说话,我想说:你千万别在此地做诗吧。你瞧,燕子。你瞧,水动得多美!你瞧,我吃这一朵花了。(吃花介)……怎么,不说话呀!这园子是我们玩的,爸爸的意思,也以为这园子那么宽,可以让我成天各处跑跑。如果你做诗做出病来了,我爸爸听到时,也一定不快乐的!"

医学生瞅着女人,温柔的笑着,把头摇摇:"再说下去。"

"再说下去?我倒要听你说点话!你不必说,我就知道你要说的是:(装成男子声音)我在思索,天上的虹同人中的你,他们的区别在什么地方呀?"①

小说在这里出现演剧似的对话和戏剧性的动作介绍,这使人想起沈从文在小说《白丁》里描写那位装腔作势"有在剧场上充一个绅士或哲学家的才能"的股长的谈话,他说:"这也没多事,院长意要先生来(以手抓头微笑科)为编编一个周刊"②,表明了沈从文把戏剧的体裁形式引入小说文体之中。

通过以上考察,我们可以看出:沈从文吸收莎士比亚戏剧因素,创作了具有浪漫喜剧特征的苗族青年婚恋传奇小说;沈从文部分小说矛盾冲突明显,情节集中,结构紧凑,在某些程度上具有"三一律"戏剧特征;此

---

① 沈从文. 春 [M] //沈从文. 沈从文全集:第9卷. 太原:北岳文艺出版社,2002:186-187.
② 沈从文. 白丁 [M] //沈从文. 沈从文全集:第1卷. 太原:北岳文艺出版社,2002:383.

外，个别小说出现戏剧才有的科白，表现了戏剧体裁与小说混杂的状况，小说保留戏剧的外部特征和痕迹等。从以上三个方面，我们可以看出沈从文小说创作的戏剧化特征。但总体而言，沈从文小说的戏剧化特征只占他小说创作中较少一部分。

五、沈从文多种文体综合写作

以上讨论沈从文小说的"诗化""散文化""戏剧化"，现在来探讨沈从文创作中的文体综合情况。如果可以将沈从文小说创作分为练笔和成型两个阶段的话，在练笔阶段的创作往往呈现的是比较单一的或"诗化"或"散文化"或"戏剧化"的特征，而成熟期的小说创作往往同时表现为"诗化散文化"或"诗化戏剧化"的特征，特别是第一种类型"诗化散文化"的小说更占主体地位，这类小说往往故事情节完整，行文中有散文化倾向，注入一种诗的抒情，而随意抽出一段来，又可以变成"诗化"或"散文化"的片段。沈从文通过这种片段的诗化散文化段落的练习，走上了诗化散文化小说的创作道路，构筑起文体综合的小说新形式。

首先，沈从文成熟期的湘西题材小说"诗化散文化"特征特别明显。沈从文将诗歌、散文、小说的文体优势有机综合，构筑他"梦与真"的湘西世界。沈从文早期小说主要是一种或两种文体贯穿整篇小说，而在其成熟期的创作往往包括两种以上的文体。

沈从文湘西题材小说《边城》《丈夫》《萧萧》《三三》《菜园》《贵生》《长河》等都具有集诗歌、散文、小说故事为一体的特征。《边城》既讲述了翠翠与傩送、天保之间的恋爱选择的故事，小说的每一章节单独来看又是极其优美的散文，其中又洋溢着浓浓的诗意。《三三》先介绍故事发生的地点"杨家碾坊"和堡子，描写这些地方的景物，然后是人物的活动，讲述三三母女与城里少爷的交往，母女俩对城里的美丽梦想，但城里少爷的死亡，使她们的梦幻彻底地破灭。故事的讲述是极其舒徐和缓的，具有散文体式的自由和灵活，其中又包含着浓浓的诗意。《三三》和《边城》的组织结构和文体形式具有相似性，都将诗歌、散文、小说故事糅合为一体。再来看《萧萧》，小说讲述的是童养媳萧萧十二岁嫁给一个三岁的小丈夫，萧萧十四岁那年受长工花狗的引诱怀孕了，被家里发觉，面临沉潭或发卖的命运，但由于双方家族没有"读过'子曰'的族长"，才决定发卖，又由于"没有相当的人家来要萧萧"，就仍然在丈夫家住下，等到十月满，萧萧生下一个儿子，合家欢喜，萧萧被留在了婆家。小说具有较吸引人的故事，而按照时间顺序描写萧萧的生活，具有散文美和诗意美，做到了故事性、诗意美和散文美的高度统一。《一个女人》同样是描写童养媳三翠的故事，写她健康快乐的生活，十四岁那年借皇历看日子与苗哥圆房，后来爹爹死去，作为丈夫的苗哥又出去当兵，留下一个两岁大的儿子，三翠一个人照料小孩，并在干爹死去后承担起照料瘫子干娘的任务，同样写得具有诗意美和散文美，对人性的刻画是十分深刻的。《贵生》写贵生与杂货铺女儿金凤相互有意，杂货铺老板也力促自己女儿与贵生好，但贵生却因为迷信金凤的"克"相，迟迟疑疑下不了决心。等到他想通了，买了贺礼准备求婚时，金凤却被当地乡绅五爷迎娶过去冲喜，贵生在金凤的新婚之夜将杂货铺和自己的房子放火烧了，人不见了。小说具有完整的故事，在描写过程中又充满了诗意美和散文美。例如小说开头写的秋天的景色，充满诗情画意。小说结构上以自然时序为顺序，平平实实地进行描写，是糅诗、散文、故事为一体的成功范例。再来看《长河》，小说以散文性的结构方式，描写湘西社会抗战前夕那种"山雨欲来风满楼"的乡村社会图景，主要写老水手夭夭对生活的态度，在作者"特意加上一点牧歌的谐趣"和"有意做成的乡村幽默"里，见出乡村小儿女性情上的"天真纯粹"，小说充满诗意。小说还描写了以保安队长为代表的外来势力对湘西人民的压榨和欺凌，显示了沈从文清醒的现实意识，"所以忠忠实实和问题接触时，心中不免痛苦，唯恐作品和读者对面，给读者也只是一个痛苦印象"①。

---

① 沈从文. 长河：题记 [M] //沈从文. 沈从文全集：第10卷. 太原：北岳文艺出版社，2002：6-7.

第六章　沈从文的跨文体创作

我们再来考察沈从文都市题材小说集散文、诗、小说故事为一体的创作情况。这里重点分析《八骏图》，作品具有诗、散文、小说的特点。首先，这篇小说具有散文化的特点。故事讲述达士写信给自己未婚妻，报告他所见到的尊敬的教授们的病态情况。全篇由8个教授的速写组成：对于教授甲选择其全家福、床上蚊帐里美女广告画、窗台上的保肾丸瓶子药膏等进行描写；对于教授乙则描写两人在海边散步谈话，通过写教授乙从一个风度动人的女人脚印上拾起一枚蚌螺壳很情欲地拂拭这个细节来展现他压抑的欲望；教授丙则对希腊爱神的相片看了又看，好像从那大理石胴体上凹下处凸出处寻觅什么，发现些什么，同时询问达士班上顶美的一个学生的情况，在这之前，教授丙还谈了一番自己早先一个同事结婚后却与自己老婆只发生精神恋爱的故事；对于教授丁是通过两人坐船讨论女人问题来描画的，他只在想象中疯狂地爱女人却极力制止他的行为；对于教授戊是直接叙述"教授戊的答案"来表现的，教授戊是一个结了婚又离婚的人，认为求爱关键在行动，但不愿过无趣味的家庭生活；对于教授辛是通过达士先生未婚妻的信中一句话带过——"教授辛简直是个疯子"；教授己，就是达士自己，通过他与教授庚的一个漂亮女友的关系而表现，由克制自己，以防得"病"，打算暑假结束的当夜回到未婚妻那儿去，到"害了一点儿很蹊跷的病"，决定在海边逗留三天结束。《八骏图》全篇是一个个速写的缀合，每一个速写各选取不同的方面进行描写，或是选择富有特征性的家具陈设布置进行侧面烘托，或是选择细节进行描绘，或是通过人物交谈来表现，或是直接通过人物的看法来呈现，或是一笔带过，或是层层递进，曲折反复，写得摇曳多姿，每一个人物速写各有一种动人的风格，充分体现了散文自由灵活的结构特点。《八骏图》不仅充分表现出散文化特点，也有诗意的片断描写。如小说写达士刚来到青岛，对窗外景色的描写，具有诗意的美丽。这篇小说除了景物的描写具有诗意，小说最后写达士发现海滩上的字迹"这个世界也有人不了解海，不知爱海。也有人了解海，不敢爱海"，则具有诗的哲理。

其次，沈从文具有集诗、戏剧、小说故事为一体的综合创作。沈从文以苗族青年恋爱为题材的小说"交织了诗情与画意"①，而且充满着莎士比亚式戏剧色彩②，也就是说沈从文以苗族青年恋爱为题材的小说同时具有诗、戏剧、小说故事因素。在基本具有"三一律"戏剧性特征的小说《夫妇》《春》《新与旧》中，其诗化特征也是也较为明显的。《夫妇》在描写讨论如何处置"大白天做着使谁看来也生气的事情"的夫妇的戏剧性场景中，作者不忘诗意的描写，如对妇人头上野花的描写："不知是谁还在女人头上插了极可笑的一把野花，这花几乎是用藤缚到头上的神气，女人头略动时那花冠即在空中摇摆，如在另一时看来当有非常优美的好印象"，小说并通过璜感应着如诗的风光："微微的晚风刮到璜的脸上，听到山上有人吹笛，抬头望天，天上有桃红的霞。他心中就正想到风光若是诗，必定不能缺少一个女人"，妇人正应是这如诗风光的诗韵，当面对"实力的人物"的"审问"时，她坦白而平静，还透出一点羞意，表现出美好的心性，"那女子不答，抬头望望审问她的人的脸，又看看璜。害羞似的把头下垂，看自己的脚，脚上的鞋绣得有双凤，是只有乡中富人才会穿的好鞋"，而夫妇俩在野外的行为，是在诗意的氛围下发生的，是合乎美好自然人性的行为，"虽是亲夫妇，因为新婚不久，同返黄坡女家去看岳丈，走过这里，看看天气太好，两人皆太觉得这时节需要一种东西了，于是坐到那新稻草集旁看风景，看山上的花。那时风吹来都有香气，雀儿叫得人心腻，于是记起一些年青人可做的事，于是到后就被捉了。"后来，这对夫妇经过璜的努力终于以喜剧的形式收场了，小说再次对如画的风景进行了诗意般的描写："天上有星子数粒，远山一抹紫，黄昏正开始占领地面的一切，夜景美极了。这样的天气，似乎就真适宜于年青男女们当天作可笑的事。"璜特意要妇人将头上的野花留作纪念，"人的影子失落到小竹丛后了，得了一把半枯的不

---

① 沈从文. 湘行书简：横石和九溪[M]//沈从文. 沈从文全集：第11卷. 太原：北岳文艺出版社，2002：182.
② 本章第四节已作论述，这里从略。

知名的花的璜,坐在石桥边,嗅着这曾经在年青妇人头上留过很稀奇过去的花束,不可理解的心也为一种暧昧欲望轻轻摇动着"。《新与旧》是戏剧、诗、小说故事的完美综合体。前面已经分析过这篇小说的戏剧化特征,但是,这篇小说还具有诗意的描写。小说写到民国某年杨金标去西门外敞坪杀人,但这个杀场却是充满诗意的描写。当杨金标告诉他们这里要杀人,"染匠师傅同小学生一样,毫不在意,且同样笑笑的问道:'杀什么人?你怎么知道?'"但是这一充满诗意的敞坪,转眼之间变成鲜血淋淋的杀人场,构成反讽的艺术效果,起到震撼人心的作用。同样,小说《春》除了前面分析的戏剧性特征之外,也具有浓郁的诗情画意。小说描写医科学生樊陆士终于得到自己苦苦追求的女人和她家人的许可,两人在春光如画的花园里进行充满诗意的交谈。不少地方简直就是一首首精美的爱情诗,例如:"笼中蓄养的鸟它飞不远,家中生长的人却不容易寻见。我若是有爱情交把女子的人,纵半夜三更也得敲她的门","天堂的门在一个蠢人面前开时,徘徊在门外这蠢人心实不甘:若歌声是启开这爱情的钥匙,他愿意立定在星光下唱歌一年","爱情是说不清楚的,笋子是数不清楚的",这些语言,具有《雅歌》的风味或湘西山歌谚语的特点。

再次,沈从文具有集散文、诗歌、戏剧、小说故事四种文体为一体的创作。《凤子》便具有这方面的文体的特征。小说开始写青年男子与绅士的认识与交谈,颇具散文化的特征,后来绅士向青年男子讲述了自己在湘西"镇筸"的经历,是以游记的形式描述的。而小说写总爷带这个来自城里的客人去看巫师表演谢土仪式,对表演仪式的庄严场面描写,又带有戏剧的特点。小说对此写道:"我刚才看到的并不是什么敬神谢神,完全是一出好戏,一出不可形容不可描绘的好戏,是诗和戏剧音乐的源泉,也是它的本身。"[①] 而贯穿全篇的美丽的景色,奇异的风俗,美丽的诗歌,"文字又太奢

---

① 沈从文. 凤子 [M] //沈从文. 沈从文全集:第7卷. 太原:北岳文艺出版社,2002:163 – 164.

侈了一点"①，从而使这篇小说洋溢着浓郁的诗意。由此在小说《凤子》里，杂糅了诗、散文、戏剧等多种因素，是一部诗、散文、戏剧、小说故事文体兼备的小说。

在沈从文创作中，常人通常将《从文自传》《记丁玲》《湘行散记》《七色魇》等一些作品归并为散文，但是沈从文有的当作小说，有的虽然没有归入小说类别，却是用写小说的手法进行创作的，这种文体综合的现象是十分突出的，这里将稍作论述。

《从文自传》这部传记作品，现今人们常常将其当作散文来看，但是，1936年5月上海良友图书印刷公司初版《从文小说习作选》时，沈从文选入了《从文自传》这部作品，可见沈从文是将其当作小说来看待的。毕树棠称《从文自传》这本书的"文字近于随笔演述，写得细密而轻松，在字句上看不出什么精巧的锻炼，而组合起来，却朴素而丰韵，参差而有致，整个脱去传统散文的节奏，而另具一新格调。这是作者久写小说，文笔独造，习惯成自然，有 Simplicity 之美，非偶然所能至者"②。沈从文对《从文自传》写下了这样的意见："觉得既然是自传，正不妨解除习惯上的一切束缚，试改换一种方法，干脆明朗，就个人记忆到的写下去，既可温习一下个人生命发展过程，也可以让读者明白我是在怎样环境下活过来的一个人。"③

沈从文认为《记丁玲女士》"此文因综合其人过去生活各方面而言，间或叙述中复作推断与批评。在方法上，有时既像小说，又像传记，且像论文。体裁虽若小说，所记则多可征信，既秩序排比，亦不混乱。故私意此文以之作传记读，或可帮助多数读者了解此女作家作品与革命种种姻缘；以之作批评读，或较之其他批评稍能说到肯綮。然此种写作方法，究属试

---

① 沈从文. 凤子：题记 [M] //沈从文. 沈从文全集：第7卷. 太原：北岳文艺出版社，2002：80.
② 毕树棠. 从文自传 [J]. 宇宙风，1936，1 (10).
③ 沈从文. 从文自传：附记 [M] //沈从文. 沈从文全集：第13卷. 太原：北岳文艺出版社，2002：367.

第六章 沈从文的跨文体创作

作,处置题材文字时,虽十分谨慎细心,惟其得失,一己乃毫无把握……"①

屠格涅夫的《猎人笔记》是一部杰出的短篇小说集,而沈从文在创作《湘行散记》时,即以这种小说作为自己学习的榜样,沈从文说:"最近见天津《大公报·星期文艺》常载邢楚均先生有关西南地方性故事,用屠格涅夫写《猎人日记》方法,揉游记散文和小说故事而为一,使人事凸浮于西南特有明朗天时地理背景中。一切还带点'原料'意味,值得特别注意。十三年前我写《湘行散记》时,即有这种企图,以为这种方法处理有地方性问题,必容易见功。"②《湘行散记》通常被认为是散文集,共收入篇目12 篇,然而其中《一个戴水獭皮帽子的朋友》《一九三四年一月十八日》《一个多情水手与一个多情妇人》《辰河小船上的水手》《五个军官与一个煤矿工人》《老伴》《虎雏再遇记》《一个爱惜鼻子的朋友》等 8 篇文章,单独抽出来看,是完整的小说,而其他 4 篇文章作为其中过渡,有的篇章中也有大量的人物活动描述,因而我更愿意称《湘行散记》是一部短篇小说集,尽管它具有散文的外部结构封套,而里面却是小说文体,沈从文自己也称《湘行散记》属"小说游记"③。但是在这些小说里面,又夹杂着大量的游记散文的因素。这是沈从文成功地将小说故事与游记散文杂糅的又一范例。

1949 年年初,沈从文曾以《七色魇集》为书名,编成一作品集,未曾付印。其中包括《水云》及作者以"魇"为题的 6 篇作品,即《绿魇》《黑魇》《白魇》《赤魇》《青色魇》与《橙魇》等。由于《赤魇》与《橙魇》分别为中篇小说《雪晴》与《凤子》之一章,后人出于小说内容衔接的考虑,故收入《雪晴》与《凤子》这两部小说集中,而仅留《水云》及

---

① 沈从文. 致王云五先生[M]//沈从文. 沈从文全集:第 17 卷. 太原:北岳文艺出版社,2002:376.
② 沈从文. 新废邮存底续编:一首诗的讨论[M]//沈从文. 沈从文全集:第 17 集. 太原:北岳文艺出版社,2002:461-462.
③ 沈从文. 长河:题记[M]//沈从文. 沈从文全集:第 10 卷. 太原:北岳文艺出版社,2002:5.

另 4 篇以"魇"为题的作品,仍以《七色魇集》为集名,归并入散文类。吴立昌对这些以"魇"为题的创作体裁的看法是:"为了适应'魇'的内容,这些似散文又似小说的作品的表现形式也使读者耳目一新。"① 吴立昌并认为《绿魇》是"意识流中国化的一个早期尝试"②,"贯穿全篇的始终是'我'的感受思绪,意识的流动"③。《赤魇》与《橙魇》分别为中篇小说《雪晴》与《凤子》一章,其体裁为小说,这已经得到公认。《青色魇》包括"青""白""黄""金""紫""黑"六个部分,其中作品的主体"白""黄""金""紫"四个部分写阿育王的故事,"青""黑"分别为作品的开头和结尾部分,是故事的引入和结束,作品写"我"对小木马玩具产生联想,又以小木马玩具重新放回书桌边结束,并交代故事的来由:"才知道我看过了《百缘经》《鸡尸马王经》《阿育王经》《付法藏经》……"这篇作品可以说跟《月下小景》集中改编的佛经故事没有什么大的差异,如果说不同,那就是作品结构上的差异,《青色魇》以自由联想等意识流组织故事,而《月下小景》以《十日谈》讲故事的形式组织故事,而故事都在作品中占主导地位,因而完全可以将《青色魇》当作小说来看。沈从文在 20 世纪 40 年代还有一篇《笨人》的小说,也是根据佛经改编的故事,作品文后标明:"为小龙作据僧祇律卷三第四戒故事改作见碛砂庄三〇六册四九页"。这篇小说现选编入《沈从文全集》第 10 卷《乡村琐事》集。这是一个新编集,作者曾自拟过《乡村琐事》这一集名,集子未出版,选入作本集集名,将《笨人》与《张大相》《王嫂》《乡城》《乡居》《主妇》收并在一起。《笨人》《青色魇》是沈从文 40 年代对佛经进行改编的故事,其创作思路与《月下小景》集佛经改编的故事具有内在的一致性,既然《笨人》《月下小景》集佛经改编的故事可以是小说,为什么将《青色魇》认为是散文呢?我认为这是不妥当的。《绿魇》《黑魇》《白魇》散文性特

---

① ③ 吴立昌. 沈从文传 [M]. 上海:上海文艺出版社,1993:247.
② 吴立昌. 沈从文作品欣赏 [M] //吴世勇. 沈从文年谱. 天津:天津人民出版社,2006:222.

征则比较明显。《绿魇》由"绿""黑""灰"三部分组成。"绿"写"我"在山坡上一片绿色包围中被离奇想象所困扰;"黑"则是将思绪拉回到五年前初次迁到呈贡杨家大院,以及以后在这里发生的人事变迁;"灰"思绪从五年前又跳跃到现在。《白魇》描写自己在崇高理想与当前粗俗现象之间感受到的人生困惑。《黑魇》也是在检讨民族命运前途与猥琐现实时感到不知所向。沈从文曾于《黑魇》校样旁题字为:"这个写得很好,都近于自传中一部分内部生命的活动形式。另有白、赤、青、橙等等。拟作七篇,即在抗战完结前后五年中,在昆明到北京,从生活中发现社会的分解变化的噩梦的意思。每一章均不相同,文字主题乍一看或有些蒙蒙不易解,总的一看即可知实明明白白","四十年前在昆明乡居琐事和无章次感想。在云南用这个方法写的约计七篇。总名《七色魇》,还另有三篇拟共成一集,出个小集。叙中有议,一般人读不懂。其实易懂。重在从各个角度写近在身边琐事,却涉及那个明天"。① 沈从文自己对《七色魇》的体裁有过这样精辟的论述:"这是我一九四四年完成的一个集子。内容说它是小说,实缺少小说所必需的中心故事。说它是散文,又缺少散文叙事论世的一致性。就使用文字范围看来,完全近于抒情诗,一种人生观照,将经验与联想混揉,透过热情的兴奋和理性的爬梳,因而写成的。就调处人事景物场面看来,又不如说是和戏剧摘要相近,尤其是和那个'错综现实与过去,部分与全体'的电影剧本相近。事实上,对于文体的分类我并不发生兴趣。我正企图突过习惯上的拘束,有所试验。这个集字(当作"集子",指的是《七色魇》)的各个篇章,可说是这种试验的第一次成果。"②

沈从文把各种文体、各种形式有机融合在一起,充分发挥诗歌、散文、

---

① 沈从文. 题《黑魇》校样[M]//沈从文. 沈从文全集:第14卷. 太原:北岳文艺出版社,2002:471-472.

② 沈从文.《七色魔(魇)》题记[M]//解志熙. 考文叙事录. 北京:中华书局,2009:209.(此文原载1944年11月1日昆明出版的《自由论坛》周刊第3卷第3期。按"魔"当作"魇",《七色魇》是沈从文完成待出的一部小说集,原刊目录和正文标题均作《七色魔》,可能因"魇""魔"形似而误排)

戏剧、小说故事各种因素、各种文体的优长，扩大传统小说的文学形式和体裁范围，实现对传统小说写法的打破。诗无论对于选择适合的语言还是增加对人生的认识、加深小说的内涵都具有积极的作用。沈从文说："由于对诗的认识，将使一个小说作者对于文学性能具特殊敏感，因之产生选择语言文字的耐心。对于人性智愚贤否、义利取舍形式之不同，也必同样具有特殊敏感，因之能从一般平凡哀乐得失景象上，触着所谓'人生'。尤其是诗人那点人生感慨，如果成为一个作者写作的动力时，作品的深刻性就必然因之而增加。"① 散文随意自然的结构方式和叙述方式符合人的思维方式和生活的常态，它将进一步扩展日常生活状态的内涵和外延。沈从文称自己的小说"更近于小品散文"，其文章结构大抵自由灵活，舒展自如。沈从文探索各种文学形式之间相互渗透的可能性，扩大了传统的文学形式和体裁的范围，他的小说如果用"牧歌""挽歌""心理学的诗篇""随笔""小品散文""传记""自传""戏剧诗"等皆无不可。沈从文构筑了一种新的"小说观"：它是自由的，又是集中的；它是散文，又有诗意；它是小说，又是戏剧。他把各种文体各种形式有机融合在一起，把诗歌、散文、戏剧、故事各种因素综合起来，汇集起来，在他艺术之炉里熔成一块，以便创造为现代思想内容服务的新的文学形式。

---

① 沈从文. 短篇小说 [M] //沈从文. 沈从文全集：第16卷. 太原：北岳文艺出版社，2002：505–506.

第七章

汪曾祺的跨文体创作

2011年,罗岗在《"1940"是如何通向"1980"的?——再论汪曾祺的意义》一文中,提请文学史界认真考虑20世纪五六十年代对于汪氏文体的影响,他敏感地觉察到现有文学史关于汪曾祺的叙述逻辑缺陷,并观点鲜明地提出自己的见解:汪曾祺的创作并不存在实际上的中断和空白;"延安文艺"和受它影响的五六十年代文学与40年代的新文学传统经过某种化合作用,共同融入"汪氏文体"之中。五六十年代文学在表面化为80年代文学阻力的同时沉潜为其内在的动力。① 由于对汪曾祺的创作生涯有了不同于黄子平、李陀等人的考量视域,罗岗把"汪曾祺的意义"向前更推进了一步。但罗岗这篇文章主要采取"让汪曾祺自己的话和汪曾祺研究者的话构成某种对话关系,在争吵、讨论和互补中尽可能地形成共识"② 的论证方式,而缺少对于汪曾祺作品的贴近分析和深入考察,作者也注意到了这个

---

①② 罗岗. "1940"是如何通向"1980"的?:再论汪曾祺的意义[J]. 文学评论,2011(3):121.

问题并以之为憾。

　　文学史的宏大叙事无法照见的汪曾祺个人生命中丰富曲折的成长过程，正是本文的出发点和兴趣所在。本文的核心问题是："汪氏文体"究竟是怎样形成的。论文将以一种细致体贴的"小叙事"来打量汪曾祺的个人生命成长历程，从作品分析入手，来透视汪曾祺在追求一个理想的、独属于他的文体的成长道路上所有过的心路历程，他曾有过的迷失和对自我的艰苦寻找。同时，汪曾祺的个人履历和每一段履历所关联的社会土壤、文化小生态，在汪曾祺的作品外围，形成一个意味丰富而含混的"大文本"，与他的创作相交融、嵌套。因此，本文论证的思路常穿梭于作品内外。作为对作品分析的逻辑延伸和补充，本文观照汪曾祺的个体生命成长历程，他所扎根的社会文化土壤，在时间线轴上描绘出他的文化基因图谱，并回归文本探讨他的文化基因对于他的创作的根本性的制约和规定，通过这种个体生命的成长历程和"汪氏文体"的生长过程双线并轨的论证策略，探究这两者之间的关联，以及这种关联中所承载的文学史意义，从而尝试打通"小叙事"和文学史家们的宏大叙事，另辟蹊径寻找解答上述问题的方式，从新的视角和逻辑进路来阐释"汪氏文体"和"汪曾祺的意义"。

一、上海时期：无根的困境

　　文学史的书写者在为当代文学寻找精神史和传统赓续的脉络时，出于某种叙述策略和价值倾向，忽略了汪曾祺从20世纪40年代末到70年代末的漫长沉默期，让他的40年代直接连接着80年代。在这种叙述逻辑中，汪曾祺的小说艺术在40年代已经成熟，在被雪藏了30年后成功复出。为了对"复出"与"中断"的文学史逻辑做细致的考察，不妨先回到40年代，贴近考察汪曾祺在"中断"之前的创作风貌。

　　1946年，在水乡小镇江苏高邮长大、在内陆山城昆明度过青春求学时光的汪曾祺，在抗战结束了一年、学校早已迁回北方、旧日师友们风流云散之后，也终于离开生活了七年之久的、"天总是很蓝很蓝"的昆明，告别他漫长而延宕的大学时代，辗转回乡。然因解放战争全面爆发，他的家乡高邮被卷入战区，其时家人都在别处避难，他只得滞留上海，自谋生计。经过几个月的求告无门之后，他最终在上海市中心的一个小小私立中学觅得一个教职工作，有了容身之地。他在这个学校教了三个学期的书，为期一年半，直到1948年初春，他离开上海，投奔北平的师友。

汪曾祺一到上海，就面临生存困境和文化适应困难。

到上海之后，有两三个月的时间，他找不到工作。抗日战争刚结束，解放战争纷争又起，国民经济得不到休整，上海当时经济萧条，遍地都是失业者。汪曾祺找不到工作，又无栖身之地，寄住在老友朱德熙的母亲家里。上海的小户人家，鳞次栉比都挤在小弄堂里，室内相当拥挤。汪曾祺就睡在朱家的过道里，"整天粘在地铺上望天花板，找不到职业，便悲观厌世，甚至想到自杀"①。这样落魄的生活，是汪曾祺所未经历过的。在昆明，尽管生活也清贫，但有着充实的归属感和安全感，每日与同样是"疙瘩名士"② 的师友为伴，在清苦的时光中读了许多书，或者躺在草地上太阳下清谈玄虚，眼随流云，说着"没有两片树叶长在同一个空间"这种话，心情是愉悦的。在上海，寄人篱下的生活让他凄惶失群，在失业的黑色人群中攒挤，寻觅终日而一无所得。尤其是，他遭遇了身份失落所造成的精神危机。在昆明，他分享西南联大师生共同的身份：读书人，或者用昆明市民的词"大学的先生"。联大给他们提供文化共同体的庇护，在这个文化共同体中，每个人都获得群体归属感、确定的身份和尊严。在昆明，他们是文化上的"贵族阶层"。而在上海，他堕入"失业者""流民"的底层阶级，比本地小市民的社会地位更低——小市民们尚且还有稳定的栖息地和踏实

---

① 汪朗，汪明，汪朝. 老头儿汪曾祺[M]. 北京：中国人民大学出版社，2000：349.
② 抗战后期，货币贬值严重，又断了物资救济，西南联大师生们陷入经济困境，许多人裤子磨破了就用一根线把破洞捆成一个小疙瘩，皱成菊花样，照样穿，称"疙瘩名士"。

的归属感，以及对于身边世态人情、文化小生态的谙熟、游刃有余。身份的巨大落差给汪曾祺造成很大的适应困难。在这样窘迫和羞耻的境地中，年轻不经事的汪曾祺又有着文艺青年常见的脆弱易折。求职屡屡碰壁之后，这个意志并非坚定的文人有些心灰意冷，给北京的沈从文先生写信诉说苦闷心情，甚至流露出自杀的意思。① 沈从文在回信中斥责他："为了一时的困难，就这样哭哭啼啼的，甚至想到自杀，真是没有出息！你手中有一支笔，怕什么！"② 骂他的时候，沈从文又辗转托付他在上海的朋友帮助这个落魄的年轻人。最后，在沈从文的好友李健吾先生的帮助下，汪曾祺终于去了市中心一个很小的私立中学当老师，有了一个栖身之处。

正是沈从文先生的提示"你手中有一支笔"，让汪曾祺在上海面临的另一种更深刻的困境显露了出来——文化壁垒。

1947 年，汪曾祺先后发表了两篇在他早期创作生涯中颇有意味的文章，《短篇小说的本质》③ 和《绿猫》④。前者是一篇文艺随笔，在这篇文章中，年轻的汪曾祺完整而清晰地表达了他那时的"短篇小说观"：短篇小说区别于中篇、长篇小说的独特性究竟何在？理想的短篇小说应该是什么样的？这篇文论的观点新颖而尖锐，矛头明确指向当时国内小说界一切已有的传统和规范，表达了对短篇小说进行革新的强烈愿望。如果说《短篇小说的本质》表达了他的创作理想，小说《绿猫》——作为他在思索短篇小说的本质、憧憬着理想中的新小说的探索道路上所做出的创作实践，则反映了他当时的创作现实。这篇极富个性的小说作品像一面镜子，细致入微地照见了汪曾祺上海时期的生活状态、精神境遇和创作状态，表达了他在面临

---

① 多年之后，经历沧桑归于平静的老年汪曾祺感叹过知青们的现实和坚强，他说："知青和我们年轻时不同，他们不软弱，较少不着边际的幻想，几乎没有感伤主义。"
② 汪朗，汪明，汪朝. 老头儿汪曾祺 [M]. 北京：中国人民大学出版社，2000：349.
③ 汪曾祺. 短篇小说的本质 [J]. 文学周刊，1947（43）.
④ 汪曾祺. 绿猫 [J]. 文艺春秋，1947，5（2）.

文化壁垒时，苦觅出路而不得的苦闷彷徨，揭示了他在创作道路上陷入的困境。

《绿猫》是一篇思绪跳跃、语言繁复、形式破碎的小说，在他上海时期创作的那些"沾染了上海现代派的'邪僻'气息"的作品中很有代表性，它的潜在话语和隐性信息非常丰富。在纷乱的意识流和不停跳跃转向的话语中，隐隐可以梳理出来的故事情节是：年轻的作家"我"在心绪烦闷的黄梅雨天去看望我的朋友柏，柏也是一个年轻作家，养了一只瘦骨伶仃的猫，他想把猫染成绿色，并且正在写一篇叫作《绿猫》的小说，然而文思滞涩，写不出来。这两个失意的年轻作家，于是在狭窄凌乱的几案之间，讨论了为什么要写、写什么、怎么写、为什么写不出来等创作上的问题。也就是说，这篇小说写的，是写作本身。小说由"我"跳跃的叙述、意识的流动、与柏之间的对话构成，夹杂柏曾经写过的若干小说片段，甚至还激情背诵了几段古人论文的精彩章句，呈现一种马赛克彩片拼接或者杂耍蒙太奇的形式特征，全文如同一个令人目眩的旋涡，然而始终在围绕一个中心转动——小说创作问题。

文中的"我"和"柏"其实都是汪曾祺本人，两面一体，对于柏的生活上的窘迫和创作上的困境的描述，其实都是汪曾祺对自己当时困境的写实。"我"在一个阴雨沉沉的黄昏，站在车如流水的街头，沦陷在内心凌乱的思绪里无法自拔。相同地，柏此时坐在他拥挤凌乱的宿舍里对着摊开的稿纸发呆。柏把他宿舍的乱象视为自己"为什么写不出来"的原因之一，而这个宿舍其实是汪曾祺所供职的中学单身教师宿舍的漫画版，借此窥一斑而见全豹——汪曾祺在上海的生活潦倒局促，诗意全失。这种生活境遇对于这个大学时代在昆明乡下顾盼流云、逸兴遄飞的年轻人来说，不可能没有适应困难。《绿猫》马赛克彩片拼接的形式，抑郁而寻求突围的情绪，在他上海时期的作品中是很常见的。而全文中剪不断理还乱的对于小说创作的追问和思索，更是具有典型意义，很能代表他在上海时期的创作状态。

《绿猫》是一面镜子，或者是一帧现代派手法的自画像，从内容到形式都表现着作者自身的存在状态——尽管采用了一种变形、夸张的手法，以至于看上去有些怪诞。

《绿猫》在形式上采用意识流的技法。汪曾祺的意识流是凌乱、紧迫、焦虑的，随时被眼前的现实给打断、扰乱，并且对这种扰乱感到无可奈何，像一个神经衰弱者渴望沉入睡眠，渴望在睡眠中舒展身心、彻底放松，却因此反而对哪怕最轻微的声响刺激都十分敏锐，绷紧了全身进行抵抗。

《绿猫》的意识流和汪曾祺之前在昆明写的《待车》的意识流具有全然不同的节奏和情绪。站在上海的街边，汽车们飞驰而过的声音令他神经紧张，这与他曾经在昆明街边待车时，看到车从树绿中飞过，听到怀表的声音、落花的声音、柳絮的声音，听到"风吹着春天，好轻好轻"的心理状态是多么不一样！上海时期的意识流失去了他大学时期那样如行云流水般舒展自如、温柔甜美的质地，而具有了形式上的纷乱破碎，和情绪上的紧张不安。而这种变化，使得他的小说形式变得更触目突出，形式本身成为比内容更有意味的东西，在形式的断裂处，正是意义密集丛生的地方，这种意义是从内容、从支离破碎的喃喃自语之外领会到的意义。

在茫茫的大都市上海，汪曾祺囿居一室，告别了大学时代的潇洒浪漫和旧日一起做着好梦的朋友们，孤独苦闷是避免不了的。这个从高邮水乡来、从昆明小城来的乡下青年，面对着这样一个庞大而具体的城市，和它内部丰富庞杂的生活形式，茫然失措。他的感受方式、审美习惯、情感对象，跟眼前这个城市格格不入，他对于大都市事物缺乏相应的感受能力，仿佛在这方面存在天然的感官缺失一样。他无法像巴黎的波德莱尔一样做一个浑身长满了感觉触角的"都市漫游者"，从坐在咖啡馆里望出去的黄昏街景、从商店的玻璃橱窗、从擦肩而过的一个街头女郎、从大都市独有的一切声光影色中，感受到浓郁的诗意。汪曾祺对于"东方巴黎"上海感到隔膜、淡漠、毫无感情，在汪曾祺的感觉中，落在高楼群中的雨是毫无

"雨意"的,"除了直接看到雨丝,你无法从别的东西上感觉到雨。声音也是有的,但那实在不能算是'雨声'。空气中极潮湿,香烟都变得软软的,抽到嘴里也没有味,但这与'雨意'这两个字的意味差得可多么远。天空淡淡漠漠,毫无感情可言。"他栖身闹市一角,借住的小屋盖着铁皮屋顶,雨落在屋顶上清晰可闻,他觉得这种声音缺乏雨意,叫不得"听雨",因此给小屋取了个恶名"听水斋"。雨天他觉得乏味,太阳出来他又觉得燥热拥挤,飞驰而过的汽车和无线电的流行歌曲震得他难受——总而言之,他感觉自己是这个都市世界的零余者,面对着上海,他感到茫然失措。这种缺乏触动、缺乏感动的麻木状态,对于一个依靠丰富的感触、敏锐的思想为生的写作者来说,无疑是可悲的绝境,是令他窒息的。因此,他站在黄昏的街边,面对周围喧闹的世界,只能哀叹"我为什么那么钝,为什么一无所知,为什么跟一切都隔了一层,为什么不能掰开撕开所有的东西看?为什么我毫无灵感,蠢溷麻木?为什么我不是天才!"

对于都市文化的不适应,让他转而怀念起故乡高邮,怀念起昆明那个小城。都市的无法进入,让他不得不回到往事中去,在他过去的生活中寻找生活的浓厚滋味,在对于回忆的酝酿和编织中求得一种生动亲切的存在感,求得息息相关、血流脉脉的存在感。这解释了为什么在上海的一年半,他密集创作,创作热情异常高涨(困境中的急切寻求出路),却几乎不写上海当下的生活(因为他无所感、无可写),而尽是写回忆中的人事,写昆明,写高邮——《绿猫》作为他直面当时生活困境、创作困境的奋勇尝试,是唯一的例外。

《绿猫》的写作困境,是汪曾祺在生存境遇上遭遇"迁根"之痛的具象化。这种"迁根"之痛,浸透了汪曾祺上海时期创作的几乎所有作品。在《〈膝行的人〉引》这篇散文中,他缅怀曾在昆明白马庙度过的悠然时光,安定生活中的温柔小事,每件事都与"迁根"的植物有关,或迁根而活,或迁根而死。在《艺术家》中,作者的笔情不自禁地游离了中心人物哑巴画家，沉醉在自己对昆明的回忆中，饱含温情地回忆起自己曾在白马庙乡下的生活。当作者沉浸在这样的意识之流、叙述之流中时，他完全回归了自我，获得了完全的自主，上海的都市文化和茫茫人海加诸其身的压迫感、无法融入的隔膜和惶恐，都暂时被遗忘，暂时得以解脱。

身为"外人"的孤寂感自然勾起他的乡愁，让他转而向记忆里寻求安慰，在记忆里重构（或者说虚构）了一个故乡，给自己以归属感。正是出于这样的心理需求，他满怀温情写作了以故乡高邮为背景的《鸡鸭名家》《戴车匠》《异秉》等，以一种细致入微的笔触讲述了"我们那里"的小民小事，"一个平淡沉闷，无结构起伏的城，沉默的城"里，那些沉默又幽深的心灵。他探寻故乡人心灵的窈杳，笔下洋溢着探幽的兴味，语言细密曲折，伏着一口绵长不绝的气。在叙述中，他与他的叙述对象亲密无间，痛痒相关，这种亲密感对于现实生活中他备受压迫的隔膜、麻木感是一种治疗。正因为如此，他才更加追求感觉的敏锐和叙述的精进，以期尽可能贴近描述的对象——那稍纵即逝的情态，那微妙难言的感受，那一瞬的光景或感动——甚至直抵其深处，以获得描述上的锐利和畅快感。这时期的作品长满了敏锐细密的感觉触角，每一个词句都是情感汁液饱和的。这时期的作品，编织着稠密的形容词、比喻、通感；多长句子、长段落，多关联词，多复杂的句式；这种语言读起来逻辑牵连，旁枝侧出，像繁花密叶的一架藤萝，而整体上，则表现为描写的奢侈无节制。（这样"浓"的语言跟他20世纪80年代之后的"淡"多么不一样！）《剑兰花和三叶草》《戴车匠》《艺术家》《邂逅》无不具有这种特点；而其他特别"现代"、洋味儿浓郁的作品如《醒来》《绿猫》《礼拜天的早晨》《道具树》等，就更严重了。这种潜伏着抒情冲动的、不加节制的描写，无怪乎当时有评论者指责为"唠叨"①。其实这"唠叨"的背后，是抒情的治疗作用，是他徜徉文字时所得到的抚摸心灵、贴近精神的快慰感，借此对抗现实世界的隔膜和疏远造成的压迫感，治疗那呻吟着"我为什么那么钝，为什么一无所知，为什么跟什么都隔了一层，为什么不能掰开撕开所有的东西看？为什么我毫无灵感，蠢溷麻木？为什么我不是天才！"的焦灼和痛苦。

当写作成为治疗现实生活中的身份危机的一种疗法而被使用和操作时，很难避免的一种尴尬就是：在沉浸于畅快的叙述之流时，偶尔被对于现实的自觉所打搅，使叙述中断，漏出叙述的破绽。这是造成汪曾祺这一时期作品形式的破碎感的一个内在原因。沉湎于叙述的笔常常突然宕开，酣畅的意识流突然被截断，就像一个沉浸在言说激情中的人突然自觉失态而故作收敛。这就造成一种语流的破碎感和抒情的压抑感。这种叙述上的梗塞是由叙述主体的身份的不安定感造成的。这个身在上海市中心一间阴郁小屋子里的身体，因为无法融入周围的环境而感觉到自身的格格不入，这令人羞惭不安。这种以自身为异物的自觉在汪曾祺那样敏感的心上当然会造成不小的压迫感。

在写于1947年的文艺随笔《短篇小说的本质》一文中，汪曾祺发出了小说革命的呼吁，他的革新意识主要是读者群体素质的变化带来的短篇小说生存危机造成的。汪曾祺此时理想中的小说已经是属于市民文化性质的，它的生产、流通必须参与商业市场机制。这种对于读者对象的预设，和对于小说生存环境的认识，促使汪曾祺自觉转变小说的风格和趣味。

《短篇小说的本质》中，汪曾祺的"读者观"值得注意："短篇小说家从来就是把我们当作跟他一样的人，跟他生活在同一世界中，对于他写的那回事的前前后后也知道得一样仔细真切。我们与他之间只是为不为，没

---

① 唐湜. 虔诚的纳蕤思：谈汪曾祺的小说 [M] // 唐湜. 新意度集. 北京：生活·读书·新知三联书店，1990：121.

有能不能的差异。短篇小说家的作者是假设他的读者都是短篇小说家的。"这种读者观从根本上颠覆了传统小说的写法,造成小说叙事的革命:首先是"故事"在小说写作中不再重要。中世纪那种稳定的社会结构,乡土社会的安土重迁、缺少流动,人们在几十年如一日停滞不变的生活中喜爱听传奇故事的心理,已经随着现代社会的到来而改变了。"围炉夜话""萤窗野语"式的经典讲故事场景已经一去不复返了。现代都市是流动的、拥挤的、忙碌的,读者不再渴望传奇,不再憧憬远方未知的世界,人们关注的是当下,是此间,是自己;在现代都市中,作者和读者"是一样的人,生活在同一世界中",过着同样的"祛魅"的生活,各自怀揣着对于日常人事的一份体验和思索。

既然"故事"作为小说的内容变得不重要,于是作家和读者的注意力都从"讲什么"转移到了"怎么讲"。读者读小说是为了乐趣,作者写小说是为了制造和分享乐趣,但这种乐趣不是从故事情节中来,而来自叙述方式。这是一种充满了智性的思维游戏,作者和读者共同参与,密切配合,共享乐趣。

汪曾祺上海时期的作品中洋溢着极大的形式实验的兴趣,存在"技巧浓得化不开"①的痕迹。他呼吁现代小说革命,全力以赴探索新的小说文体,追根溯源,起因于上海给他造成的"Culture Shock(文化震荡)"。他进入上海文化场域之后,体验着一种陌生而容纳性强大的文学生态环境,读者意识也随之更新,上海这个摩登大都市给他前所未有的对于现代社会和"现代性"的切实的感触和体验;而他在独自面对上海这个庞然大物,面对其中的茫茫人海时,产生了"迁根"之痛②,产生了自我身份认同危机。而作为应对方式,他选择革新小说观念,努力融入上海的现代化都市文化生

---

① 杨义. 中国现代小说史:第三卷 [M]. 北京:人民文学出版社,1991:137.
② 这种"迁根"之痛在汪曾祺初到上海时写给好友的书信《"膝行的人"引》中有所流露,该文收入《汪曾祺全集·卷三》。

态中去。《磨灭》《醒来》《落魄》《绿猫》《艺术家》《礼拜天的早晨》《道具树》等创作实践，都显示着他的这种努力。

但汪曾祺的突围是艰难的，面对如此庞杂无边的上海，他茫茫然不知所措，切不中上海的脉搏。他囿居闹市，孤独苦闷，都市文化给他的陌生感和隔膜感，让他既无法定位自己的作者身份，也摸不准他面向何种读者，上海市民读者的口味又与他从高邮旧家宅和深街巷，从昆明茶馆，从西南联大中文系浓郁的文人氛围中发育成的根深蒂固的思维惯性不投缘。"迁根"的痛觉又让他不自觉地回望故乡，醉心于用回忆编织"故乡"的幻象。因此他在迎合和退避之间，陷入了言说困境，在纷乱如麻的风格形式中，找不到自己的口吻。于是在他这一时期的作品中，表现出令人费解的风格的歧出，形式的破碎。小说断片《醒来》表现出他在努力追求语言和形式上的新的可能、新的解放，他在努力开拓写作的"自由"。但《醒来》的紧张、局促、不能卒章反而显示了他在求新、求变、求自由的时候受到了严重的束缚，他无力突围。

有些读者注意到，汪曾祺写于20世纪40年代中后期的《老鲁》《鸡鸭名家》等作品在语言和风格上已经与80年代很像了，"《鸡鸭名家》一篇尤其出色。删除头尾意识流，单看中间写'炕房师傅'余老五炕鸡、炕鸭以及陆长庚（'陆鸭'）帮人唤回失散鸭群两段，跟80年代《异秉》《鉴赏家》《故里三陈》《八千岁》已无甚区别。……80年代汪曾祺"复出"后的作品，基本元素此时似乎都已具备"①。在书写市井小民、手工艺人、作坊情结、故乡情结的内容层面，和回忆的视角、旁观者的叙述等形式层面，他确实已经不自觉地向他自身的文化基因靠拢，而与晚年的作品有了某种相似性。但在文体的整体层面，他还在西方文学大师们巨大身影的笼罩下、在"进入上海"的努力中，努力寻求"现代性"，努力把对故乡高邮的回忆

---

① 郜元宝. 汪曾祺论 [J]. 文艺争鸣，2009（8）：113.

纳入一个非常西式的意识流的套子中。他喜欢安稳少变的土地上的传统生活方式——从熟悉的生活景象中体味一种安定感、归属感和民俗趣味。这种古典的、东方的、含蓄节制的情感触觉却被编织进一种西式的叙述结构中去。这种"体"和"用"之间的裂隙在上海时期进一步扩大,最终让汪曾祺在苦心追求文体的路上陷入了困境。

二、从高邮到昆明:汪曾祺的文化基因

在上海,汪曾祺面临着文化壁垒和身份失落,他的生活和创作都陷入了"无根的困境",他固有的文化基因与他所追求的小说理想不相容,因此他在摆脱困境的道路上举步维艰。他究竟具有什么样的文化基因?探究汪曾祺在高邮故乡和昆明西南联大的成长历程,意在描绘汪曾祺的文化基因图谱。

汪曾祺于1920年出生在江苏高邮县城的一个儒商家庭里。高邮县城不大,是一个安定的水边小城,三面环水,中间低平,呈盆地地形,像一个"盂",汪曾祺在这座城里度过了他的童年和少年时光。直到1939年①,十九岁的汪曾祺前往昆明,投考西南联大,从此离开故乡,一生漂泊。高邮是一个水乡小城。汪曾祺在水边长大,自幼耳目所接,无非是水。"我小时候,从早到晚,一天没有看见河水的日子,几乎没有。"②"水不但于不自觉中成了我的一些小说的背景,并且也影响了我的小说的风格。"③ 20世纪二三十年代的高邮县城,也渐渐有新文化渗入,处于缓慢的现代化变革之中。新观念、新做派在小城人们的日常生活方式中引起的些微变化,被汪曾祺的回忆敏锐地捕捉到,在他晚年的作品中有所反映。但总体上仍然是个安定内敛的小城,如同它的盆地地形一样,人们在日复一日的平静中,各安

---

① 汪曾祺的高中是在离高邮不远的江阴南菁中学读的,并未出省,但对于年少的汪曾祺来说,也许也算小小的离乡吧。
② 汪曾祺. 我的家乡[M]//汪曾祺. 逝水. 北京:中国青年出版社,2004:6.
③ 汪曾祺. 自报家门[M]//汪曾祺. 汪曾祺全集:卷四. 北京:北京师范大学出版社,1998:281.

于自己的一份生活，"一个平淡沉闷，无结构起伏的城，沉默的城"①。几条主要的街道沿河道铺展，沿街的店铺，聚集成一个小城内的市井景象。过了米店，接着是酱园、染坊、炮仗店、车匠铺、药房、卖豆腐的、卖烧卤的，都是早已熟习的景象；见到熟人、店主，打声招呼，知道摆烧卤摊的他爹早年也在这摆摊；路过银匠店看到银匠怎样在一个模子上錾出一个小罗汉用来缀在小孩的虎头帽上；拐进小巷，胡同深深，贴着人家水渍侵浸的后墙、檐头长草的院头走着，深处传来一两声铁片叮当的声音——那是小贩手里摇着的铁片，显得巷子里更沉寂了。

这个小城镇的市井生活，构成了汪曾祺早期生命的背景，融入了他的成长中。

与这种小城镇的市井生活共时空存在的，并且也构成汪曾祺早期生命的重要部分的，是他的家庭生活。他出生在一个三代同堂的旧宅子里。汪家在高邮城中不算名门望族，属于中等富足家庭，有着这种阶层的家庭该有的一份礼数往来、安闲自足。祖父是前清末科拔贡，科举取消，功名路断，于是在家经营产业，置田地，开店铺，既是地主，也是商人。祖父性情恬静，生活简朴，自奉甚薄，却舍得花钱买古董字画。祖父祖母育有三个儿子，汪曾祺的父亲汪菊生排行第三。汪家家宅老大，房间多，格局深，有好几进庭院，祖孙三代同堂聚居，弟兄三个按长幼各得其所，各成其家。汪曾祺生母早逝，父亲慈爱，继母温厚，同堂聚居的祖父祖母、伯母亲戚们也对他颇为宠爱，视他为"惯宝宝"。这些童年际遇对汪曾祺的性格和心理特征或多或少留下了潜在影响。除了家族之内的人际往来带给幼年汪曾祺关于人事的认知之外，家宅本身在幼年汪曾祺的心中，也有着特殊的感情和体认，构成他心灵成长的重要部分：

> 每当家像一个概念一样浮现于我的记忆之上，它的颜色是深沉的。
> 祖父年轻时建造的几进，是灰青色与褐色的。我自小养育于这种

---

① 汪曾祺. 戴车匠 [M] // 汪曾祺. 汪曾祺全集：卷一. 北京：北京师范大学出版社，1998：145.

安定与寂寞里。

　　曾祖留下的则几乎是黑色的,一种类似眼圈上的黑色(不要说它是青的),里面充满了影子。这些影子足以使供在神龛前的花消失。晚间点上灯,我们常觉那些布灰布漆的大柱子一直伸拔到无穷高处。神堂屋里总挂一只鸟笼,我相信即是现在也挂一只的。那只青裆子永远眯着眼假寐(我想它做个哲学家,似乎身子太小了)。只有巳时将尽,它唱一会,洗个澡,抖下一团小雾在伸展到廊内片刻的夕阳光影里。①

　　我的家庭是一个旧式的地主家庭。房屋、家具、习俗,都很旧。整所住宅,只有一处叫做"花厅"的三大间是明亮的……一直到我读高中时,晚上有的屋里点的还是豆油灯。这在全城(除了乡下)大概找不出几家。②

多年之后,远离家乡的汪曾祺回忆起家,"家"在他笔下凝结成这样一个青黑色的意象,寂寞的,内敛的。汪曾祺幼年早慧,稚嫩敏感的心常于人事之外体味到一些幽微的情思。这种敏感善悟,既出于天分,也与这所旧宅子的安定寂寞、色调深沉的养育环境有关,与这种环境赋予家人们的特殊的性情有关。"家"在汪曾祺的笔下呈现特殊的情调,像菊花茶一样清淡微苦,这种无意识的回忆过滤机制,反映着他的性格倾向、审美倾向。在这个意义上,可以把他笔下的"家"视为他本人性格的一个镜像。

他长养于这样青灰色、黑色、"颜色深沉"的大宅子里。出了家门,外面是躺在盆地中间的,"状如兰盂"的高邮小城,城外包围着高堤和大湖。老宅子作为"家"和高邮城作为"家乡",形成大小圈的嵌套结构,它们共有的是安定内敛的气质。这种气质深深融进汪曾祺个人的性格中。汪曾祺小时候很乖,不野,喜静。"高邮湖就在城西,抬脚就到,可我居然没有在

---

① 汪曾祺. 花园 [M] //汪曾祺. 汪曾祺全集:卷三. 北京:北京师范大学出版社,1998:1.
② 汪曾祺. 自报家门 [M] //汪曾祺. 汪曾祺全集:卷四. 北京:北京师范大学出版社,1998:282.

湖上泛过一次舟,我不大爱动。"① 他习惯待在自家后花园里,躺在草中看天上的云,坐在树丫间看书,"槐树种在土山上,坐在树上可看见隔壁佛院。看不见房子,看到的是关着的那两扇门,关在门外的一片田园。门里是什么岁月呢?钟鼓整日敲,那么悠徐,那么单调,门开时,小尼姑来抱一捆草,打两桶水,随即又关上了。水咚咚滴回井里。那边有人看我,我忙把书放在眼前。"② 这种宅院里的生活方式,这种典型的东方古典情绪!此后一生,冒险、探奇也都与他无缘,他更不喜欢旅游,"不惯到一个生地方,不惯去见一丝毫不清楚他底细的人。……缺少一点产生一切浪漫故事的闯劲。"③ 他缺乏对于远方的向往和好奇心,也没有对外扩张探索的压力,他的心理结构是内向的、自足的,这种心理结构奠定了他一生随遇而安的精神常态,他没有根本意义上的危机感和孤独感,因此也不可能对于世界和人性做严厉的拷问和质疑。他的心理结构,是在乡土中国、在农耕社会里生长的心理结构,安定内敛,居常少变,对熟悉和传统的事物有着亲切信赖感,没有内部矛盾和危机。正是这种精神根基,让他20世纪40年代中后期在上海遭遇都市文化壁垒,并在试图把对高邮故乡的回忆纳入一种西式的、现代派的小说形式时,陷入了"写不下去"的创作困境。

这种安定内敛、居常少变的性格反映在他的作品中,表现之一就是一种审美心理的内向趋势。汪曾祺早年作品多写意识流,除了受伍尔夫、阿索林等西方作家作品的影响之外,也因为意识流小说恰好契合他内向型的心理结构。他早期有许多作品沉醉于描绘眼睛所见的事物在内心引起的情绪的波动,如同观赏柳絮点漾五月的心湖所震起的圈纹,读来如同梦呓——他不在意与读者的交流,或者说,并没有读者意识。

到了晚年,他的作品淡化了意识流的洋味儿,不再做大段的甚至全篇

---

① 汪曾祺. 我的世界 [M] //汪曾祺. 逝水. 北京:中国青年出版社,2004:7.
② 汪曾祺. 花园 [M] //汪曾祺. 汪曾祺全集:卷三. 北京:北京师范大学出版社,1998:9.
③ 汪曾祺. 牙疼 [M] //汪曾祺. 汪曾祺全集:卷一. 北京:北京师范大学出版社,1998:154.

的心理描写，转而写回忆，甚至认为写小说就是写回忆。晚年的汪曾祺非常讲究"沉淀"，一切外在的纷繁人事必须经过回忆的沉淀，除尽了火气，充分与他的内心结构接洽，打上他自己的个性色彩，才能被他所理解，被他的主观经验所接纳，成为他的经验世界的一部分。在某种意义上，汪曾祺是活在他的内心世界中的，活在他的回忆中的。他晚年的小说，尤其是"高邮系列"小说，具有一种自成一体的气场，小说中的人事，似乎发生在一个自有的小世界中，与现实时空不相连接。故事中的世界是慢的，一种乡土时间节奏。这种乡土时间节奏，决定了汪曾祺小说的基调，它像弥漫的大气一样，无形中笼罩了整个故事生态，把它与快节奏的现实世界隔离开。于是，当我们进入那铺陈在缓慢的乡土时间节奏上的、由失去了现实时空结构的回忆构建而成的乡土乌托邦时，我们仿佛进入了一个梦境。有评论者用"和谐"来描述汪氏作品，汪曾祺自己也说"我追求的不是深刻，而是和谐"[1]。当外在的纷纭物象被回忆所沉淀、溶解，成为汪曾祺的经验世界的一部分时，它们的棱角和矛盾也就消泯了，获得了统一性，所谓"万物存乎一心"。汪曾祺的精神世界不同于陀思妥耶夫斯基的精神世界的激烈对抗、自我分裂，也不同于卡夫卡的惊悸不安、充满怀疑。汪曾祺的精神世界是简单稳定、内部和谐的。

从通篇的意识流，到"写小说就是写回忆"，尽管文体大变，但内向型的心理特征作为作家性格"基因"，是解释汪曾祺近60年的写作生涯中多变的创作现象时一个不变的根源。分析"汪氏文体"之三昧，若不能深究此内向型心理结构，则回忆、怀旧、散文化、重语言而轻情节等"汪氏文体"的重要特征都终将失之虚浮。

汪曾祺幼年，祖父亲自给他启蒙，督其临碑帖，读《论语》，写"义"（一种解经的小论文）。据汪曾祺回忆，祖父的思想倾向是很多元化的，作为前清末科拔贡，他的主体观念当然是属于儒家的，却又读佛经，而且对

---

[1] 汪曾祺.《汪曾祺全集》出版前言[M]//汪曾祺.汪曾祺全集：卷一.北京：北京师范大学出版社，1998：9.

自然科学有兴趣，收藏天文仪器浑天仪，取其卧室名为"浑天仪室"；此外，还订阅了一份新文化杂志《生活周刊》。祖父作为创下家业、身份威重的一家之主，其性情为人、言传身教在幼年汪曾祺心中当是留下了痕迹的。

汪曾祺的小学和中学时代，深受国文老师高北溟先生的教益。高先生为人孤高耿介，两袖清风，不苟且于时俗。他选编课文的标准是"有感慨，有性情，平易自然"①。高先生很欣赏归有光的雅正平淡、含蓄中寄寓深情的散文。正是在高先生手中，汪曾祺读了归有光的《项脊轩志》《寒花葬志》《先妣事略》等散文，与归有光结下了深缘。晚年汪曾祺回忆道："归有光以清淡的文笔写平常的人物，亲切而凄婉。这和我的气质很相近，我现在小说还时时回响着归有光的余韵。"②

汪曾祺年少时还曾跟从当地有名的书法家韦子廉先生练大字，写《多宝塔》，韦子廉先生专攻桐城派文章，汪曾祺跟着他学桐城文，戴名世、刘大魁、方苞、姚鼐的文章熟读成诵不下百十篇。桐城派上承文统，源远流长，讲究义法，提倡义理，要求语言雅洁，反对俚俗。桐城派文章对于汪曾祺的深远影响越到汪曾祺的晚年看得越清楚，尤其是他转入散文写作之后。

汪曾祺从小学到中学都"以画名"。他绘画的兴致受他的父亲汪菊生的很大影响。汪曾祺的小说有"画意"，有悟到者因此称之为"意象派"③，可算得是深得汪氏小说的精气神。父亲给予少年汪曾祺更深刻的影响是性情上的。汪曾祺三岁丧母，得慈父宠爱，朝夕相伴，父亲的个性和作风对汪曾祺的早年成长有深刻的影响。父亲汪菊生是个典型的小城才子，生在富足家庭，不忧生计，安享一份闲适洒脱，生活趣味。他很喜欢孩子，爱带着孩子们玩，姑姑们叫他"孩子头"。汪曾祺许多小说中的人物是以他的

---

① 汪曾祺. 徙［M］//汪曾祺. 汪曾祺全集：卷一. 北京：北京师范大学出版社，1998：491.
② 汪曾祺. 自报家门［M］//汪曾祺. 汪曾祺全集：卷四. 北京：北京师范大学出版社，1998：285.
③ 李陀. 意象的激流［J］. 文艺研究，1986（3）.

父亲为原型的。①

汪菊生是个"小城才子",多才多艺,聪明善悟,琴棋书画无一不通。他率真自在、洒脱不羁,颇有名士风度,与之往来交游的也多是些有真性情、不拘礼法的文人雅士。父亲的生活方式,儿子尽日耳濡目染,沉浸其中,这在早慧的汪曾祺心中,不能不引起一些感触,成为他早年启蒙教育的重要一部分。在汪曾祺的笔下,父亲的生活是艺术化的、审美化的,这诚然经过了回忆的提纯,但这种不自觉的过滤与选择,本身也表明了幼年汪曾祺的观察视点偏好、个人性情倾向。

汪曾祺在父亲的呵护中长大,十九岁离开家乡后就漂泊在外,时局动荡,生涯艰辛,40多年没有回过老家。童年时父子情深的时光在他心里沉淀而化为了深厚的回忆,化为了他性格中绵长悠远的一种因素。"父亲"在他心中,与他寂寞又幸福的童年,与那所房间多、格局深、"色调暗沉""充满了暗影"的老宅子,与那荒芜自在的、带来"童年脸上的红晕"的后花园,与人生之初的许多微妙感觉等联系在一起,经过时间的神奇的化合作用,融化成"家"的概念,融化成他对自己早年的一种追认和不自觉的重构,融化成对于个人生命的起源和成长历程的自我叙述和自我认同:我是谁?我从哪里来?

涵盖了这一切——儒商家庭,传统的士大夫阶层的文化教育,作为风雅文人形象典型的父亲的无言教化——涵盖这一切,并作为这一切的生长土壤的,是有着厚实的市井生活滋味的高邮小城。对于高邮城内市井生活的追忆构成汪曾祺的自我追述和自觉人格构建的另一个重要的方面。

出身于一个小有资产的儒商家庭,祖辈和父辈都是读书人,又经营店铺和田产,居家则宅院深深,出门可观市井百态。这种家庭出身赋予汪曾祺一种典型的中国平民知识阶层的文化基因:调和了文人雅士的审美趣味和市井平民的生活趣味,融合了"雅"和"俗"。身在市井,与烟火人间有

---

① 如20世纪40年代的小说《翠子》《春天》《谁是错的》《鸡鸭名家》《囚犯》,20世纪80年代的小说《钓鱼的医生》等。

着肌肤之亲，并对这种文化母体深深眷恋；又很自然地凭一双文人之眼把这种生活形态审美对象化，诗意化，陶冶出一种富有市井生活趣味的文人心态。

这种雅俗融合是汪曾祺的文化基因的一个重要特质。正是这种文化基因和个人性情，日后让他在苦觅独属于他的理想文体的道路上，从古代文人消遣之作的笔记小品中发现深契于其心的写作之道，创造出新笔记小说的独特文体来。汪曾祺晚年的小说，多讲市井小民的生活，尤其爱讲高邮街巷中的逸闻轶事，如《故里杂记》《故里三陈》《故人往事》《故乡人》《晚饭花》等短篇系列。这些笔记体小说，形制短小，文字朴淡，叙述主体隐而不现，采用一种"固定的、静观的文人视点"①，虽记述市井小民生活，而文气雅正平和，在对俗世的欣赏中有不俗的趣味。这与他根深蒂固的文人身份意识和文人审美品位有关。

书斋教育和市井闲情，融合雅俗，赋予汪曾祺文人的身份意识和平民的生活趣味。终其一生，汪曾祺始终远离政治激情、宏大叙事。他一生经历了中国20世纪中频繁的战争、政治变革和社会更迭，他个人的命运也在这个过程中被颠簸拨弄，可他始终没有培养起对社会、政治的宏观把握能力。仿佛天性使然，他高度敏感的，他感到趣味的，是对市井小民、个人悲欢的体察和玩味。在高邮度过的童年生活，深刻决定了汪曾祺的创作个性。

如果说作为作家的汪曾祺的精神履历是一条河，那么这条河有两支源头，一支发源于高邮故乡，另一支发源于西南联大。没有在西南联大度过的7年求学时光，汪曾祺也许就不会成为一个作家，不会成为这样的一个作家。西南联大7年，奠定了汪曾祺的文学根基，决定了汪曾祺的市井小说、"风俗画"骨子里有清正的文气和自在的"士大夫风骨"，使得汪曾祺凭着又小又少的作品生长出说不尽的文学史意义，生长成了文学史家和小说批

---

① 刘旭. 汪曾祺小说的叙事模式研究："汪氏文体"的形成 [J]. 文学评论，2015 (2)：116.

评家们的一个大小难辨的话题。

汪曾祺的文学生命是长在回忆的土壤上的。在某种意义上，他所有的小说和散文都是写回忆。他写得最多、最好、最深情的是高邮和昆明。昆明是他精神史上的另一个故乡。汪曾祺把西南联大7年，称为他生命中"最精彩、最值得活、最有决定性的几年"①。

在西南联大读书，而与昆明这座城市结下了深厚的缘分。之所以会这样，与西南联大的建校方式有关。1937年卢沟桥事变发生之后，华北地区很快沦陷，为了保存高等教育力量和教学物资，北京大学、清华大学、南开大学三校合并内迁，迤逦往西南地区深入。由于沦陷区范围迅速扩大，抗战前线不断深入内陆腹地，这所临时组建的大学最后在以云贵高原做屏障的西南边陲城市昆明落下脚来，定名为国立西南联合大学。联大建校，师生、教职工几千人涌入昆明这个内陆小山城，当地的人们宽容地接纳了他们。当地海关、学校、会馆纷纷匀出地方来租借给联大做校舍，后来学校又在昆明市西北角城外圈了荒地124亩，修建新校舍，新校舍除了食堂和图书馆是砖木结构，其他都是土坯墙垒成，屋顶覆以茅草或铁皮。由于校区分散，学生习惯了在城内四处走动。比如闻一多先生在新校区讲《古代神话与传说》，讲得声名四动，新校区在昆明市西北角，工学院的学生从拓东路赶过来听讲。又由于校舍简陋，设施不完备，许多教授和学生租住民房，三三两两，聚在一栋民房里或一条小巷子里，"藏兵于民"。有的教授在自己租住的地方授课，开讲座或者沙龙，学生们便定期穿街越巷，从四处聚集到这里来。或者有共同爱好者组建社团，出杂志，办同期会，唱昆曲，"围鼓"，学校提供不了场地，也是在租住的民房里，或者凑在某家固定的茶馆中。这种战争时期的特殊学制，消除了大学高傲的围墙，把周围的市井街区都囊括到自己的影响范围中来。联大迁入昆明，不仅改变了这座内陆小山城的人口结构，而且连带学校周围的街市买卖、茶馆饭馆、书

---

① 汪曾祺. 三叶虫与剑兰花 [M] //汪曾祺. 汪曾祺全集：卷一. 北京：北京师范大学出版社，1998：165.

店书摊等都起了变化。"湖南的、江西的、山东的、河北的,一种同在天涯之感把老板伙计跟学生连接起来,而且他们本来直接间接的就与学校有相当的关系,学生吃饭,老板伙计就坐在旁边谈天说地;而学生也喜欢在锅灶旁边站着,一边听新闻故事,一边欣赏炒菜艺术。"① 战争进行了几年之后,随着水陆交通被切断,许多学生无法再得到家里的接济,加上钱币严重贬值,联大的师生都陷入严重的经济困境中,然而市民们仍旧尊重这些衣衫褴褛的"先生"们,愿意把房子租给他们住,把茶饭赊给他们吃。

对于汪曾祺来说,联大"亲民"的气质滋养了他,成全了他:他从围墙之中的、体制严整的、洁净得有点单调有点贫血的大学校园走出去,走入昆明寻常百姓的生活,融入当地,这种接地气的生活是养育一个作家心灵的最佳土壤。"战争一下子把我们掀翻了,泼出去。……学校搬了家,落到这个梦也没有梦到过的山城里来,以一种特殊方式完成教育。吃些什么离奇饮食,而且说得一口地道本地话,清清楚楚为外县四乡来的人指路,小巷僻坡,莫不了如指掌。听他们听的戏,喝他们喝的酒,害他们害的病,种他们种的花。"②

汪曾祺说,他写小说的兴致,是在昆明的茶馆里泡出来的。联大师生们落脚到了这个地方,很快就入乡随俗,融入了当地的生活方式,泡茶馆。联大的图书馆小,座位少,寝室又没有桌椅,新校舍门外两条小街上,茶馆不下十几家,很多学生几乎不去图书馆,看书做功课甚至考试,都是在茶馆里。

"大学二年级那一年,我和两个外文系的同学经常一早就坐在这家茶馆靠窗的一张桌边,各自看自己的书,有时整整坐一上午,彼此不交语。我这时才开始写作,我的最初几篇小说,即是在这家茶馆里写的。茶馆离翠

---

① 汪曾祺. 落魄 [M]//汪曾祺. 汪曾祺全集:卷一. 北京:北京师范大学出版社,1998:96.
② 汪曾祺. 三叶虫与剑兰花 [M]//汪曾祺. 汪曾祺全集:卷一. 北京:北京师范大学出版社,1998:165.

湖很近,从翠湖吹来的风里,时时带有水浮莲的气味。"①

在昆明街头的大小茶馆里,汪曾祺接触到各种各样的人,对各种各样的生活形态都有兴趣。昆明这座悠闲缓慢、人情味儿十足的内陆小城市,把他在高邮故乡发育起来的平民心态和市井闲情保护得很好,并且让它们有了更充分的发育。这种厚实的平民趣味和盎然的生活兴致深深扎根在他的性情中,让他对于小人物的生命形态、对于个人的悲欢、对于凡俗生活中的美感与诗意深有感触。

另一方面,这种平民心态、市井闲情也培养、塑造和限定着汪曾祺的感受方式、审美倾向、创作范围。汪曾祺相信"文如其人"的古典创作论,他自己成熟期的作品也是对"文如其人"的最恰当例释。挥散时代话语和评论界的遮眼浮云之后,他认为自己终究是"一个通俗的抒情诗人",一个写不了"大江东去",只能写"小桥流水"的作家②。有论者也认为,"'复出'的汪曾祺是新时期文学浓郁画布上最淡定的一笔,是兴奋的文学年代最冷静的一种声音。中国文学特有的浮胀豪迈与汪曾祺无关。他倾心于喧嚣的时代主题之外古老乡镇普通人辛劳而认真的日常生活,发掘岁月所积的风物人情的恒久魔力,贪恋浓酽厚重的生活趣味,感叹无法逃避的生命的悲凉"③。有人奇怪为什么汪曾祺能够淡化中国知识分子最难淡化的政治激情,高邮市井和昆明茶馆对于汪曾祺的生命涵养和习染,大约是一个重要原因。

在昆明,跟在高邮故乡一样,汪曾祺受到了两种完全不同的教育。昆明街头的市井生活给他深沉的宽慰和接纳,奠定了他的平民心态、审美趣味和看待世界的方式。联大中文系给予他的是知识阶层的精英教育,是校园化的价值观和风度做派,是对民主自由的崇尚,是恃才傲物、潇洒不羁

---

① 汪曾祺. 泡茶馆 [M] //汪曾祺. 汪曾祺全集:卷三. 北京:北京师范大学出版社,1998:367.
② 汪曾祺. 谈风格 [M] //汪曾祺. 汪曾祺全集:卷三. 北京:北京师范大学出版社,1998:335.
③ 郜元宝. 汪曾祺论 [J]. 文艺争鸣,2009(8):114.

的风骨。尤其重要的是，联大师生在昆明城中有一个共同的身份：读书人，或者用昆明市民的词"大学的先生"。联大给他们提供文化共同体的庇护，在这个文化共同体中，每个人都获得群体归属感、确定的身份和尊严。在昆明，他们是文化上的"贵族阶层"。

在联大，汪曾祺接受了系统的正规的现代学术训练，奠定了一个现代知识分子的思维方式和价值观。在中文系，他接触到一大批既是学者又是作家的老师们，如沈从文、闻一多、朱自清、冯至等，受到纯正的文学趣味的熏陶；跟文艺同好者们一起组建了文学社"冬青社"；参与西南联大文学杂志《文聚》的撰稿。

当时的西南联大中文系有着浓厚的外国文学的氛围，尽管战争时期物质匮乏，交通不便，外国文学作品的译介仍然热度很高。西南联大中文系里浓厚的西方现代文学和文化的学术氛围与西南联大的学制和教授群体的学术背景有关系。据对西南联大校史有所关注的文学史研究者谢泳先生介绍，西南联大由三校合并，而受清华的影响尤其重，执事校长梅贻琦便是清华校长，清华的美国化程度非常高，对英语的要求严格。西南联大文学院包括中国文学系和外国语文学系，两系共聘教师，互设课程，学生来往甚密。

那时，年轻的汪曾祺心境单纯，学习热情高涨，阅读涉猎广泛，白天泡在茶馆里，晚上在系里的小图书馆读书，从晚唐诗到福尔摩斯，逮着什么看什么，年轻的心胸开放包容，对各家各派都有兴趣，接受和模仿的能力又强，在他的笔下可以看出沈从文、纪德、阿索林、伍尔夫、卡夫卡、萨特、弗洛伊德等文学家、思想家的痕迹。汪曾祺晚年回顾自己的创作生涯时说："一个作家形成自己的风格大体要经过三个阶段：一、摹仿；二、摆脱；三、自成一家。初学写作者，几乎无一例外，要经过摹仿的阶段。我年轻时写作学沈先生，连他的文白杂糅的语言也学。我的《汪曾祺短篇小说选》第一篇《复仇》，就有摹仿西方现代派的方法的痕迹。"① 《复仇》以一种非常西式的叙述方式讲述了一个富有中国武侠色彩的故事：一个少年剑客辞别母亲，漂泊半生，寻找杀父仇人，最终却放弃复仇的执念，帮助仇人完成他未竟的事业。有论者认为《复仇》的故事情节和写作方式是对于日本新思潮派作家菊池宽②和唯美派作家谷崎润一郎③的模仿。确实，如果了解汪曾祺早年的阅读史和对于中外各名家名作的心得体会，甚至可以在他早年的作品中具体指出那些影影绰绰的大师们的影子。最早发表的小说《悒郁》表现的是少女银子莫可名状的烦恼和惘惘的思绪，表现的是"一个生物成熟的征象"，田园牧歌的情调和多处点缀的民歌让人很自然地想起其师沈从文的笔调；对少女朦胧性心理的细致描画又可以嗅出弗洛伊德的味道来。《小学校的钟声》有伍尔夫的影子。《落魄》中有些句子直接来自卡夫卡。

汪曾祺对于小说的组织结构、运笔意向，对于小说的认识理念，都是西式的、现代的，其中模仿、实践心理分析和意识流技巧的作品占绝大多数。在这些作品中，意识流的使用带有文体实验和炫耀技巧的味道，眼前的事实和心中的意念随意穿梭交织，过去、现在、未来的时间在毫无转换提示的情况下彼此穿插，造成一种独特的时空紊乱的效果。意识流对于"心理时间"的追踪，对于"心理真实"的模拟，成为汪曾祺追求一种特殊风格的一个理论抓手，他为此孜孜不倦进行创作试验。他挑战读者的阅读心理习惯、接受惯性模式而慢慢摸索自己的风格。后世很多论者注意到汪曾祺早期创作表现出明显的意识流手法，并以他对于伍尔夫、普鲁斯特、阿佐林等西方作家的阅读、模仿为据，证明汪曾祺创作文化资源的多元性、复杂性和他早期的先锋性。

---

① 汪曾祺. 谈风格 [M] //汪曾祺. 汪曾祺全集：卷三. 北京：北京师范大学出版社，1998：341.
② 杨义. 中国现代小说史：卷三 [M]. 北京：人民文学出版社，1991：136.
③ 杨鼎川. 汪曾祺四十年代两种不同调子的小说 [J]. 中国现代文学研究丛刊，1995(3).

第七章 汪曾祺的跨文体创作

汪曾祺的文学创作启蒙是在西南联大中文系这个"不仅出大学者，而且出大作家"的肥沃土壤中生长出来的，可算是"科班出身"，入门很"正"。与沈从文在社会中浪迹历练而成长为一个作家不同，汪曾祺是一个学院派出身的作家，他能在作家的道路上走得如此久远，并且渐臻一种深广开阔的境界，内因自然是植根于他敏感善悟、天生早慧的禀赋，植根于他的童年经验封印在他体内的独特文化基因密码，植根于他的个人性情和对于人世的特殊感知触角，但他的学院派出身也对他的创作内质有深刻的影响。他的自由文人气质，他深藏骨子里的清高和精英意识，使他终其一生都对于现实政治和现实社会保持着若即若离的审美距离，虽然这种若即若离或许是自然而然的个性流露。而他对于俗世生活和小人物的写作，不自觉间呈现为一种旁观者的视角，把俗世生活审美对象化了，虽然这种由客观到主观的诗化过程在他这里并非刻意，因而隐蔽不易觉察。纵然评论者们从他的写作中解读出了"平民立场""民间视点""风俗画作家"种种意味，但读者常常感觉到，这一派民俗民情背后，隐然屹立着一种士大夫风骨，让他的作品淡而有味，不落俗流。这种自由文人气质，这种士大夫风骨，在中国现代文学经历了新中国成立以后的大转向、大改造之后，经历了改革开放之后的新时期文学的变革之后，在文学迅速市民化、商品化的20世纪八九十年代里，越来越绽放出异样光彩，被人觉察到。究其原因，这些作品内在精神品质，都跟他的学院派出身不无关系。

对于中外各名家作品的模仿，使得汪曾祺早期风格呈现多样化、不稳定的面貌。然而，综合来看汪曾祺的早期作品，会在它们风格的多样化之外，有一个整体的感受，就是作者对于个人风格的"用力"追求。这种用力，体现在语言的雕琢和结构的营造上，明显可以读出作者在写作时反复斟酌、追求新奇的认真模样。不同于汪曾祺后来那些没有故事、结构"随便"的作品，汪曾祺早期的创作，小说还是像个小说，有故事情节。而且非常注意讲故事的技巧，表现在文本中，就落实为他对于小说结构、叙述顺序和落笔角度的"用力"营造上。比如《翠子》，从天真幼稚的孩子

"我"的视角出发，呈现"我"眼中的世界，笔触到作为小孩子的"我"的眼睛和思维所能触及的边界为止，于是平凡的生活细节都充满了好奇难解的意味。家中大丫头翠子情窦初开，如痴如醉而又害羞内敛，命运却对这个刚刚长成的女孩子隐隐露出了爪牙；父亲温柔多情，却因爱妻早逝而逃遁人世，行迹萧条。这些分量沉重的人世悲欢故事如果展开，足以成为一部引人入胜的长篇小说，然而作者把它们摄入一个孩子的眼中，重量和张力便消于无形，意想中足以撑到一个长篇那么长的故事只凝结到一个夜晚，一个小孩子等待父亲回家这么短，凝结成几乎只有孩子和丫头、和父亲的几句对话（可见年轻的汪曾祺已然对短篇小说之"短"有所思考。这种对于短篇小说的文体特点和"短"之本质的持续思考和体悟，后来凝结为文论《短篇小说的本质》中的画龙点睛之笔。关于汪曾祺对于短篇小说的文体特点的思考，将是本章始终关注的一个问题）。故事在其中精心穿插，巧作掩饰，隐隐约约露出行迹，线索刚好够读者去捕捉、体会，凭想象力去还原这个故事，作者自己却隐藏在孩子的视角背后游刃有余了。又比如《春天》，写三个小孩子在田野上放风筝。故事很简单，却被包在一个回忆的套子里，由一封远方书信牵引，打开回忆的套子；又由已经长大的孩子之一"我"来讲述，讲给"你"听，"你"是"我"所爱的姑娘，却在我沉湎于童年往事时与记忆中的那个小女孩发生了奇妙的重叠。于是一个简单的青梅竹马、两小无猜的直白故事便因为被层层叙述结构嵌套，而窈窕悠远，意味深长。当然，除了层层映照的结构以外，活泼俏皮的语言也带来很大的阅读美感，这得益于作者采用"我"对"你"讲童年往事的口语化叙述策略。又比如《寒夜》，选择一个时间断面上一个单一的场景来工笔细绘：冬夜，几个守夜的男人在小窝棚里围火夜话。这样选择一个时间断面、一个简单场景进行工笔细绘的写法，让人觉得它也许是汪曾祺当年在沈从文写作课堂上的练笔习作——沈先生教学生写作的技巧，是应该先学会"车一个零部件"。可是汪曾祺这个"零部件"却车得很用心，他设法使这个"零部件"具有完整的形式和完整的内涵，使它在简短的篇幅里足以独立为一个小说。为此，他精心设置了小说环境——冬夜，万籁俱寂，茫茫雪地里一个孤立的棚子里——以此构建一个独立的小环境，切断外界人事的纷扰，保证小说的不蔓不枝。在这样单纯的环境里，每个人都脱去了复杂的社会人事关系，孑然一身坐到棚子中央的火堆边来。还有什么比夜深人寂时的说话声和被火光映红的脸庞更突出、更醒人脑目的呢？这篇小说的练笔旨意在于用最经济的笔墨刻画一组神态各异的人物群像，为了防止人物形象各自独立，形象散乱，作者营造了一种浓烈的冬夜氛围，并且让所有人都从事同一件能够凝聚人心的事——为村庄守夜，更设置了一个凝聚力的突出意象：火堆。这样，作品就在简单而叩击人心的情节中展开了一个小巧而完整的故事形态。

  汪曾祺在创作生涯之始，就有了自觉而强烈的文体意识，着力探寻自己的文体风格和语言风格。他一开始就对文体形式本身有着强烈的审美趣味和艺术自觉，他追求"纯文学"的理想。与一些出于自我抒发的迫切需要而第一次拿起笔来的人相比，他关心的不是"我要写"而是"怎么写"。因此他的文体、他的语言常常有着突出的存在感，甚至比情节内容更引人注意，更耐人寻味。就像插瓶的梅枝，故事情节只是含苞待放的零星花骨朵，重要的是梅枝的造型和姿态，是梅枝的遒劲和梅瓶曲线之间的搭配，是在梅枝营造的主体气场中，花骨朵的若隐若现，是这一整个的浑然的艺术感。这种对于文体的强烈自觉，这种"纯文学"的理想，贯彻了汪曾祺的一生，是汪曾祺创作生涯中的核心追求。也正是这种对于文体的审美趣味、这种"纯"的审美理想，引导着汪曾祺度过了20世纪40年代的多方探索和苦苦追求而不得，度过了长达30年的沉寂期；也正是它，让汪曾祺在80年代初成为孤零零的"那一个"，让他终于抵达了80年代澄澈的人生晚秋，创造出了成熟的"汪氏文体"。所以，深谙创作之三昧的格非在比较废名、沈从文、汪曾祺三人的文体时说，三人之中"汪曾祺最讲究文法，外表上语言的行云流水和漫不经心掩藏着极深的机巧"①。

三、1949—1979 年：30 年的沉淀与探索

正如"读译著"和"泡茶馆"这一对分裂的意象中所预兆的，年轻的汪曾祺受到多元文化影响，但尚没有力量消化整合，又由于文艺青年式的"青春虚无主义病症"——脱离生活土壤、专注于自我小世界等，汪曾祺 20 世纪 40 年代的作品显出风格的驳杂、不统一。西南联大时期的作品因为多方借鉴和模仿中外各家，因而作品风格和语言都显出实验和尝试性，但西南联大时期的创作共有一种清澈纯真的质感和内在的青春浪漫情绪，这种青春情绪使得其西南联大时期的作品在对于语言和结构的"尝鲜"式的多方实验之上，具有内在统一性。相比之下，上海时期的作品，甚至同一个作品内部，都呈现出错杂分裂，不统一；并且由于生活境遇之困，他笔下的文字渐露灰色：对于眼前的人事常是冷嘲；转而向文字中的"故乡"幻象寻求慰藉，却又把这"故乡"铺展在荒凉萧瑟的背景中。为了突破上海的文化壁垒，汪曾祺转变读者意识，向西方现代派寻求创作资源，努力进行文体革新实验，在对自身的文化基因有自觉意识之前，他在追求纯粹的小说艺术理想之路上终于走入了困境。

1947 年，汪曾祺在苦心孤诣进行小说文体革新实验时，曾预言："大多数的小说作者都得经过一个比较长时期的试验。他明白，他必须"找到自己的方法"，必须用他自己的方法来写，他才站得住"②。这一寻找的过程，持续长达 30 年。

1948 年，汪曾祺从上海转到北平时，虽然生活境遇上依然困厄，但他小说创作的热情却在寂寞压抑中郁积起来，笔头的滞涩一方面让他倍感苦闷，另一方面更逼迫他攒了一肚子劲儿想要从创作困境中突围。这种苦闷

---

① 格非. 文体与意识形态 [J]. 当代作家评论, 2001 (5): 10.
② 汪曾祺. 短篇小说的本质 [M]//汪曾祺. 汪曾祺全集：卷三. 北京：北京师范大学出版社, 1998: 25.

和压抑在他当年写给好友黄裳等人的书信中保存着,至今读来仍然可以感受到一股闷热却又寂寞的劲头儿。然而,在北平,他并没有新的作品诞生。新中国成立后,从1950年到1958年,汪曾祺做了8年的文艺杂志的编辑工作,彻底放下了小说创作,再也没有发表过一篇小说作品。① 为什么会这样呢?

1948年到1949年,解放战争大局已定,文化界格局也随之发生大变动,与国共两党军事上的交锋相伴随的,是各派系知识分子的激烈论战。南渡北归,去留之间,人心惶惶,人们在紧张的局势中纷纷选择站队。汪曾祺虽然一向远离政治,不关心时局,专注于他对小说艺术的探索和实验,但他周围师友的变化和遭遇却给了他关于政治、关于时局的现实冲击和切身感受。自由派文人沈从文、李健吾、朱光潜等人主办,汪曾祺发表作品的主要园地《大公报·星期文艺》《益世报·文学周刊》《文艺春秋》《文学杂志》等逐渐停办。自由派文人们也对自由主义立场和"共产主义信仰"的关系做着紧张的思辨,有些人开始反省自由主义自身的不足,例如"未能生根于广大的人民,尤其是广大的农民中去""忽略了多数人的福利"等等。②

1948年的一个冬夜,汪曾祺参加了一个名为"今日文学的方向"的文艺座谈会,座谈会的讨论焦点就是应该怎么对待政治号令与文学创作的关系。与会者包括沈从文、朱光潜、废名、冯至等著名的自由派文人作家。在会上,汪曾祺这个文学圈内的"小朋友"表达了自己对创作需听从号令的疑虑:"承认他有操纵红绿灯的权力,就是承认它是合法的,是对的。那自然要看着红绿灯走路了。但如果并不如此呢?"③ 这个发问显示了汪曾祺根深蒂固的自由主义意识。这个在市井茶馆中、在西南联大中文系浓厚的

---

① 新中国成立后担任文艺杂志编辑这段时间,汪曾祺尝试过转换风格,写了一些贴近"劳动人民"的人物素描、报告文学、戏曲评论等,但是没有写过小说。
② 钱理群. 天地玄黄 [M]. 济南:山东教育出版社,1998:260.
③ 钱理群. 天地玄黄 [M]. 济南:山东教育出版社,1998:262.

文人风流中泡出来的文艺青年，生性散文化，与主流意识形态疏远。创作听从指挥号令，与他的小说艺术理想难以调和。

这期间，对汪曾祺的文艺理想冲击最大的，莫过于他的老师沈从文的遭遇。沈从文作为一个自由派文人和知识分子，厌恶政党政治，反对战争和屠杀，相信艺术和美育对于重塑民族精神的教化意义。因此，他在各派文人南渡北归、纷纷站队的紧张局势中，坚持自己高远纯粹的文学理想，热衷于"实验小说"，被斥责为"反动文艺"的代表。1949年沈从文在精神极度紧张焦虑之下，患迫害妄想症，自杀未遂，放弃创作，转业做文物研究。老师沈从文的遭遇和转业，对汪曾祺停止小说创作，进入沉寂期起了直接的刺激和警告作用。

北平解放以后，中国共产党接管各种组织机构，建立新政权，留在北平的知识分子大多数被整编进了革命队伍，开始为新政权服务。文艺青年汪曾祺由于1949年出版了一本小说集，在北京文学圈内反响不错，被吸收到北京市文联，担任《北京文学》（后改名为《说说唱唱》）、《民间文学》的编辑工作。恃才傲物、性情疏狂的汪曾祺在新的社会环境中，陷入了沉默寡言的状态。

编辑《说说唱唱》和《民间文学》，汪曾祺非常卖力。沉默寡言，辛勤工作，一方面有慎言慎行，努力摆脱"小资产阶级知识分子"的身份标签，以求得身份认同的原因；另一方面，更是因为新生国家的文学创作和发表环境大变，旧日的读者群体失落，新的读者群体完全陌生。由于对新的话语方式不适应，汪曾祺这个不久前还在质疑"红绿灯"对于文学创作的指挥权的自由主义者陷入了"失语"状态。

新中国成立后，党的组织深入各文化组织机构，组织内的文化工作者都在党的思想领导下开展日常事务工作。汪曾祺所在的北京市文联、中国民间文艺研究会当然也不例外。在党的动员和引导下，文艺界曾发生多次重大的理论讨论，讨论的主题已经从新中国成立前的"文艺要不要为政治服务"，毋庸置疑地转变成了"文艺怎样更好地为政治服务"。那些试图在艺术自身的范畴之内展开讨论，希望在熟悉的领域内实现自身价值的作家和评论家，真诚热忱地参与到讨论中，却遭遇了意料之外的结果。在一次次的思想清理运动之后，知识分子们不仅失去了早已习惯的社会角色定位和身份意识，更陷入了对于言说本身的茫然失措，以前的话语方式失落了。

在新的文艺环境中，文艺的本质属性是工具性，文艺创作的目的是"用文学艺术的武器鼓舞全国的人民，首先是劳动人民，团结一致，克服困难，改正缺点，来努力建设我们的独立、自由、民主、统一、富强的新国家"①。这个道义上具有强大召唤力的对于文艺创作目的的规定，必然把文艺创作者纳入听从统一指挥调度的"革命队伍"中。主旋律规定着每一个鼓吹手的列队位置和发声方式。悄然置换的，是作者从自由创作主体变成了奉旨填词的写手，是读者对象变得明确无疑而且同质化，是对读者阅读意图的预设和限定。小说创作，不可能保持汪曾祺之前的理想了："短篇小说的作者是假设他的读者都是短篇小说家的。"②

读者对象从市民文化阶层变为同质化、本质化的"劳动人民"，创作者从艺术家变成鼓吹手，文艺的本质从趣味性和审美性变成宣传政治意识形态的工具。这一切转变，都要求汪曾祺放弃之前的文学艺术理想，转换思维方式，从头开始学习。

他确实诚恳地投入了学习，努力转变自我身份意识、思维方式和话语习惯，争取贴近"劳动人民"，融入新社会。1950年到1958年担任文艺杂志编辑期间，他写过一些符合意识形态要求的报告文学、戏曲评论和散文诗，与他在20世纪40年代所创作的那些追求个人风格、形式美感的小说作品很不一样。《下水道和孩子》《公共汽车》《星期天》等散文，一扫他上海时期的晦涩、低迷，语调欢快明亮，从生活常景中发掘新社会的新气象，为"社会主义新人"塑像。散文诗《冬天的树》明显是一个鼓吹手对主旋

---

① 孟繁华，程光炜. 中国当代文学发展史［M］. 北京：北京大学出版社，2011：24.
② 汪曾祺. 短篇小说的本质［M］//汪曾祺. 汪曾祺全集：卷三. 北京：北京师范大学出版社，1998：25.

律的婉转应和。对民间歌谣和戏剧的评论文章,为勤劳的、智慧的"人民主体"塑像,旨在揭示"人民是艺术的创造者"。《仇恨·轻蔑·自豪——读"义和团的传说故事"札记》更准确地抓住了50年代的大众刊物语汇的特点,抠住了"仇恨""轻蔑""自豪"这样极能代表当时浮胀豪迈的时代氛围的词语——这样的词语是绝不可能出现在40年代的汪曾祺的笔下的。

这与文体对于内容的规约性有关系。报告文学、歌谣戏剧评论都是在学习新的话语方式、奉旨填词时最容易上手的文类形式,因为它对于执笔者的个性要求不高,作者可以隐身在群众话语中,叙述主体甚至可以完全隐退,呈现一种客观视角和"无情"叙述姿态。在这种文类形式的背后,作者的个人性情和审美倾向是可以隐藏起来的。这种文类本身不属于艺文、美文的范畴,不大可能进入纯文学的艺术殿堂。但小说不是。现代小说在纯文学的殿堂里占据最显赫的地位,现代小说文体可以具有艺术的纯粹性和无限的可塑性,小说艺术开拓者面对这片艺术疆域时,常常要叹息艺术的无限和自我的有限。正如论文第一章所论述过的,汪曾祺在创作生涯之始,就对文体形式本身有着强烈的审美趣味和艺术自觉,在他看来,小说艺术具有纯粹的美,这种美跟纯诗、跟抽象绘画是同源的。正是出于对小说本质属性的这种理解,他才说:"一个短篇小说,是一种思索方式,一种情感形态,是人类智慧的一种模样。"① 思索方式、情感形态本身构成小说的叙述和语言,就像形状和色彩就是绘画艺术本身。或者简而言之,在汪曾祺的观念中,小说这种文体的本质属性就是创作主体的个性。去掉了创作主体的个性,他想象不出来、也不知道要怎么下笔,就像他无法想象一个没有形状和色彩的画面。

这种对于小说文体的根深蒂固的观念,让汪曾祺在文学工具论的时代,停止了小说创作。

在上海,面对文化壁垒,汪曾祺决心以小说文体变革来构建现代都市

---

① 汪曾祺. 短篇小说的本质 [M] //汪曾祺. 汪曾祺全集:卷三. 北京:北京师范大学出版社,1998:31.

文化阶层的写作主体形象，求得文化身份的转换。然而新中国成立后，市民阶层作为具有特定文化素养和审美趣味的文化实体，跟知识分子作为一个社会阶层和特定文化实体消失了一样，也消失了。失去了读者对象和赖以扎根的社会土壤，汪曾祺在20世纪40年代苦心经营的文学理想，被截断了。他自己也终于从疏远社会现实的内心小书斋中被迫走出来。然而走出了脱离现实生活土壤的小书斋，却并没有就找到扎根的土壤，有了安身立命之所，而是茫然不知所措。至此，汪曾祺在追求一个独属于他的小说文体的艺术理想之路上，经历了西南联大时期的各家模仿、多方借鉴，经历了40年代中后期在上海艰苦的文体实验和革新，经历了新中国成立后的"被迫中断"，到50年代末期，年届四十的汪曾祺仍然没有找到方向。而停笔，更让他的艺术理想变得似乎遥不可及。

转机出现在20世纪50年代末。1958年，汪曾祺所在单位因为"右派"指标不够，他被补划为右派，在经历了被贴大字报、开斗争会、写检讨等令他身心俱疲的过程之后，他所等待的结果终于出来了——定性为一般右派，下放农村劳动。他劳改的地方是河北省张家口沙岭子的农业科学研究所，一个地广人稀的塞外坝上。在这里，他待了近4年。

在农科所劳动时期，汪曾祺与农场上的工人们相处甚洽，他对一起劳动的农民们有了深切的感情。离开农场之后，乃至许多年之后，他写过许多作品缅怀他的这一段生活际遇，和这里认识的人。沙岭子成为高邮和昆明之外，被他怀着深切的情感书写的一个地方。这一段艰苦又厚实的时光，融化和积淀进了他的个人生命中。

在随遇而安的心境中，高强度的劳动和身体上的辛苦磨炼让走出内心小书斋之后始终茫然四顾、着不了地的汪曾祺终于接了地气，真正开始摆脱年轻时代遗留下来的、深藏在他个性气质中的虚无主义。一直以来他习惯于沉思和玄想，注意力的焦点始终放在自己的内心世界和意识流上，从这时开始，他的思绪和眼光从内向外转，开始真正注视眼前的世界。于是，一直困守在个人生命之内的他，生命与身外众人的生命发生了真切的联系和交流。多年之后,他还动情地描述这种生命体验:"顿觉眼前生意满,方知世上苦人多。"①

这种转变对于一个真正要成气候的作家来说,是必需的。一个困守在个人生命之内的作家,他与生活之间,与周围的世界始终是隔着一堵墙的,他生命的触角无法真正延伸、深入,他终将困守在自我内部,因为无法扎根和融入生活的土壤而枯萎掉,或者始终停滞在青春虚无主义的尾巴上。

汪曾祺把自己的这种转变,称为世界观的转变。20世纪80年代以后,许多人好奇他为什么在停笔多年之后,笔端没有干涸,反而"大器晚成"。他自己也思索过这个问题,他认为原因之一是世界观的转变。世界观从混乱到稳定,打量生活的眼光从迷惘到明净,生命状态从困守自我到圆转无碍,融入众生——这正是一个生命渐趋成熟的过程,对于一个作家来说,艺术的成熟正是从这种生命过程的体验中诞生的。艺术是他生命的外化和体现。

与世界观一起改变的,是他的读者意识。读者意识在相当大程度上决定着创作的状态和作品的风格。对读者群体的预设,直接影响着写作的语态和口吻,影响着作品的语言风格——文雅还是通俗,晦涩还是明朗,影响着作品的审美趣味和题材选择范围。汪曾祺晚年描述自己"写作颇勤快,人间送小温",在创作论中反复强调"和谐,而不是深刻",这与他"要有益于世道人心"的创作观是分不开的。他晚年的小说,在形制上近似于笔记、小品,在内容上近似于"风俗画小说",生活气息浓郁而时代背景淡化。

离开人烟稠密、话语交织的北京,在地广人稀的塞外高寒之地,在艰苦的劳作中,汪曾祺却找到了某种安定和自信,1962年,在停止小说创作十多年之后,他重新提笔,创作了3篇小说:《羊舍一夕》《看水》《王全》。他曾乐悠悠地回忆这3篇小说的创作情景:在农业工人聚居的大宿舍中,坐

---

① 汪曾祺. 美学感情的需要和社会效果 [J]. 文谭, 1983 (1): 19.

在大通铺上,偎在被子里,耳边是农民们农闲自娱唱梆子的各种响器,在这样的欢腾中,他静静地对着纸笔,写他的小说。

3部作品的调子都是欢快明亮的,与那个时候高昂的主旋律存在某种程度上的合拍和交响。但逸出这种应和之外,是他情感上的真诚和艺术上的自在。小说人物都是农科所的农业工人,是他所熟识的真实的人物,《看水》写的就是他自己。作品素描了劳动者的本色,平淡的、散文化的叙述中有一种朴素的欢愉和自信。尤其值得一提的是《王全》。这是一篇人物素描作品,写了农科所一个喂马的饲养员,叫王全,跟作者非常熟,是一个眼睛"瞎"、嗓门大、力气足、心眼实的农民,他喂马,也赶大车,汪曾祺曾跟他搭伙,跟着他的大车去拉土、拉粪、拉绿肥。《王全》一文的趣味来源之一就是它生动活泼的语言,非常贴合人物身份,有浓厚的生活气息和地方特色,这样的语言描写出来的人物,都是切切实实扎根生活土壤的,甚至能感受得出来他脸上的皱纹不是北方塞外的风沙是吹不出来的。对小说语言的讲究,已经完全融化在汪曾祺手中那支笔中,只要他提起小说创作的笔来,笔下流出的语言便不自觉散发着他独特的艺术气息。

《王全》让人想到汪曾祺1945年写的《老鲁》,两篇的风格非常相似。那也是一篇人物素描,写了他在昆明郊外黄土坡的一个中学教书时认识的一个校工,叫老鲁。老鲁是一个在行伍中混迹多年的老兵。《老鲁》在20世纪40年代汪曾祺的小说作品里,是个异类,它在40年代那些精心模仿西方现代文学大师们的风度,实践心理分析和意识流技巧,结构复杂、语言缠绕的"洋味儿"十足的作品中,几乎是唯一的一篇本色写作,在行文笔法和语言风格上,也是最接近汪曾祺晚年散文风格的作品。在《老鲁》的本色叙述中,汪曾祺由于随意和漫不经心,反而避免了阅读经验对他的干扰、西方大师们常在他耳边的暗示,而显示出他自己的个人气质和性情,预示了他日后成熟期的作品面貌,把《老鲁》夹在他晚年的作品中,也没有生硬感。《老鲁》和《王全》的行文风格和叙述语态很相似。在对这些底层平民、劳动者的津津有味的描述中,有一种挥之不去的雅正的文人气。

这种文人气,不仅从他的遣词造句中透露出来,而且更表现在叙述主体的姿态:悠然旁观的神态,静静欣赏的心情。当他描写这些与他日日言语相交、谈笑言欢的人时,他笔下的感觉,与他幼时在四白落地的虚静画室中欣赏他父亲画一幅淡墨的写意文人画的感觉别无二致。在《王全》中,尽管他贴合描写对象,描摹农民说话的口吻和语态,语言通俗朴厚,但文人的气质、对语言的讲究和由此而来的精致的艺术气质还是作为底气把全篇托起。这种文人的气质,并不因为描写的对象是农民而消失,笔触之间,依稀辨认得出《世说新语》的风韵和审美性,所谓"寥寥数语,神完气足"!

沽源在汪曾祺的作家生涯中,是一个重要的闭关修行之地,是关键的转折点。正是在这里,他真正"悟了道",找到了与他的文化基因相融洽的书写方式,积蓄了从20世纪40年代末期的创作困境中走出来的力量,为80年代初"突如其来"的成熟做好了准备。

沽源是绝塞孤城,在"坝上",坝上海拔高,地势平,一马平川,在清代是罪臣发配之地。沽源气候高寒,适合马铃薯生长,全国各地的马铃薯在温暖地区逐渐退化之后,就会重新回到这里来调种,因此农业科学研究所在此设立马铃薯研究站,只有汪曾祺一个人,他的任务是画一套马铃薯图谱。

在经历了众声喧哗的批斗之后,在经历了劳其筋骨、饿其体肤、空乏其身的劳动改造之后,汪曾祺来到了这个荒凉的绝塞,每日独自面对自己。在这种时刻,一个人最容易发现自己,回归初心。仿佛冥冥之中有天意,在他离开沙岭子的农科所独自前往沽源前,他在成天刮着干冷的风沙的北方小镇上,逛了一趟图书馆,在书架的最顶层发现了几本无人光顾的旧书《梦溪笔谈》《容斋随笔》《癸巳类稿》《十驾斋养新录》和《四史》。人生的际遇有时候是非常奇妙的。生活截断了他青春虚无主义的后遗症,把他抛到坚实的土地上,让他走出自我的围困,直面现实生活;又在恰当的时机,让他远离人群,独自面对自己;尤其重要的是——在他独自面对自己的时刻，给了他这几本书。正是这几本书，让他终于回归了初心，摆脱了年轻时所受到的与他自身的文化基因并不相容的各种西方现代文学形式的遮蔽，在蓦然回眸间，明心见性。于是，进入20世纪80年代之后，伴随着《受戒》《异秉》《岁寒三友》《大淖记事》等作品一起诞生的，是他坚定清明的主张：回到现实主义，回到民族传统。

《梦溪笔谈》《容斋随笔》《癸巳类稿》《十驾斋养新录》是宋代和清代文人的笔记作品。内容涉及诸子百家、诗词文翰、土俗民情、掌故逸事、野史奇谈以及历代典章制度、医卜、星历等，涉猎既广博，见解亦新鲜。笔记之成，乃文人学者读书、闲谈、交游、行旅中，偶有所闻，意有所会，心有所感，则随笔记之，日积月累，乃成集子。因此，笔记在形制上多短小，条目独立，为一条条札记。在叙述主体姿态上，笔记多采用旁观的、闲话的、回忆的主体叙述姿态和语态，或叙掌故，或勾陈史，或作考据，或撷取生活片段，或简笔勾勒人物情态，不详述人物事件全貌，而是撷取一二关节，点到为止；或是就二三小事稍作渲染，却能给人生动的印象和较深的感触。在语言风格上，笔记语言简洁洗练，淡而有味，大多借题发挥，言近旨远，或含蓄蕴藉，或风趣幽默。再从欣赏格调上来看，可谓雅俗共赏。说它雅，是因为多为士大夫所作，渗透着文人的欣赏趣味和闲情逸致。说它俗，是因为写作初衷为娱性情、广见闻，许多掌故由民间口头流传的故事加工而来，故读来口语色彩浓厚，平易亲切。所谓"文不甚深，事复有趣"①。

汪曾祺对古代笔记文学，可谓一见如故，契合于心。在沽源所读的古人笔记，仿佛一面镜子，让他从中照见了自己。至此，他终于在漫长的、多歧路的创作生涯中，找到了一条通向他的文体理想的道路；印证了他年轻时候的预言，在浩如烟海的小说中，终于找到了他自己的方法。

20世纪80年代后，汪曾祺的小说在文坛自成一派。因其小说多写回

---

① 周献珍. 试论新笔记小说的文体特点 [J]. 中国文学研究, 1991 (2): 103-107.

忆，写故乡的人情风物，而被称作"风俗画作家"。因其小说形制短小，方寸之内自成一种圆融气象，而被称作"短篇圣手"。因其小说于短小朴淡之间，有传统文化的深厚底气却又不动声色，而被称作"士大夫文化传统养育出来的最后一个文人"，或者是"寻根派"的领头雁。还有人针对他的小说不注重故事情节、结构散漫的特点，认为他的小说是"散文化小说"。或者把他与孙犁并提，认为他俩创造了一种新的文体——"新笔记小说"。评论家们所发现的这些文体上的突出特点，其实是同出一源的，它们交融为一个圆融和谐的整体"汪氏文体"。"汪氏文体"在20世纪80年代"突如其来"的诞生，与汪曾祺在沽源的闭关读书、潜心涵养这一段经历密切相关。1983年，他在《晚饭花集》序言中说："我写短小说，一是中国本有用极简的笔墨摹写人事的传统，《世说新语》是突出的代表。其后不绝如缕。我爱读宋人的笔记甚于唐人传奇。《梦溪笔谈》《容斋随笔》记人事部分我都喜欢。归有光的《寒花葬志》、龚定庵的《记王隐君》，我觉得都可以当小说看。"① 到了1988年，已经年老的汪曾祺在接受香港作家施叔青访谈的时候，颇为自得地说："我对短小说兴趣很大，也不是我独创的。听人说，中国现在写笔记型小说的，一个是孙犁，一个是我。对这桂冠我不准备拒绝，真是可以这样说。而且影响了一些人。"②

汪曾祺晚年的作品，之所以深得笔记小说传统的真髓，是因为这个传统与他自己的性情十分契合。笔记文学的上述特质几乎被汪曾祺全盘继承了过来，融合到小说创作中去，进一步提炼加工，达到艺术化。

汪曾祺成熟期的小说短而淡。对自己小说短而淡的特点，汪曾祺明确解释，跟他的性情有关："倪云林一辈子只能画平远小景，他不能像范宽一样气势雄豪，也不能像王蒙一样烟云满纸。我也爱看金碧山水和工笔重彩

---

① 汪曾祺.《晚饭花集》自序[M]//汪曾祺.汪曾祺全集：卷三.北京：北京师范大学出版社，1998：324.
② 汪曾祺，施叔青.作为抒情诗的散文化小说[M]//汪曾祺.汪曾祺全集：卷八.北京：北京师范大学出版社，1998：82.

人物，但我画不来。我的调色碟里没有颜色，只有墨，从渴墨焦墨到浅得像清水一样的淡墨。有一次以矮纸尺幅画初春野树，觉得需要一点绿，我就挤了一点菠菜汁在上面。我的小说也像我的画一样，逸笔草草，不求形似。"①

汪曾祺的小说多采用平淡写实的态度，不太注意情节的完整性和跌宕起伏的戏剧性，不编织情节，不设置悬念，不安排巧合。他不喜欢写故事，也不擅长写故事。因为在他看来，真实的生活就是这样平淡的、散漫的，故事性太强的小说不真实。全力以赴编织故事，在他眼里是舍本逐末，背离生活本真。故事越精彩复杂，越远离小说艺术的真正精神。对故事情节的放弃，换来的是对小说结构形式的深入思考，和作为思考结果的散文化。他说："我年轻时曾想打破小说、散文和诗的界限。《复仇》就是这种意图的一个实践。后来在形式上排出了诗，不分行了，散文的成分是一直明显地存在着的。所谓散文，即不是直接写人物的部分。不直接写人物的性格、心理、活动。有时只是一点气氛。但我以为气氛即人物。一篇小说要在字里行间都浸透了人物。作品的风格，就是人物性格。"②

在这个意义上，汪曾祺晚年小说的散文化，其实是他个人性情的外化。

与散文化相伴随的，让汪氏小说味"淡"而意远的，是"旁观者"的叙述主体姿态。这种叙述语态，遥遥呼应着汪曾祺在高邮的街巷中、昆明的茶馆里发育而成的文人趣味和市井闲情。汪曾祺晚年的小说，多讲市井小民的生活，尤其爱讲高邮街巷中的逸闻轶事，如《故里杂记》《故里三陈》《故人往事》《故乡人》《晚饭花》等短篇系列。这些笔记体小说，形制短小，文字朴淡，叙述主体隐而不现，采用一种"固定的、静观的文人

---

① 汪曾祺.《晚饭花集》自序 [M] // 汪曾祺. 汪曾祺全集：卷三. 北京：北京师范大学出版社，1998：325.
② 汪曾祺.《汪曾祺短篇小说选》自序 [M] // 汪曾祺. 汪曾祺全集：卷三. 北京：北京师范大学出版社，1998：166.

视点"①，虽记述市井小民生活，而文气雅正平和，在对俗世的欣赏中有不俗的趣味。这与他根深蒂固的文人身份意识和文人审美品位有关，与笔记传统一脉相承。

读汪曾祺晚年的笔记小说，人们常常动容于他的博雅多识，经史子集，天文地理，草木虫鱼，书画艺术，入其笔下，无不被他化为妙品。广博的知识趣味和丰富的生活见闻，说到底，是对"生"的欣然。这种生机盎然的创作主体姿态，与他童年在高邮街头对各种店铺、各种手工艺人都好奇、都要走近看一看是遥相呼应的；与《戴车匠》《鸡鸭名家》里丰富的生活知识、对人心细致入微的体察也是一脉相承的。他尤其偏爱逸闻轶事、掌故旧闻和地域色彩浓厚的风土民俗，并将这一切点化为对"生"的感受，对小说人物性情的烘托。

汪曾祺的小说语言作为"汪氏文体"中最重要的元素，是在几乎停止小说创作的这30年间得到淬炼的。

早在西南联大时期，汪曾祺就非常重视对于小说语言的打磨，那时他的小说语言已经透露出"现代韵白"的丰富信息：既有古典散文的底子，又着力追求口语的语态和情致。但他对于语段的编织方式是西式的。那时汪曾祺的语言多长句子、长段落，多关联词，多复杂的句式。

20世纪80年代复出之后，汪曾祺的语言风貌大变，并且成为"汪氏文体"的核心元素。他的小说语言变成了"脆生生，如在清水里洗过一般"②的大白话，又能化韵入白，融雅于俗，功力深厚而读来浅近直白，气韵生动，富有语态，被称作汪氏独创的"现代韵白"③而备受赞誉。"把白话'白'到了家，又能把充满文人雅气的文言因素融化其中，使二者在强烈的

---

① 刘旭. 汪曾祺小说的叙事模式研究："汪氏文体"的形成 [J]. 文学评论，2015（2）：116.
② 凌宇. 是诗？是画？：读汪曾祺的《大淖记事》[J]. 读书，1981（11）：45.
③ 周志强. 汉语形象中的现代文人自我 [M]. 北京：北京大学出版社，2009.

张力中达到和谐,好像本来就是一家子人,这大概只有汪曾祺能吧。"①

而他"文白相生"的语言功力,则是在几乎停止小说创作的这三十年间得到淬炼的。汪曾祺在下放劳改之前,是《说说唱唱》和《民间文学》的编辑,接触到了大量的民歌,对民歌的语言惊叹不已。他说"我编过几年《民间文学》,得益匪浅。我甚至觉得,不读民歌,是不能成为一个好作家的"②。他从沽源回到北京后,在京剧团做编剧,打磨和锤炼唱词,跟语言较劲多年。辑民歌,编戏词,这种职业历练使得汪曾祺对于民间语言形式有了深入的体察,淬炼了汪曾祺的小说语言。在文言、西语之外,民间语言形式成为汪曾祺小说语言的源头活水。

汪曾祺在20世纪80年代之后的语言,比如说《受戒》的语言,一个鲜明的特点是:以最简单的文字、最少的修饰词表达丰盛的、高密度的意义,于是文字是饱满的、成色十足的,像熟得好的水果,经得起反复的掂量和爱抚,经得起唇齿间的流连和细品,而阅读速度,也就不知不觉十分缓慢了,你不急躁,你十分享受这种慢阅读,你在这么美的文字间徜徉流连,悠然前行,不急于去追踪故事进度。何况故事情节也不是汪曾祺在意的,比起"讲什么",他更关心的是"怎么讲"。更妙的是,他能把潜心经营的讲述方式化于无形,让你难以察觉"技巧"的存在,这与他早年作品中文体结构的鲜明存在感是很不同的,他晚年的作品可谓"秋水文章不染尘"。这种纯净平和的美感,溶解在汪曾祺语言中。

为何汪曾祺在小说创作停滞30年之后,突然迎来了创作的成熟期和高峰期? 30年的停滞,为何没有使他的笔荒疏,反而孕育了突然的成熟? 这30年,汪曾祺与小说创作保持着若即若离、充满张力的关系。他贴近地观察生活,又从较远的距离外思索生活。下放劳改打开了汪曾祺从20世纪40

---

① 李陀. 汪曾祺与现代汉语写作:兼谈毛文体 [J]. 花城, 1998 (5): 136–137.
② 汪曾祺. 两栖杂述 [M] //汪曾祺. 汪曾祺全集:卷三. 北京:北京师范大学出版社, 1998: 203.

年代末就深陷其中的创作困境，开启了汪曾祺认识、自觉到自我文化生命、文化基因的历程。正是在30年的沉寂期，汪曾祺悄然转变了世界观，走出了自我困境，让他的文化基因得以舒张本性，在创作中自觉继承他自己携带的丰富多元的文化传统；年轻时他无法自觉的、无力调和的多元性，在他自觉的努力下逐渐调和、圆融、成熟。进入20世纪80年代后，汪曾祺明确表示他的小说创作主张是："回到现实主义，回到民族传统。这种现实主义是容纳各种流派的现实主义，这种民族传统是对外来文化的精华兼容并纳的民族传统。"① 从20世纪40年代末期的要发动小说文体革命，破除传统写法的束缚，向西方现代主义学习，到20世纪80年代复出时候明确的回归主张，中间的转变、沉淀、积累、酝酿，是在30年的沉寂期间完成的。

四、结语

汪曾祺把文化母体遗传给他的文化基因密码藏在他的文字里，融化成一种不露凿痕、气象浑然的文体。这种"融"，是融合了他所生活于其中的现代中国的驳杂丰富的文化资源，既有20世纪初期新旧之交的一个儒商家庭哺育他的新派士大夫文化，又有小城镇里安定内敛的市井文化；既有从西南联大中文系濡染的京派文人的格调和性情，又有泡在昆明街头的茶馆里读西方译著的影响。这种"化"，是他在漫长的人生履历中，在自觉的文体意识和清醒的自我观照中，在几十年的时间"除尽火气"的沉淀作用中，用心熔炼，逐渐化得的。

汪曾祺从20岁走上文学创作道路开始，就具有了自觉而强烈的文体意识，他漫长的创作生涯中，尽管有过20世纪40年代末期的困境和危机，有过长达30年的沉寂，但他对于一个独属于他的小说文体的理想的追求、探索、积累、酝酿始终在引导着他。他的文体理想伴随着他的个人生命而成

---

① 汪曾祺. 回到现实主义，回到民族传统[M]//汪曾祺. 汪曾祺全集：卷三. 北京：北京师范大学出版社，1998：289.

长，在他对自我的体认进入了澄明的晚秋之后，他终于找到了一种与他的文化生命形态最契合的书写方式和语言形态，于是有了"汪氏文体"在长达 30 年的停笔、沉寂、积累、酝酿之后，在 20 世纪 80 年代令人惊喜的成熟。

汪曾祺独具风格的文体，是他漫长的作家生涯中苦心经营而结出的硕果。如果评价汪曾祺最大的成就，对于当代文学最重要的贡献，说是创造了"汪氏文体"，大概不能说是谬评。

第八章

韩少功的跨文体创作

　　新时期以来的文坛，韩少功是其中一位不可不提及的具有鲜明创作风格的作家。其小说创作肇始于20世纪70年代中期，创作轨迹延续至今。在思潮迭起的新时期文学中，作为一位思想型的作家，韩少功在小说创作上坚持并不断将自己对社会、对人的思考融合在作品中，在这不变的创作内核之外，是他在小说形式方面进行的多种尝试。韩少功小说形式的陌生化与多样化使其小说以"跨文体"著称，对于一般读者来说，小说显而易见的形式远比小说内容与创作思想更易于感受，所以"跨文体"以其超高的辨识度成为读者所认为的韩少功与其他作家的重要区隔，也成为众多研究者所公认的韩少功小说创作重要特点之一。如果"跨文体"真的是韩少功所独有的创作特色，那么我们需要追问的是他为什么在小说文体方面进行如此的实验。仅仅是由于作家个人的创新意识吗？还是有着更为深层的思想原因？以下我们将深入到韩少功的文学思想与文本中，去探究其"跨文体"这一创作特色形成的真正原因以及独特的文化意义。

一、何谓"小说":韩少功跨文体创作之渊源

从白话文运动以来所流行的各种文学体裁中,小说是其中最为人熟悉与接受的一种,因为对于一般人来说,小说就等于讲故事,尽管故事内容有深有浅,个体的理解能力有高有低,但是只要具备了一定的识字量,就可以阅读和欣赏。从读者这一方面来说,与凝练晦涩的诗歌和放达自由的散文相比,主要以情节变化来讲述故事的小说显然对读者具有更多的吸引力,而从作者这一方面来讲,由于小说的篇幅不受限制,可以最大限度地去表达自己想要表达的思想或情感,因此无论是书写现代文学史还是当代文学史,或者是整个二十世纪文学史,小说作品从数量和质量上都占据着绝对重要的位置。值得注意的一点是,当我们论及文学言必称小说时,究竟什么是"小说"?在我们判断一个文学作品的体例是否小说时,实际上在头脑里已经有了一个小说体裁的标准,而这个标准应该说是来源于新文化运动中所产生的新式白话文小说。而这种文学形式不断被阅读和接受的过程中,成为读者约定俗成的小说标准,也可以说是对小说习以为常的一种想象。于是当韩少功的作品突破了读者对小说惯常的想象,以异于常规的方式呈现时,我们不禁要问,韩少功为什么会创作这些看起来并不像"小说"的小说,其"小说"概念究竟是怎样的,中国传统与西方近代小说体裁对于韩少功小说观念的形成产生了怎样的影响。厘清以上问题将是理解韩少功小说创作之所以游走于各种体裁之间的关键。

首先来看中国传统的小说概念。"小说"一词,古已有之,《庄子·外物》中有"夫揭竿累,趣灌渎,守鲵鲋,其于得大鱼难矣;饰小说以干县令,其于大达,亦远矣"[1]。可以看到此处的"小说"只是"小"与"说"两个单字的原初意义的简单组合,是指"偏颇琐碎的言论",难登大雅之堂的"小"和人人皆可的"说"使"小说"的意义一直延续下去,亦称"银

---

[1] 王先谦(集解),方勇(导读整理).庄子[M].上海:上海古籍出版社,2009:282.

字儿""宋元说唱形式",各种神仙鬼怪、哀怨凄绝的"内容广泛、篇幅短小"①的都归为"小说",很明显满足的是文化程度低下的乡野村民的好奇心与情感投射。由于小说格调低下,对此类小说的创作者也有所贬抑,例如鲁迅就认为古代的"小说家者流,盖出于稗官,街谈巷语,道听途说者之所造也"②,在其所著的《中国小说史略》一书中可见历代神话、传说、志怪、传奇、话本、神魔、演义等各类文体的小说论述。因此在中国传统文学观念中的"小说"实质上并非后世所指的特定的一种"小说"文体,正如鲁迅所言"小说"就是"寓言异记,不本经传,背于儒术者矣"③,所述内容也正是与儒家精英所推崇的"大"和"雅"相对的"小"与"说"的原初意义。由此可见,中国传统小说并非特指一种创作体裁,而是流行于民间的各种无奇不有的内容和无所不包的文体的总称而已,所以"在中国,小说不算文学"④。

晚清以来,屡屡败于西方军事外交的现实状况导致国人产生急切的求新图强心态,与随之而来的普遍性文化不自信情绪,使西学作为"新学"的姿态以无可争议的优势排斥中国传统"旧学",而西方文学概念也作为西学的一部分改变了国人对小说概念的一贯看法。小说,英文是"novel",原义是指"长篇小说""一种小说体裁。小说的定义可以说是一种艺术或技巧","小说"在西方有着属于它本身的特有的含义,就是单指一种文体,并且具有一定的社会功用,"作为对人生的一种解释的表现;娱乐或逃避;宣传;报道;改变一种文化的语言和思想;创造生活方式和评判趣味"⑤,

---

① 夏征农,陈至立. 辞海:第4册[M]. 上海:上海辞书出版社,2009:2521.
② 鲁迅. 中国小说史略[M]//鲁迅. 鲁迅全集:第9卷. 北京:人民文学出版社,2005:7.
③ 鲁迅. 中国小说史略[M]//鲁迅. 鲁迅全集:第9卷. 北京:人民文学出版社,2005:6.
④ 鲁迅. 我怎么做起小说来[M]//鲁迅. 鲁迅全集:第4卷. 北京:人民文学出版社,2005:525.
⑤ 美国不列颠百科全书公司. 不列颠百科全书:第12册[M]. 中国大百科全书出版社不列颠百科全书编辑部,编译. 北京:大百科全书出版社,1999:259.

小说是文学范畴里的一种文体，而这正是与中国传统小说本质不同之处。周作人对中西小说之异也早有意识，"西方小说已多历更革，进于醇文，而中国则犹在元始时代，仍犹市井平话，以凡众知识为标准，故其书多芜秽，……"① 这种以扬西方小说抑中国传统小说的观念，与思想启蒙运动之初梁启超提出的以"小说"新国新民是一脉相承的，即都是要以西方小说概念取代中国传统文学中的小说概念，想要用小说达成如此目的，只有西方式的旨在可供解释人生、宣传、改造文化的"人的文学"才能够做到。鲁迅的小说观念也从"不算文学"而转变为"'为什么'做小说罢，我仍抱着十多年前的'启蒙主义'，以为必须是'为人生'，而且要改良这人生"②。思想启蒙运动使中国传统的"小说"概念得到更新，从一个外延宽泛的名称转变为有严格范畴和标准的特定的一种文学体裁，"以叙述为主，具体表现人物在一定环境中的相互关系、行动和事件以及相应的心理状态、意识流动等，从不同角度塑造人物，表现社会生活"③。《现代汉语词典》中对"小说"的释义如出一辙，"一种叙事性的文学体裁，通过人物的塑造和情节、环境的描述来概括地表现社会生活"④，从这个词义解释来看，中国现代"小说"概念已经与传统文学中的"小说"完全不同了，不仅体裁单一化，对小说的创作目的也有了规定，即通过叙述手段"表现社会生活"，从而干预和参与社会生活，强调"小说"作为一种文体的社会功能，或者说"小说"脱离原来低俗的民间趣味和多种文体并存的状况，转而精英化与高雅化。小说概念的改变影响了整个 20 世纪中国的小说创作，无论是五四新文学、无产阶级革命文学、左翼文学、解放区文学，还是十七年

---

① 周作人. 小说与社会 [M] //钟叔河. 周作人散文全集：第 1 册. 桂林：广西师范大学出版社，2009：318.
② 鲁迅. 我怎么做起小说来 [M] //鲁迅. 鲁迅全集：第 4 卷. 北京：人民文学出版社，2005：526.
③ 夏征农，陈至立. 辞海：第 4 册 [M]. 上海：上海辞书出版社，2009：2 521.
④ 中国社会科学院语言研究所词典编辑室. 现代汉语词典 [M]. 5 版. 北京：商务印书馆，2005：1 500.

文学和文革文学，可以说都是新文化运动之后确定的现代小说标准下的产物，基本上排除了在这一标准之外创作其他小说形式的可能性。现代小说观念的固化带来的小说单一文体形式成为作家创作的集体无意识。

因此，从以上对古今中西小说概念的考察来看，"小说"这一概念处于流动变化之中，直到近代之后才由于西方文化的强势地位使其形成一种可以回答"什么是小说"的具体模式。但随着新时期的到来，在西方现代主义思潮接连不断涌入的同时，中国知识分子也开始在理性支持下重新审视传统，韩少功即是其中重要的一位，他从传统文学中找寻突破自新文化运动以来所形成的小说概念模式化，成为其独具一格的小说理论，这与韩少功对"传统"所持理性肯定的态度有着密不可分的关系。在与王尧的对谈中，韩少功认同李泽厚曾说过的"广义的儒家是中华民族活着的文化心理结构"，因此自五四以来被极力否定与批判的"传统"并不是抽象的，而是"我们不得不背靠的思想资源"（王尧语）①。但由于西方中心论的特定视角，使中国人不能正确地认识与评价自己的传统，反而以一种粗暴和偏颇的态度对待传统，韩少功对此提出"需要对'五四'以来某些历史虚无主义和民族文化自卑情结作出必要的反省"②，任何一个国家或民族都不可能脱离传统而存在，清楚全面地了解自己的过去，才能更好地走向未来。正因为韩少功对中国文化传统持有的这种理性态度，使其对中国传统文学能够有一个超越同时代其他作家的宽容与肯定的看法，而这也直接影响了韩少功小说理论的建构。但是另一方面，韩少功对传统并非是毫无保留地完全认同，他以审慎的眼光回归常识，将中国传统放在世界格局里进行观照，"恰如其分地来诊断社会与人生，包括诊断中国传统文化的弊端"③。因此韩少功的小说理论仍然没有放弃启蒙意识，例如在谈及鲁迅曾写过的看客心理时，他提出"必须操起思想的快刀，才能杀开一条感觉通道，使人们恢

---

① 韩少功，王尧. 韩少功王尧对话录［M］. 苏州：苏州大学出版社，2003：184.
②③ 韩少功，王尧. 韩少功王尧对话录［M］. 苏州：苏州大学出版社，2003：197.

复对鲜血的正常感觉"①。

因此韩少功在注重作品思想性的同时，也以一种对中国文化传统更为开放的心理进行小说创作，从而使他的小说概念也更加重视源自传统文学的跨文体形式。韩少功之所以认为传统小说跨文体形式符合小说创作的真正走向，有以下几个原因。

首先，从人的普遍生存和思想状态来说，从来不只有一种单一模式，"人类的生活总是变化不定和丰富多样的，那么作为对生活的反映和表现，文学及其形式其实从来也无法定于一格"，因此韩少功"不认为世界上存在着一种恒定的、普适的以及独尊的文体"②。另外就作为个体的人而言，"本来是心脑合一的，是感性与智性兼备的人机生命体，其日常意识和言说，无不夹叙夹议和情理交错，具有跨文体和多文体的体征"③。由此可见，小说作为反映社会生活与人的生存情感的重要文学载体，当然也应该具有多种表达方式，而传统小说的多样化文体正好满足了这个要求。其次，韩少功认为虽然西方式小说重视叙事技术，但是其单一文体无法承载题材和创作意识的多样化，容易陷入单调呆板的模式中，因此"像张承志、史铁生这样一些作家，以前都写过现实主义和现代主义的小说，玩得算是得心应手，但突然金盆洗手，改弦易辙，纷纷转向散文"，这里的"散文"也并非是指现代散文，而是"'杂文学'，不光是文学，也是历史与哲学甚至于科学"的中国古代散文体。韩少功也将中国传统小说看作是"后散文"，是"一个把散文故事化、口语化、大众传播化的走向"④。而《马桥词典》即是韩少功一次成功的小说文体实验。由于突破了西方式小说文体的束缚，韩少功充分"享受了写作的自由，从传统的刻板形式中解放了出来，从'人物加情节'的欧洲小说模式里解放了出来，几乎是想怎么写就怎么写"。

---

① 韩少功，王尧. 韩少功王尧对话录［M］. 苏州：苏州大学出版社，2003：238.
② 韩少功. 语言的表情与命运［J］. 南方文坛，2006（2）：46.
③ 韩少功. 文体与精神分裂主义［J］. 天涯，2003（3）：4.
④ 韩少功，王尧. 韩少功王尧对话录［M］. 苏州：苏州大学出版社，2003：217-221.

应该注意的是，这种"想怎么写就怎么写"的自由形式正是对传统小说的回归。在韩少功看来，《马桥词典》最值得称道的恰恰正是对中国传统文学的回归："我的《马桥词典》是力图走一个相反的方向，努力寻找不那么欧化，或者说比较接近中国传统的方式。文史哲三合一的跨文体写体，小说与散文不那么分隔，就是中国文化的老本行。"① 此外，则是韩少功小说创作的文化个性。小说文体变化并非是一种简单的形式变革，而是取决于创作者的精神审美需要和思想表达需要。韩少功的小说文体探索，是他文体意识的自觉追求。韩少功对文体的认识一直较为谨慎。韩少功多次谈到小说正在死亡，他认为传统的小说叙事已经不能满足人们的审美需求。这说明韩少功开始对小说的固定模式感到厌倦，并尝试打破这一线性结构。韩少功曾经说过："没有一本优秀的小说或诗歌，是循规蹈矩写出来的。真正的文学家总是人类思维成果和感觉定势的挑战者。"② 在韩少功看来，文体是一种内在心智的外化形式，从某种程度上可以制约内容。他曾说过，书写形式的选择是服从于他叙述、分析、论述的欲望，服从于内在思考的动向，特定形式支持着作家对世界的特定看法。《暗示》的形式存放着韩少功特定的世界观及价值取向，散文化叙述方式，正是韩少功警惕精神异化、缓解现代知识危机的一次努力。他试图把握生活中最基本、最真实的元素，还原知识屏障下的生命体验，来促成思想的健康与鲜活。于是他从构成生活的最小单元——词出发，来获得思考的基石和发言自由。他尝试回到最平常的言语状态，叙事与说理，真实与虚构，片断与整体，在混杂、渗透、融合中消解非此即彼的界限，呈现生活本来不加区分的面貌。

从以上的分析中，可以看到韩少功对于"何谓小说"做了相当理性的思考和选择，作为一位偏重于思想型的作家，韩少功追求的是一种自由的小说文体，可以随意地表现作家观察到的社会生活，也可以随意地抒发作家丰富的思考和议论，而中国传统小说无所不包的多元化文体特征正好满

---

① 张均，韩少功. 用语言挑战语言：韩少功访谈录 [J]. 小说评论，2004（6）：19.
② 韩少功. 冷战后：文学写作新的处境 [J]. 当代作家评论，2003（3）.

足了韩少功小说多样化的叙事要求,正如他自己所说:"我想把小说做成一人公园,有很多出口和入口,读者可以从任何一个门进来,也可以从任何一个门出去。"韩少功通过他的小说创作从文体形式、内容情节等多重角度来充分表达了其独特的小说概念,跨文体小说实践也成为他回归传统文学之根的主要方式。

二、文体之变:韩少功小说的文本演绎

在1999年之前,韩少功就有跨文体写作的基础,他的文本创作为国内跨文体写作在21世纪的发展中奠定了基础。作为当代优秀的思想型作家,韩少功小说的思辨性以及他的跨文体写作实践早在1996年出版的《马桥词典》中就已经体现出来。韩少功在21世纪跨文体创作当中,在注重形式技法的同时也充分地观照文章的主旨以及内涵,使他创作的跨文体在形式和内容上能够和谐统一。韩少功在小说创作中进行的跨文体实验无疑给国内的文学创作提供了一个全新的思考,其创新意识不仅在思想认识层面上进行深入的思考,在小说艺术形式上也勇于突破,用新的艺术形式来阐释自己的内蕴表达,增添文学的活力,正如他自己所讲:"我每写一篇,希望有新的发现,有新的惊讶。但这种新的尝试也不一定比以前的更好,实际上是很难,往往力不从心。但我愿意新的失败,不愿意旧的成功。"[①] 下面将从文体、结构、语言等多方面对韩少功小说的跨文体创作进行深入探讨。

韩少功的小说创作从《七月洪峰》(1978年)开始,到《月兰》《西望茅草地》、寻根代表作《爸爸爸》和现代派写法的《归去来》《女女女》,再到跨文体的《马桥词典》《暗示》。从这些作品中,可以发现作者自觉运用艺术手段将自己的个人思想以及理性思考渗透于作品中。这是韩少功有意追求创作方式转变,还是有其他的原因呢?在《马桥词典·枫鬼》一节中有段明显的说明:

---

① 韩少功. 在小说的后台 [M]. 济南:山东文艺出版社,2001:127.

我写了十多年的小说,但越来越不爱读小说,不爱编写小说——当然是指那种情节性很强的传统小说。那种小说里,主导性人物,主导性情节,主导性情绪,一手遮天地独霸了作者和读者的视野,让人们无法旁顾……于是,我经常希望从主线因果中跳出来,旁顾一些似乎毫无意义的事物,比方说关注一块石头,强调一颗星星,研究一个乏善可陈的雨天,端详一个微不足道而且我似乎从不认识也永远不会认识的背影。起码,我应该写一棵树。

韩少功从娴熟于心的传统小说叙事模式中跳跃出来,开始尝试用一种新的文体来叙述小说,从而使小说的叙事与叙事方式本身亦成为思考的渠道,力图用一种新的话语组织方式去审视周边的一切。

韩少功早期作品最具代表性的是《月兰》《西望茅草地》。前者故事组织没有严格按照事件发展的逻辑顺序发展,而是通过几个事件展开;后者则是围绕张种田的性格特征连接故事情节,构造人物活动的细枝末节。其早期的小说注重人物形象塑造,情节冲突构造,环境氛围营造,小说在人物形象和情节方面更具有典型性、功能性。韩少功把"这种通过具有作者主题追求的人物来组织小说的叙事结构称为'功能性人物叙事结构'很能直观体现韩少功这些小说的叙事结构特点。"[1] 小说经常以暗中线性结构来构造,有些小说用功能性人物叙事结构,小说元素不再限制在情节上面,而是围绕人物发生的事件组成故事,这个故事围绕小说主题线索铺展出去。因此,这一时期的作家在叙事结构上已表现出多种的表现形态,透露出作家的趋变、求新迹象。

到了寻根时期,韩少功的小说充满了更多非情节性因素的神秘色彩,增添了一种厚重的氛围。韩少功曾言:文学有根,文学之根应深植于民族传统文化的土壤里,根不深,则叶难茂,故湖南的青年作家有一个"寻根"的问题。[2] 较之早期的创作,韩少功的《爸爸爸》《归去来》《女女女》《谋

---

[1] 曾冠霖. 论韩少功小说创作的叙事结构 [J]. 文史博览(理论), 2010 (7).
[2] 韩少功. 文学的"根" [J]. 作家, 1985 (4).

杀》等作品践行寻根理念，在艺术形式上的特征表现为故事情节性减弱，小说人物形象的典型性不再突出，作品主题带有朦胧感，呈现"跨文体"写作的倾向。此时韩少功的文学追求已经有所转向，文学的文化功能成为他的主导因素。因此，他的作品承载厚重的文化内涵，而轻化形式上的情节、人物等的完美构造。纵观这一时期的韩少功小说，就会发现他关注的不是作品人物形象与故事情节，而是在思考普世问题：人类的存在、民族精神、社会文化等，这也使他的小说在人物性格的塑造上弱化特点，而在思想、哲理方面加强意味。在《归去来》中，叙事淡化故事情节起伏高潮，借用人物来指示功能性意义，"我"作为一个模糊的符号连缀一系列奇闻异事，显得荒诞而又真实。《蓝盖子》则是整篇文章充满了奇谲怪诞的情节，文章结构松散，弥漫一种神秘色彩，蕴含某种情怀。《爸爸爸》开头以大笔墨来铺陈山寨环境、原始风情，整个氛围充满魔幻色彩，整部作品情节散漫，没有传统小说那样严谨的结构，却在最大限度上传达了作者对民族文化的复杂心理。《女女女》的叙事不是单纯的人物情节叙述，小说通过幺姑牵出一系列人物，"我"、老黑、珍姑，并对这些人物进行相应的性格塑造，揭示其性格的黑暗面，围绕这种多场面、多人物的刻画模式点缀小说的主题，进而对其进行深刻的反省、批判。其后的《谋杀》《猎户》《鼻血》等显示出韩少功创作风格的日益多样化，小说的叙事模式开始出现多线性。田中阳在《韩少功近作的嬗变》中认为："韩的近作表现出'非理性'的特点，指出现背景，人物情节虚化的趋势，同时还有高度凝缩化的特点。"①陈达专也总结了韩少功这段时期的小说创作："①以各种非常心态为视点或视角；②结构上打破传统的时空整块和有序状态；③象征手法的运用。"②

《马桥词典》和《暗示》是韩少功小说散文化的突出代表。小说突破了以人物、情节、时间为中心的叙事结构模式，取而代之的是用词条的结构、轻松自由的方言等来叙事。《马桥词典》从小说语言层面和形式层面颠覆了

---

① 田中阳. 论韩少功近作的嬗变 [J]. 求索, 1988 (1).
② 陈达专. 韩少功近作和拉美魔幻技巧 [J]. 文学评论, 1986 (4).

传统小说的严谨模式，重新建构人们对小说的叙事认识。韩少功在与李少君《关于〈马桥词典〉的谈话及其他》中谈道："我对怎么打破这种模式想过很多，所以这次作了一点尝试，我不知道用什么方法来总结我这种模式，但至少它不完全是那种叙事的平面的推进，如果说我以前的那种推进是横坐标的话，那么我现在想找到一个纵坐标，这个纵坐标与从前的那种横坐标，有不同的维度。"① 作者用这些词典的形式来编撰一个个故事，并在叙述的过程中间夹杂议论、抒情和说理，摆脱一贯的严肃叙事语言，融进了情感表达，显现散文性因素。小说打破传统的主线统治，零散的词条相对独立，但各词条之间又连接成一种网状结构，形成一个整体。从整体来看，词条往往以某个人物或特定主题为中心，组成了若干个"词条群"。如"发歌"—"撞红"—"觉觉佬"—"哩咯啷"—"龙"，而这些词条群，都是围绕一个人物——万玉来展开，叙述顺序也基本是按情节发展的先后。这样的人物在整部作品中还有很多，他们的故事将词条有机串联起来，而人物的顺序又进一步影响词条群的次序。正如陈思和所说的："小说里的人物故事表面上被词条分割得破碎无章，其实仍然是在严格的线性叙事顺序下展示。"② 小说从主人公的记忆线索延伸开去，借助语词，在不同词条中出现人物的穿插、跳跃式叙述，相关情节的出现，事件因果顺序的颠倒，呈现一种"松散随意"的写作特色。《暗示》更是显示了韩少功小说散文化创作的成熟。小说没能形成一个完整的叙事整体，它处理的是语言之外的具象问题，全书的结构零散独立，但条理清晰紧密。它通过具象的种种表现，阐述具象符号在生活和社会中的作用，最后对语言与具象之间的相生相成的关系加以论述，引出文章的中心：反思现代知识的危机。小说当中间杂随意而发的感想、议论，轻松自然，但却没有脱离小说的叙述因素。

---

① 韩少功，李少君. 词语与世界：关于《马桥词典》的谈话及其他 [J]. 小说选刊，1997（1）.
② 陈思和.《马桥词典》：中国当代文学的世界性因素之一例 [J]. 当代作家评论，1997（2）：36.

文章各大章节间是总分总的关系,各个小节之间的关系有时也通过人物贯穿,指向中心主题。整部作品作者以散点透视的视角,用生活化、场景化的现实来叙事,在零散、片段式的叙事中完成对具象的解析。之后韩少功的很多小说都追求散文式的艺术构思,情节设置巧妙,如《是吗》《801室故事》《方案六号》等,小说结构精简,语言随性,散文化的笔法在其中显露无遗。

从其创作轨迹来看,韩少功的跨文体小说创作呈现出越来越明显的散文化特征,可以从以下五个方面对文本进行深入考察:一是自我丰富的叙事视角;二是情节的故事性淡化;三是小说结构的多样化;四是语言风格的多样化;五是人物形象的写意化。

1. 自我丰富的叙事视角

主观情感的抒发是散文文体的显著特征,而这种主体反映的又是在客观现实的书写基础上产生的,即叙述者的视角,"视角研究谁看的问题,即谁在观察,声音研究谁说的问题,指叙述者传达给读者的语言,视角不是传达,只是传达的依据"①。韩少功小说中的叙事者无限接近作者,经常出现第一人称的叙述方式,做到"作者与人一致",小说以"我"为限知视角来叙述整个事情的发展过程。《风吹唢呐声》中由"我"叙述故事,"我"在小说中只是外在的记录者,最后作者发出一番感慨,留给读者大量的思考空间。这种叙述视角在《归去来》《蓝盖子》等小说中也有所体现。韩少功小说运用"我"这个视点,"我"往往是事件的目击者和叙述者,这个"我"或许不是作者本人,但却是作者本人思想感情和个性特征的传达者,作者把自己的个人经历、真实情感、个性渗透于人物中。韩少功还采用"非个性化"叙事方式关注底层生活,"所谓'非个性化'叙述是指作者在小说叙事过程中竭力隐藏自己的声音,回避作者本人的情感及价值判断。'非个性化'叙述是对传统小说全知全能叙述模式的一种艺术审美意义上的

---

① 胡亚敏. 叙事学 [M]. 2版. 武汉:华中师范大学出版社,2004:20.

反叛"①。《报告政府》即是一个"非个性化"的观察者,不是某个掌权者的代表,也不是一个罪犯者,而是一个"中立者",以"非个性化"的叙事扩展了小说的意义空间,揭示了人类生活的生存镜像,"韩少功正是通过这种非个性化的叙事人对各种叙事可能性的探索,使得小说避免了单一的宏大叙事或私人叙事的陷阱,继续有可能成为一种有意义的话语行为"②。《报告政府》以这种叙事方式揭开了一个"秘密"的世界,各种思想表达在这里碰撞、交错,构成多维度的思考空间,作者用这种叙事方式是为了更好地隐藏自己的身份。

多种文体的综合渗透,主要是为了围绕对人性进行一种揭示和某种精神的追求,使文章传达出极为丰富的文化信息和人类生存的隐喻,这也是韩少功小说跨文体的特殊意蕴。《暗示》中经常出现大段的描写,透露某种意味。其中的"文明"一节,作者在其中摹写了一幅秀丽的山水风景,透露一种暗含的朦胧意境:

"山里的色彩丰富而细腻,光是树绿,就有老树的墨绿和碧绿,有新枝的翠绿和粉绿,相间相叠,远非一个绿色了得。再细看的话,绿中其实有黄,有蓝,有灰,有红,有黑,有透明。比如樟树的嫩芽一开始是暗红色,或说是铁锈色,半透明的赭色,慢慢才透出绿意,融入一片绿的吵吵嚷嚷碰碰撞撞之中。"③

韩少功在小说创作中有大量的环境场景描写,用一种淡雅的笔调来渲染一种氛围,凸显一种境界,是心境、物镜、情境的交融。这些奇特、寓意深刻的文字,奠定了小说的情感基调,通过散文、小说的相互渗透,消解了传统故事化小说的固定化结构模式,小说形式上向多重文体融合,给小说的情理和精神空间展示,创造了多样的表达方式,为写作理论研究提

---

① 王松林. 小说"非个性化"叙述背后的道德关怀 [J]. 外国文学研究, 2006, 28 (1).

② 徐志伟.《报告政府》: 对小说可能性的再次探寻 [J]. 上海文学, 2006 (1).

③ 韩少功. 暗示 [M]. 北京: 人民文学出版社, 2008: 269.

供素材。

2. 情节的故事性淡化

情节故事性淡化特征是指小说中的情节是由多个人物、多个故事构成的，具有多维性和层次性。一篇叙事作品的故事完整性，就是指这篇作品的事件发展过程符合跌宕起伏、曲折生动的变化。情节中的故事是按照主要人物的行动来进行，符合故事的开始、发展、高潮。因此，故事情节的发展是有逻辑关系的。福斯特重点强调了这种故事的因果关系，他是这样定义情节的："是按照时间顺序来叙述事件的。情节同样要叙述事件，只不过特别强调因果关系罢了。"① 西方的小说情节观影响到在国内的韩少功，他在小说的叙述过程中，利用别出心裁的艺术构思，有意淡化故事情节的戏剧性，消解情节的因果关系，用较为简略的故事内容抒情达意。1985 年之后，韩少功的小说开始没有了紧凑的情节安排，通过变换的空间和时间，用神秘化的因素来展现小说所蕴含的深度。《北门口预言》从叙事者的限知叙事视角来展开，穿透时空的限制，故事情节并没有按照事情发展的逻辑顺序进行，而是将看到的景象跟历史上的场景联系起来，还原当时的场面。小说中用了大量的笔墨对环境进行刻画以及一些主观的语言表达。如"我沿着河岸散步。月光如水，把河对岸的山影洗得模糊了，把流水声洗得特别明净而清晰。这条陌生的河流，闪着童谣的波光，流向哗啦啦的黑暗。……我听到了哭泣声，左右寻找，发现不是石头人在哭，哭声来自临江的一户木楼"②。整篇小说缺乏跌宕起伏的故事情节发展，也没有惊心动魄的人物冲突，故事的发展平淡有序，像是作者在面对面给人讲述一个故事。小说情节的有意淡化，让读者感到神秘又有点恐惧感，韩少功"实中写虚，常中写异"③ 写法的运用，在自然常态叙述中得以体现。《空城》写"我们"进入一座空寂的城，城中的一切都令人毛骨悚然："肉案如同蹲伏

---

① 福斯特. 小说面面观 [M]. 苏炳文，译. 广州：花城出版社，1984：75.
② 韩少功. 北门口预言 [M]. 南京：江苏文艺出版社，2003.
③ 孔见. 韩少功评传 [M]. 郑州：河南文艺出版社，2008：225.

的巨兽从天而下，守住这黑沉沉的寂静，案板上的一把钢刀在暗中偷偷地瞥来一眼，身后迸出咣当一声金属巨响让人感觉这里有什么大事要发生。"故事在回忆与现实中交叉进行，"我"作为一个叙述者，以观察者的姿态讲述这里发生的奇闻异事，小说不时插入对情景的介绍，没有一个严谨的事情发展线索演化，体现回忆性的散文色彩。《鞋癖》中的"我"有一种幻象的感觉，仿佛都在日常景象中显现："父亲坐过的藤椅常常无端地咯啦一响，瓷碗或者灯泡、玻璃、镜子莫名其妙地炸裂，父亲身上的肥皂味和汗味悄悄地弥漫，走道上来过一个沙哑难辨的电话，墙上一片水渍酷肖父亲的正面剪影……"韩少功在小说中渗入自己的心理感觉，故事情节没有按西方式小说那样严谨安排，而是按照一种心理因素贯穿整个故事。同时，"神秘造成背景的飘移与延伸，借此使小说的时空含义及其整个美学精神超越它自身的天地"①。

《爸爸爸》《女女女》是韩少功的小说散文化创作倾向的更进一步尝试。《爸爸爸》在叙述中故意淡化情节，以散文化的形式叙述配合小说的整体氛围，在散漫的情节构造和看似漫不经心的叙述中脱离了传统小说情节的严肃性，但却最大限度地塑造了小说所要表达的原始风情。正如刘勇强所说："每个小说家的创作理念的不同，必然显示出不同的叙事风格，而这同样会投射到文体上。"②《女女女》讲述了三个女人的故事，以幺姑为中心对象，延伸到周边的两位重要人物，通过幺姑一生的经历，采用对比的写作手法和叙述情节的变化来刻画人物性格。之后的小说更加趋向于散文化的形式，达到更成熟的境地。《801室故事》以一起无名女尸案为线索开始案件的侦破，突破了惯有的情节故事进程，重点浓墨在两份说明性文字材料上，"方案"和"报告"构成了小说故事发展的主体。而《暗示》则从根本上变革了小说的叙式方式，更加散化情节，作品的叙事安排不在情节上，而是一种内在的思想蕴涵。整部作品由各自独立的"小品文"构成，都有各自完

---

① 李庆西. 说《爸爸爸》[J]. 读书, 1986 (4).
② 刘勇强. 中国古代小说史叙论 [M]. 北京：北京大学出版社, 2007: 2.

整的主题思想。文中的人物之间，人物与故事之间，故事与故事之间，并没有某种必然的逻辑关系，其中出现的顺序也是出于解释具象的需要。例如《母亲》一节讲述老木妻儿的那种亲情淡薄的情况，《独眼》介绍老木修水库时炸瞎眼睛反而得到倾慕的奇迹。作品将故事零散地安排在不同的片段中，没有故事发展的起因，发展的高潮，抑或故事发展的结局，故事的一个个片段，只是作者用来解释"言、象、意"关系的一个例证而已，使小说摆脱对故事情节的依赖。作者在《暗示》中也提到过这种写作困境："我的记忆力变得如此糟糕，脑海里的零落图景总是缺少必要的说明文字。即使我十分珍视那一段故事，也没法把碎片重新编织成章。"①

3. 小说结构的自由多样

韩少功摆脱西方小说的模式束缚，在结构上采用不同的超时空方式。韩少功"扭转"时空关系，把"过去"放在一个平面来叙述，时空交叉，互为交织，显现出小说景象的神秘和玄妙，以及体现的主题内涵的"不确定性"。《鼻子》体现了在梦幻与现实中穿梭，其结构是两条并列式的前后叙事线索，没有严谨的结构逻辑关系。《余烬》则是围绕二十年前的一张"同意派车"条子，穿插生活场景，整个小说充满神秘感，找不到事情的因果关系。韩光功用想象来建构和重组小说的叙事结构，通过时空的演变来造成心理的幻觉，表达不同的生活内容。小说突破传统以时间为主的叙事结构安排格局，将空间的转换放置到同时间并列的重要位置。《史遗三录》和《月光两题》的结构形式可以说是对传统笔记体小说的借鉴。《史遗三录》以议论的形式开头，引出小说三个独立的故事，结构上呈总分的一种架构，各故事之间是相对独立的，但故事结构是围绕一条主线来叙述，颇有散文化的结构特点。《那年的高墙》则是以追忆的形式来叙述曾发生的事情，几乎都是作者的主观叙述，有较强的抒情色彩，处处体现散文的因素，可以说是小说和散文的融合。《马桥词典》在叙事结构上创造了新的小说故

---

① 韩少功. 暗示 [M]. 北京：人民文学出版社，2002：86.

事文体，结构的安排和故事的叙述以及主题内涵，都类似于散文的思想表达。正如陈思和所说的："小说里的人物故事表面上被词条分割得破碎无章，其实仍然是在严格的线性叙事顺序下展示。"① 只不过这条线索并非贯穿始终的因果主线。同时，作者在叙述的角度上也是多样的，没有一个全知视角的叙述者，小说借"我"来叙述，但这个"我"根据叙述角色需要不断变化，即"小说的叙述者不是一个固定不变的角色，而是多元的，一会是叙述者，一会儿是作者，一会儿又是作品中的主人公"②。韩少功把词条作为小说展开的叙述方式，丰富了小说的形式，这样打破按照时间和因果逻辑关系叙述的结构，通过倒叙、预叙、想象等展开一系列内容的表达，小说以非整体性、非因果性的形式显现，消解了传统小说主线霸权的叙事结构，其故事也更合乎平常生活的逻辑，表达更加散文式。《暗示》是结构生活化的重要体现，作家彻底打乱了小说的顺序性叙述，而是采用散点透视的方法，将生活中的具象一一进行分析，考察"言、象、意"之间的复杂关系，并将这种思考作为整部作品的线索，贯穿始终。整部小说由一百多篇独立小文章构成，每篇文章有各自较完整的中心，但每篇又不是孤立存在的，而是存在一种内在联系，这种联系不是线性的叙事式联系，而是作者对生活的思考和认识的一种内在思想联系。文中的各个片段似乎没有一种严谨的连续性，在任何两个片段中可以插入作者想到的其他片段，或是在一个片段里，故事的紧凑性也没那么强，可以伸缩，富有弹性。评论家南帆曾这样评价："《暗示》之中的一百多节没有形成一个叙事的整体结构，只是摊开了生活的诸多片段，这些片段是零散的，独立的，它们分别是历史、记忆、分析性言论、小故事、想象、比较、考证、引经据典、人物速写等等。"③ 韩少功自己曾经说过："《暗示》的结构是想采取一种'双

---

① 陈思和. 《马桥词典》：中国当代文学的世界性因素之一例［J］. 当代作家评论，1997（2）：36.

② 陈东海. 韩少功小说的创作渐变［D］. 苏州：苏州大学，2008.

③ 南帆. 文明的悖论［J］. 文艺争鸣，2003（1）.

坐标'的方式，纵坐标是思考路线，横坐标是叙事路线，两者相互碰撞，有些思考需要以具体的感性方式表达，有些生活现象需要理性框架的关照。"① 之后，韩少功的中短篇小说开始惯用这种自由的结构来安排小说内容，揭示事件的内容和意义。《801室故事》的结构完全解构了传统小说模式，使原来结构虚空，小说的基本元素在这里被彻底解构了，人物不突出，事件没经过，环境无作为，主题不鲜明，这些实际意义已抽空了，只有作为程式符号成为超事件的叙述语言。他在写完《马桥词典》后说："我从80年代起就渐渐对现有的小说形式不满意，总觉得模式化，……我一直想把小说因素与非小说因素作一点搅和，把小说写得不像小说。"②

4. 语言风格的灵活多样

韩少功不仅在主题思想和文体形式方面不断创新，在语言风格方面，也随着写作环境和写作风格的改变而改变，语言平实，调侃中带严肃，小说体现了散文语言的丰富、简练，具有象征性，富含哲理的特点。韩少功曾对自己的小说语言这样评价：

> 我从不单独对语言有什么计较，总的态度是"用心而不刻意"。所谓"用心"，就是学习和研究语言时要认真；所谓"不刻意"，就是在写作中使用语言时大可放松，大可随心所欲。我相信语言是一个写作者综合素质的体现，需要水到渠成，像苏东坡所说的"行于所当行，止于所不可不止"，一下笔可以跟着感觉走。一个写作者越是具有思想和审美的个性，他的世界就越丰富；反过来说，他越忠实地去表现这个世界的丰富，他的思想和审美个性就越强大。在这样一个不断互动的过程中，语言是他与世界的联系，当然是一种有限的联系。③

韩少功的小说语言风格灵活多样，表现在以下几个方面。首先，韩少功后期的小说语言尽管继承了早期小说的思辨风格，但已有了很大的不同，

---

① 韩少功. 不愿拘泥一法 [N]. 中国青年报，2003-01-06.
② 韩少功. 马桥词典 [M]. 济南：山东文艺出版社，2001：473.
③ 韩少功. 韩少功王尧对话录 [M]. 苏州：苏州大学出版社，2003：165.

其融入了较多的方言，主观情感的抒发更加隐晦，通过简练的语言来思考现象，主观情感已经不再那么明显地表现。韩少功在小说中的方言使用体现地域色彩，也是其小说语言散文化的一大特色。韩少功曾在访谈中直言："我同样使用方言素材，但融化到知识分子的随笔式的语言中去了，而且这是小说在行进中主要的推动力。"①《雷祸》《归去来》中人物的名称如三伢子、小娃崽等具有地方色彩。《爸爸爸》不仅用了大量的地域色彩的语言，如"看"说成"视"，"说"说成"话"，"我"说成"吴"，"父亲"称为"叔叔"，"叔叔"叫为"爹爹"，"姐姐"说成"哥哥"，"嫂嫂"说成"姐姐"，还多次使用民间歌谣，其中有一首歌谣贯穿文章的开始和结尾："奶奶离东方兮队伍长，公公离东方兮队伍长，走走又走走兮高山头，回头看家乡兮白云行行又行行兮天坳口，奶奶和公公兮真难受。抬头望西方兮万重山，越走越远兮哪是头？"②韩少功在小说中描述性的语言和人物的对话都体现浓厚的地方色彩。《鼻血》中，马坪寨对杨家二小姐的议论：

——乖致得婊子样的。

——乖致什么？嘴巴好大。

——奶子它它的，养五个娃崽不碍事。

——色是祸咧。

——莫搞下的。人家是人民代表，毛主席都请她到北京去坐皮椅子。吾舅舅说那皮椅子一坐就塌两尺，囤心都到了口里。

——死猪子，你坐了吾斗笠。③

其次，韩少功的小说语言运用了幽默讽刺的手法。《真要出事》写一个一直强调安全，经常害怕会出事的人，结果是在自己身上出了事。小说的语言轻松但带有调侃，人物对话也是充满戏剧、幽默色彩。如："副科长

---

① 韩少功，李少君. 词语与世界：关于《马桥词典》的谈话及其他［J］. 小说选刊，1996（7）：120.

② 韩少功. 爸爸爸［M］. 北京：人民文学出版社，1994：141.

③ 韩少功. 归去来：韩少功短篇小说代表作［M］. 沈阳：春风文艺出版社，2006：189.

说，如果是意大利的，那就最危险！意大利、瑞典、芬兰，都是老毛子那次核泄漏最严重的污染区，放射性污染三十年内不会消除，专门导致癌症。受了这次污染的苏联青蛙都长到三十公斤一只，足足可以踩死小孩。"《领袖之死》中常科因口误而一直担心自己被抓，整天处在提心吊胆之中，随时等待"灾难"的到来，但最后常科在领袖的追悼会上，因担心自己和家人而痛哭，阴差阳错成了功臣。作者没有直接批判某种现象，而是用这种语言方式来表达自己的某种见解，小说语言轻松、随意，却又不乏深沉性。

另外，韩少功的小说在语言上也走向散文式的戏谑，用调侃的语言引出严肃的问题。《火宅》直接以语言作为小说的支撑，揭示了官僚机构的臃肿、腐败现象。小说充斥作者对这种现象的厌恶和批判，但作者没有在其中直接流露自己的情感。如："——你工作不错，可是魄力太大，大家早就有感觉说法啦！——就算我魄力大，但哪像你干什么都稳稳重重？一天到晚都没听见你咳嗽！"《方案六号》中那个能尽调侃之致的小混混，是典型以幽默方式讽刺现实的某些行为，"拿出为共产主义英勇献身的劲头冲上去，先去混个吃饱喝足再说"，"活脱脱是个游泳池里蹦上来的共产党员"，"恶心了就有效果，恶心了就火"[1]。小说用似说笑、闲谈的语言揭露了人缺乏信仰、行尸走肉的猥琐灵魂，用尖锐的调侃的语气直斥跟小混混一样的人们。韩少功小说的散文化倾向，也使他的小说语言开始走向日常的生活场景。《爸爸爸》描写那个原始风情的山寨的环境："鸡头寨坐落在大山里，白云上，常常出门就一脚踏进云里。白茫茫的云海总是不远不近地团团围着你，留给你脚下一块永远也走不完的小小孤岛，托你浮游。"[2] 清新的自然中隐藏着愚昧、保守，作者用轻松的笔调，来烘托出这里与世隔绝、封闭孤立的氛围。新时期的韩少功的小说，语言自然亲切，更多注重语言的淳朴、凝练，表达文章的和缓情感。小说《月下桨声》，作者被姐弟俩那份不见利忘义的人性美所感动，在书中通过清新的自然描写："每天早上，我

---

[1] 韩少功. 方案六号 [M] // 韩少功. 报告政府. 北京：作家出版社，2005：3.
[2] 韩少功. 爸爸爸 [M]. 北京：人民文学出版社，1994：135.

推开窗子,发现远处的水面上总有一叶或者两叶小船,像什么人无意中遗落了一两个发卡,轻轻地别在青山绿水之中"①,来衬托人性身上的那种闪光。韩少功小说当中的语言是从人物的性格出发,是人性的真实流露。而《暗示》更是放弃小说的叙事模式,小说语言较为严谨、理性,聚焦理性思考和具象的解读。韩少功在《暗示》中曾提到这部小说的写作:"我眼下仍然处在言说之中,但一直没法遏止自己尝试的冲动,让自己能够闯入言说之外的意识暗区。我必须与自己做一次较量,用语言来挑战语言,用语言来揭破语言所掩蔽的更多生活真相。"②

5. 人物形象的写意化

韩少功小说的散文化还体现在人物刻画上。我们从后期的作品可以看出,作家关注的小说人物都蕴含传统文化的深厚内涵,抑或是探索人性的、灵魂的、民族精神的层面。《爸爸爸》中猥琐痴呆的丙崽,却是整个部落的权威,因为他死不了,这种人物形象在文中的刻画并不是简单的某个形象介绍,而是作者对造成这种现状的探析。《女女女》中的幺姑也具有深刻的传统文化蕴涵,作者通过人物这一象征符号把民族中丑陋、蒙昧、野蛮、腐朽等东西揭示出来,以引起人们的重视,促进现代文化意识的发展。韩少功将目光投向隐秘的人性,是对人类生存的精神困境做出的警惕性思考,人物的写意化表现得较为鲜明。《蓝盖子》《鞋癖》透过文化剖析人性的萎缩,表达作者对正常人性的呼唤。《空城》中沉默寡言的"四姐"在"我"在这城中遇到不幸时,处处给"我"以"关照"。韩少功塑造的"四姐"是理想文化的象征,是理想化的人性的化身,"四姐"身上的人性精神正是韩少功追求的传统文化的精髓。在《暗示》中,韩少功通过言与象的分析,巧妙地将感性评价与现实的客观形势联系起来,小说人物更加具象化,就像他所说的,"用具象来阐释周围发生的一切"。老木是《暗示》中一个若

---

① 韩少功. 月下桨声 [M] //韩少功. 报告政府. 北京:作家出版社,2005:60.
② 韩少功. 暗示 [M]. 北京:人民文学出版社,2002:1.

隐若现的人物，在文中显现的是一个"符号"，甚至可以说只是引发出图像、议论、思考的"道具"而已。对这个人物形象符号化、意义化的刻画，蕴含了韩少功对当今社会的复杂思考，也是对经济大潮下，金钱崇拜对人性侵蚀的揭示，体现了作者对人类精神缺乏和生存处境恶化的反思和担忧。《马桥词典》《暗示》通过人物的"符号化""象征化"，剖析了所处社会环境对人物产生的深远影响，这种影响是消极的和巨大的，需要引起足够的重视和清醒的认识。韩少功在小说人物塑造中，更多的是赋予人物的功能性、意义化，人物形象承载多重的思想表达。《是吗》《山歌从天上来》《月下桨声》《白麂子》以更加细腻的笔触刻画人物细节展现生活和人性的复杂，于无声中给人以强烈的震撼。

韩少功从都市到乡村，置身于民间，对身边的奇闻异事有敏锐的洞察力，对人物形象进行写意化书写，对真实世界进行神性想象，揭示蕴藏其中的文化寓意。写作思维不断纵深与宏阔，使"散文"（思想性随笔）不再是他自己所说的只是小说所剩"边角余料"的组织，而是理论的部分维度渗入小说，改变了小说的言说体裁与方式，小说散文化倾向也清晰化。

三、文学之根：韩少功跨文体小说的文化意义

韩少功的小说以鲜明的跨文体实践成为新时期文坛极具个性的文学创作，在千篇一律的按照西方小说概念创作的作品中独树一帜。正如韩少功所提出的："文学有根，文学之根应深植于民族传统文化的土壤里，根不深，则叶难茂"[1]，对于韩少功的小说创作来说，文学寻根则体现在他对传统小说的杂文体特征的继承和发展上。继承之处在于其小说文体形式不拘于围绕核心情节与核心人物，而是糅合了散文体、词典体等多种文体，从多个方向、多个角度进行叙述，可以说是话本、章回体、传奇等形式的重现；发展之处在于，韩少功在小说创作中的理性思辨完全超越了传统小说

---

[1] 韩少功. 文学的"根"[J]. 作家, 1985 (4).

满足市井低俗趣味的格调，这又与传统精英文学中集文、史、哲为一体的散文不谋而合，但韩少功的思考更是向人性、世界和民族等更为广阔的领域迈进。因此，韩少功的跨文体小说具有了丰富的文化意义：一是跨文体的写作自由成为其深刻思考的理想载体；二是成为其审美追求的艺术载体；三是表达出以文体形式理性回归传统的人文理想。

韩少功小说充满感性情感和理性思维的融合，感性情感是小说中物象蕴含的内容，是一种外在可以捉摸的层面，可以用感性思维去感知和体会的，是一种内在的复杂情感交织，这些是用理性思维无法解释的。韩少功小说中的人物形象是感性展现的，但作者揭示的是理性的评价和思考。首先，感性表述表现在精神变异者的人物形象。《蓝盖子》《老梦》的人物陈梦桃与勤保，都是有性格缺陷的人，最终走向精神崩溃的结局。韩少功在这并不是阐释过程，而是透过这个人的精神失常窥视社会的畸形病态。即极端政治环境对人性的压抑，造成人性的异常化。其次，对一些行为古怪、性情乖张人物的兴趣。如幺姑、丙崽等，作者更关注那些异常的人，也许，生活的实质和人性的本性更容易在这些人身上得到显露。同时，韩少功小说较多出现将物象神化的地方：《诱惑》中写时间固化是一只半埋土里的破瓦罐；《空城》则一开始写肉案，预示着什么大事要发生；《女女女》中酸菜、旧纸和筷子，都成为财产、文字收集和历史遗物的象征；《爸爸爸》中玻璃瓶子、松紧带、照片等，隐喻人类的文明。对物象和物态的独特感觉和奇特联想是他小说中的一个重要部分，在他的视域里，这些东西并不是简单的道具，而是具有生命的独立含义。韩少功对历史的重提富含两个层面的内容：一方面是韩少功个人直接或间接的早期个人经历；另一方面是自身经验的对时代和民族文化的知性把握。这两者在韩少功小说中经常会有一些抵触。如《老梦》《诱惑》《归去来》，理性更多容纳在感性的情感中。以下这几篇小说中带有抒情化的倾向：《女女女》中在紧张的思索之后的省悟，中止了这种玄思，归依平静的生活情感。这是韩少功感性和理性之间的自然交换、协调。《火宅》是一出严肃、夸张的滑稽剧，但作者在其中是含有警训意图的。韩少功通过对人物形象的感性表现，对人性、民族文化的理性审视，构成小说内容和形式的丰富性和新鲜性。这种表达在小说散文化追求的作家那里都能找到"痕迹"。《受戒》《棋王》等都有简单朴实的人物情感表达，但作者没有仅发乎情，而是合理发泄，用较为冷静平淡的词语来叙述，透过这浅淡的情感表达，展示作者的思想表达或哲理思考。这些作者都带有创作共性，即小说的展现，是给读者揭示一种可能，提出某种希望抑或是对某些事物的批判，对某种趋势的警示。小说超越单纯的故事描述，是一种故事与作者情感体验的产物，带有较深的情感抒发色彩和理性思辨艺术。

韩少功小说创作的跨文体是一种自觉的艺术追求，是其思想意识的一种流露。韩少功在与崔卫平对话时曾提到自己对当下小说的看法："我从80年代起就渐渐对现有的小说形式不满意，总觉得模式化，不自由，情节的起承转合玩下来，作者只能跟着跑，很多感受和想象放不进去。我一直想把小说因素与非小说因素作一点搅和，把小说写得不像小说……不过散文化常常能提供一种方便，使小说传达更多的信息"[①]。韩少功这种自觉的艺术追求，有他独特的艺术特征，小说的散文化也开拓了作者自己独有的审美境界。韩少功的《马桥词典》《暗示》都有一个共同的，穿行在不同语言和空间的叙述者——"知青"。这个身份是小说中一个独特的点，也正为此，产生了韩小说特殊的"散点透视"的思想和艺术效果。许子东曾这么认为，"韩少功在骨子里是个'知青作家'。不仅因为他有两篇作品直接影响知青文学发展（《飞过蓝天》以外，还有1985年的《归去来》），还由于他几乎全部重要的作品里，都有一个知青人物作为'视角'存在"[②]。知青时期的特殊经历和回忆是韩少功创作的重要源泉，小说以知青的视角来叙述，知青是社会文化、历史时代和群体之间的一个联结者，是游走在社会

---

① 廖述务. 韩少功研究资料 [M]. 天津：天津人民出版社, 2008：111-112.
② 许子东.《爸爸爸》与《小鲍庄》[M] //许子东. 当代小说阅读笔记. 上海：华东师范大学出版社, 1997：113.

各层面的视点。正是知青这种视点，那种游动性的目光和思考，经常带来具有穿透力的智慧和力量，其文章发出的诘问也"铿锵有力"。《马桥词典》的知青生活回忆，凸显了马桥人的生活与外界的冲突和语言歧义。正是知青身份才能让作者思考这其中的差异，探讨马桥人的传统观念。《暗示》是一个曾为"知青"的叙述者来往于世界各国、穿梭于各种时代与阶级之间，记录各种历史记忆。《是吗？》《土地》《月下桨声》等都是以曾是"知青"的视点出发，立足生活过的现实环境，在现实的感受与对话中，将现实生活与意识空间不断穿插交织，打破小说时空的整块与有序状态，时空界限的突破与传统小说顺序性叙述相比，其审美性大大提高了。

　　韩少功小说中那种神秘诡谲、神奇瑰丽的氛围，也是他所独有的，是韩少功呈现给读者的一种崭新的艺术创作风格，他用这种充满神秘的笔触来回应那些传统思想和人们心灵转变。韩少功的作品充分发挥文学想象力，使作品在体裁上带有某种解脱。例如《谋杀》是理性和想象的完美结合，小说悬念迭出，疑云重重，想象大胆，作者用想象的手法引导读者去思考真实究竟是什么。《鼻血》的想象空间更广，超出了我们通常说的"合理想象"，用更加开放的想象再次表达自己小说变革独特的艺术形式，通过艺术的丰富来表达对荒唐现实的谴责。在韩少功小说散文化的创作中，想象在他的作品中大量出现，达到越来越大的距离感和抽象感。通过现实与想象的结合，揭露某种社会现实，表达自己隐藏的观点，是韩少功小说散文化创作的一大特色。韩少功从他所处的环境出发，挖掘身边的素材，用想象的手法缩小历史和现实的联系，通过想象让人产生"模糊性"，使作品具有内容充实和情感深沉的艺术效果，更是对底层人物和社会更深层的认识和思考，从中呈现对人性的同情、思考或对传统文化的继承、批判。作者的复杂心理，在小说中通过想象与现实的交错而悉数显现，情感色彩亦更显浓厚。韩少功的这种创作，不是为了故事好看，而是追求一种新异的思维方式，呈现给读者一种独特的小说阅读思维方式，从而达到满足受众需求的目的。

第八章 韩少功的跨文体创作

　　韩少功小说散文化创作的一大特色是追求细节,尤其是对自然和客观事物的描述。作者有意忽视对小说主人公的细节刻画,而是对环境保持有特殊的爱好,他的小说是一种感官直觉的表现,是作者让读者从主人公的感觉中来理解其人物含义。《诱惑》的感官直觉描写,让人如同身临其境:"我们脚下有疏疏落叶,发出细微的声响,像是一种疲倦的喘息。渐渐地,感到有凉气袭来,是来自喃喃的溪水"。对自然的细致感觉,给小说增添一种活的属性。《爸爸爸》对自然与人类的关系的描述更是详尽,作者对人与自然的关系的强调,仿佛在告知人们,自然是人类的原动力。文章一开头就用大笔墨,对山寨的自然进行一番展现,而正是这个环境幽深的地方充满了神秘色彩,体现朦胧情感。对细节的兴趣在他想象中表现得更为鲜明。《鼻血》和《谋杀》正是通过想象中的细节描写来展开故事情节的。《鼻血》中作者对不同气味感觉的叙述使之如同近在眼前。韩少功小说这种创作方式也是一种互动式,读者似乎跟着他一起经历心智旅行,在直观感觉中,读者就能体会作者所要表达的具有普遍意义的主题内容,或从小说支离破碎的线索中揭开困扰自己的谜,同时也明白了作者写作所蕴含的深层意义。韩少功对细节的描写是一种读者能参与小说过程的途径,小说的古典审美式表达在这里得到巧妙展现。正如陈传才所说的,"作家以自己特殊的方式拓展了小说艺术的表意层面,深化了小说的内在意蕴","韩少功小说超越了小说一般再现的意义而追求主体表现的深层寓意、象征;作品对于读者的意义不只在事件本身的认识价值,更在于由此引发人们对社会、人生的深沉思考"。[①] 韩少功忠于生活,坚持写自己较为熟悉的东西。他的创作题材较为广泛,故事是"文化大革命"时期的知青时代直接或间接经历或所见所闻的事,小说反映的内容是当时那个年代,那些人物的复杂性格和命运。即使是一些奇人奇事的叙事,也是他在楚文化基础上,通过合理的想象,正视千姿百态的人类社会,努力探求和揭示生活的全部复杂性,

---

① 陈传才. 中国20世纪后20年文学思潮[M]. 北京:中国人民大学出版社,2001:47.

尤其是人类灵魂情感的复杂性,如《土地》《空院残月》《月光两题》等依托韩少功熟悉的乡土和人物来构建那个人性世界。就此问题,笔者曾经请教过韩少功本人,他说:"我小说中百分八十以上的故事都是我经历过的,都能找到现实的原型,小说的关键是对生活的反映,这种小说才有活力,才有灵魂。"① 韩少功的小说注重民间平凡任务的塑造,表现生命的内在本质、客观社会的复杂性多样性和主观情感的复杂多样性,在小说中化合而为复杂多样的艺术形象,真实反映了历史和现实中的悲剧,但作者没有直接把这个归咎于个人的品质上,而是从社会基础和历史根源来挖掘。可以说,韩少功的小说是对生活形式的"审美",他用审视的视角来看这个社会,查看这人物,挖掘人的内心世界,探索人类的灵魂和民族精神,从而引起人们对自己生存环境的关注。这个也是小说散文化提倡的注重笔下平常琐事的细节刻画的回应。例如:汪曾祺的《受戒》《异秉》娓娓叙说平凡生活,浓墨重彩介绍风土人情。阿城小说中人物形象模糊,《棋王》的拾荒老者、《峡谷》中的骑手、《溜索》中的马帮众人,都没有确定的人名姓氏。刘庆邦的小说关注的也是鸡毛蒜皮的日常琐事,小说涉及的人物都是平凡无常的平头百姓,通过日常生活展现芸芸众生的现实人间。因此,具有小说散文化创作倾向的几位作家,在选材上都是借助"小视线"表现大视野,通过对普通百姓的关注,对生活凡事的描述,体现强烈的底层意识和民族文化精神。韩少功小说完全是一种对底层生活的描绘,是站在时代的背景下,从自身经历出发,通过对普通人物形象的展示,对时代背景的揭露,对人性的思考,探索物象背后隐藏的特殊意义,小说充满省察力和思考的空间。

韩少功小说的个性特征还表现在方言的使用。韩少功从自己生活过的马桥村出发,用当地的方言来展现人物的形象性,小说人物说出的语言符合其人物特征,人物性格在语言的运用下体现得淋漓尽致。这些表现人物特征的古语在他的作品中表现得淋漓尽致,如《爸爸爸》中称呼小孩为

---

① 韩少功于2010年4月在湖南师范大学接受访谈时所说。

"娃崽",《北门口预言》对成年男性的称呼为"汉子们",《鼻血》中开平寨的人用"开边"来统称"城镇",马桥人甚至用"夷边"来统称马桥以外的地方,等等。这些富有地方色彩的词语在韩少功的小说中运用得活灵活现。语言的方言化源于韩少功小说贴近生活,对生活的细心观察和思考,小说展现的语言艺术感,是他呈现给读者的一大亮点。《马桥词典》使韩少功用语言挑战语言的想法付诸实践,小说用具有马桥地方色彩的词语来串联故事,构成小说的主要结构,词条在其中起核心作用。在《暗示》中,韩少功从中国古代的"言"与"象"出发,去阐释在生活语言之外的那些语言与意象,关注语言与它所指示的意义。韩少功在张均的访谈中认为:"只不过是追求言外之意,意外之象,都是在'用语言来反抗语言'。"① 人物语言的丰富性、生动性是作者生活的积累,更是小说对生活体现的一种映射。

  韩少功在小说的创作上追求创新,从自己要表达的内容和思想出发,以更合适的表现形式来满足内容表达的要求。韩少功文体探索过程在20世纪90年代后期逐渐走向稳定,开始转向中国本土文学寻求资源,因此小说散文化是他认为回归中国传统文化的方式。韩少功在接受访谈时曾这样认为自己小说的散文化创作:"《马桥词典》《暗示》,主要是在思想资源上对西方多有借鉴,在形式上实则回到了中国古代笔记'文史哲三合一'、夹叙夹议的文学传统"②。后期的《是吗?》《801室故事》《山歌从天上来》等已经与之前的小说创作方式有所区别,如《是吗?》完全立足本土文化,用叙述技巧的复杂性来架构人际关系的复杂性,小说叙述如同笔记小说一样简练,摆脱传统文学的创作套路,将文学的思考与生活经验结合起来。《山歌从天上来》放弃了那种夹叙夹议的叙述方式,而是用笔墨浓厚的情感讲述了一个山歌作曲家的故事,叙述生动、感人,触发读者的情感神经。《月光两题》充满中国古典的那种幽静淡雅、冷静内敛,作者用细密的感触来

---

① 张均,韩少功. 用语言挑战语言:韩少功访谈录 [J]. 小说评论,2004 (6):18.
② 萧文. 韩少功:不愿意拘泥一法 [N]. 中国青年报,2002-11-06.

抒写自己心中的情感。《马桥词典》《暗示》《是吗?》等作品都是用简洁的词语组成简单的句子,叙述一件普通的事情,小说的形象构造和事件戏剧化都简明概要,略显杂碎的故事片断则是真实事件的反映,用"特殊的结构"交叉,是对偶然与命运深度的看法。不刻意编织离奇的情节故事,不造设惊险的情节冲突;文章结构随意松散又不缺乏内容的完整性;人物形象富有深意,通过生活和人物性格自身的逻辑展开,意在揭示现象内部的社会本质和规律,透过人物表面的渲染,更多的是对灵魂的剖析。作者在书中融合了小说散文化的风格,又继承了传统小说的叙述特点,是文学创作的一个突破、创新,也是写作学跨文体写作理论形成发展的推动力。正是他对中国传统文化的爱好和自己那种不断探索的精神,使他有了新的思考,新的创作方式,而这正是他对中国传统文化的一种回归。

韩少功在创作上具有独立的风格和创作个性,独到的见解和敏锐的观察力,是一个思考深邃的作家。这些在作品上的体现是小说创作形式的多样化、"随意性",小说融合感性的抒写和理性的思辨色彩,让创作丰富多彩又饱含理性分析。他的小说手法、想象和语言,是对中国传统文化的继承和积累,更关键的是,他对底层的社会有深刻的切身体会,对农民生活有着个人的苦涩认识,这些生活体验和传统文化的结合,让他的小说更丰富生动和具有哲理韵味。小说整合原始思维、时空混沌的原始时空观念,弱化小说故事情节,更多的是渲染一种"氛围",通过这些层面的表象来透露他深层的文学表达目的,这就是韩少功独特的文化心态和思维方式,是对现实生活的一种探究式观察。以现实地域和时代环境为出发点,看到不同时代的变化和不同时代人们不同的生活态度和民族精神,展示不同的时代主题,韩少功就是这样用自己的心灵和眼光来感受生活中的每一个细节和每一个时代的变化。小说的散文化形式,让我们感觉到他那种敏感性和直觉捕捉的犀利性。作为一位小说家,韩少功的这种叙述方式,可以看出是他自觉的艺术追求。这些小说是他的价值观和人生观、小说观、文体观的呈现,正如有学者认为《马桥词典》"第一次这么成功地用中国语言讲述了中国故事"①。

四、结语

韩少功小说散文化创作赋予了小说独特的审美艺术,给小说增添多种情感色彩,同时又为韩少功探索传统文化和现代文明的联系提供了平台。现代经济转变了人们的文化观念,韩少功通过描述历史,蕴含着对民族历史文化的批判和继承,并始终与现实观照相结合。用散文化的形式来展现历史,透露自己的态度,是韩少功对历史的正视,对现实的观照。韩少功用理性、客观的视角来看待曾经的历史,是对历史的一种审视,以关注当下现实,着眼于未来。在市场经济高速发展的时代,韩少功看到了物质化带来的危机,他的笔触开始关注那些迷失心灵的人物,小说更多展现的是给人以忠告,警醒。小说散文化,更易于他对事件的叙述和主观态度的表达。韩少功书写了过去的文化和现在呈现在人眼前的文化,展现给人一个丰富多彩的世界,让人从中能有所感悟,精神有所慰藉。

韩少功小说创作的散文化丰富了小说的内涵,传承中国传统文学的美学因子,融合西方的小说艺术观念和艺术形式,使小说在审美领域达到一个更高的维度,在内容上达到富含哲理的深度。韩少功认为小说或文学应具有挑战传统的勇气,具有关注生活的情怀,这激发他创新小说的创作方式,也是他小说散文化倾向的有力诠释。韩少功小说创作的跨文体实践是在对传统文化进行了理性判断之后的选择,正如他自己所说:"这不是出于一种廉价的恋旧情绪和地方观念,不是对方言歇后语之类浅薄的爱好;而是一种对民族的重新认识,一种审美意识中潜在的历史因素的苏醒,一种追求和把握人世无限感和永恒感的对象化表现"②,韩少功以跨文体的创作方式为重新评估传统文学价值、重拾民族文化自信提供了重要的参考,更为当代小说创作的文体形式提供了新的可能性。

---

① 张均,韩少功. 用语言挑战语言:韩少功访谈录[J]. 小说评论,2004(6):19.
② 韩少功. 文学的"根"[J]. 作家,1985(4).

第九章

韩东的跨文体创作

一、韩东诗歌对传统诗歌的超越

韩东的文学创作，总体而言，开始于诗歌。在经历了从对朦胧诗的模仿到摆脱朦胧诗的桎梏的过程后，他成功地提出自己的诗歌美学观念，成为"第三代"诗人的中坚。韩东对诗歌文体的独特认识，发展了传统的诗歌理论，改变了诗歌在人们概念中的思维定式，诗歌文体的发展在韩东这里又得到一次更新和超越。从1988年起，韩东开始中短篇小说的创作，小说表现出与诗歌某些共通的美学特征。他的小说善于表现个体体验，不追求叙述的张力、结构的营造，重在故事的"讲"，而不是以情节取胜，对传统的小说理论又是一种超越。或许对一个激情充沛的诗人来讲，要平抑自己的感情而冷静地分析小说中的人物、营造小说的结构，使小说的情节发展令人信服且吸引读者，是一件很不容易的事情。但在韩东这里，却能将小说和诗歌这两种张力极大且悖反的文体很好地融合在一起，使人们不得不对韩东的小说和诗歌有新的解读。

贝森特认为:"一首诗的时代特征不应去诗人那里寻找,而应去诗的语言中去寻找。我相信,真正的诗歌史是语言的变化史,诗歌正是从这种不断变化的语言中产生的,而语言的变化是社会和文化的各种倾向产生的压力造成的。"① 由此可见,语言不仅是一种诗歌媒介,更是诗歌的重要内容。没有语言就没有诗歌,而有了什么样的语言也就有了什么样的诗歌。

语言作为诗歌的重要因素,自然不能被忽略。韩东诗歌对文体的突破很大程度上是对诗歌语言的突破,在韩东的诗歌中,能明显感受到韩东对诗歌语言的重视。但这种重视并非是要语言承担深邃的历史文化,而是希望语言能成为诗歌本身的一部分,希望通过诗歌的语言形式回到对事物的体验中去。所以,他提出了"诗到语言为止",就是要让语言回到诗歌本身。"'诗到语言为止'仅是一种说法,它的意向是排斥性的,和'第一次抒情'相同,它要求诗人们在抽空以后重新考虑、直接面临……'诗到语言为止'在分析中对诗人没有多大的帮助。问题在于在这个文化垃圾堆积如山的环境里我们必须有清除的信念。"② 在这次对话中,韩东表达这样一种看法,即诗歌中承载了过多的负担,语言被工具化,已经使诗歌走上一条畸形的丧失诗歌本身的道路。因此,韩东要用自己的行动去清除这些文化垃圾,为语言"正名"。韩东也说:"诗歌是语言的运动,是生命,是个人的灵魂、心灵,是语感,这都是一个意思。"③ 可见,韩东认为在诗歌创作中,语言的运用和生命的灵魂同样重要,又彼此互通。因而,他强调让诗歌回到语言实际上就是要求诗歌回到诗歌本身,回到真实,对生命的探寻。

以《你见过大海》为例,我们不难看出韩东诗歌的语言革命:

你见过大海/你想象过/大海/你想象过大海/然后见到它/就是这

---

① 韦勒克,沃伦. 文学理论 [M]. 刘象愚,等译. 北京:生活·读书·新知三联书店. 1984:186.
② 韩东,朱文. 古闸笔谈 [J]. 作家,1994(3).
③ 韩东. 在太原的谈话 [J]. 作家,1988(4).

样/你见过了大海/并想象过它/可你不是/一个水手/就是这样/你想象过大海/你见过大海/也许你还喜欢大海/顶多是这样/你见过大海/你也想象过大海/你不情愿/让海水给淹死/就是这样/人人都这样

这似乎是一个喃喃自语的人，语言没经过任何雕琢，如同平时自语一般表达了个人内心的情感和一般的人生经验"人人都这样"。这样一种没经过伪饰的语言，使诗歌显得更加朴实并具有真情，在有意无意间，韩东完成了一次对诗歌语言的颠覆革命。他放弃了传统诗歌语言中的矫情、造作，追求一种语言的淳朴、真挚，以本真的语言叙述审美对象，表达生命的本质。

他的诗歌语言有一种不动声色的深刻，带一点冷漠，仿佛置身事外，以一个局外人的身份看待世界。韩东的诗歌语言也被称作是"零度语言"。在《你见过大海》中，诗人多次反复运用"你见过……你想象过……就是这样……你见过……你想象过……最多是这样"等重复句式，语言的冷酷将面对生活的无可奈何表现得淋漓尽致，同时对这样的一种生活真实又无动于衷，语言及情感的冷漠是这种"零度语言"的贴切表现。

韩东的诗歌，打破了以往人们对诗歌的期待心理。他的诗歌，有一种强烈的回归感。他反对诗歌带有任何政治的、社会的、道德的和其他任何价值判断的责任感和使命感，仅仅将诗歌看作是个人的写作。在韩东的诗里，我们看不到任何的情感激荡和明显的价值判断，而是让诗歌语言本身来说话。

以那首代表性的诗作《有关大雁塔》为例：

有关大雁塔/我们又能知道些什么/有很多人从远方赶来/为了爬上去/做一做英雄/也有的还来第二次/或者更多/那些不得意的人们/那些发福的人们/统统爬上去/做一做英雄/然后下来/走进这条大街/转眼不见了/也有有种的往下跳/在台阶上开一朵红花/那就真的成了英雄——/当代英雄/有关大雁塔/我们又能知道些什么/我们爬上去/看看四周的风景/然后再下来

与朦胧诗人杨炼的大型组诗《大雁塔》比较讨论，我们更能看出韩东对传统诗意的消解，对所谓神圣的亵渎，对习惯价值的摈弃。杨炼的《大雁塔》，赋予了大雁塔厚重的文化底蕴，包括民族历史的深刻寓意。韩东却不一样，他主动清除了大雁塔所包含的文化含义，甚至作为历史古迹本身。大雁塔在韩东这里不过就是一座实际存在的物品，没有什么深刻的含义，也没有深邃的历史文化痕迹。诗人关注的不是将大雁塔列入宏大叙事的范畴之下，而是关注人们的个体感受。不过就是参观，上去下来，即便是跳下来，也不是英雄史诗，而是真实的鲜血，一个被人耻笑的"英雄"。韩东通过写实透视生存的荒谬以及荒谬存在的日常普遍性，指出荒谬是人生存的一种本质结构，是人的必然生存情景，荒谬就是荒谬，既不使人崇高，也不使人绝望。

对诗意的消解，必不可少的一点在于对传统诗歌语言修辞的背离。以韩东为代表的第三代诗人常常用"矫情""造作"等词语来批判传统诗歌语言中的修辞倾向以及诗歌的比喻、象征、意象等本质。对韩东而言，他直接面对的就是生活本身和生命的本真状态。所以韩东诗歌涉足的领域，几乎全是日常世俗化生活，使诗歌远离悬浮于高雅殿堂的神圣而回归个体，回归自身。在韩东这里，诗歌从高雅走向了平民，从辽阔的人类历史走向了世俗生活，他对人们日常生活频繁涉足甚至不厌其烦地描写关注，使他的诗歌传达出一种浓重的生活质感。他放弃诗歌的价值取向，直接指向大众的生活，无疑在传达一种美学观，即生活就是一切，诗歌中的美也就蕴含在最平凡最简单的生活本质中。

随着经济社会的飞速发展，文化的畸形繁荣和消费导致大众趣味的普遍兴起，生活在高速发展的经济下的人们越来越感觉到个人的平凡、无奈。因此，在"为了生存"的理由下，人们对现实更多的是选择认同与被动接受，认识到自身的无奈与渺小，越来越迷恋自己的内心世界。在这样的社会大背景下，诗歌也成为个人日常生活的直接表现，诗歌表现内容的世俗化也使得诗歌语言以一种更加平民、更加通俗的面貌蕴含在诗歌创作中。

大众化的诗歌也消除了以往诗歌中的隐喻、暗示、象征等深层的意象，变得更加亲民，揭示平凡世界，传达人生百味。对韩东而言，也往往以冷漠、自嘲的表达方式书写个人日常体验。

  月亮/ 你在窗外/ 在空中/ 在所有的屋顶之上/ 今晚特别大/ 你很高/ 高不出我的窗框/你很大/ 很明亮/ 肤色金黄/ 我们认识已经很久
                ——韩东《明月降临》

这首《明月降临》，不带有传统诗歌赋予"月亮"的任何意蕴，仅仅就是一轮挂在窗外的明月而已。诗歌回到与现实生活相关的光、亮，回到与我们生活密切相关的事物本身，没有深刻的修辞和加深诗意的隐喻、暗示、象征。此外，《妻子的拖鞋》《甲乙》《成长的错误》等诗歌，都是对日常生活、个体情感体验的表达，消除了厚重，消解了诗意，却具有了生活的情趣和无奈，表达出韩东对平凡生活的认同。

中国传统文学有"文以载道""诗言志"的说法，这一传统的延续使许多诗人也成为社会某个角色的代言人，诗歌不再是表现个体生命体验，而是某种抽象的或者说群体的意志集合。诗歌也背离了《诗经》以来的源自生命本体冲动的原创意识，而沦为某种意志或阶级的工具。但在韩东这里，诗歌重新又回到了对自身生存的关注，回到了人作为个体本身。

韩东的诗，关注的是一代人的生存状态，平易而亲切，充满温情与真挚的关怀。他坚持从自己的个人体验来看整个世界。因此，他把自己的思想、灵魂甚至生命都融入诗中。他曾说过"写诗似乎不单单是技巧和心智的活动，它和诗人的整个生命有关"[1]，韩东的诗歌，也一直在践行自己的这种诗歌观念，正是这样一种对生存状态的关注，使韩东确立了以个体主体为突出表现对象的诗歌精神。

  晴朗的日子/我的窗外/有一个人爬到电线杆上/他一边干活/一边向房间里张望/我用微笑回答他/然后埋下头去继续工作/这中间有两次

---

[1] 韩东. 作者的话 [M]//唐晓渡, 王家新. 中国当代实验诗选. 沈阳: 春风文艺出版社, 1987: 203.

我抬起头来/伸手去书架上摸索香烟/中午以前,他一直在那儿/像只停在空中的小鸟/已经忘记了飞翔/等我终于写完最后一页/这只鸟儿已不知去向/原来的位置上甚至没有白云/一切空虚而甜美

在这首《写作》中,韩东不再是社会群体的代言人,而是以一个人,以一个普通的,却有自己独立思想、独立意志和独立情感的个体出现在读者面前。韩东的诗歌回到人作为个体的本身,因为"生命的形式或方式就是一切艺术(包括诗歌)的依据。生命的具体性、自足性、一次性、现时性和不可替代性必须得到理解。文化、教育等因素必须通过个人才能发生作用"(韩东语),因此认为"诗人和任何非诗人的责任感无缘,或者他不能利用诗歌的形式以达到他个人政治的、社会的、道德的或其他价值判断方面的目的。诗人的责任感只是审美上的"(韩东语),在这里,韩东强调的是诗人面对世界时的个人立场和诗歌立场。

于坚也曾说:"我只相信我个人置身其中的世界。我说出我对我生存状况的感受。我不想去比较这种状况对另一世界意味着什么。"于是,日常生活以其本原的形态进入了韩东等人的诗歌之中:

我有过寂寞的乡村生活/ 它形成了我性格中温柔的部分/ 每当厌倦的情绪来临/ 就会有一阵风为我解脱/ 至少我不那么无知/ 我知道粮食的由来/ 你看我怎样把清贫的日子过到底/ 并能从中体会到快乐/ 而早出晚归的习惯/ 捡起来还会像锄头那样顺手/ 只是我再也不能收获什么/ 不能重复其中每一个细小的动作/ 这里永远怀有某种真实的悲哀/ 就像农民痛哭自己的庄稼

——韩东《温柔的部分》

对于以往生活中的命运、苦难等宏大叙事和重大外部事件,韩东都显得漠不关心或者说不再强调。他关注的只是自身的生存状态、个体性格和自己的每一滴感触,"个体意识"在韩东的诗歌中表现得非常突出。

正如前面所论述的,韩东的诗歌无论是在诗歌观念、语言形式还是在艺术风格、表达方式甚至表现内容上,都表现出对诗歌文体的一种超越姿

态。他的诗歌有自己独特的审美世界，并依赖这份独特，使当代诗歌的文体发展又表现出新的特点。

韩东的诗歌，用平实的口语展现当下人的内心情感体验，消解诗歌的深厚意蕴，表现的是日常世俗生活画面和主体情感体验，似乎更像是在同小说一样营造生活的场景，塑造人物形象。

韩东将诗歌带回诗歌本身，突出诗歌的本体意识。这实际上是表现出一种诗学态度，即诗就是诗，而不是工具，不是其他任何。韩东诗歌的本体意识突出地表现为对生命个体的极力关注，消解深厚的文化、深刻的历史和丰富的意蕴，回到事物个体本身。因此，韩东注重的是生命的体验过程。

很长一段时间内，中国诗歌甚至中国文学，强调的都是诗歌、文学所能表达的意识形态、思想意识。或者说，传统的文学看重的不是文学文本本身这个能指，而是文本所能揭示的文学之外的"所指"层面，即一个文本所表现的生活真理、读者能从中获得怎样的生活指导等意识、伦理、文化和道德层面。韩东所要消解的正是这个"所指"层面，消解这样的深度，目的不过是回到诗歌所指本身。

诗歌所指的重要内容就是生命个体的存在，韩东重视的也正是这样一种生命意识，对生命意识的把握与重视则是通过语言来实现的。对语言，韩东则拒绝隐喻，拒绝象征、变形，寻求语言的本真。

韩东用纯口语写诗，主张诗歌回到平民化的口语状态，这样的一种倡导，其实质，仍然是通过口语的直白来消解他一直反对的神圣与崇高，回归生命本体。一方面，韩东直白的口语使诗歌抛弃了虚伪的修饰，诗歌不再是神坛之上的高雅艺术，而是走进民间，走入日常世俗生活，走进诗人个体的内心空间；另一方面，韩东又通过口语叙述，展现当下个体生活的生活流，一幅幅鲜活的生活画面通过韩东平实而直白的口语呈现在读者面前，使韩东的诗歌又表现为一种散文化诗歌。

《我们的朋友》，用朴素的口语叙述了单身汉的悠闲与苦闷，写出了单

身汉们对温暖家庭的向往。诗歌表现的场面其实更像是一个故事,一群单身汉因为孤独聚在一起,互相饮酒却内心落寞孤单:

> 我的好妻子/只要我们在一起/我们的朋友就会回来/他们很多人都是单身汉/他们不愿去另一个单身汉的小窝/……他们和我没碰三杯就醉了/在鸡汤面前痛哭流涕/然后摇摇晃晃去找多年不见的女友/说是连夜就要成亲/得到的却是一个痛快的大嘴巴

这样一种生活场景的营造,读者似乎更愿意把这样的诗歌发展成为小说阅读,可能包含的情感更加丰富,故事也更加具有悲剧意识。虽说带有悲剧性,但在韩东这里,却看不到作者任何主观上的个体情感,而仅仅是一种冷调直白的口语叙述,这也是韩东诗歌小说化的表现。

虽然说韩东的诗歌具有小说化倾向,但他的诗歌本质上仍然是诗。毕竟,韩东在写这些东西的时候,是把它们当作"诗"来写的,读者也是把这些东西当作"诗"来读的。这种倾向不过是韩东对诗歌文体的一个发展而已。有学者在论述第三代诗歌的"非诗倾向"的时候,这样说过:"'非诗'并不是诗歌之外的其他什么东西,而只是诗歌的一种新的存在形式,是此前诗歌的一种变体,只是逻辑意义上的否定之否定。'非诗'本身既是一种手段,又是一种目的,因此诗人在进行'非诗化'的同时,一种新的'诗化'建构也随之开始,'非诗化'与'诗化'处于一种双向的、互相转化的状态之中。对于诗人来说,要突破超越已有的'旧我',使自己以后的每首诗都成为一个'新我',就必须采用这种非诗化的手段。"①

这段论述也能很好地说明韩东诗歌的小说化倾向。他实际上也是在有意无意地建构一种新的诗学形式、诗学概念,也在建立新的诗歌美学规范。韩东的这种诗歌小说化倾向也在一定程度上奠定了他小说创作的基础,他的小说,又因他诗歌写作的丰富经验和审美体验,具有了独特的小说审美世界。

---

① 吕周聚. 论第三代诗的非诗化倾向 [J]. 首都师范大学学报(社会科学版),1997(4).

二、韩东小说对传统小说的超越

韩东的小说创作是在他诗歌创作逐渐成熟并形成一定个性后开始的。他的创作开始于中短篇小说,一方面或许表明韩东正在进行小说创作的实践;一方面也或许表明,作为诗人的韩东,情感表达方式仍然是充满激情的,太长的长篇更需要的是创作主体的逻辑清晰而不是情感充沛。但在诗歌与小说两种文体的变换选择中,韩东能将二者互相融合渗透,使其诗歌与小说均表现出独特的审美世界,并对传统的诗歌和小说理论及创作有一定程度的超越和发展,这也是韩东跨文体创作给当代文坛带来的意义。

佛斯特说:"故事是小说的基本面,没有故事就没有小说。这是所有小说的最高因素。"①

韩东的小说观念表现出一种超越的姿态,在他看来,故事是小说的重要组成,但不是唯一因素,小说的落脚点应在"讲",而不是故事情节本身。

"小说离不开故事,听故事是我们的一种本能。小说借此方式(满足于听故事的需要)植根于现实的层面,初看之下小说就是讲故事。这一结论得到了许多有经验的小说家的肯定。看来小说可以从一切领域退却,惟有最后的堡垒——故事是不可动摇的。这里,我并不准备对小说中的故事因素加以攻击。我只是想说:讲故事的需要与听故事的需要不是完全一致的。""小说不仅仅是回忆,而且要加上想象。按照我的理解就是:小说之所以是小说,不仅在于它是故事,关键在于它是讲故事。当人们把听故事与讲故事分开,并专注于讲故事这件事的时候,小说作为一种艺术就诞生了。"②

在韩东看来,小说仍然是依赖于故事的,但重要的是作家作为创作主体的主体性,在小说创作中更加突出。这也涉及文学界通常所说的"怎么

---

① 佛斯特. 小说面面观 [M]. 广州:花城出版社,1981:36.
② 韩东. 小说与故事 [J]. 作家,1996 (4).

写"的话题，小说中的"怎么写"不过是突出了"叙述"的意义而已。小说也需要虚构，也需要想象，除了故事本身，创作主体也要对自己的讲述行为本身负责。

从韩东自己的说法来看，对小说，韩东追求的是一种个人化的讲述，不以故事的情节营造或结构编排、人物性格为主要目的，而重在创作主体自身的语言表达、情感体验，这是韩东对小说文体的超越所表现出来的一个方面。

韩东小说的出现，也打破了人们惯常的审美心理，更新了传统的审美习惯，将人们的审美视角从传统的情节探奇转向体验作家的内在情感、个体经验，把小说当作诗来读。

这一方面源于韩东诗歌创作的积累，在他的小说中仍旧表现出诗歌的某些特征，可以说，他赋予了小说一种诗的内核和本质。另一方面，也源于韩东对小说的理解。正如前面所言，韩东的小说观念有他独特的地方，也有自己作为小说家的理想，他认为："一个自觉的小说家必须对小说有某种与其说是新的不如说是更个性化的理解。必须有某种远景、观念（或想法）、注意力集中，必须有他的固执己见和坚定不移，以癖好或信条的方式鲜明地存在着。"① 这样的一种小说态度无疑也丰富了韩东小说创作的内容和信念，使他的小说表现出新的审美特征，具有了不同的意义。

韩东的小说从总体上而言，具有一种诗歌的韵味。所谓诗歌的韵味并不单是指他的小说中包含了大量的诗歌文本，而是他的小说所表现出来的与其诗歌具有共通的美学特征：在语言上，与诗歌一样的平实、简练；在情感表达方式上，也是一种冷峻的"零度"情感；在内容上，也是抒写当下个人的个体体验，传达世俗生活的日常性，消解深邃的历史文化意蕴。也正因为韩东小说与诗歌在美学上的某些共通特征，因此他的小说文本自然地流露出与诗歌文体极为相似的凝练的某种表达情绪。他的小说，也因

---

① 韩东.《扎根》及我的写作［J］.作家，2003（8）.

与诗同行，表现出了一种超越的意义。

韩东的小说无论是在叙述语言、叙事视角还是在小说主题方面，都表现出超越的姿态。

从语言来看，韩东小说的语言颇具"零度写作"的特征。他用日常口语式的直陈话语，直接叙述生活中的个体经历，感情不抑不扬，不冷不热。他以一种看似平淡的语言冷峻地拆解故事，情节平淡缓和而不追求曲折离奇、剑拔弩张。语言虽然平和冷静，传达的却正是一种深邃的情感和厚重的力度，一种精神的焦虑和失落。他的语言，从不带任何感情色彩，似乎把自己诗人的激情完全隐藏于人物行动背后，不再有激情的喷薄而出，不再有强烈的情绪流露。他的行文总是那么冷隽，哪怕是极度的伤心或愤怒，我们也只能从他平淡的日常叙述中感受到些微。他放弃了艺术上的夸张修饰，不刻意追求语言的独特，还原于生活本身的状态。

韩东小说的叙事视角也表现出他小说文体的独特性。一般的小说视角有全知视角和个人视角两种，前者具有客观性，而后者则具有内在的主观性。韩东的作品却在两种视角之间模糊边界，似乎是全知全能，却又充满主观情感。如《我的柏拉图》，开始采用的全知视角，交代王舒对费嘉的感情。但很快，韩东就将全知全能的视角还给王舒，交代情感的发展，最后将叙事视角又转回作者的全知视角，交代故事的结果。这样不仅发展了王舒与费嘉的感情经历，也表现了主人公王舒丰富复杂的内心情感世界，构思可谓巧妙自然。在视角转换中，韩东喜欢把自己笔下的人物身份定位为与自己有相似经历的哲学教师、诗人或是无婚姻羁绊的"自由"人，形成叙述者与小说人物的互文，如《障碍》中的"我"，《交叉跑动》中的李红兵等。这表明叙述者和人物之间的界限消失了，人物的生存状态就是叙述者的生存状态的反映，叙述者的存在又渗透在人物当中，人物命运与作者的经历互为指涉，虚构与自传合二为一。《西安故事》以书信的句式告诉读者："我开始是写诗，逐渐有了一点名气。但诗歌写作并不能维持我的生活。相反的倒是越写越穷，人也越来越灰——灰溜溜。于是近年来我转向小说写作，于是有了这篇关于西安的小说。"小说似乎全是个人经历的记述，却明显是虚构与事实的混合。韩东通过此，把自己的个体经验和情感借助人物书写出来，展示自己的内心感悟。

韩东也把人物置于"城市"的背景之下，解剖城市青年的生存状态与精神状态。在一次关于"城市文学"的对话中，韩东这样说道："现在，我们不仅不知道往哪里去，也不知道是从哪里来的。我们和广大的土地失去了联系，和家族、宗法的联系都变得乌有。在城市中家族观念淡漠了，市区在变迁，许多人一次次地搬家，租房子住，没有固定不变的村落，没有世世代代在这里生长的感觉，一切都处于悬浮状态，但这些东西其实在心灵中已先于它们发生而发生了。"[①] 韩东将这种感觉通过他笔下的青年表现出来。

这些渗透着韩东生活印记的青年们生存的环境都是城市，但没有浮光掠影似的繁华。韩东通过作品透露给我们的城市印象是——冰凉。没有脉脉温情，没有落叶归根，有的只是机械的轰鸣、杂乱的拆迁、人与人之间的隔膜与窥视欲，人类精神的虚无缥缈。这也是韩东冷隽描写的体现。《房间与风景》无疑是一篇佳作。窥视者与被窥视者之间展开了窥视与反窥视的较量，导致莉莉最后生下一个先天失聪的儿子。莉莉生活的孤单感、不安全感、在"被窥视"影响下心理的变态、畸形的儿子无疑给予现代化城市生活极大的讽刺。

在这样一个冷漠的都市里，青年的心里更加有了一种无根的感觉。生存环境的不安全导致了精神上的孤独、寂寞和空虚，无根的漂浮状态也是心灵的漂浮。

在韩东眼里，城市带来的是痛楚，是虚无，是无根的绝望，是心灵的封闭与忧郁。他以一种冷峻的观察与体验，展现当下城市青年的存在状态，书写个体的生命体验。

---

① 王干，苏童，等. 王干文学对话录 [M]. 桂林：漓江出版社，2004：204.

性爱主题是韩东小说的一大主题。虽不是韩东小说的主要内容，却是重要组成部分。韩东不在于展现欲望的魅力，性爱的美妙，而是透过欲望的书写，表现城市人的精神危机。

韩东的小说时时让人感受到精神的匮乏与危机，在性与爱的分裂中挖掘人类精神的堕落、审视人的灵魂。韩东是封闭的，满足于"小我"的个体世界，字里行间渗透着他细微的心理感受与生命体验。他以一种消解的姿态"玩弄"被称为"神圣"的爱情。这样的一种消解无疑是超越了以往文学中所谓"神圣"的崇高。

在《交叉跑动》中，这种精神危机表现得更加突出。如果说入狱前的李红兵以一种很狂滥的生存方式活着的话，那么出狱后的他则在寻求精神上的复归。比如在国强带他见毛洁时，他很紧张，一直觉得没有充分准备好，直到头发长了出来。他把这次见面看得很隆重，是因为他渴求一份真爱，寻求精神上的彼岸。而这种拯救精神危机的行动被毛洁瓦解了。毛洁的爱已随前男友的离去而消逝，她疯狂追求的只是与李红兵在一起的感官刺激。她不能给予他想要的真爱。没有了爱，李红兵的精神世界仍是坍塌的。所以，他选择了失踪，希望以此来唤起毛洁对他的思念。

其实，寻求精神危机的解放不应该是通过欲望的无止境释放来完成的。韩东小说中的人物，在重建"精神之塔"的努力失败后，所能做的就是疯狂的"交媾""交欢"，这是让人沉重的地方。在韩东看来，人性的被扭曲，正常欲望的被遏止，都是因为传统世俗的束缚与羁绊。摆脱世俗的方法就是远离社会，关注自身的身体，拒绝历史、文化等宏大叙事，这也是韩东小说文体的重要表征。

韩东小说所表现出的个人化特征对于小说本身而言，是通过具体的叙述方式、情感表达方式、独特的视角转换、小说主题的深刻构成等方面丰富了小说文体特征的具体表现形式，对传统小说文体有一定程度的超越。

对小说文体本身而言，韩东不再把形式实验作为小说的主体，而是将形式融入小说中，这不仅强化了韩东小说的文体意识，也使韩东小说的文体对当代小说文体的发展产生了一定的理论意义。

韩东小说的文体特征首先在于韩东的小说创作是一种建立在生活经历上的虚构。"如果不将我的写作和我的生活挂钩就如同梦幻一场。如何真实地尽量真实地贴近自己（生活、命运、感受、思考、视角和方式），在我便是无意义中的意义。"[①] 读韩东小说，往往有一种误读，很容易联想到小说中的人物与韩东本人，似乎主人公就是作者本身。他总是寻求一种封闭的私人体验，将自己与外界隔绝，只与人物共存、对话，以此彰显自己的独立性与完整性。但韩东一再强调"小说是一个虚构的世界"。他在小说中塑造人物，并把自己的生命体验附加在了人物身上，又通过人物的感觉诉诸读者，形成"作者—人物—读者"的线性结构，为文本的"再生"提供可能。

韩东不再将小说当作是社会历史责任和使命，不从社会问题、时代现实出发，而是更加尊重自己的创作个性、艺术规律。他并非远离现实社会，只是在社会责任与文学道义上更加尊重文学本身的艺术问题，更加重视小说作为个人表达的途径而非社会工具。在韩东的叙述中，更加突出的是一种对生命的体验，而不是对情节、人物的精心刻画和塑造。叙述的自由随着生活的流逝而流动，作家自己的体验在这里具有了不可忽视的价值。

韩东的小说在叙述方式、叙述视角、叙述语言、叙述状态等方面也形成自己独特的小说表达方式，丰富了当代小说文体的表现形式。

就韩东小说的叙述方式而言，多采用内心独白式。内心独白式的叙述方式在以往小说中并不少见，但韩东的超越却在于，内心独白不完全是第一人称的独白，甚至包括第三人称的独白。叙述方式导致了叙述视角的越界。他有时采用第一人称叙述视角的独白讲述方式，许多小说都由"我"来讲述"我"的故事和心理体验。如《我和你》，整个小说在一种类似内心独白的抒情话语中缓缓展开，并不复杂的故事情节和一言难尽的心理体验

---

① 韩东.《扎根》及我的写作 [J]. 作家, 2003 (8).

在一唱三叹、循环往复的叙述过程中逐渐丰满成形并随着小说的结束而最终完成。

但更多的时候，正如我们前面所论述的，韩东采取的是第三人称的内心独白，传统意义上的限制性叙述视角在韩东这里被超越了，几乎成为全知全能的第一人称视角了。这也是韩东对当今小说文体产生的意义之一，即突破叙述视角的限制，在不同的视角间"越界"转换。

韩东小说还有一种诗歌化倾向。评论家吴义勤先生也就韩东创作中存在的这个现象做过这样的评价："我恰恰认为小说正是韩东的另一种诗，是更大的一首诗。或者说，小说正是韩东的另一种写诗的方式，是诗对于小说的主动进入，也是小说对于诗的主动迎纳。实际上，在韩东的艺术世界里小说和诗是合二为一的。从韩东的小说里读到韩东的诗，或从小说家韩东身上寻找诗人韩东，都显然不会令人失望。正因为如此，我觉得'与诗同行'正是小说家韩东当下的基本写作姿态和写作方式。他放弃了诗的表层操作方式，却赋予了小说一种诗的内核和本质。在我看来，这种对于小说和诗本身的双重革命与颠覆无疑是意味深长而具有特殊的启示性的。"[①]

不管是从叙述方法上还是修辞方法上，小说作为叙事性文体，与作为诗歌的抒情性文体是有显而易见的差异的。抒情诗歌强调的是个体主观的内心情感的表达或者直接的语言表现，小说则更强调作家面对社会现实的外在体验，并且更多的是直接呈现社会真实的境况。但随着文学的发展，小说诗歌化、小说抒情化的倾向得到发展。

在韩东的小说中有大量的诗歌存在。诗歌在韩东的小说文本中并不仅仅是存在，而是作为了一种叙述方式，代替小说语言的叙述。同时，诗歌也是小说重要的内容构成，诗歌和小说形成一种互文，互相关照、互相解释。

韩东小说的诗歌化不仅仅在于在小说文本中有大量诗歌存在并作为一

[①] 吴义勤. 与诗同行：韩东小说论 [J]. 当代作家评论, 1996 (5).

种叙述方式和小说内容，同时，在按照小说文体来进行写作的时候，在语言或者表达方式上自然地流露出与诗歌文体极为相似的语言精练甚至富有想象化的情绪表达。可以说，这几方面共同构成了韩东小说的诗化特征，为当代小说文体的发展也开拓了一个新的角度。

此外，韩东对小说的"虚构"也有自己的发展。在《有别于三种小说》中，他把自己的写作定位为"虚构小说"的写作。他的小说面对的是"生活的可能性"，因此就不同于"镜面小说家"对现实生活感兴趣，也不同于"预言小说家"对现实的必然结果感兴趣，当然也不同于"传奇小说家"，看重对现实的脱离程度。在这里，韩东表现了自己对待现实的一种态度，即既不愿意完全照搬现实，也不愿意完全脱离现实，而是在现实上的"虚构"，所以，当我们读韩东的小说的时候，很容易觉得他是在写自传，但实际上，这正是韩东对待现实"虚构"的态度在他小说中的表现。同时，韩东也在《小说家与生活》一文中这样解释人们的阅读："我赞成小说家的写作有赖于他的生活。但我认为更重要的还在于他对生活的理解。由于对'生活'的不同理解产生了对小说家的不同要求，他们的作品因此在面貌上也迥然有别。"韩东的这种理解，似乎在表明自己在作品中表现出来的生活状态其实是自己对生活的一种本质理解，只有理解了韩东对生活的阐释，我们才能理解韩东的小说。

总体而言，韩东的小说，不追求形式语言的极端，反而有一种回归现实之感，书写当下青年的现实生活、内心体验、精神状态、生命感悟，书写边缘的生活状态和无根感。他以边缘叙述的方式，挖掘自身的生活经验与情感体会，注重自己的"身体"感悟，以一种冷峻的姿态审视人的灵魂，观照人的存在。

有人将韩东、朱文、鲁羊等人称为是"新生代"，认为他们的叙述是一种"在边缘处叙述"。"'在边缘处叙述'意味着对于自我个体经验的强调和对于公众经验的远离，意味着对于小说叙事传统的拒绝，意味着个人化经验对于小说技术和观念的全面超越，意味着自由的莅临和自我的重新发现。"① 首先，在边缘处是一种姿态。这样的姿态，可以远离意识形态的束缚，在自己的领域里思考问题；意味着能专注于自身，不用考虑主旋律的弘扬，主流意识形态的跟随。对于文体而言，这样的姿态能更好地表达自己的内心，让小说回到作者的内心世界，超越处于中心地带的具有工具意义的文体形式。其次，在边缘处也是一种生存状态。从中心到边缘，从热闹退回寂静，埋首于个体经验的书写，更客观地观察生活、表现生活，挖掘自己的内心，从而表达"个人"的声音。在韩东看来，小说就是生活的表达，小说与生活形成互文。这是小说与生活的统一重叠，它因此而导致了韩东等人对自我经验的坚守与偏执的书写。这样的书写，是读者更加期望看到的，使文学更加回归到文学自身，表现出文学应该具有的文学品格。

执着于书写自我经验、自我体验，语言上的简洁、凝练，表现生活的可能性与世俗性，这些不仅构成了韩东小说的特征，也是韩东诗歌的表征。所以，从某种程度上来说，韩东的诗歌与小说是相通的、互补的，二者互相融合。

三、韩东跨文体创作的文学意义

跨文体写作的最初产生，其实是源于文学自身的发展，只是到了后来，文学被逐渐市场化，面对文学的日益边缘化，一些文学期刊为了求得自身的生存，常常借助各种新口号、新名词来获得文学圈内圈外的人们的关注，从而稳定期刊本身的发展与生存。"跨文体"也是在这样的社会背景下被提出来并形成一股潮流的。

但在实际上，跨文体创作很早就存在。跨文体存在的首要原因还是文学自身的原因。

在传统文体理论中，每种文体都有属于自己的艺术领地，每种文体都

---

① 吴义勤. 在边缘处叙事 [J]. 钟山，1998（1）.

有严格的文体限制和规定，一旦越过这样的限制和界限，各种文体很有可能陷入一种不伦不类的尴尬境地，所以，各种文体的分类也越来越细。当然，这种细化从整体上使文学获得了较好的发展，也使各种文体在发展过程中形成自己完善的理论和美学体系，无论是诗歌、小说、散文还是戏剧，都在漫长的发展历程中获得了相对独立且完善的理论体系，并在深度上也得到了拓展。但同时，随着各种文体及其理论体系的不断独立、完善，各种文体的界限却又越来越明晰和绝对。长期以来，这种绝对的束缚也使各体文学在发展过程中显得僵化、停滞、缓慢。

就文学创作本身而言，应当是创作主体为主导的，有了创作的冲动和灵感，才能进行文学创作。而界限分明的文体理论甚至有时候会成为一种先验的框架束缚创作主体的思维，假如这种框架严重妨碍了作者的情感宣泄，那么，这样的作品肯定不会是真正意义上的好作品。

从某种意义上说，应当是先有表达的欲望和冲动，先有写作行为，然后才有文体的规范和分类。随着文学的发展，人们的思维逐渐活跃，各个学科互相渗透、交叉融合，文体之间也不例外，出现了散文诗、散文化小说等具有跨文体性质的文本。同时，社会的开放程度也渗透到文学当中，人们对这种跨文体文本也表示出一种接纳的态度，并纷纷展开评论，这种良好的风气必将促进文学的更广阔发展。

对文体的规定性和限制性问题，也有论者这样论述："历史证明，这种文体的规定性和等级性曾经造就了文体文学的一度或几度的繁荣，并有效地促进和推动了人类的社会化和文明化进程。而且，文体的规范和分类，文体写作的等级性，更合乎日常的事理逻辑和理性思维，有利于达成秩序的井然和文本判断的定量定性化，进而有利于对文学文本进行科学的解读、分析和正确评价。但是，这种在文体形式和话语形态上形成的相对独立与封闭，甚至准自足的文学传统，实际上也给各种文体在自身发展和创新上或多或少地带来了桎梏。我们知道，文学更多的是情感的因素，更多的是非秩序化的和不可定量定性化的。因此，对文学写作和文学文本进行人为的规范和整合,必然要造成大量文学信息的流失,并在一定程度上取消了文学的部分审美效果和价值判断。同时,随着这种文体格局的凝固化和绝对化发展,文体的规定性和等级性甚至表现出对创作主体的表达冲动和情感评判的有意无意的排斥和扼杀,从而缺少发自作家内心极具个性化的再现或表现。这样的文本,其审美取向和价值判断是值得怀疑的。"①

这样的论述无疑在表明:一方面,跨文体创作的出现是文体发展的规律;但另一方面,我们也不能忽视作家的主观能动性。一旦文体规定性束缚了作家的创作,创作主体会主观上冲破这样的束缚,寻求一种新的适合自己的表达方式。也就是说,跨文体一方面是由于文体对自身规定性的突破,另一方面与创作主体的努力息息相关。

鲁羊在谈到自己从诗歌走向小说创作的时候,这样说:"我好像说过在写小说之前我一直只写诗,一直认为诗歌(唯有诗歌)才是语言艺术的最高途径,通过这条途径,一个人才有指望在语言中提升和照亮自己可怜的易逝的生命……但我现在认为,恰恰是生命照亮和提升了一切语言……小说作为被人群长久接受却始终没有理清界限的语言方式,是多么富有弹性,它能被自己所包容的东西挤胀得奇形怪状,却不被撑破,倒显出来造型的美……与诗相比,小说总是不那么纯粹,也不够敏锐和尖利,可是它具有天然的博杂丰富、委婉圆通,在其物质性的一方面,也更加厚重和绵长,有时会滔滔不绝浸温四野。"②鲁羊的这番话,意在表明诗歌和小说的文体的差异,同时也说明了作家对文体选择的主动性。小说因其弹性和包容性具有了丰富的话语空间,作家主体能采取更自由的言说方式和情感表达方式。

毕竟,文学归根到底是作家主体的内心情感表达,没有主体的主观探索和实验,文本是不可能出现并存在的。而每个作家选择某种文体或者某

---

① 赵联成,张仙权. 后现代文化语境中的跨文体写作 [J]. 山西大学师范学院学报,2001(4).

② 鲁羊. 写"小说"是干什么 [J]. 作家,1997(9).

些文体进行创作，则与他个人的文学素养、写作爱好、情感表达需要甚至个性性格等各方面都有密不可分的关系。

在当代文坛，像韩东一样进行跨文体创作的作家很多。几乎每一个作家都有宽泛意义上的跨文体写作。韩东的与众不同在于他将诗歌与小说两种张力极大的文体融合在一起，并形成自己的美学特征。

韩东跨文体创作带来的意义首先在于引起人们探讨诗歌和小说文体的边界问题。韩东的创作无疑在告诉人们，诗歌和小说并不是绝对对立的，二者可以融合渗透。

从语言学角度出发，诗歌和小说拥有同样的语言系统，在语言上，二者是共通的。对此，苏珊·朗格在《论诗的创造》中这样说过："诗是由词语构成的，然而词语乃是诗人从前人承袭下来的，而不是诗人的创造物，或者说，它仅仅是诗人用来创造诗的材料。作为艺术品的诗是否出现，主要取决于诗人运用这些材料的特殊方式。"[①] 也就是说，诗歌本质上就是一种借特殊的形式传达情感的文体。文体的核心就在于内在的情感性和外在的形式性。在其中，苏珊具体探讨了诗歌文体中语言以及语言的继承性和形式的关系。这个论述不仅把握了诗歌形式和语言的关系，也从某种程度上反映了诗歌与包括小说在内的其他文体在语言符号系统上的同源性。也就是说，诗歌和小说在语言系统上是共通的，他们拥有共通的语言符号系统，这为诗歌和小说互通奠定了叙述语言上的可能性。同时，她还进一步指出了诗歌具有独特的叙述特征："当一个诗人创作一首诗的时候，他创造出的诗句并不是单纯是为了告诉人们一件什么事情，而是想用某种特殊的方式去谈论这件事情。"[②] 也就是说，诗歌是在用一种特殊的形式讲述事情，而这特殊的形式恰恰不同于小说，而在叙述层面，二者是共通的。

对此，韩东也有自己的看法。他认为，他从写诗歌到写小说的这种转变，是很自然的事情，是作家的一种主观追求，毕竟在他看来，诗歌和小

[①] 杨匡汉，刘福春. 西方现代诗论 [M]. 广州：花城出版社，1988：491.
[②] 杨匡汉，刘福春. 西方现代诗论 [M]. 广州：花城出版社，1988：492.

说之间"没有什么分裂……诗这种形式跟小说相比在反应的方式上比较敏感,它作为一种反射,一种反应方式,肯定比小说来得敏感。它可以一蹴而就,另外它可以即兴地记录下来一些东西,它的形态也比较尖锐而直接,总之它很敏感。我觉得这种很敏感的形式不管是对环境的反应还是对你内心生活的反应它都有优越性。但是它也有不如小说的地方,比如它不如小说那么准确、细腻。现代小说写个人生活,写一些比较细腻的东西,它的这种分析和感觉已经到了原子或者分子的水平。在这一点上它又和写诗显示出了一致性,因为诗它是比较敏感的、尖锐的,它像一根针,或者像射线。这倒不是像有的人所讲的诗是一种语言,说诗人写小说得益于语言,我觉得这种说法比较表面。"[1] 在韩东看来,诗歌和小说各有其特征,这样的特征一方面可能限制作家创作,另一方面也吸引作家创作。诗歌与小说是相通的,至少不是分裂的,应该是和谐的。

韩东在实践上也证实了二者的和谐性。韩东的诗歌和小说都有各自的审美世界,但又在一定层面上互相解释、互相渗透。他的诗歌和小说,在语言上都尊重语言的表达能力,直接简练;在内容上都注重表现世俗生活和内在体验,以个体生命为叙述重心或者说表达重心;描绘的是生活的自然状态,拒绝历史和社会的文化内涵。

其次,韩东的跨文体创作也在告诉人们,新的文学形式的出现,与作家主体的积极努力是分不开的。也许正是由于作家的主动创造,才会形成一种文学现象,随之出现新的文类,就像"凹凸文本"。虽然有期刊提倡,但没有作家的积极参与,理论也就仅仅是理论了,永远没有文本的印证。

这种跨文体的创作,使得作家的艺术感受方式、艺术表达方式获得了充分的自由化,原有的艺术成规、表达限制都被消解了,心灵的自由变得至高无上。

独特的创作个性和艺术表达方式使韩东的跨文体创作具有了可能,也

---

[1] 张钧. 小说的立场:新生代作家访谈录 [M]. 桂林:广西师范大学出版社,2002:28.

为当代文坛的创作话语讨论提供了新的话题和思考。只是我们必须注意的是，不管是诗歌散文化，还是小说诗歌化，或者其他的"什么"化"什么"，都得有一个度。过了这一个度，各种文体的文体性也就被取消了，小说就不称其为小说，诗歌也不能称其为诗歌了，散文也就不称其为散文了。这自然也不是文体发展的正确方向。

韩东的小说创作实际上也是一种文体实验的结果。不过与"凹凸文本"对文体的破坏性不同，他的小说和诗歌是文体之间的融合，是两种文体相互渗透的结果，而不是在根本破坏的基础上创作出来的。这或许能成为文体发展的借鉴方向。

在韩东的创作中，我们看不出那种故意的对文体的讲究，但我们依然能够从他的文字中读到精美的文体。韩东的创作也在告诉我们，文体革命的最高境界不在于如何突出地表现文体所具有的新特征，而在于如何使这样具有新特征的文体消失在文本中，将文体形式内在化。

韩东的跨文体创作给现代文体理论和创作带来的意义表明：文体之间交叉渗透，只会增强文体的包容性，而不会导致各自的消亡。但如果为了文体而文体，以一种破坏性姿态对待跨文体的建构，实际上是违背了文学和文体演进的规律。同时，在文体演进的过程中，创作主体的主观态度和努力也是必要的因素。这也是韩东跨文体创作所带给我们的思考。

第十章

20世纪90年代长篇小说的跨文体研究

20世纪90年代长篇小说在题材、文化视角、创作方法等方面都有了重大的发展,尤其是在文体方面,在多重原因的影响之下,文体热潮席卷了90年代的长篇小说创作,引导了一定时期的文学批评风向。"严肃文学基本上已经完成了它的历史转型,它经填平了与大众文化的主要鸿沟,从作家的心态到写作立场,从文学的营销策略到小说的叙事笔法,走向市场乃是不可阻挡的时代潮流。"① 90年代初期文学自我救赎的运动,现在已经迅速改变为投身市场的热身运动。"部分作家怀有某种艺术信念,但是传统的经典性的,或者说精英主义式的叙事显然力不从心,从那些有意放低姿态的守望立场到顾影自怜式的思考,以及与大众同歌共舞的狂欢场面构成了现状拼贴画来看,历史之大趋势已然无法拒绝。"② 这里所说的"历史大趋势"就是在尊重长篇小说独特的文体规律之外,展现作家独特的文体追求和精神语法,聚集一定的文化能量,他们开始在文体方面寻求新的切入点。

---

①② 陈晓明. 守望与越位:一九九三年长篇小说概述 [J]. 小说评论,1994(5).

一、20世纪90年代长篇小说在"体裁"方面的跨越

长篇小说的跨文体创作方式具有复杂性,在"体裁"方面的跨越是最普遍也是最明显的,"跨体裁"是一个文本中包含了另外一种或几种体裁形式或片段。这里的"体裁",既有传统的文学体裁,如小说、散文、诗歌、戏剧等;也有非文学体裁,如广告、标语类的实用体裁,如音乐、绘画等的艺术体裁。

"跨体裁"是"跨文体"文本所共有的特征,体裁是文体最根本的组成,凡是跨文体的文本一定都有跨体裁的现象。而小说尤其是长篇小说,更具有"跨体裁"的可能性。小说的跨体裁传统早已有之,类型也纷繁众多,宋代出现的话本小说是体裁上的一大创新,"瓦肆"中说话人说话的底本衍生为话本,如《五代史平话》《大宋宣和遗事》等,而其中"讲史"的话本又发展为中国传统小说最重要的一种体裁类型——章回体小说,每回都叙述一个较为完整的故事段落,相对独立但又承上启下,正文中可插入诗词;笔记体小说在传统小说中也很普遍,具有小说的性质,介于随笔和小说之间,但是笔记体小说的篇幅都比较短小,如《太平广记》《洛阳伽蓝记》《水经注》等。

20世纪90年代长篇小说在体裁方面的跨越可以分为两类:一是整体融入式;二是文备众体式。

整体融入式的跨体裁小说,是指小说具有另一种体裁的特征,但又不是这种体裁;小说广泛吸纳融合其他体裁的特点,但又保留着小说明显特征。整体融入式,是小说文本整体套用融合另一种或几种体裁(这种体裁既可以是文学体裁也可以是其他艺术体裁,即非文学体裁),这种套用和融合形式通常是通篇性质的而不是片段性的引用。高瑞春就认为,"不是几种文体简单的相加,更不是简单的杂糅,而是跨越单一文体边界,充分吸收借鉴其他文体的长处,融汇多种表现体式,'终究应在众多文类中确定一个

主导性文类，让读者感觉到明确不致混淆的文体特征'"①。因此，我们也可以把整体融入式的跨体裁写作命名为"××化小说""××体小说"。

诗化小说是诗歌特性整体融入小说中的跨体裁创作，是一种追求诗性美的小说，是小说和诗融合、渗透后出现的一种体裁。诗化小说是诗歌因素融入小说的创作之中，但是又不仅是简单的融入，这里面的"诗化"不单单是指小说中具有诗歌理论和诗歌化的倾向，它指的是小说创作要具有诗歌的美学原则和追求。诗化小说情节轻且淡，语言倾向于诗歌的清新淡雅、冲淡平和；叙事方式主要采用诗歌中经常使用的意象来营造小说的整体叙事；小说中的情境和意境都带有象征性的含义，以诗性思维传递着隐藏的哲思。关于"诗化"这一概念，杨义提出的阐释很完整，"所谓对风格的诗化处理，指的是诗对小说艺术的渗透，指的是一篇小说作为完整的艺术世界所具有的意境和情致"，"或讲究白描传神，或提倡以诗作小说的素质，或追求短篇小说的'浑然的美'，从不同角度注意到小说的写意抒情须形神统一、情理统一，创造出一种深远的、气韵生动的真实境界来"②。对于小说意境、情致的诗意书写，追求整体浑然的美，正是诗化小说的基本特性。

诗化小说在20世纪的文学中有着清晰的发展脉络：鲁迅小说对中国传统抒情诗的继承开了先河，废名极大地丰富了诗化小说的表现空间，沈从文师从废名，用诗来讲故事，把诗化小说引向新的阶段，此后萧红、师陀、郁达夫、孙犁等作家持续地为诗化小说贡献书写力量。到了20世纪80年代，汪曾祺的小说又把"诗化小说"这个创作方式重新展现在被红色经典迷了眼的读者当中。受到文化语境和时代发展的影响，当代小说的美学观念也在不断地发展着，从革命美学转向古典美学再转到后现代美学。90年代以来，长篇小说创作的一大动因就是诗性精神，这时的诗化倾向已经成

---

① 高瑞春，李莉.《红楼梦》的跨文体写作方式 [J]. 曲靖师范学院学报（社科版），2005（1）.

② 杨义. 中国现代小说史：第一卷 [M]. 北京：人民文学出版社，1998：149.

熟，出现了很多优秀的作品，如迟子建的《额尔古纳河右岸》，何立伟的《你在哪里》《风和日丽》，曹文轩的《草房子》等。

曹文轩的小说汲取了诗意的笔触，用诗化的叙事策略，将苏北古典水乡的淡淡忧伤和浪漫的美细细吐露。在他20世纪90年代以来的4部长篇小说中，儿童视角的叙事无疑是一个重要的特征。《山羊不吃天堂草》里的明子，《红瓦黑瓦》里的林冰，《草房子》中的桑桑，《根鸟》中的少年根鸟，采用这种儿童视角进行叙事本身就是起到了对生活"诗化"的功能。曹文轩的这几部长篇小说中儿童主人公的形象无一不是坚韧的、有活力的、有着英气和灵气的，他们充满了生活荒诞不经的奇思妙想，远离成人复杂的逻辑世界，他们的天真无邪让他们离生活的纯美和诗意更近，"明子家的一百只羊，有足够的草吃。明子可以挑最好的草地来放牧，在一天一天地膨胀着，那白白的一片，变成一大片，更大的一大片，如同天空的白云被吹开一样……打远处看那整整一条田埂都堆满了雪或是堆满了棉花"，明子小小的心里此时也忘却了小豆村人的卑微和艰辛，他的心撑满了白色的风，随着羊群在田野上飘来荡去，纯净的物象祛除了人心里的芜杂，这时候的儿童们都是天然而成的艺术家，这种朴质、单纯的生命和叙述保留了人类天性的真诚和情意。曹文轩小说的语言秉承了废名、沈从文一脉，将写实与写意兼容一处，在将小说语言的基本要素落实的基础上，把外物的本质用画的形式传达出来，形成一种诗化的叙事语言，这与作家的精神高度达到融合，画的写意形式在语言的表现上是语言的模糊性。90年代以来，曹文轩的这几部长篇小说无一例外地模糊故事的背景，把人物放在朴素的田园背景下，时代的不安和社会的复杂成为模糊的小背景，我们无法确定《草房子》的故事年代，我们所能感受到的是纯美和谐的田园和人性的静美。曹文轩的诗性语言也是让人迷醉的，那洁净的诗性语言如同暴雨过后的蓝天，"这年秋天，马水清家的柿子树上的柿子，把吴庄的天空都快染红了。我来到吴庄时，正是秋风吹去全部老叶，只剩下一树柿子的时候。那硕大的柿子，一枚枚皆呈金红色，让蓝天映衬着，迷住了所有的路人。院子里的那两株,更是叫人惊喜。那柿子压弯了许多枝头,使它们直奔拉到地面上。走到树下,我再看马水清的脸,觉得他仿佛是在篝火旁立着,脸也被映得金红",画面中的一切,凭着我们的感觉,仿佛也到了红色天空下的吴庄,一树的红柿子,煞是惹喜,蓝天,金红色,跳动的篝火,可爱的红柿,虽然质朴无华,却是令人神往的桃源,这种美超越了语言本身,直抵人心最柔软的所在,滤掉了生活中的杂质,归向神圣的古典。

张炜的小说多具有强烈的诗化特征和抒情特色,尤以《九月寓言》为代表。文本打破了小说传统结构,把流动的情绪和想象作为叙事的主要手段。小说分为七个大部分,但是这七个部分之间没有明显的逻辑关系存在,而是以一种开放式的结构随意添加讲述与当地相关的故事。张炜《九月寓言》诗化的具体表现是,他的叙事是以抒情为主的叙事,塑造人物方面致力于塑造诗性的人物形象,并造就了田园牧歌、"融入野地"的诗化意境。文本中地瓜、玉米、河流、丛林、田野都是对"野地"这一意象的扩展和延伸,向读者呈现出一个谷香四溢的精神家园。在这里,人、动物、植物、天地尽情和鸣,用纯美的诗意想象,引领一场纯粹的精神漫游。在小说当中,张炜营造出了一个纯净本真的自然世界,人们在其中尽情地拥抱着大地,与海德格尔"诗意地栖居"一样,自由自在地贴近生命本原,在黑夜尽情地漫游,当然其中也有对孤独、对命运的追问:

> 肥仰躺着,看着被烟火熏黑的屋梁,心里一阵阵发酸。我要扔下这空荡荡的小屋走了,我真有一天要走了。妈吔,我要绕开小路跑了,你千万扯住父亲,别让他追我。先人的眼睛盯住了我,要我脱下衣裳寻找鱼纹儿。我不,我也不怕天谴。妈吔救救孩儿吧,孩儿是孤零零一个了。妈吔孩儿来世再服侍你、报答你,让你吃又甜又软的瓜儿。

但即使是一种诉说,也是诗一般的诉说,有着诗的节奏韵律,心里的苦闷通过"妈吔"这样的倾诉表达出来,是一种诗化的表达方式。

张炜的《家族》是"抒情体与叙事体交错、历史叙述与现实叙述分离、抒情人与叙述人竞现,也就是说形成诗体与小说体双体并立格局"①,所以也是诗化小说的一个重要代表作品。张炜的《家族》诗化小说的特点很明显,因为作者把文本当中小说叙述体与诗歌抒情体平行放置,在108节的小说中形成了93节叙述体与15节抒情体的双体并立局面。张炜之所以不顾叙述体的要求,直接让抒情倾泻出来,是因为心中有太多的焦虑和感怀需要表达。也正是这种将抒情和叙述平行放置的方式,使小说的抒情性表露无遗。

"米兰·昆德拉把小说分为三种:一是叙事的小说,比如巴尔扎克、大小仲马;二是描绘的小说,以福楼拜为代表;三是思索的小说"②。昆德拉所说的"思索小说"就是在这里我们要讨论的"哲学性"小说。昆德拉认为,这种小说"叙事者不只是讲故事、推动叙事进程、下达叙事指令的人","更是提出问题的人,思索的人,整部小说的叙事都服从于这种问题和思索"③。哲学性小说在20世纪的世界文学中是一个基本取向,如萨特、博尔赫斯、卡夫卡、加缪等都有着这种倾向性。

在中国20世纪90年代长篇小说中,也有着追求深度书写、强烈的思想崇拜和哲学崇拜的倾向性,思想性和哲学性与小说体裁紧密融合。在这里所谈到的哲学性小说是指作家个人思想从整体上主导小说文本走向,影响并参与小说叙事,小说的故事性被作者表达的深刻思想肢解。在90年代长篇小说中,思想性小说多有着深度模式和一定的重量性,如史铁生的《务虚笔记》、张炜的《柏慧》《家族》、韩少功的《马桥词典》、张承志的《心灵史》等,作家的"自我"在文本创作中深刻地追求着关于社会、历史、人生、民族等方面的思考,这种"思想"性的追求给长篇小说本身增加了沉重深厚的内涵,也使小说体裁得到新的扩展。

---

① 王一川. 王蒙、张炜们的文体革命[J]. 文学自由谈, 1996 (3).
② 吴晓东. 从卡夫卡到昆德拉: 20世纪的小说和小说家[M]. 北京: 生活·读书·新知三联书店, 2003: 318.
③ 吴晓东. 从卡夫卡到昆德拉: 20世纪的小说和小说家[M]. 北京: 生活·读书·新知三联书店, 2003: 319.

张炜用人生随笔的方式来写《柏慧》,《柏慧》分为三个部分,分别由"我"对柏慧的倾诉独白和老胡师的心灵言说组成。文本中没有连贯完整的故事和鲜明的人物形象,而是把"我"的家族历史、感情经历和奋斗过往融合在倾诉里,作者以自己的体验世界、丰富的感情和深度的思想支撑文本。"我"不断地离开,离开家,离开研究所,离开杂志社,寻求精神家园,因为我不断地目睹着污浊不堪的现实——背叛、剽窃、阴谋、虚伪……在这个过程中,"我"在思考,在用哲学的眼光看待这个世界,在叙事的过程中不断地插入人生之思。

　　张炜基于农业文明和现代文明二元对立的思维模式,写登州海角、葡萄园里的本原善良、高贵和纯洁。在《柏慧》里张炜用大段大段的人生思索表达对传统农业文明的热爱,他对农业理想充满自信,对土地充满热爱,在故土遭到破坏甚至是失去之后,用许多篇幅表达对于现代社会造成的罪恶的仇恨。《柏慧》在本质上打破了传统小说的一切规范,它把历史的、现实的、具体的、抽象的、体验的、追忆的以倾诉的方式表达出来。双体小说这一概念是王一川在1996年第三期《文学自由谈》中发表的文章《王蒙、张炜们的文体革命》中提出的。王一川认为张炜的《家族》可以称为"双体小说",因为"抒情体与叙事体交错、历史叙述与现实叙述分离、抒情人与叙述人竞现,也就是说形成诗体与小说体双体并立格局"。张炜的《家族》双体小说的特点最为明显,他把小说叙述体与诗歌抒情体平行置于小说文本当中,在108节的小说中形成了93节叙述体与15节抒情体的双体并立局面。古典长篇小说用"有诗为证""但见"的形式来抒发作家内心的情感,双体小说可以说是这种形式的现代性衍生。张炜之所以不顾叙述体的要求,直接让抒情倾泻出来,是因为心中有太多的焦虑和感怀需要表达。

　　史铁生写作的起源就是对生命的发问,他的写作是一种个人精神历程的叙述和探索,寻求生命延续的意义、对存在的发问、对苦难的反思都使他的小说趋向一种哲学性的思考。他的第一部长篇《务虚笔记》走入完全的哲学化意境,到处是思辨性的句子,小说的形态被哲学模糊了,人物形象也被模糊了，故事和情节也都被模糊了，流转在文本之间的是幻想、呓语和情绪。这部作品的哲学性表现在以下几方面。第一，具体描写抽象化。首先史铁生把人物都用字母命名，Z、C、F、N、L、O、WR……不仅是作品中的人物，更是一种命运的符码。其次，作者使用极简略的词语进行场景的描述，很少有修饰词，具有普遍泛指的意义，不能明确表现发生事情的独特性和确定性，使读者脑海不能有明确的意象呈现，而是专注在文本的思考之中。"女教师和另外那个男人在一起，对，只有那间屋的门关着。关紧着的门里很静，偶尔传出断续的低语……邻居们从梦中惊醒纷纷跑来时，只见所有的门都开着，画家正冲着他的妻子大喊大叫，声色俱厉，女教师一声不吭。O目光迟滞地望着她的丈夫，什么也不解释。另外的那个男人站在近旁，脸色惨白，不久他就消失，不知什么时候溜走了……"① 这个"捉奸"的场面被史铁生描写得很简单，没有人物的对白、心理活动、场面的描写，作者把更多精力放在对O、对O的丈夫情感的思考和人生的思索中去了。第二，哲学性的独白和议论。《务虚笔记》中的"我"作为叙述人，常常在叙述的过程中陷入自言自语的思索之中，这种"我"的生命思索也是哲学性小说最重要的特点。"那个秋天的每个夜晚，我都在那片树林里踽踽独行……往事，或者故人，就像那落叶一样，在我生命的秋风里，从黑暗中飘转进明亮，从明亮中逃遁进黑暗。我无法看到黑暗里他们的真实，只能看到想象中他们的样子——随着我的想象他们飘转进另一种明亮……无论他们飘转进明亮还是逃遁进黑暗，他们都只能在我的印象里成为真实。"② "我"和两个孩子分别开始了大段大段哲学性的议论，思考着关于往事和故人在我生命中的意义。书中人物之间的对话也都是哲学性的对话：

  "F医生，那……死是什么？"

  "不知道。也许是又一次开始，另一种开始。也许恰恰是醒来，从一种欲望中醒来，醒到另一种欲望里去。"

---

① 史铁生. 务虚笔记 [M]. 沈阳：春风文艺出版社，2006：29.
② 史铁生. 务虚笔记 [M]. 沈阳：春风文艺出版社，2006：8.

"为什么一定是欲望?"

"存在就是运动,运动就有方向,方向就是欲望。"

"啊……我可不想再要什么欲望,不想再有任何欲望。"

"你想有,或者你想无,那都是欲望。"

"我不如是块石头。"

"石头早就在那儿了,你劳驾低头看看这地面。"

"我是说我,我最好是一块石头。"

"'我'总也是不了石头。石头不会说'我',意识到'我'的都不是石头而是欲望。石头只能是'它'。"

"我会变成一把灰的,这你不信吗?"

"烧成一把灰,再凝成一块石头,这我信,你早晚会这样的。但是,'我'不会。"

"你说什么,你不会死? F 医生你清醒吗?"

"我并没说 F 医生,我说的是'我',我是说欲望。欲望是不会死的,而欲望的名字永远叫做'我'——在英语里是'I',在一切语言里都有一个相应的字,发音不同但表达相同的意思。这欲望如果不愧是欲望,就难免会失恋,这失恋的痛苦就只有'我'知道。至于'我'偶然有怎样一个人间的姓名,那不重要,是 F,是 L,是 C,是 O,是 N,那都一样,都不过是以'我'的角度感受那痛苦,都不过是在'我'的位置上经受折磨。"①

这段对话发生在诗人自杀后被救,在病房里与 F 医生对于生死和欲望的一番讨论。F 医生的话很有哲学意味,不像是我们日常生活中会出现的对话。F 医生认为只要有"我"的意识,就有欲望,而且欲望永远是不灭不消,有欲望"我"就会感到折磨和痛苦。这种类似的对话在文本中比比皆是,史铁生把对哲学的深层思考和小说结合,他让文本自身走向哲学的

---

① 史铁生. 务虚笔记 [M]. 沈阳:春风文艺出版社,2006:254.

一面，为小说融合哲学提供了更多的可能。

　　小说体裁作为一种艺术形式有它独特的文学规定性，它通过语言符号和特定的叙述以及有组织的情节结构，构成了一种有意味的形式。而非文学体裁也就是其他的艺术形式进入小说之后，给小说的文体带来新的魅力，在文学文体和其他艺术样式之间的偏离造成了小说创作中的审美张力，也打破了读者心中存在的阅读惯性。

　　潘军的《独白与手势》是绘画摄影艺术与小说融合产生的超文体现象。他将绘画艺术点、线、面等造型手段融入小说文本中，通过塑造具体的个性化的视觉形象来反映生活，把绘画这种空间艺术的静态和小说这种时间艺术的动态结合在一起，利用绘画形象的明晰性作用于读者的眼睛，利用小说语言的丰富性引起读者联想和想象。在潘军这部作品中，图画和文字是比肩的地位，潘军也说道："这样的画面不是插图，因为它不是说明，而是叙述。"

　　《独白与手势》全书共有图画58幅，摄影、雕塑、水墨画、素描、油画都有。这些图画对小说的表达有着重要的作用。第一，起到了补充环境描写的作用。图1的画面是一条色调灰暗的且空无一人的小巷子。作者用文字说明："你眼前的这条小巷，是故事开始时的路。……不错，我此刻正在复制30年前石镇的那个夜晚。"画面的色彩和构图补充说明了30年前那个夜晚的环境，使人犹如进入了1967年那特殊、冰冷的年代和陈腐的空间，忧郁的画也确定了小说的感伤基调。第二，具有象征意义。本书中出现最多的图画就是手，手在这里起到了象征作用。图13是一双纤细的手吃力地半张着，伸向上方的一个光球。这幅画象征了"我"的初恋情人雨浓溺水身亡的悲剧，手的造型象征了雨浓对生命的渴望，表达出求生、挣扎，极具感染力。第三，抒发情感。作者对唯一一次失败的婚姻配了两幅图画，都采用了相似的构图方式：阴雨蒙蒙，撑伞人朦胧的背影，所不同的是，前一幅画是一前一后两个人，后一幅画是孤单单一个人。毋庸多言，这样始终下着雨的婚姻带给主人公心里的潮湿和折磨就表现出来了。在文本当中图画是必不可少的，图画和小说的这种跨界融合无疑帮助小说更好地表达。

　　文备众体的概念是陈军在《"跨文类写作"现象批判》一文中提出的，他认为文备众体是"在作品整体性归属某种文类的前提下，作品的局部还散落着其他文类。如《三国演义》、《红楼梦》等一大批古代章回体小说即属此类，在小说中夹杂大量的诗词歌赋等文类"①。在这里我所谈的"文备众体"指的是小说整体符合小说这种体裁的各种规定性，它仍然是以刻画人物为中心，通过完整的故事情节和具体的环境描写来反映社会生活的一种文学体裁，但是在刻画人物和讲述故事的过程中，小说的局部存在着众多的体裁样式，将众多体裁和文类都糅合在小说体裁之中，形成一种杂糅。例如苏童的《你好，养蜂人》、刘恪的《蓝色雨季》等作品，把小说、诗歌、散文甚至县志、应用文等各种体裁杂糅在一起形成小说文本。

　　莫言的《檀香刑》把小说和民间说唱体杂糅融合，用独特的猫腔串联书写现代民族故事，在现代性的叙事中融入了传统的风骨，民族化、传统化和现代化融为一体。

　　《檀香刑》采用凤头—猪肚—豹尾的民间戏剧叙事结构，莫言通过对民间说唱体的戏仿，创作出"猫腔"这样一种当地民乐，形成了《檀香刑》的主要叙述方式。在文本中不仅人物对话多用猫腔式的戏仿，如在床上钱丁对眉娘唱出的私语情话，"你的好处说不完，三伏你是一坨冰，三九你是火一团。最好好在解风情，让俺每个毛孔都出汗，每个关节都舒坦。为人能搂着孙家眉娘睡一觉，胜过了天上的活神仙"，通过对猫腔的戏仿，有押韵有对称有戏词，民间说唱的音乐感透纸而出。在囚车赶赴刑场的路上，孙丙和小山子内心的悲愤、复杂的情感也是通过唱猫腔，在小山子的配合之下，悲凉和民族压抑感染了街边的乡亲，他们也补腔猫叫，这也吓坏了袁世凯和克罗德。

---

① 陈军."跨文类写作"现象批判[J].江苏社会科学，2008（3）.

文本中更多对猫腔的杂糅融合是通过个人独白表现出来的，比如眉娘去钱丁府上偷偷看他，"刚刚敲过三更的梆锣，衙内一片寂静。她坐在树杈上往衙内望去，看到花园正中那个亭子顶上的琉璃圆球银光闪闪，亭子旁边那个小小的水池塘水光明亮。西花厅里似乎有些隐约的灯火，那一定是大老爷养病的地方。大老爷啊，俺知道你一定在翘首将俺盼望，你心情焦急，犹如滚汤；好人儿你不要着急，从墙头上跳下了孙家的眉娘。哪怕夫人就坐在你的身，好似老虎看守着她的口粮；哪怕她的皮鞭抽打着俺的脊梁，俺也要把你探望！"眉娘去探望钱丁，前面的环境描写是通过第三人称眉娘的视角看出，后面眉娘的内心独白运用对民间说唱体的戏仿，通过第一人称说唱出来。

民间说唱体在《檀香刑》中的作用是不可忽视的，它把小说人物形象通过猫腔这一地方性歌唱手段表现出来，人物的内心、人物之间的对话、人物的性格都从猫腔的婉转声调歌唱出来。而且这种民间说唱体夹杂在小说的叙述之中，给小说增添了民间意味和地域情调。

武侠故事较少作者自身的意识形态介入，多是故事和人物情节的主导，讲究叙事策略和叙事技巧，武侠叙事沉迷的是大侠的刀光剑影、江湖儿女的快意恩仇，20世纪80年代余华的《鲜血梅花》是比较著名的小说武侠文本杂糅融合的作品。90年代长篇小说的创作中，将武侠文本带入小说体裁中较为出色的是王小波的《青铜时代》，其中的三个长篇《万寿寺》《寻找无双》《红拂夜奔》都以唐代为背景，在小说的叙事中加入了变形和移植后的武侠体裁，利用武侠文本的特点：尽设幻语、作意好奇，将读者带入充满奇情幻想的传奇世界里面，让读者在唐传奇的故事构架下体会到作者所牢牢盯住的东西——暴力、愚昧、专制、奴性……

王小波巧妙地移花接木，进行传统小说和武侠杂糅，进行故事新编。《红拂夜奔》的故事本来写的是隋朝末年杨素府中的歌姬红拂女爱慕文武兼通的李靖，后来私奔相随的风流韵事，王小波开篇写道"李靖、红拂、虬髯公世称风尘三侠"，很容易让人觉得是传统的武侠小说，接下来就该江湖恩怨、儿女情仇了。但是作者笔锋一转，"洛阳城是泥土筑成的，土是用远处运来的最纯净的黄土，放到笼屉里蒸软后，掺上小孩子屙的屎（这些孩子除了豆面什么都不吃，除了屙屎什么都不干，所以能够屙出最纯净的屎），放进模版筑成城墙，过上一百年，那城就会变成豆青色，可以历千年不倒……"，这种种荒诞不经的描述让人不能把它当作传统武侠来对待，文本通过解构和融合传统传奇文本规范，把小说故事的叙述打乱，这种融合进传奇体裁的小说方式，实际上是王小波进入文学状态的一条途径，多姿奇幻的武侠文本戏仿，扮演了作家诠释、观照自我的媒介。

但是，这些小说又不是简单的武侠小说，因为作者在武侠的叙述中不断地重返叙事者角度，也就是王二当下的生存状况，如《红拂夜奔》中，红拂和李靖逃出了洛阳城，两人走在黑夜笼罩下有牛屎味的草地上，两人心里的感受各不相同，李靖怀念着身后破烂的洛阳，红拂精神一振，期望新生活的开始，这时王小波自然地转入了王二对换个地方的渴望：

我也想变成头顶秃光光的犹太教授，忍受一下法国人的傲慢；或者到香港什么大学里去当个长了啤酒肚的教授，不尴不尬地讲几句带粤语味的英文。我甚至很想变成红拂，穿着被露水打湿的百褶裙在草地上走路，透过自己的发香闻到李卫公身上浓烈的汗臭味。

从武侠传奇的故事里不断地返归叙述人的立场，是小说文本与武侠杂糅的一种方式。它一方面打断故事的叙述，使读者不至于认为是武侠小说；另一方面把"我"的思考融合进小说，提升了文本的思想深度。

历史通常是以一种宏大的叙事方式，描述和揭示真理，令人生畏，20世纪90年代长篇小说在体裁方面充分吸纳杂糅了历史的种种特点，对历史的杂糅是多种样式的，有的小说是传统的吸纳历史的宏大叙事，如王安忆的《纪实与虚构》，有的小说则是自由的、无拘束的戏拟和插科打诨，如刘震云"故乡"系列小说。

王安忆的《纪实与虚构》从"茹"姓入手，在偶数章中，"我"虚构了一部宏大悲壮的家族历史。说是"虚构"，其实也不尽然，因为文本中多次插入引用了如《南齐书》《通志·氏族略》《魏书》《南史》等史书当中的记载,甚至编纂了诸如《秘史》《史集》这种含糊的历史记载来佐证"我"的历史虚构。虽然是"虚构",但是文本当中的历史性叙述是大气磅礴、充满史诗意味的,我的祖先为了民族的繁衍和壮大,征战南北,克服重重困难,进行战争、迁徙、繁衍,其中多个部落名字、多次战争细节、地域名号、几代人物关系等都非常详尽,颇有"史"的意味。"我"通过史书和自己的"想象"虚构出了一个庞大的祖先传承历史,而且这部分内容在小说中的比重很大,对小说体裁的影响是不容忽视的。

《故乡相处流传》里,借用了多个历史故事和历史人物,但是这种融合使用不是像《纪实与虚构》那样严肃,而是具有一种插科打诨的戏拟意味。在历史中本是威严狡黠的曹丞相变得可怜蠢笨,开头便是"一到延津,曹丞相右脚第三到第四脚趾之间的脚气便发作了,找我来给他捏搓。丞相的脚,一只像白薯,一只像裂嘴的香瓜。当然啦,曹丞相日理万机。上午、下午、吃过晚饭,主要处理政治、军事大事。这时英雄荟萃,笑声皆'嘿嘿嘿'而不是'哈哈哈'。曹丞相屁声不断,其他人都憋着忍着"。作者通过对历史的戏仿,证明着曹操这样的历史上的英雄实际上也是会生脚气会放屁的凡夫俗子,而其中的人名,白蚂蚁、猪蛋、瞎鹿、孬舅也同样说明着历史中皆是凡夫俗子。

实用文体是指在日常生活或工作中经常应用的个人简历、调查报告、实习报告、思想汇报、工作总结、求职演讲、合同样本、申请书等,实用文体有着文学文体所没有的特点,即政策性、权威性、规范性、时间性。实用文体具有高度的政策性和规范性,是执行党和国家方针政策、法律法规的产物,所以有着严格的形式规范化和语言规范化,在种类、格式、行文、用语、格调方面有着特定的要求。20世纪90年代的长篇小说中对实用文体进行了大胆的引用和杂糅,把实用文体穿插杂糅在小说文本之中,给小说带来了独特的文体效果。

《酒国》共分为三个部分,第一部分是高级侦查员丁钩儿到酒国市调查

"红烧婴儿"案件；第二部分是酒国市酿造大学文学爱好者李一斗和作家莫言之间的一组信件往来，共 18 篇；第三部分是李一斗寄给莫言的一系列小说，共 9 篇，这些小说可以结合起来看成一个完整的故事，也可以独立成为一个个短篇小说。在李一斗寄给莫言的小说中，他几乎将 20 世纪中国各种小说样式戏仿了个遍，如新写实主义、先锋文学、魔幻主义、武侠小说等。

在这里我们主要探讨的是实用文体在小说中的呈现。第一章最后一节是一篇名为《酒精》的短篇小说，是李一斗寄给作家莫言的。这篇小说采用了授课笔录的形式，是"金刚钻"被聘为酿造大学客座教授后的第一节课的文字实录，其中多次出现"亲爱的同志们，亲爱的同学们"这样的字眼，表明了它的文体特征。但是它又不是简单的授课笔录，里面还穿插了听众的反应和思考，尤其是"我"也就是"小鱼儿"的思索和回忆，既有"金刚钻"的直抒胸臆的演讲"亲爱的朋友们，亲爱的同学们，当得知我被聘为酿造大学的客座教授时，无比的荣耀像寒冬腊月里一股温暖的春风，吹过了我的赤胆忠心……"，也有小鱼儿对第一次喝醉酒的回忆，把授课文字实录杂糅在小说中，使小说人物的思绪在现实和过去之间跳动，增加了文本的张力。

《酒国》当中的 18 封信件，是小说融合实用文体的最明显的表现。莫言把这些往来信件穿插在小说文本当中，呈现了一种复杂重叠的结构。信件的穿插使人物的全貌逐渐浮出，人性的善恶、官场的腐败、欲望的可怕、走投无路的挣扎都慢慢呈现出来，而且信件的表现力较之小说体裁更使人能贴近人物心理。《酒国》中三个部分的配合和互相渗透，呈现了一种虚实夹杂、真假互映的文本状态，有利于营造出"酒国"的迷幻精神。

《花腔》中的实用文体经常穿插在小说文本当中，而且起着重要的客观陈述的作用。李洱用@ 和 & 来组织文本结构，这两个符号在小说结构方面有着重要的作用。@ 文本下，是过去时代中医生白圣韬、犯人赵耀庆和法学家范继槐对事件的陈述和表达，& 文本是在当下时间的叙述者"我"对@ 文本进行补充、整理的成果。全书一共三部分，每部分下的@ 文本之后都紧跟&文本,而且每部分的形式都一样。每部分都是采用采访稿的形式,在每部分第一页都明确写着标题、时间、地点、讲述者、听众、记录者等,例如:

> 第一部分　有什说甚
>
> 时间:1943年3月
>
> 地点:由白陂至香港途中
>
> 讲述者:白圣韬医生
>
> 听众:范继槐中将
>
> 记录者:范继槐随从丁奎

因为文本主要是对过去的回忆和追述,所以其中必不可少的就是历史资料、文献、信件等,这些内容的呈现都是采用的实用语体。在&部分,"我"对@部分讲述者的讲述做了很多补充,主要的补充方法是通过各种史料著述、新闻报道、名人传记等。如《花腔》的结尾众声纷纭,葛任的死像是个谜团,先是引用了一段民国三十二年(1943)《逸经》中的一段"……近日方知,乃指葛任先生精神永存。呜呼,大道之行也,天下为公。他为自己一生划(画)了一个圆满的大写的句号……",接着分别节选了《民众日报》《申埠报》《边区战斗报》等新闻社评,葛任在这些社评里逐渐成为正面描写的人物,而他的死却在结尾更加扑朔迷离。在结尾处交待葛任的下落时引用了昭和十八年(即1943年)6月6日出版的《朝日新闻》中的一篇《我是祖国的山樱》,其中还出现过葛任的名字,更加说明了历史和现实真实性不易把握,是扑朔迷离的。在谈到小红女的时候,插入了地方志的内容:

> 我在《无稽方志》(1990年选编)的第215页,找到了阿庆所提的小红女在无稽活动的有关报道:
>
> 风雨送春归,飞雪迎春到。近日,首都毛泽东文艺思想宣传队,乘着革命的东风,来到无稽地区。天刚露出鱼肚白,宣传队就在田汗同志的陪同下,来到了郊区无稽崖下的梯田里,为革命群众演出《朝

阳坡》。剧中妇女队长的扮演者小红女同志，站在一块高高的石头上，迎着喷薄而出的红太阳，为同志们演唱了最有名的唱段："朝阳坡从未有风平浪静。"当她唱到"知识青年们，扎根闹革命"的时候，田地里的知青同志们，都振臂高呼："毛主席万岁！万岁！万万岁！"……

这部分内容很有典型性，穿插的地方志具有方志和时代特色，"乘着革命的东风""迎着喷薄而出的红太阳"都把语言带回了当时的时代状况中，革命群众又红又专、对领袖的拥护和热爱、时代之下人的精神状态都表现出来了。小说中多次出现证据确凿的文献，这些文献全部使用实用语体，而且还附有作者、出版机构等，作者将虚构的文献作为历史反思合法性的依据，将文献这种实用语体的准确性参与进小说历史的虚构性当中，本身就具有奇特的体裁价值。

李洱的《花腔》实现了一种实用文体全面拼贴在小说中的现象，不同文化文本如新闻、历史、档案、口供、谈话实录全面地穿插和拼贴在小说之中，开启了一个开放自由的文本世界。在他所使用的这些形式中，大部分是实用性文体而非文学文体。各种实用文体形式轮番登场、交汇共处，构筑了一个相互催生又相互消解的复杂小说语义网络。《花腔》超文学文体实践是不同文本之间共时性的互文写作，不同文体的差异性边界在《花腔》的文体世界得以消弭、渗透、融合并吸收，形成特有的审美张力和意义对话。

《马桥词典》把小说和词典体这种实用文体杂糅在一起。第一页就是《马桥词典》条目首字笔画索引，按照词典体的形式分为一画、二画、三画……，每个笔画下附有目录性的条目和所在页码，如四画下对应的是：

四画

天安门……………347

不和气……………215

不和气（续）……………222

开眼……………347

这就打破了传统的阅读习惯，读者在从第一页开始往下阅读的过程中无法获得传统的完整感，貌似每一个条目下的文字只是单纯的一个解释。尤其是对某些方言性或者地域性解释，作者更显示出了词典体的范式。如"江"这个条目下的文段：马桥人的"江"，发音 gāng，泛指一切水道，包括小沟小溪，不限于浩浩荡荡的大水流。这句说明性文字把"江"这个概念简单明了地解释清楚，在文本的后面（不限于此条目）可能会再次出现关于这个条目的故事和语句，如果对这个词条不理解，就会出现理解错误。

《马桥词典》所有的词条解释都围绕着词典规范下的准确性和知识性展开，故事被每个词条隔离开，从表面上看，人物和故事是破碎的，其实不然，小说实际上是在严格的线性叙事下展开的，在完整的艺术构思下把地理上真实存在的"马桥"历史、地理、人物、风俗、传说汇集成一部词典，小说的文学性包含在词典的叙事形式中，用实在的词典形式来写小说，小说的故事性服从于词典的功能需要。陈思和认为"韩少功在《马桥词典》所作出的努力，不仅仅是小说的形式探索，他通过词典形态的叙事方式写小说，对语言如何摆脱文学的工具形态，弥合语言与世界、词与物的分离现象、以及构筑起'语言—存在'一体化等进行了一系列的实验，我们从中不难看到本世纪以来世界性的思想学术走向和文学的实验性趋势"[①]。

二、20世纪90年代长篇小说在"语体"方面的跨越

长篇小说在体裁上的多重融合交汇是文体发展的一个重要进程。小说、散文、诗歌、自传、新闻等这些体裁，它们作为文体的一个方面都是通语体来体现自身的文体特点和特性。内容固然是作品的灵魂，但是话语方式、作者的情感态度都会产生一定的意义结构，这种意义结构就是体裁所表现出来的语体特征。

语体是指人们在不同的社会活动中，根据不同的环境、对象、习惯、

[①] 陈思和. 中国当代文学关键词十讲[M]. 上海：复旦大学出版社，2002：292.

认知而采取的不同的语言结构方式。一般认为语体可以大致分为说话语体和书面语体两种，其中说话语体包括对话语体和演讲语体，书面语体又分为法律语体、事务语体、科技语体、政论语体、文学语体、新闻语体、网络语体七种。但是在小说中，人物在对话和进行各种活动时，出现口语方言、网络用语、演讲语体、政论语体等都是很普遍的，我们不能说，只要小说文本中出现了网络用语，这个小说就存在着跨语体现象，如果这样，所有的小说就都成了跨文体小说。本章研究的跨语体现象必须是在小说语体起着统治地位的前提下，对其他语体进行跨越，这种跨越必须是明显的跨越。所谓明显的语体跨越是指另外一种语体参与了小说的叙事，并在叙事中起到较为重要的作用，对文本结构、人物塑造等都能产生影响，而且因为另外一种语体的介入，小说产生了一定的文体偏离。

本章研究的跨语体小说，首先着眼于文学语体中的跨语体现象。曹丕《典论·论文》中提到的"夫文本同而末异：盖奏议宜雅，书论宜理，铭诔尚实，诗赋欲丽，此四科不同……"童庆炳认为奏议、书论、铭诔、诗赋这几种体裁的"雅、理、实、丽都是指语体"。在这里采用的是童庆炳对语体的定义，"语体是指人们在不同场合、不同情境中所讲的话语在选词、语法、语调等方面的不同所形成的特征……是指用以体现文学的体裁并与特定体裁相匹配的文学语言"，具体的每一种体裁也都有不同的语体规范，童庆炳认为"诗歌采用有节奏和韵律的抒情语体，小说采用叙述语体，戏剧文学采用对话语体"①，议论语体在小说中难以把握，因为小说本身就具有戏剧的意味，文本中难免会出现戏剧性场景和对话结构，因此，对话语体不应在跨语体的讨论之类。

据此，在本章的小说语体讨论中，我们把文学的语体分为三种：叙述语体、抒情语体和议论语体。

小说的语体主要是叙述语体。值得注意的是，虽然小说的语体是叙述

---

① 童庆炳. 文体与文体的创造 [M]. 昆明：云南人民出版社，1994：119.

语体，但是它也存在着情感的抒发和议论的表达，只不过抒情和议论被叙述语体所统治，它们贯穿于叙述的过程中，对叙述起到一个辅助的作用。小说作为一种主观性极强的开放性体裁，如果没法合理把握抒情和议论的表达，很容易抛却了叙述功能而走向语言和思维的狂欢。

小说允许抒情的存在，但是这种抒情必须是被叙述语体所统治的。在如何判断小说是否存在跨越叙述文体，融合了抒情语体时，首先要注意的是文本语言的抒情性是否只是片段性的、即时性的对此时此刻事情的抒情，如果只是语句式的即时抒情，就不属于跨越抒情语体。在这里讨论的融合了抒情语体的小说必须是在较多的篇幅内融合了抒情语体、具有抒情意味的小说文本。

20世纪90年代以来长篇小说的创作更为自由，无须回避个人的思想和自我的理念，作家按照个人的人生经验和写作倾向去建构他自己的叙事，完全是一种自我的理解，这个时候小说在叙述语体之内自然而然地糅进了抒情语体。抒情语体对小说的影响首先表现在用抒情语调表现情感和内心活动的过程中的音乐性，音乐性的具体表现是节奏和韵律。抒情语体在小说中的节奏和韵律是通过语词和句子表现出来的，体现为语言声音的高低、快慢、长短、韵调，由此而形成了句子的节奏和韵律。

张炜的《家族》因为是一种诉说式的表达方式，所以通篇存在对抒情语体的跨越，在03所所长"瓷眼"的围剿压榨下，一位诗人也是"我"兄长死在了"我"的怀里，"我"痛苦地回忆并对老胡师倾诉：

> 我想大声告诉老胡师，我的老师，告诉他有人是怎样死亡的——他们或死在我的怀中，或倒在我们看不见的其他一些地方，那儿的蜀葵花静静地开放……

"那儿的蜀葵花静静地开放"，张炜用这样充满抒情意味的句子写那些被权势被丑恶害死的人儿，他们像蜀葵花一样静静地开放在某个地方，而这样抒情的方式也恰恰是"我"作为一个长了胡茬的男人表现悲痛的方式，是一种内敛而深刻的情感。

怀抱着一个梦想，用微笑安慰左右。黑云从天际四面合围，隐隐的雷声也听到了。远处的烟尘腾到了半空，与黑云相接。阳光一霎时给遮住了，一片阴影落在身上。这是那个时刻的前夕。我们就这样走近了。怎么如此地寂静啊！

这段话每句每句断开来看，就是一首诗，在怀揣梦想向前的路上，有黑云有鸣雷，阳光可能被遮住，但是在这个时候，我们却走近了，在四野寂静的时候，我们走近了，语言中满溢了明媚的情感，这种抒情语体的使用，让小说文本产生了诗化的倾向，而且参与了塑造各种人物形象，把对黑暗、欲望、权威的控诉以一种自我的抒情的方式展现出来，一方面对读者具有感染力，另一方面使小说的情感和思想更加深刻。

王安忆在《长恨歌》的第一章用了二十几页的篇幅，貌似闲笔的文字写了上海的弄堂、流言、闺阁、鸽子和王琦瑶，在这五小节的内容上，作者迟迟延宕着笔墨，不肯进入故事的叙述中，读者在这五节抒情意味浓重的描写中，简直要融进了上海淡淡的霉味里。这五小节内容在表面上看，和王琦瑶的故事貌似没有多大关系，显得有些多余，如果把它们从小说中单拎出来，可以看作是五篇独立的、细细碎碎的上海抒情散文，笔调随意流转，抽象化的语言中充满了作家的主观色彩，充满意象的语言把人带入上海的里弄，在坦露的上海，觑着它神秘曲折的内心。在讲弄堂和弄堂中的流言的时候：

　　然后晒台也出来了，有隔夜的衣衫，滞着不动的，像画上的衣衫；晒台矮墙上的水泥脱落了，露出锈红色的砖，也像是画上的，一笔一划都清晰的。

　　它是阴沟里的水，被人使用过，污染过的。它是理不直气不壮，只能背地里窃窃喳喳的那种。它是没有责任感，不承担后果的，所以它便有些随心所欲，如水漫流。它均是经不起推敲，也没人有心去推敲的。它有些像言语的垃圾，不过，垃圾里有时也可淘出真货色的。

写上海的晒台，作者用的都是短句，看似平常的描写却最简练地把上海的晒台呈现出来，短句做到了表述的简练和含义的丰厚。就是这样简单的滞着隔夜衣衫、脱落了水泥的红墙，蕴含了上海弄堂的悠游自在、上海人生活的情味。"像画上的""也像是画上的"又使句子有了反复的节奏和韵律。王安忆惯用抽象化的语言，这反而把形象化语言之外的好处展现了出来，直接的描写、直接的形象化语言反而无法达到这种效果。流言这种抽象的东西在上海的弄堂里四处游走，在王安忆的笔下流淌而出，作者用了连续的短句把流言的气质特点细细写出，被人反复使用添加言语佐料，随意散漫不负责任，不经推敲也无人费神去推敲，大家只是在传播过程中得到乐趣。但流言之中又存在有价值的消息，作者使用连续的短句，如同在述说着哪个熟识的馆子里不甚可口的点心，徐徐而言，如水漫流，对流言的情味也就蔓延而出了。另外，每个句子中都以"的"为句尾，句子表现出一种形式上的一致性，读着也生出韵律感，且与上海地方话的句法相近，更能表现出这"流言"是上海的"流言"，体现出了作者在语体上的追求的同时也很注重语言的地域性。在作者的这种貌似平淡的抽象化语言中，在貌似闲笔的开篇五节的描写中，上海弄堂女儿王琦瑶从闺阁中摇曳地走了出来。这五节类似散文的描写反而是作者着情最多的地方，这种铺垫给人叙述宏大之感，作者的特色呼之欲出。

迟子建的《额尔古纳河右岸》通过鄂温克族最后一个酋长的女人之口叙述这个民族百年来的命运，开头就是这样一段各种修辞融合运用的句子：

> 我是雨和雪的老熟人了，我有90岁了。雨雪看老了我，我也把它们给看老了。如今夏季的雨越来越稀疏，冬季的雪也逐年稀薄了。它们就像我身下的已被磨得脱了毛的狍皮褥子，那些浓密的绒毛都随风而逝了，留下的是岁月的累累瘢痕。坐在这样的褥子上，我就像守着一片碱场的猎手，可我等来的不是那些竖着美丽犄角的鹿，而是裹挟着沙尘的狂风。

酋长女人沧桑的讲述把他们熟知的雨和雪都比作是熟人，说他们互相"看老"了对方，"看老了"包含着对雨和雪的情感，也传达出女人生命经历的厚重感。身下被磨得脱了毛的皮褥子，就像是被风雪经年侵袭过的脸，也都是岁月留下的痕迹，但是鄂温克人在这样的自然状况中仍然期望着美好和幸福，无奈等来的是更恶劣的变化，语调显出格外的苍凉感。

议论语体是一种宣传鼓动性的语体，具有明显的倾向性、逻辑性、鼓动性，论述也具有严密的逻辑性。小说中基本都会出现议论，叙述人对叙述的看法和议论、小说中的人物的心理活动、作者在文本中的言说等都有可能构成小说中的议论。虽然小说中存在这种议论，小说也不能被认定为跨越了议论语体，因为小说中的这种议论是不可避免会出现的，议论是构成小说的一种方式，也是小说的一种传统。章回体小说在每章节之前的回目实际上就是作者对本章节的一个议论性概括；再如中国古代的文言小说，作者都是通过一件事情的叙述，在文章末尾发表议论来表现对社会现实的看法和感想，《李娃传》篇尾"嗟乎！倡荡之姬，节行如是"，《聊斋志异》篇末出现的"异史氏曰"也是一种议论，所以我们可以看出，议论是小说的一种传统，存在议论并不说明就是跨语体。

本文所讨论的小说对议论语体的跨越，主要是两种。一种是小说文本是明显的思想小说，在这种小说的叙事中，议论占据了很重要的地位，构成了叙事的一部分。另一种是作者独立于小说叙事之外，对小说本身进行议论。

议论构成小说叙事的一部分，对小说的叙事起着重要作用，这类小说在第一节已经讨论过，这是一种哲学小说，一种思想性小说。这类小说不可避免地存在着较多篇幅的议论和较为深刻的思考。草原之子张承志把他浓郁的少数民族情怀和纯净的宗教精神融进小说，使小说具有了一种深刻的思想境界。他的小说在表现北方草原淳朴雄厚的美的同时，也把他宽厚、坚忍、纯洁的人格和文格通过议论的方式表现了出来。因为他的生命体验沉重而神秘，这种沉重的神秘实际上是一个巨大的召唤，他需要尽情地倾诉和表达这种神秘，而议论语言的张力和表现性正契合了他的需要。他的《心灵史》是一部奇书，它彻底而直接地呈现心灵世界，它是哲合忍耶奋勇赴死的血泪史,通过议论语体的呈现,却包含着诗的智慧。《心灵史》的节奏是议论语体的节奏,是一种情绪的文本体现,文本中的情感流动以议论的形式表现出来,平缓相间,张弛有度。在金积堡惨烈一战后,城已被困,面临着被屠城,"十三太爷"自请被缚悲壮死去,张承志在激昂热烈地书写过后,转入对"十三太爷""牺牲之美"理想实现的平缓深刻的议论。张承志的这部小说是将情感以议论的方式一贯而终,他总是在牺牲和苦痛之后,有着丰富激荡的情感和议论,他对牺牲、孤独、受难有着一种崇尚和自豪感,这是一种信仰的表达,将情感和思想以议论语体的方式表达出来,使这部小说具有了一种气吞万里如虎的思想方式。

作者独立于小说之外,对小说本身进行议论,构成一种独立于叙事之外的议论语体,参与了小说的叙事,这不是 20 世纪 90 年代长篇小说的创举,在 80 年代的先锋文学中就有着这样的先例,马原的"叙事全套"中就经常出现"马原"的自我形象,"我就叫马原,真名。我用过笔名,这篇东西不用",马原用这样一种方式把"我"引入小说当中,不时变换角色,有时候是叙述者,有时候是小说中的人物,有时候又是作者马原,在他成为作者马原对小说文本进行议论时,就构成了本文要讨论的跨越议论语体。

在 20 世纪 90 年代的长篇小说中,这种作者独立于小说故事之外对小说本身进行议论的作家,最有代表性的是王蒙,他在"季节"系列中进行的文体突破引起了学界的广泛关注。《狂欢的季节》中作者独立于小说之外对小说进行大段议论,是跨越议论语体非常有代表性的。小说一开头就写道:

> 我知道连续的长篇小说是令人疲倦的。人们惧怕卷帙浩繁的长篇小说正如惧怕太多的记忆太多的往事太多的历史,谁不怕昨天侵占了打扰了今天?……我的亲爱的忠实的读者!当你在昏黄的灯光下阅读千篇一律的五号宋体汉字的时候,多少年华、多少色调、多少游戏、多少争夺和欲望的斑驳灿烂从你的手指缝中溜走,在你的身边呼啸而过。如果我真的爱你,是不是应该奉劝你放下书本,去紧紧地拥抱现实人生呢?……

那么，本一个季节将是什么呢？我曾经多么样的满意于"失态"与"踌躇"的命名！这样的词儿创造出来不就是为了我的长篇小说系列吗？……那么本一个季节应该是恐惧的季节？是奔突，是疯狂，是死亡的季节或者浓烈的季节么？……

读到这几段文字，读者可能以为是作者小说的前言吧，因为这完全不是传统小说的语体表达方式，这里面的"我"可不是小说中的人物，而就是王蒙本人。这几段文字是王蒙对小说的思考议论和对"季节"系列的最后一本命名的一个思考，在传统的小说语体中这些显然是不能算作小说本身的，但是王蒙进行了大胆的文体创新，把这些作者对小说的议论、对读者的建议、对小说命名的议论都纳入了小说的叙事当中，成为小说的一部分，这就具有了明显的跨越语体的现象，小说容纳了议论的方式，具有了议论语体的特点。

文学语体之外的语体十分广泛，说话语体包括口语语体和演讲语体，书面语体又分为法律语体、事务语体、科技语体、政论语体、新闻语体、网络语体。所以根据语体种类的划分，对文学语体之外的语体跨越可以分为：一、对说话语体的跨越；二、对书面语体（非文学语体）的跨越。

依然是上面谈到的状况，小说中存在对话、引用新闻、插入网络用语等是十分普遍的，但并不是只要存在这些情况都可以算作是跨语体。在这里所谈到的对非文学语体的跨越必须是在叙事当中占据重要地位，是构成叙事的一部分，而不是简单的引入。

说话语体分为口语语体和演讲语体，口语语体也就是对话语体是肯定会存在小说中的，小说不可能缺少对话，但是通篇对话参与小说叙事的在20世纪90年代的长篇小说中没有，而将口语参与进小说叙事的却比比皆是，如《马桥词典》中的很多词条都是当地的方言，而且有着与普通话不同甚至截然相反的理解。比如"贱"这个词条，在普通话中"贱"是指地位卑下、价钱低、骂人等，是贬义，但是在马桥的方言里，老年是贱生，越长寿就是越贱，老人家互相见面的时候总要问候："你老人家还贱不贱？"

但是这种方言的解释在小说文本中不是仅仅限于解释清楚即止了,而是参与到了小说叙事当中,引出了后文连曾孙都死了的长寿老人梓生爹被老虫跟了一路却没有被吃掉的故事,梓生爹满心悲哀:"你们看我活得贱不贱?连老虫都嫌我没有肉,跟了一路都懒得下嘴。你说说这号人还活着做什么呢?"

莫言在20世纪90年代的小说一方面是语言膨胀、形式西化、感觉泛滥和想象的爆棚,虽然给阅读文本带来了一定的难度,但是也开启了阅读全新的空间;另一方面却是恰恰相反,是复归传统的温顺表达,重回民间、重回本土、重回本民族的文化,语言是莫言认识和把握作品世界的手段,这种重归首先是语言的复归。莫言作品中的方言口语参与进小说的叙事当中,在《檀香刑》中,"猫腔"不仅是一种民间说唱在每章的前面作为一个楔子,在小说的叙事当中,"猫腔"也成为一种方言,人物的语言和小说的叙述都有着"猫腔"的语体色彩。可以说,如果没有这种方言的进入,人物和叙事都会大大地减分。

《檀香刑》里的眉娘是一个敢爱敢恨的女人,她的语言最具有"猫腔"这种地方语体特色,她爹爹被抓进大牢,眉娘去衙门找钱丁被拒见,回来的路上她内心痛苦而不甘,心乱如麻,想着爹爹对她娘的种种绝情,觉得不应该这样救他,可是"但你毕竟是俺的爹,没有天就没有地,没有蛋就没有鸡,没有情就没有戏,没有你就没有俺,衣裳破了可以换,但爹只有一个没法换。前边就是娘娘庙,急来抱佛脚……","俺"作为方言里的第一人称,和"爹"连用表现出了骨肉情深、难以割舍的情绪,"没有……就没有……"的反复使用,"天"和"地"、"蛋"和"鸡"、"情"和"戏"的押韵是猫腔唱调的表现形式,增加了小说语言的民间特色,表现了民间女子眉娘对感情和亲情的态度。

演讲语体参与长篇小说的叙述,最明显的是《酒国》中"酒精"一节,作为李一斗寄给作家莫言的习作,小说把演讲和叙事融合在一起,"亲爱的朋友们,亲爱的同学们"这种演讲的标志性字眼多次出现在文本当中,演讲是具有鼓动性、教育性的,在"酒精"中有多处演讲的教育性语句和情绪激烈的演讲语言:"同志们,同学们,难道还要论证酒是害虫还是益虫吗?不必要太不必要了,酒是燕子是青蛙是赤眼蜂是七星瓢虫,是活着的'灭害灵'!"这样的语句明显表现出了金刚钻这篇演讲的语体特征,有着鼓动性、教育性和感染性,但金刚钻的演讲是听众"我"在听演讲的过程中思绪不断地在演讲和回忆之间往复,金刚钻的演讲中有着"我"对过去和七叔、七婶、小鞋匠偷回羊头就着酒故事的回忆,也是对苦难的一种回忆。从小说整体来看,这一篇金刚钻的演讲体的进入,丰富了金刚钻、"我"的人物形象,金刚钻表面风光无限、道貌岸然,实际上是阴狠食婴的嫌疑犯,这不仅是李一斗文学才华的一种表现,而且,金刚钻对酒的态度、遥远的酒香启蒙了"我"等都把《酒国》的"酒神"思想表现出来,变现了"汉"民族对于"酒"、对于"吃"的崇拜,只要酒喝得好,就能办大事。

小说对书面语体的跨越,是对非文学语体的书面语体的跨越。周芸的博士论文中,把与文学语体平级的另一语体总括为"实用语体",实用语体又包括政论语体、科技语体、事务语体、新闻语体、法律语体等,为了增强小说的审美功能,文学语体之外的实用语体破坏文学语体的结构体制,和文学语体形成巨大强烈的反差,并且和文学语体一起融合,形成语体的特殊的表达效果。小说对实用语体的跨越,不是简单地引入实用语体,而是将实用语体参与进小说文本的叙事当中,构成叙事的方式。

王蒙20世纪90年代的作品巧妙地把第一代知识分子的正剧性和悲剧性刻画,移置为悲剧与喜剧相交织的悲喜混合剧形式。读者设身处地地对主人公的革命和恋爱热情及悲剧性命运抱以深切同情,产生悲剧感。王蒙很喜欢用一些熟极而流的套语和套语的叠加来拉长句子,他善于取古汉语、现代汉语各种约定俗成的表达方式的外形结构,将现场所得的材料任意填充进去,或者抓住某个并不起眼的说法,利用社论和伟人诗词的某些有名段落引申开去,类推下去,或者将汉语的形、音、意某种细微差别制造成音乐般的节奏和旋律,有条不紊、一鼓作气地排列、堆砌同义词(语)、反义词（语）、近义词（语），直到一个意想不到的华彩段落，或者物极必反，得出某个完全相反的、煞风景的并且明显与当初的逻辑南辕北辙的结论。

20世纪90年代以来的长篇小说中，作者在创造性地把主体生命的丰富经验传递于文本之上的同时，还把必然的历史史实、偶然的社会现象、确凿的文化准绳有机地融合于一体，它们之间形成了宽广有趣的崭新联系，文学交际内容和目的的繁复，使语体互动更加频繁热烈，而与文学语体无关的各种因素也同时作用于创作者，这些全都改变了文学体裁所要求的相对应的语体和文学语体真正的表现形式之间的关系，创造出全新的、有时代特点的文学语体。

> 戏剧要求我们在一场感动和单纯之后，接着来一场混乱。旧姥娘完美无缺的结束，也给另一场话剧的导演老胖娘舅的登场扫清了道路。……第二天我们对这开场还有些吃惊呢。这也太荒诞了吧？这也太有些脸谱化了吧？但是新剧的导演老胖娘舅说："夸张是气魄的开始呀！""俺娘刚才不是也有些夸张吗？——效果不是很好吗？""脸谱化有时也是戏剧的必然要求呀！""不一定非要遵守三一律。"

刘震云在《故乡面和花朵》中也杂糅进了多种语体。在上面这段文字中，他把戏剧"三一律"原则、"脸谱化"、表演"夸张"等科技语体带进了小说语体中，人物好像是在两个维度展开小说故事的讲述，一方面要讲述小说的故事，另一方面又好像是在戏剧舞台上要注意戏剧的演出准则，而且人物之间关于戏剧表演的讨论更把这种科技语体的跨越融合凸显出来。

三、20世纪90年代长篇小说探索变化中的未来希望

跨文体的出现和文体演变有着直接的关系，文体演变是一种有规律的变化，一种文体有它强盛的时候也有必然走向衰落的时候，"四言敝而有《楚辞》，《楚辞》敝而有五言，五言敝而有七言，古诗敝而有律绝，律绝敝而有词。盖文体通行既久，染指遂多，自成习套。豪杰之士，亦难于其中自出新意，故遁而作他体，以自解脱。一切文体所以始盛终衰者，皆由于

此。故谓文学后不如前,余未敢信,但就一体论,则此说固无以易也"①。王国维先生认为文体演变是一场有机的演变,经过长时间的发展进化和多人的应用拓展,旧有的文体的表意空间已经大大缩小,表达的方式也逐渐定型,但作家表达现实和情感的需求却没有变少,文体的供给和表达的需要之间出现了矛盾,于是某些作家开始寻求更宽广、更新颖的表达方式。

  王国维先生的这种"长江后浪推前浪"的文体观,一方面表达出新旧文体之间的依次替代的演化观;另一方面结合了文学史的发展,新体既出,旧体也没有立刻消亡,反而各体之间互相吸收、共同发展,这就出现了"跨文体"现象。明清小说就是因为吸收了诗词韵律和意境之美而更显幽深、韵味深长,《红楼梦》中的诗词曲赋推进情节发展、烘托人物性格并把小说烘染得余音绕梁、口舌生香,这正是一种文体融合,一种文体跨越运用。

  中国小说的跨文体现象是有深远的历史传统和背景的,所以20世纪90年代长篇小说的跨文体现象是具有合理性的。1904年,吴趼人在《新笑林广记》的序言中提出了"笑话小说"这样的概念,无意触及了"新小说"的一个着意点,后来"新小说"家开始引笑话入小说,这可以算是有意识的小说跨文体最初原型。1905年又出现《孽海花》小说,当时的广告中就说是引轶事入文,后又出现《二十年目睹之怪现状》《官场现形记》等轶闻小说,也是对小说文体的一种创新和突破。而日记、书信小说更是历史深远,鲁迅的《狂人日记》、冰心的《疯人笔记》、徐枕亚的《玉梨魂》等,作家为小说人物拟写书信,不再以情节而是以人物情绪为结构中心。陈平原在《中国小说叙事模式的转变》一书中的第六章"传统文体之渗入小说"里,通过对文学历史传统的分析,引笑话入小说、引轶闻入小说、小说中的演讲与辩论、记游式小说、日记体小说、书信体小说分别展开论述,这为20世纪90年代长篇小说的跨文体现象提供了合理性依据。

---

① 王国维. 人间词话 [M]. 长沙:岳麓书社,2015:80.

另一方面，陈平原认为中国小说有着"史传"传统和"诗骚"传统。"凡小说家言，若无征实，则稗官不足以供史料；若一味征实，则自有正史可稽"①，"小说不仅是叙事写景，还可以抒情；……这抒情诗的小说，虽然形式有些特别，却具有文学的特质，也就是写实的小说"②，这两种观点是中国小说的两种传统，史传传统在"新小说"中是一种时髦的写法，在《新茶花》《孽海花》《老残游记》中纷纷加入了"史"的内容。叙事中夹带诗词，是古典小说最引人注目的地方，很具有抒情性的美学功能，而且对于小说人物形象的塑造也有好处。到了五四时期的作家，他们通过简单的构架，捕捉属于自己的情调，鲁迅的《故乡》、废名的《竹林的故事》、郁达夫的《茑萝行》等都是这种简单构架下的抒情小说，引"诗骚"入小说强调情调与意境，即兴和抒情必然造成了小说的抒情传统的回归。

20世纪80年代中后期，先锋文学走上文坛，它在艺术特征上表现为反对传统文化，刻意违反约定俗成的创作原则及欣赏习惯。先锋小说的鲜明特点有：一是在文化上表现为对旧有意义模式的反叛与消解，作家的创作已不再具有明确的主题指向和社会责任感；二是在文学观念上颠覆了旧的真实观，一方面放弃对历史真实和历史本质的追寻，另一方面放弃对现实的真实反映，文本只具有自我指涉的功能；三是在文本特征上体现为叙述游戏，更加平面化，结构上更为散乱、破碎，文本意义的消解也导致了文本深度模式的消失，人物趋于符号化，性格没有深度，放弃象征意义模式，通常使用戏拟、反讽等写作策略。所以先锋文学在一定程度上是做出了对传统文体的反叛，这种创作倾向为文体的跨越和创新提供了可能。

1998年，第10期《北京文学》上，朱文的《断裂：一份问卷和五十六份答卷》以及韩东的《备忘：有关"断裂"行为的问题——回答》，提出了与传统的断裂。

---

① 林纾. 剑腥录 [M]. 北京：北京平报社，1913.
② 周作人.《晚间的来客》译后记 [M] //点滴. 周作人，译. 北京：北京大学出版部，1920.

巴赫金在探讨陀思妥耶夫斯基的创作与历史渊源的时候,曾说过这样的一段话:"文学体裁就其本质来说,反映着较为稳定的、经久不衰的文学发展倾向,一种体裁中,先是保留有正在消亡的陈旧的因素。自然,这种陈旧的东西所以能保存下来,就是靠不断更新它,或者叫现代化,一种体裁总是既如此又非如此,总是同时既老又新。一种体裁在每个文学发展阶段上,在这一体裁的每部具体作品中,都得到重生和更新。体裁的生命就在这里,因此,体裁中保留的陈旧成分,并非是僵死的而是永远鲜活的……在文学发展过程中,体裁是创造性记忆的代表。正因为如此,体裁才可能保证文学发展的统一性和连续性。"① 文体在历史演变之中可能出现一种创造性记忆:即文体不仅能持续保持自己的统一框架和连续性,它还能不断地在更高的水平上复活自己。一种文体愈加完善,它同时将愈加充分地回忆起自己的过去,也就是说,形式的凝聚力将使文体在演变之中更加坚固。

20世纪90年代初长篇小说才开始走向成熟和繁荣,这是90年代长篇小说出现大规模跨文体现象的创作基础。而90年代跨文体写作最明显而突出的特征就是在现代语言学、修辞学、哲学的指导下吸收了美学、史学、文化学、人类学等各个人文学科的认知模式和语法,小说的叙事、散文的铺陈、诗的想象和直觉、批评的分析等文学文类的创作法则乃至非文学的话语因素,包括自然科学在内的学科领域的成果,都使20世纪90年代长篇小说跨文体创作的特征愈加突出,文学文体的规定性以及越来越细化的分类、学科的细化以及越来越细的分类是促使跨文体写作出现的隐性因素。虽然文体的分类、规范、等级性有利于文本判断的定量化,进而更容易对文本进行分析、理解和评价,但是这也给文体的发展和创新带来了很大的阻碍,因为文学从根本上来看是情感性因素在主导,这种定量化的判断会造成文学的误读和信息的丢失,迷失了文学审美性因素和价值取向,缺失

---

① 巴赫金. 巴赫金全集[M]. 石家庄:河北教育出版社,1998:293.

了作家内心情感因素和创作冲动的解读，扼杀了文学个性化的创作。由于文学情感化特征的支持，加上创作主体思想内涵的急剧膨胀和表达冲动的加剧，在文体间进行探索和触碰，脱离传统文类界限的束缚是文学发展的必然诉求。

20世纪90年代以来，世界处于一个新的历史"接洽期"，在冷战解除、意识形态神话破碎、政治形态略有松弛的情况下，世界开始迎接经济化、现代化和科技化，世界经济的全球化、世界政治的多极化和世界文化的多元化交流，已成为当下任何国家都必须面对的社会语境和历史事实。在这种对话与融合的时代背景下，中国走向了经济、政治和文化的全面转型期，社会形态呈现出前现代、现代和后现代的异质杂糅和多重磨合的景象，由此而产生生活的高度拼贴化和零碎化、商品话语霸权对审美话语的强势侵入和后现代的社会图景，对跨文体写作的出现起到了极其重要的催生与推动作用。90年代大众文化和商业文化的兴起给文学创作带来了不小的冲击，尤其表现在小说方面。在缤纷变幻的社会文化景观的影响下，作家们得到的是"碎片化"面貌带来的震惊体验。中国人所面临的"碎片化"尤其残酷，我们已经无法从一个方面完全理解事物，统一的世界观决定统一的世界的观念已经无法适用，人们的生活特别的零碎，事物不断变化、重组，以新的面貌出现，让人在"碎片化"的面前应接不暇，作家也就有理由把自己接受到的"碎片化"理解和生命体验，从新颖而合理、大胆而可行的表现形式中去充分凸显出当下社会中显性的和隐性的种种现实。跨文体写作在一定程度上也是这种生存遭遇和生活现实的艺术折射。20世纪末国人面临着如此繁复的社会问题和深刻的压力与挑战，各种欲念、思想、理智、情感交融在一起积压在人们心头，人们在重塑价值观和认识新世界的渴求下，期待问题的解决，因此长篇小说承担起这一使命，它以想象的时空回望与反省20世纪中国社会文化现状。

市场经济刺激新的艺术生产方式的出现，这种新的艺术生产方式实际上是满足大众化、通俗化、休闲化的新的文化消费方式的。在市场化的要求之下，文学创作不再仅仅是一种精神行为，商业话语不可避免地渗入到文艺生产过程中，文学杂语体成为文学新的重要的特征。非文学的"文体因素"介入文学文本，纯文学话语难以生存。而只要能够引起读者兴趣、带来新的经济生长点就是被市场认可的"文学作品"，于是就有了很多名人随笔，其中包含着大量的照片、访谈、图章等非文学因素，这种非文学话语融入文本成为文本叙事成分的方式实际上也是一种跨文体现象。

1999年被真正叫响的"跨文体"实验实际上无法代表"跨文体"创作的灵魂，这一年的"跨文体"写作形成一股风潮，在多家报纸和杂志都设有专栏，《大家》《山花》《莽原》《作家》《中华文化选刊》等刊物都开设了各种专栏，《大家》的"凸凹文本"（另设有"凸凹四方谈"评论专栏），《山花》的"文体实验室"，《莽原》的"作家实验室"等陆续刊登了许多文学样式甚至艺术样式间相互跨越和杂糅的小说。

"文体，尤其是文类文体，常常是惯例化、规范化的，它是一种相对稳定的语言操作模式，从起源上看，它的源头常常可以追溯到某一位或一群作家（或民间无名艺术家）的创造性实践，但一经众多作家的自觉不自觉的模仿，就获得了一定程度的有效性、权威性，因而成为一种传统和惯例。这种惯例为众多的作家、读者和批评家所认可和尊重，逐渐内化为'文体意识'、'文体期待'等心理现象。因而，作家的文体意识的产生首先要从他所处的文化关系中加以考察。"[①] 每个人都降生在一个先他而存在的文化环境之中，这一文化自其诞生之日起便支配着他，并随着他成长和成熟的过程，赋予他以语言、习俗、信仰和工具。作家同样降生于一个先他而存在的文化和文学环境中，他被大量的文体包围着。因此，陶东风认为："任何一个作家都不是生活在真空中，他只能是文化的产物，是在前人积累的种种文化规范中从事创造性的活动，而历史形成的文体规范又是文化规范在文学领域中的最集中体现……作家们从小所受的教育及所从事的文学活

[①] 陶东风.文体演变及其文化意味[M].昆明.云南人民出版社，1994：99.

动教会了他们关于什么是小说、诗歌、戏剧、散文,什么是悲剧什么是喜剧等知识,他们对大量作品的阅读也会不知不觉地使他们熟悉一种文学类型的文体特征(如格律诗之于中国古代文人)。这样,外在的文体规范就内化成为内在的文体意识,从这个意义上说,文体意识就是对于文体惯例的意识。"①

20 世纪中国文学的着力点在于:以白话文代替文言文,以新诗、新小说代替旧体诗、旧小说,以新的创作方法代替旧的创作方法。这是 20 世纪中国文学在文学语言、文体和表现形式等领域发生的又一重要变化。90 年代长篇小说在 20 世纪文学时间区域中处于尾端,所以在文学语言、文体和表现形式上面,有着总结性、综合性的表现,也与之前的小说跨文体存在不同之处和独特性。

首先,区别于之前的跨文体小说,20 世纪 90 年代长篇小说的跨文体现象表现出一种形式上的复杂性。作家在 90 年代长篇小说的跨文体创作中,在形式上面尝试了多种文体的跨越:不仅仅局限在文学文体之中,而是扩展到非文学文体中;不仅有之前的跨文体形式,如诗化小说、日记体小说、书信体小说等,还出现了词典体小说、民间说唱体小说、注释体小说、拟骚体小说等。一方面是因为西方各种文学思想和文学理论在 80 年代涌入中国,在 90 年代发展成熟,对小说文体造成影响;另一方面是因为各种技术手段的发展,如摄影技术、电影艺术等,对文学造成了不可避免的影响。

其次,20 世纪 90 年代跨文体长篇小说与之前的跨文体小说相比,表现出内容上的深刻性。90 年代长篇小说的跨文体没有局限在形式上,当然也存在了一部分在形式上大做文章而忽视了思想性的小说,但是大部分的跨文体小说体现出了较为深刻的思想性。一是因为作家本身的民间意识较强,在文体形式创新之下,对民间文化、民间意识、传统道德做了深刻的探索和呈现;二是作家的历史意识较强,使 90 年代的跨文体小说多具备较为深

---

① 陶东风. 文体演变及其文化意味 [M]. 昆明:云南人民出版社,1994:100 – 101.

刻的历史感,在小说文体形式的创新下,展现了很深刻的历史意识;三是作家对自我的探索比以往深入,90年代长篇小说的作者多是80年代甚至更早就开始了小说创作的作者,到了90年代,他们的积累达到了一定程度,对自我、对生命有着深刻思考。

20世纪90年代长篇小说在文体上的跨越并没有能够成为一次文学性的革命,而只是一种文学现象,这归根结底是因为这些跨越和变化并不是文学本体性的变化,而是技术性的变化。

简单来说,我们认为五四文学革命是中国文学的革命,这不仅仅是因为文言文变成了白话文,更是因为这种变化改变了中国的文化,改变了中国人的生活,从语言形式到人们的观念,再到人的生命形态,这种文学形式上的变化深刻地影响到了中国人的生命状态,所以我们认为五四文学革命是一种文化革命,文学处于和文化同等的地位。

当胡适在《文学改良刍议》中说"一时代有一时代的文学",陈独秀在他的《文学革命论》中提出"三大主义"作为文学革命的目标时,他们就犯了将"文学工具革命"等同于"文学革命"的错误,因此20世纪90年代长篇小说的跨文体创作并不能说是一种文学革命,而只能定义为一种文学工具的革命。

从先秦散文到汉赋,从唐诗到宋词,从元曲到明清小说,中国文学历来不缺乏"文体革命",但它们之所以没有被称为"文学革命",显然是因为它们的非现代性或非西方性。20世纪的中国小说,从早期的抒情小说、故事小说、场景小说到后来的武侠小说、形式小说、原生性小说、私人生活小说,小说"文体形态"的纷繁可谓空前,但是在小说形态上具有原创性的作家并不多。这就使得模仿性的"纷繁"与非模仿性的"独创"并不等值——而对90年代长篇小说跨文体的研究却忽视了后者,其历史定位就是有限的。

将"文学形式"与"文学文体形式"相混淆是20世纪中国文学观的一个明显的理论局限。20世纪中国文学尽管注意到"文学语言"是一种表现性或造型性语言,但可惜总是将其与白话文联系在一起,造成"表现性—自我表现—语言—白话文"的研究思维模式,最终还是以白话的"明白晓畅"这种类的"文体形式"代替了个体的"造型"研究,从而"既忽略了不同作家对白话文不同的艺术处理,也忽略了这种处理是否具有告别传统、也区别西方的创造性意义"①。

忽略"小说观"创新,仅在"小说形式""小说文体"上做文章是20世纪90年代长篇小说跨文体创作的一大盲点。如果说20世纪初叶的中国小说家们多将小说作为揭示社会问题、直面现实人生的工具,那么作家们在小说观上就还没有形成明显区别于西方批判现实主义的特征。而20世纪80年代和90年代的新潮作家的小说观多以"纯粹形式"封闭自己或以"私人感受"自娱,也不同程度地暴露出参照西方现代主义和后现代的问题。如此一来,小说再兴旺,小说文体再纷繁,小说技巧再被重视,那也很难有20世纪中国小说家们自己的小说理论,20世纪中国小说面对世界小说的观念特征也就具有模糊性。这个模糊性,再次证明中国20世纪小说在总体上是模仿世界的,而不是能够独立面对世界的。它反衬出我们与世界经典小说家们的某种差距:博尔赫斯、乔伊斯、昆德拉不仅是有自己的创作方法与小说文体的作家,而且还是可以谈出自己的小说观念的作家。它也反衬出我们与古代文学的距离——因为古代的诗论、诗体以及诗技同样是内在统一的。

文学是一种内心形式而不是可控的技术,所以如果我们把文学的跨文体现象简单地理解为技术上的改变、突破而不深入文学艺术精神层面,那就偏离了文学本身。我们在20世纪90年代跨文体的革命浪潮前回望80年代文学写作,就会发现虽然80年代盛极一时的文体实验给中国文学形式的欠缺补了一课,出现了一大批具有创新性和文学潜力的作家,但是也产生了许多哗众取宠的"假先锋",只能简单模仿西方现代主义的"技术"却难

---

① 黄子平,陈平原,钱理群. 二十世纪中国文学三人谈[M]. 北京:人民文学出版社,1988:25,81.

以到达"技术"背后的精神花园,"技术"的模仿有穷尽的时候,而"精神"的言说是无穷无尽的,这也是很多在80年代盛极一时的先锋作家到了90年代纷纷进行转型的原因。但是这些转型之后的先锋作家并没有停止对文体的探索,他们在追求心灵美学和理性文化的同时仍然坚持文体的探索,比如北村在90年代的作品《施洗的河》用传统现实主义的写法讲述刘浪历尽俗世罪孽的生活走向灵魂觉醒,他孩提时代家庭的冷漠,生逢乱世以恶抗恶,不择手段杀人越货贩卖烟土等都回归了非先锋的写作,脱离了前期"者说"阶段极端话语形式布置成的文本迷津和"恍惚美学",精神指向有了明确的对象,文本当中欲望的宗教性转换,精神追求的诗性表达等,其文体表现是新鲜、引人关注的。不可避免的是,还是有一些作家在跨文体文学的创作上有意突出话语方式,无端插入许多碎片化的、割裂的、不契合的碎片。比如《大家》"凸凹文本"中蒋志的《星期影子》中,"我"在和小亭在咖啡屋里喝咖啡的时候思维游逛在城市的空虚与贫穷中。作者在这里打断了"我"的思考,插入放大字体的口号标语——"贫穷不是社会主义!贫穷不是集体主义!贫穷不是个人主义!贫穷不是后现代!贫穷不是我!贫穷该是他们!贫穷该死!"这种着意突出的话语虽然把生活的残酷和警觉传达出来,但是在没有强大精神骨架统摄的情况下无法使碎片化的表达聚拢。鲁西西的《明天见》、雷平阳的《乡村案件》也有同样的问题。在使用跨文体的技艺、追求趣味的时候,如何把支离的精神线索连贯起来,更完整地传递作家表达生活的初衷,是值得思考的问题。

首先,这种"跨文体"的写作方式,使得作家的艺术感受方式获得了一种充分的自由化。因为,在这种"跨文体"写作之中,一切已有的艺术成规、戒律都被打破了,那种原有的形式规范所强制的等级屏障也被消解了。心灵在这里获得了一种最为自由、充分的表达。其次,这种"跨文体"的创造方式,有利于我们对世界、对文化、对人性的复杂性内涵有一种更为丰富的把握。因为世界总是混乱的,文化则是在生生不息地流动着、创造着,尤其是每个人的潜在本质都是多种多样的,它常常又是不合戒律和成规的，表现出对生活规则、逻辑的反叛。而这种"跨文体"的创造方式则最能表达出人类内心的这种潜在的骚动和喧哗，从而把世界的本貌、人的潜在本质的多方面特性充分地呈现出来。再次，这种"跨文体"的创造方式，使人们对价值体系有了全新的评判和理解的方式。也就是说，所有在等级世界中被禁锢和被规范的思想、价值和意志，在这里都获得了一种真正的完全意义上的解构。一切崇高、庄严、神圣的事物和价值都可能因为以一种新的方式再呈现、再阐述，而失去了神圣性和永恒性。以此，人们获得了更丰富、更具有演变性和流动性的价值观念。最后，这种"跨文体"的创造方式为作家真正吸纳现代主义甚至后现代主义的因素和活力敞开了胸怀，为艺术的审美创造提供了生生不息的活力。这是因为，"跨文体"的创造方式对作家的艺术思维也提出了新的要求。小说尤其敏感地表达了一个社会对空间和时间本质的根深蒂固的看法，同时，人们对时间和空间的感知，由于如此潜在地留存在意识的深层而变得不可感知。然而，困难还在于，每个个体，一旦感知到时间和空间，又往往不是基于一种逻辑、数学的范畴，而是充分带入他的心理因素、情感因素和价值因素，这就对小说的时空感知形式提出了一种新的要求，即要求它们具有变化和多样性的能力。小说的"跨文体"创造，使得作家能更全面地表现这种人类感知方式的变化。而在"跨文体"的创造中，所有单一的创作方式都变得不适应，更重要的一点是，这种"跨文体"的创造，完全是基于人类深层的感知方式的发散变化而激发的艺术冲动，它能很自由地把各种各样的创造方法融汇、贯穿。就像一个被破坏掉围埂的池塘，水可以自由流动，生命也开始萌发、繁衍了。

后 记

编完这部书稿，我大有如释重负之感。因为剑晖兄和兆胜兄主编一套"文体与跨文体研究丛书"，一定让我也编一本，而且就给半年时间。尽管我一再抗争，最后还得领命。没有办法，只能抱着试试看的态度，去做明知不可为而非去做的一件苦差事。

好在有学界的朋友们鼎力帮助，接到我的求助信后，纷纷施以援手，让他们的得力弟子们全力参与其中。首先，我要对这些新老朋友们表示衷心的感谢，他们是华中师范大学的王泽龙、重庆师范大学的周晓风、杭州师范大学的洪治纲、南京师范大学的杨洪承、湖南师范大学的岳凯华、华东师范大学的李丹梦等。如果没有他们这些幕后英雄，恐怕这本书是很难完稿的。

在统稿的过程中，我认真阅读了每一篇文章，年轻学子的学术功力，令我既感动又叹服。正是由于他们全身心的投入，为本书增色不少。我不敢埋没他们的功劳，故把他们的名字列在下面：

第一章：由华中师范大学王建雄执笔完成。

第二章：由华中师范大学石燕波执笔完成。

第三章：由杭州师范大学孔祥亮执笔完成。
第四章：由暨南大学陈泽曼执笔完成。
第五章：由暨南大学刘馨丹执笔完成。
第六章：由湖南社会科学院吴正锋执笔完成。
第七章：由华东师范大学潘小玲执笔完成。
第八章：由湖南师范大学林志煌执笔完成。
第九章：由重庆师范大学李林霖执笔完成。
第十章：由南京师范大学静馨执笔完成。
在此，我向他们一并表示诚挚的谢意！

宋剑华
2018 年春

1